LAUREN DESTEFANO est née à New Haven, dans le Connecticut. L'écriture est sa passion depuis qu'elle est enfant, si bien que même au restaurant elle ne pouvait s'empêcher d'écrire toutes sortes d'histoires sur les menus ! Maintenant qu'elle est adulte (enfin presque !), elle écrit des romans jeunesse… pour de vrai. Elle a été réceptionniste – la pire du monde –, serveuse dans un café, préceptrice et professeur d'anglais. Et quand elle ne travaille pas sur ses romans, elle passe son temps à crier des ignominies à sa Nintendo DS, à rendre son chat fou avec un stylo laser et à dépenser tous ses sous dans des friperies pour créer de nouvelles tenues qui tuent !

www.castelmore.fr

LAUREN DESTEFANO

LE DERNIER JARDIN

Traduit de l'anglais (États-Unis) par Tristan Lathière

CASTELMORE

Cet ouvrage a été originellement publié en France
sous le titre *Le Dernier Jardin, Éphémère* par Castelmore

Titre original : *Wither*
Copyright © 2011 by Lauren Destefano
Publié avec l'accord de l'auteur, c/o Baror International, Inc., Armonk, New York, États-Unis. Tous droits réservés.

© Bragelonne 2011, pour la présente traduction

Loi n° 49-956 du 16 juillet 1949 sur les publications destinées à la jeunesse

ISBN : 978-2-36231-181-9

CASTELMORE
60-62, rue d'Hauteville – 75010 Paris
E-mail : info@castelmore.fr
Site Internet : www.castelmore.fr

À MON PÈRE,

QUI M'A DIT UN JOUR :

« PETITE,
TU FERAS DE GRANDES CHOSES ».

REMERCIEMENTS

Merci à ma famille formidable pour son soutien, son amour et sa générosité. Avec un clin d'œil spécial à mes petits cousins, leur magie, leur imagination et leur enthousiasme aux moments où j'en avais le plus besoin.

Je tiens également à remercier mes professeurs de sixième et cinquième qui, après avoir lu mes tout premiers écrits, ne les ont pas brûlés, allant même jusqu'à émettre l'idée que j'écrirais un jour un roman.

Merci aux professeurs Susan Cole et Charles Rafferty, et à mes anciens camarades de classe de l'Albertus Magnus College pour les ateliers d'écriture, ainsi qu'à madame Deborah Frattini et au professeur Paul Robichaud, pour m'avoir fait connaître de nouveaux auteurs qui ont eu une influence cruciale sur ce que j'ai écrit à ce jour.

Merci à la créature d'un autre monde qui est également un agent épatant, Barbara Poelle, pour son intelligence et son optimisme, et sans laquelle cette histoire n'aurait jamais vu le jour. Sans oublier ma fantastique éditrice, Alexandra Cooper, qui a su partager cette vision avec moi. Un grand merci à Lizzy Bromley pour cette couverture à couper le souffle, à toute l'équipe du département jeunesse de Simon & Schuster pour leur dur labeur, et la compétence et l'enthousiasme dont ils ont fait preuve.

Merci à Allison Shaw, qui s'est penchée sur mes pages de manuscrit en classe, au restau ou dans d'innombrables cafés, et qui n'a jamais mâché ses mots en me donnant son avis ; grâce à elle, tout ce que j'écris est tiré vers le haut. Merci à Harry Lam pour d'interminables coups de fil au cours desquels il m'a aidée à affiner certains détails, faisant toujours preuve d'une logique imparable et exigeant sans cesse que je donne le meilleur de moi-même. À Amanda Ludwig-Chambers pour son rôle de fan poétique numéro un. À April Plummer, qui m'a prodigué conseils et encouragements après avoir lu les premières versions. À Laura Smith, consœur dans la catégorie « artiste torturée », à l'enthousiasme indéfectible. Et enfin, merci à tous ceux qui m'ont aidée à décrocher la lune en lisant des extraits de cette histoire via messagerie instantanée ou e-mails, prodiguant avis et précieux conseils. Je n'y serais jamais arrivée toute seule.

C'EST AINSI QUE FINIT LE MONDE

PAS SUR UN BOUM

SUR UN MURMURE.

T.S. ELIOT[1]

1. Thomas Stearns Eliot, « Les Hommes creux » dans *La Terre vaine et autres poèmes* [1922 ; 1976 pour la traduction française], Éditions du Seuil, Collection « Points Poésie », 2006. Traduction de Pierre Leyris. (*NdÉ*)

1

J'ATTENDS. Ils nous ont parquées dans le noir depuis si longtemps que nous ne sentons plus nos paupières. Nous dormons comme des rats, blotties les unes contre les autres, les yeux dans le vide, et rêvons à nos corps ballottés.

Je sais quand l'une des filles atteint une paroi. Elle la frappe et hurle, le métal résonne sous ses coups, mais personne ne lui vient en aide. Nous sommes restées trop longtemps sans parler ; tout ce que nous faisons, c'est nous enfoncer un peu plus dans les ténèbres.

Les portes s'ouvrent.

La clarté est effrayante. C'est à la fois la lumière de la venue au monde, et le tunnel aveuglant qui précède la mort. Horrifiées, nous nous réfugions sous les couvertures, ne voulant ni de ce commencement ni de cette fin.

Nous titubons quand on nous fait sortir ; nous avons oublié l'usage de nos jambes. Combien de temps cela a-t-il duré : des jours ? des heures ? Le ciel immense attend à sa place habituelle.

Je me tiens au milieu des autres filles, et des hommes en manteau gris nous observent.

Tout cela ne m'est pas étranger. Là d'où je viens, cela fait longtemps que de jeunes femmes disparaissent. Elles sont enlevées dans leur lit, ou sur le bord de la route. C'est arrivé à une fille de mon quartier. Après ça, toute sa famille a disparu, a déménagé, que ce soit pour tenter de la retrouver ou parce qu'ils savaient qu'ils ne la reverraient jamais.

Maintenant, c'est mon tour. Je sais que des filles disparaissent, mais j'ignore ce qui se passe ensuite. Vais-je être assassinée ? vendue comme prostituée ? Cela s'est déjà vu. Il n'existe qu'une seule autre option : devenir une épouse. J'en ai vu à la télévision, de ces très jeunes épouses, belles mais réticentes, au bras d'un homme riche approchant l'âge fatal de vingt-cinq ans.

Les autres filles n'apparaissent jamais à la télévision. Celles qui sont refusées lors de l'inspection échouent dans un bordel des quartiers chauds. On en a retrouvé certaines au bord des routes, pourrissant sous le soleil aveuglant, assassinées par des Ramasseurs qui ne voulaient pas s'en encombrer. D'autres encore disparaissent à jamais, laissant leur famille dans l'expectative.

Certaines sont enlevées alors qu'elles n'ont que treize ans, dès que leur corps peut être fécondé, et le virus tue toutes celles de notre génération à l'âge de vingt ans.

On nous palpe les hanches pour s'assurer de notre robustesse, on nous retrousse les lèvres pour inspecter nos dents et se faire ainsi une idée de notre état de santé. L'une des filles vomit. C'est peut-être celle qui criait. Elle s'essuie la bouche, tremblante, terrifiée. Je me tiens bien droite, déterminée à rester anonyme, à n'être d'aucune aide.

Je me sens trop vivante dans cette rangée de jeunes femmes moribondes aux yeux mi-clos. Je sens que leur cœur bat à peine, alors que le mien tambourine dans ma poitrine. Après tout ce temps passé à rouler dans les ténèbres de la camionnette, nous avons toutes fusionné.

Nous ne formons plus qu'une entité anonyme, partageant cet enfer étrange. Je ne veux pas me faire remarquer. Je ne veux pas me faire remarquer.

Mais c'est un vœu pieux. Quelqu'un m'a repérée. Un homme longe la ligne que nous formons. Il laisse faire les manteaux gris qui nous tâtent, nous examinent. Il semble pensif et satisfait.

Son regard croise le mien ; ses yeux verts sont comme deux points d'exclamation. Il sourit. J'aperçois un éclat doré dans sa denture, ce qui est synonyme de richesse. C'est inhabituel, car il paraît trop jeune pour avoir déjà perdu ses dents. Il continue à avancer, et je regarde fixement mes chaussures. *Idiote!* Je n'aurais jamais dû lever les yeux. Leur couleur bizarre est la première chose qu'on remarque chez moi.

Il dit quelque chose aux manteaux gris. Ils nous embrassent toutes du regard et semblent tomber d'accord. L'homme aux dents en or sourit de nouveau en me regardant, puis on le conduit jusqu'à une voiture qui démarre en faisant crisser le gravier et s'en va rejoindre la route.

La fille qui a vomi est ramenée à la camionnette, ainsi qu'une dizaine d'autres ; un manteau gris y entre avec elles. Nous ne sommes plus que trois, séparées par l'espace qu'occupaient les autres. Les hommes reprennent leur conciliabule, puis s'adressent à nous.

—Allez-y, disent-ils, et nous obéissons.

Il n'y a aucun endroit où aller hormis la banquette arrière d'une limousine garée sur le gravier. Nous sommes au beau milieu de nulle part, à proximité d'une autoroute. J'entends les voitures passer au loin. Je distingue les lumières d'une ville qui commencent à s'allumer dans la brume pourpre du soir. Ça ne me rappelle rien ; cette route déserte est bien différente des rues encombrées de mon quartier.

C'est parti. Les deux autres élues avancent devant moi ; je suis la dernière à monter dans la limousine. Une vitre teintée nous sépare du chauffeur. Juste avant que quelqu'un referme la portière, j'entends un bruit en provenance de la camionnette où sont enfermées les autres filles.

C'est le premier coup de feu. Je sais qu'il y en aura une dizaine d'autres.

Je me réveille dans des draps de satin, nauséeuse et couverte de sueur. Mon premier mouvement conscient consiste à me jeter au bord du matelas ; je me penche et vomis sur l'épaisse moquette rouge. J'en suis encore à cracher et baver qu'un garçon s'emploie déjà à nettoyer à la serpillière.

— Le gaz soporifique ne fait pas le même effet à tout le monde, dit-il doucement.

— Le gaz soporifique ? bredouillé-je.

Avant que je m'essuie la bouche sur la manche en dentelle blanche de ma chemise, il me tend une serviette, rouge vif elle aussi.

— Il est diffusé par la ventilation de la limousine. Afin que vous ignoriez où vous allez.

Je me rappelle la vitre nous séparant de l'avant de la voiture. Probablement étanche, donc. Je me souviens vaguement du souffle d'air sortant des parois latérales.

— L'une des autres filles, poursuit le garçon tout en vaporisant une mousse blanche là où j'ai vomi, a voulu se jeter par la fenêtre de sa chambre tant elle était désorientée. Mais les vitres sont verrouillées, bien sûr. Et blindées.

En dépit des horreurs qu'il profère, il a une voix calme, presque compatissante.

Je jette un coup d'œil à la fenêtre par-dessus mon épaule. Elle est solidement fermée. Dehors, le monde est vert et bleu ciel, dans des tons bien plus vifs que chez moi, où tout n'est que terre nue ; du jardin de ma mère, que je n'ai pas réussi à entretenir, il ne reste qu'une friche.

Quelque part dans le couloir, une femme pousse un cri. Le garçon se raidit un instant. Puis il recommence à essuyer la mousse.

— Je peux le faire, proposé-je.

Il y a un instant, je me moquais bien de salir quoi que ce soit : je sais que je suis ici contre mon gré. Mais je sais aussi que ce garçon n'y est pour rien. Il ne peut s'agir d'un des Ramasseurs en manteau gris qui m'ont conduite jusqu'ici : il est trop jeune, il doit avoir mon âge. Si ça se trouve, il n'a pas choisi non plus d'être ici. Je n'ai jamais entendu parler de disparitions d'adolescents mâles, mais jusqu'à il y a cinquante ans, quand le virus est apparu, les jeunes filles ne craignaient rien non plus. Personne ne craignait quoi que ce soit.

— Merci, mais j'ai terminé, dit-il.

Quand il enlève la serpillière, il ne reste pas la moindre trace. Tirant sur une poignée logée dans le mur, il ouvre un vide-ordures, y jette le torchon puis referme la trappe. Il remise alors la bombe de mousse blanche dans son tablier et retourne à son occupation première. Il soulève un plateau d'argent qu'il avait posé au sol et le place sur ma table de nuit.

— Si vous vous sentez mieux, voici une collation pour vous. Je vous promets que cela ne vous replongera pas dans le sommeil.

On dirait qu'il s'apprête à sourire. Presque. Mais son regard reste grave tandis qu'il soulève le couvercle métallique couvrant un bol de soupe, et un autre qui dissimule une petite assiette de légumes fumants, accompagnés d'une purée qui baigne dans une mare de sauce. On m'a enlevée, droguée et emprisonnée, et voilà qu'on me sert un repas gastronomique. C'est tellement révoltant que j'en ai presque de nouveau envie de vomir.

— Cette autre fille, celle qui a tenté de se jeter par la fenêtre… que lui est-il arrivé ? demandé-je.

Je n'ose le questionner à propos de la femme qui a crié dans le couloir. Je ne veux rien savoir sur elle.

— Elle s'est un peu calmée.

— Et la troisième ?

— Elle s'est réveillée ce matin. Je crois que le gouverneur domanial l'a emmenée visiter les jardins.

Le gouverneur domanial. Le désespoir se rappelle à moi, et je m'écrase contre les oreillers. Les gouverneurs possèdent des manoirs. Ils achètent des épouses aux Ramasseurs, qui sillonnent les rues à la recherche de candidates idéales à kidnapper. Les plus cléments vendent les laissées-pour-compte à des bordels, mais ceux qui m'ont enlevée les ont rassemblées dans la camionnette pour les abattre. Le premier coup de feu a résonné maintes fois dans mes rêves narcotiques.

— Depuis combien de temps suis-je ici ?

— Deux jours, répond le garçon.

Il me tend une tasse fumante ; je suis sur le point de la refuser quand j'aperçois la ficelle du sachet se balancer sur le côté et que je sens l'arôme. Du thé. Mon frère Rowan et moi en buvions tous les matins au petit déjeuner, et tous les soirs après le dîner. L'odeur me rappelle ma maison. Et ma mère qui fredonnait près du fourneau, en attendant que l'eau frémisse.

Je m'assois péniblement et saisis la tasse. Je la tiens près de mon visage et inspire la vapeur par les narines. J'ai du mal à ne pas éclater en sanglots. Le garçon doit comprendre que je commence à ressentir le contrecoup de ce qui m'est arrivé. Il doit sentir que je suis sur le point de faire quelque chose de théâtral – me mettre à pleurer ou essayer de me jeter par la fenêtre, comme cette autre fille –, car il se dirige déjà vers la porte. Calmement, sans se retourner, il me laisse à mon chagrin. Mais au lieu de pleurer, quand j'enfouis mon visage dans l'oreiller, je pousse un cri horrible, primal. Un cri dont je ne me serais pas crue capable. L'expression d'une rage que je n'avais jamais éprouvée auparavant.

2

POUR LES HOMMES, l'âge fatal est de vingt-cinq ans. Pour les femmes, c'est vingt. Nous tombons tous comme des mouches.

Il y a soixante-dix ans, la science a perfectionné l'art de faire des enfants. Des traitements complets ont permis d'enrayer une épidémie connue sous le nom de cancer, qui pouvait toucher n'importe quel organe et faisait auparavant des millions de victimes. Les stimulations administrées au système immunitaire de la nouvelle génération ont éradiqué les allergies et autres maux saisonniers, protégeant même contre les maladies sexuellement transmissibles. On a cessé de concevoir des enfants naturels, imparfaits, pour privilégier cette nouvelle méthode. La conception d'embryons au code génétique parfait donna naissance à une génération saine, vouée au succès. La plupart de ses membres sont toujours en vie et abordent avec grâce les rivages de la vieillesse. Ils sont de la première génération sans peur, pratiquement immortelle.

Personne n'aurait pu anticiper l'hécatombe épouvantable engendrée par cette population pourtant si robuste. Car, si la première génération est toujours en pleine forme, quelque chose a mal tourné chez ses enfants, et les enfants de ces derniers. À la naissance, nous autres, des générations successives, sommes sains et vigoureux, peut-être plus encore que nos parents, mais notre espérance de vie est de vingt-cinq ans pour les garçons et vingt ans pour les filles. Depuis un demi-siècle, l'humanité, en proie à la panique, voit mourir ses enfants. Mais les familles les plus fortunées refusent d'accepter la défaite. Les Ramasseurs gagnent leur vie en enlevant des épouses potentielles, qu'ils vendent afin qu'elles engendrent une nouvelle génération. Les bébés issus de ces mariages sont des sujets d'expérimentation. C'est en tout cas ce qu'affirme mon frère, avec toujours une touche de dégoût dans la voix. À une époque, il s'est efforcé d'en savoir plus sur le virus qui nous extermine, harcelant nos parents de questions auxquelles personne n'avait de réponse. Mais leur mort a brisé sa soif de comprendre. Mon frère, naguère idéaliste et désireux de sauver le monde, se moque désormais ouvertement de tous ceux qui essaient encore de le faire.

Quoi qu'il en soit, personne n'a jamais su ce qui se passe vraiment après le ramassage initial.

À présent, je vais l'apprendre.

Pendant des heures, j'arpente la chambre dans cette chemise de nuit en dentelle. La pièce est entièrement meublée, comme si elle attendait mon arrivée. Il y a une penderie pleine de vêtements, mais je ne m'y attarde que pour vérifier l'éventuelle présence d'une trappe menant au grenier, comme dans la chambre de mes parents – il n'y en a pas. Le bois sombre et poli de la commode est assorti à la coiffeuse et à l'ottomane ; aux murs, des tableaux quelconques représentent un coucher de soleil, un pique-nique sur la plage. Le motif du papier peint figure des rosiers grimpants aux fleurs en bouton, qui me rappellent les barreaux d'une cellule. J'évite mon reflet dans le miroir de la coiffeuse, craignant de craquer si je me vois dans cet endroit.

J'essaie d'ouvrir la fenêtre, mais quand cela se révèle impossible, je profite au moins de la vue. Le soleil couchant prend des tons jaunes et roses, et le jardin resplendit d'une myriade de fleurs. De l'eau ruisselle dans les fontaines. Le gazon est tondu en bandes rectilignes, alternativement vert tendre et vert foncé. Près de la demeure, une haie délimite une zone abritant une piscine découverte, à l'eau d'un céruléen irréel. J'ai sous les yeux le paradis botanique dont ma mère rêvait quand elle a planté des lis dans notre jardin. Ils ont prospéré malgré l'atmosphère polluée et saturée de poussière. Le quartier ne fut embelli par des fleurs que du temps de son vivant. En ville, il y a bien ces œillets fanés que l'on vend au coin des rues, et qui sont teints en rouge ou en rose pour la Saint-Valentin, ainsi que des roses rouges aux fenêtres qui ont l'air toujours desséchées. Ces fleurs sont, comme l'humanité, des répliques synthétiques de l'original.

Le garçon qui m'a apporté mon repas a dit que l'une des filles se promenait dans le jardin. Je me demande si le gouverneur domanial est un homme assez clément pour nous laisser sortir librement. Je ne sais pas grand-chose des gouverneurs, hormis le fait qu'ils ont tous moins de vingt-cinq ans ou près de soixante-dix ans, ces derniers étant de la première génération, et fort rares. De nos jours, les gens de cette génération ont vu tant de leurs enfants mourir prématurément qu'ils renoncent presque tous à retenter l'expérience. Certains se joignent même aux manifestations, qui dégénèrent souvent en émeutes violentes et provoquent des dégâts irréparables.

Mon frère. Il aura immédiatement su que quelque chose n'allait pas quand je ne suis pas rentrée du travail. Et cela fait trois jours que j'ai disparu. Il doit être dans tous ses états ; il m'a souvent dit de me méfier de ces sinistres camionnettes grises qui sillonnent les rues au ralenti à toute heure. Mais ce n'est pas une de ces camionnettes qui m'a capturée. Je n'ai rien vu venir.

La pensée de mon frère, tout seul dans cette maison vide, me pousse à cesser de m'apitoyer sur mon sort. C'est contre-productif. *Réfléchis.* Il doit bien y avoir un moyen de fuir. Impossible d'ouvrir la fenêtre. La penderie ne contient que des vêtements. Quant au vide-ordures que le garçon a utilisé pour jeter la serpillière sale, il est bien trop étroit. Si je parviens à gagner la confiance du gouverneur domanial, peut-être serai-je autorisée à me promener seule dans le jardin. Depuis ma fenêtre, il semble s'étendre à l'infini. Mais il doit bien y avoir une limite ! Peut-être trouverai-je une issue en me faufilant à travers une haie ou en escaladant une grille. Je peux aussi devenir l'une de ces épouses publiques que l'on exhibe à la télévision pendant les fêtes, et ce sera peut-être l'occasion de m'éclipser en me fondant dans la foule. J'ai vu tant de ces épouses non consentantes à l'écran, me demandant chaque fois pourquoi elles ne se sauvaient pas. Les caméras oublient peut-être de montrer le système de sécurité qui les tient prises au piège.

D'ailleurs, je n'aurai sans doute jamais l'occasion d'assister à l'une de ces fêtes. Qui sait, gagner la confiance du gouverneur domanial me prendra peut-être des années. Et dans quatre ans, quand j'en aurai vingt, je mourrai.

J'essaie de tourner la poignée de la porte ; à ma grande surprise, elle n'est pas fermée à clé. Le panneau s'ouvre, me laissant entrevoir un couloir.

J'entends le « tic-tac » d'une horloge, quelque part. Plusieurs portes s'alignent dans le couloir, la plupart verrouillées. Il y a aussi un verrou sur la porte de ma chambre, mais il n'est pas mis.

J'avance lentement, mes pieds nus étant un avantage : sur l'épaisse moquette verte, mes pas ne produisent pratiquement aucun son. Je passe devant plusieurs portes, tâchant de repérer un bruit, un signe de vie. Mais seule celle au bout du couloir, légèrement entrouverte, laisse échapper des gémissements et des hoquets.

Je me fige. Si le gouverneur domanial est en train de féconder l'une de ses épouses, une irruption de ma part risque de m'attirer des ennuis. J'ignore quelle serait la sanction : une exécution sommaire, ou plus probablement l'ordre de me mêler aux ébats ? Je préfère ne pas réfléchir à ce qui serait le pire.

Mais non, la chambre du fond est manifestement occupée par une femme seule. Prudemment, je jette un coup d'œil par l'entrebâillement, puis j'ouvre la porte en grand.

— Qui est là ? murmure la femme, ce qui provoque chez elle une quinte de toux.

J'avance dans la chambre et découvre que cette femme est effectivement seule, allongée dans un lit aux draps de satin. Mais cette pièce est bien plus décorée que la mienne : il y a des photos d'enfants aux murs, et la fenêtre ouverte laisse entrer un courant d'air qui agite les rideaux. Une chambre qui donne l'impression d'être habitée, confortable, et qui n'a rien d'une prison.

La table de nuit est couverte de flacons de médicaments, de goutte-à-goutte, de verres vides ou contenant un fond de liquide coloré. La femme se redresse sur un coude et me dévisage. Ses cheveux sont blonds, tout comme les miens, mais ils semblent ternes à côté de sa peau jaunâtre. Ses yeux lancent des éclairs.

— Qui es-tu ?

— Rhine, dis-je à voix basse en lui révélant mon vrai prénom, car je suis trop bouleversée pour songer à mentir.

— Quel endroit magnifique ! commente-t-elle. Tu l'as vu en photo ?

Elle délire certainement, car je ne comprends pas ce qu'elle entend par là.

— Non, me borné-je à répondre.

— Tu ne m'as pas apporté mes médicaments, fait-elle remarquer, tout en soupirant et en s'affalant avec grâce dans son océan d'oreillers.

— Non, concédé-je. Voulez-vous que j'aille vous chercher quelque chose ?

Il est évident qu'elle n'a pas toute sa tête. Si je trouve un prétexte pour sortir, peut-être pourrai-je regagner ma chambre sans qu'elle se souvienne de mon passage.

— Reste, dit-elle en tapotant le bord de son lit. J'en ai assez de ces fichus remèdes… Ne peuvent-ils donc pas me laisser mourir ?

Est-ce l'avenir d'épouse que l'on me réserve ? Une prison où l'on ne me laissera même pas la liberté de mourir ?

Je m'assois auprès d'elle, assaillie par l'odeur de médicaments et de décomposition, qui occulte presque totalement une autre fragrance, agréable celle-là. Un pot-pourri fait de pétales de fleurs séchées. Ce parfum harmonieux est tout autour de nous et me fait penser à ma maison.

— Tu es une menteuse, lâche la femme alitée. Tu n'es pas venue ici pour m'apporter mes médicaments.

— Je n'ai jamais dit ça.

— Mais alors, qui es-tu ?

Elle tend une main tremblante et touche mes cheveux blonds. Elle se saisit d'une mèche pour l'inspecter, et une douleur atroce emplit son regard.

— Oh… tu es ma remplaçante. Quel âge as-tu ?

— Seize ans, réponds-je sans même penser à mentir.

Sa remplaçante ? S'agirait-il de l'une des épouses du gouverneur domanial ?

Elle m'observe un instant, puis la douleur dans son regard laisse la place à autre chose. Une lueur presque maternelle.

— Tu détestes être ici, n'est-ce pas ?

— Oui.

— C'est parce que tu n'as pas encore vu la véranda, dit-elle en souriant, puis elle ferme les yeux.

La main qui tenait ma mèche de cheveux s'affaisse. La femme tousse, et le sang qu'elle crache éclabousse ma chemise de nuit. Dans l'un de mes cauchemars récurrents, je suis censée entrer dans la pièce où mes parents ont été assassinés, et où ils gisent dans une mare de sang frais, mais je reste à jamais sur le seuil, trop terrorisée pour fuir. Je ressens à présent une terreur similaire. Je voudrais partir, être n'importe où sauf ici, mais mes jambes refusent de me porter. Je ne peux que la regarder tousser, souffrir et maculer un peu plus ma chemise. La chaleur de son sang irradie sur mes mains et mon visage.

J'ignore combien de temps cela dure. Finalement, quelqu'un arrive en courant ; c'est une femme âgée, une première génération, qui tient une bassine métallique contenant de l'eau savonneuse.

— Oh ! Lady Rose, pourquoi ne pas avoir appuyé sur le bouton si vous souffriez ?

Je me relève prestement et me rue vers la porte, mais la femme à la bassine ne m'a même pas remarquée. Elle aide la malade à se redresser dans son lit, lui ôte sa chemise de nuit et commence à l'éponger avec l'eau savonneuse.

— Il y a un produit dans cette eau, dit la femme qui tousse. Je le sens. Il y a toujours un médicament dans tout. Laissez-moi donc mourir.

Elle paraît si malheureuse et blessée qu'en dépit de ma propre situation, j'ai pitié d'elle.

— Que faites-vous ici ? chuchote une voix dure derrière moi. (Me retournant, je vois qu'il s'agit du garçon qui m'a apporté mon repas ; il a l'air nerveux.) Comment avez-vous fait pour sortir ? Retournez dans votre chambre. Allez, vite !

Voilà une chose qui ne s'est jamais produite dans mes rêves : quelqu'un qui me pousse à agir. Je lui en sais gré. Je regagne en hâte ma chambre restée ouverte, mais en chemin, je percute quelqu'un qui me barre la route.

Levant les yeux, je reconnais l'homme qui m'a saisie par les épaules. Son sourire lance des reflets d'or.

— Eh bien, bonjour, fait-il.

Je ne sais que penser de son sourire. Est-il funeste ou amical ? Il lui faut un instant pour remarquer le sang qui macule mon visage et ma chemise de nuit ; il me pousse alors de côté et se précipite dans la chambre où la femme est toujours secouée par une quinte de toux.

Je rentre dans ma chambre en courant. Déchirant ma tenue, je me sers des fragments propres pour essuyer le sang sur ma peau, puis je me réfugie sous la couette, les mains plaquées sur les oreilles afin de ne pas entendre ces bruits terrifiants. De m'évader de cet endroit horrible.

La fois suivante, c'est le bruit de la poignée de porte qui me réveille. Le garçon qui m'avait apporté mon repas entre, un autre plateau d'argent dans les mains. Évitant de croiser mon regard, il traverse la chambre et le pose sur la table de nuit.

— Le dîner, dit-il d'un ton solennel.

Je l'observe de sous les couvertures, mais il ne prête pas attention à moi. Il ne lève même pas les yeux quand il s'empare de la chemise de nuit en lambeaux qui gît sur le sol, toute maculée du sang de Rose, et la jette dans le vide-ordures. Puis il retourne à la porte.

— Attendez, imploré-je. S'il vous plaît.

Il s'immobilise, me tournant toujours le dos.

Je ne sais pas trop ce qui me prend ; peut-être est-ce parce qu'il a à peu près le même âge que moi, qu'il est discret, qu'il ne semble pas plus heureux que moi d'être ici, mais j'ai besoin qu'il me tienne compagnie. Ne serait-ce qu'une minute ou deux.

— Cette femme, dis-je en essayant d'engager la conversation avant qu'il se décide à partir, qui est-ce ?

— C'est Rose. La première épouse du gouverneur domanial.

Tous les gouverneurs choisissent une première épouse ; cela n'a rien à voir avec l'ordre chronologique des mariages, c'est un statut qui leur confère un certain pouvoir. Ce sont les premières épouses qui assistent aux événements publics, qui apparaissent au côté de leur gouverneur de mari et qui, visiblement, jouissent du privilège d'avoir une fenêtre qui s'ouvre. Ce sont les favorites.

— Qu'est-ce qu'elle a ?

— C'est le virus, répond-il en se retournant, une authentique curiosité se lisant sur son visage. Vous n'avez jamais vu quelqu'un souffrant du virus ?

— Pas de si près.

— Pas même vos parents ?

— Non.

Mes parents étaient de la première génération ; ils avaient dépassé la cinquantaine quand nous sommes nés, mon frère et moi, mais je n'ai pas vraiment envie de lui raconter ça. Aussi lâché-je :

— Je fais tout mon possible pour éviter de penser au virus.

— Pareil pour moi, dit-il.

Puis il lance :

— Elle a demandé après vous. Vous vous appelez bien Rhine ?

Il me dévisage tout en posant la question ; je hoche simplement la tête, soudain consciente de ma nudité sous les couvertures, que je resserre contre moi.

— Et vous, c'est comment ?

— Gabriel.

Et revoilà ce quasi-sourire, occulté par la pesanteur des événements. Je voudrais lui demander ce qu'il fait dans cet endroit épouvantable, malgré les jardins magnifiques, la piscine limpide et les haies de verdure taillées au cordeau. Je voudrais savoir d'où il vient, et s'il compte un jour y retourner. Je voudrais même lui faire part de mon plan d'évasion, enfin, si jamais j'arrive à en mettre un au point. Mais ce sont des pensées dangereuses. Si mon frère était là, il me dirait de ne faire confiance à personne. Et il aurait raison.

— Bonne nuit, dit Gabriel. Tâchez de manger et de dormir un peu. Demain est un grand jour.

À son ton, je pressens qu'il m'avertit que je ne suis pas au bout de mes peines.

Quand il se retourne pour sortir, je remarque qu'il boite légèrement, ce qui n'était pas le cas dans l'après-midi. Sous le fin tissu blanc de son uniforme, j'aperçois des bleus qui commencent à apparaître. Serait-ce à cause de moi ? L'a-t-on puni, le tenant pour responsable de ma fugue dans le couloir ? Encore des questions que je garde pour moi.

Il sort de la chambre. J'entends le verrou se refermer.

3

LE LENDEMAIN MATIN, ce n'est pas Gabriel qui me réveille, mais un cortège de femmes. Elles sont de la première génération ; c'est en tout cas ce que suggèrent leurs cheveux gris, mais leurs yeux sont encore éclatants de jeunesse. Elles bavardent tout en soulevant les couvertures. L'une d'elles remarque ma nudité et déclare :

— Celle-là, au moins, nous n'aurons pas à la dévêtir.

Celle-là. Avec tout ce qui m'est arrivé, j'en avais presque oublié qu'il y a deux autres filles. Elles aussi piégées quelque part dans cette maison, derrière des portes verrouillées.

Avant que j'aie le temps de réagir, les deux femmes me saisissent chacune par un bras et m'entraînent vers la salle de bains attenante.

— Inutile de te débattre, dit gaiement l'une d'elles.

Je m'efforce de suivre le rythme imposé. Une autre femme reste dans la chambre pour faire le lit.

Dans la salle de bains, on me fait asseoir sur les toilettes, dont la lunette est couverte de fourrure rose. Tout est rose, ici. Y compris les rideaux en voile léger, parfaitement inutiles.

Chez moi, nous couvrons les fenêtres de grosse toile tous les soirs, afin de donner une impression de misère et d'empêcher les orphelins, toujours en quête d'un abri ou d'un menu larcin, de fureter. La maison que j'occupais avec mon frère est pourvue de trois chambres, mais nous passions toutes les nuits dans un lit de camp, au sous-sol, dormant à tour de rôle au cas où les serrures ne tiendraient pas, comptant sur le fusil de notre père pour nous protéger.

Pas de décorations futiles aux fenêtres. Pas d'où je viens.

Ici, les couleurs surgissent de partout. L'une des femmes fait couler un bain, tandis que l'autre ouvre un placard qui laisse apparaître un véritable arc-en-ciel de petits sels de bain en forme de cœurs ou d'étoiles. Elle en jette quelques-uns dans la baignoire, où ils se dissolvent en frémissant, laissant en surface une couche de mousse rose et bleue. Les bulles crépitent comme des feux d'artifice.

Je ne discute pas quand on m'ordonne d'entrer dans l'eau. C'est un peu gênant d'être nue devant ces étrangères, mais le bain m'attire, tant par son aspect que par son odeur. C'est très différent de l'eau jaunâtre et croupie qui s'écoule des tuyaux rouillés dans la maison que je partageais avec mon frère.

Partageais. Au passé. Comment ai-je pu me laisser aller à penser ça ?

Je me baigne dans une eau à l'odeur sucrée et les bulles explosent contre ma peau, lâchant des senteurs de cannelle, de pot-pourri et de ce que j'imagine être le parfum de vraies roses. Mais pas question de me laisser hypnotiser par ces menus plaisirs. Méfiante, je songe à la maison que j'occupe avec mon frère, cette même maison où naquit ma mère au seuil du nouveau siècle. Sur ses murs de brique, on devine encore la silhouette d'un lierre mort depuis longtemps. Il y a également un escalier de secours dont l'échelle est cassée ; dans la rue, les maisons ont été bâties si près les unes des autres qu'enfant, je tendais le bras par la fenêtre de ma chambre pour tenir la main de ma petite voisine. Nous attachions une ficelle entre deux pots de yaourt, et nous parlions en gloussant comme des folles.

Ma petite voisine est devenue orpheline très jeune. Ses parents appartenaient à la nouvelle génération, et elle a à peine connu sa mère ; puis son père est tombé malade, et un matin, quand j'ai voulu lui dire bonjour, elle n'était plus là.

J'étais inconsolable. Cette petite fille était ma première vraie amie. Il m'arrive encore de revoir ses grands yeux bleu clair, de penser à la façon dont elle jetait des bonbons à la menthe contre la vitre de ma chambre quand elle voulait jouer au téléphone. Quand elle fut partie, ma mère trouva la ficelle qui nous tenait lieu de fil téléphonique ; elle m'apprit qu'il s'agissait d'un fil de cerf-volant, et que, petite, elle passait des heures au parc à jouer au cerf-volant. Je lui ai alors demandé de me raconter d'autres histoires sur son enfance, ce qu'elle faisait parfois le soir avant que je m'endorme. Des histoires où il était question de magasins de jouets gigantesques, de lacs gelés sur lesquels elle patinait en effectuant des figures acrobatiques, et de tous les gens qui passaient sous ces mêmes fenêtres quand la maison était récente et couverte de lierre, du temps où les voitures étaient sagement garées le long des trottoirs, ici, à Manhattan.

Quand mes parents sont morts, mon frère et moi avons recouvert les fenêtres de toile de sac à patates ou à café en grains. Nous avons rassemblé les belles choses ayant appartenu à ma mère, les vêtements importants de mon père, et fourré le tout dans des malles fermant à clé. Le reste, nous l'avons enterré dans le jardin, au beau milieu de la nuit, au pied des lis mourants.

Voilà mon histoire. Tout cela est mon passé, et je ne laisserai personne le balayer. Je trouverai un moyen de reprendre le cours de ma vie.

— Elle a des cheveux superbes, fait remarquer l'une des femmes, tout en versant, broc après broc, l'eau mousseuse sur ma tête. Et quelle jolie couleur ! Je me demande si c'est naturel.

Bien sûr que c'est naturel. Que va-t-elle s'imaginer ?

— Je parie que c'est ce qui a plu au gouverneur.

— Attends un peu, dit l'autre femme en saisissant mon menton pour mieux me regarder.

Elle étudie mon visage puis se fige, bouche grande ouverte, agitant brusquement la main devant elle.

— Oh ! Helen, regarde les yeux de cette fille !

Elles cessent de me laver pour prendre le temps de m'examiner. De me regarder vraiment, pour la première fois.

En règle générale, ce sont mes yeux que l'on remarque en premier, car l'œil gauche est bleu et le droit marron, tout comme ceux de mon frère. Hétérochromie : mes parents étaient généticiens, et c'est le nom savant qu'ils donnaient à ce phénomène couramment appelé « yeux vairons ». En grandissant, j'aurais certainement voulu en savoir plus sur le sujet et leur poser des questions, si j'en avais eu l'occasion. J'ai toujours considéré l'hétérochromie comme une tare génétique sans intérêt, mais si ces femmes ont raison et que c'est ce qui a décidé le gouverneur à me choisir, cela m'a sauvé la vie.

— J'imagine que c'est naturel ? demande l'une d'elles.

— Qu'est-ce que ça pourrait être d'autre ?

Cette fois, j'ai parlé à voix haute, ce qui les surprend puis les ravit. Leur petite poupée parle ! Soudain, les questions pleuvent. D'où je viens, est-ce que je sais où je me trouve, la vue n'est-elle pas magnifique, est-ce que j'aime les chevaux – il y a une écurie ravissante, faut-il laisser mes cheveux libres ou les attacher ?

Je ne fournis aucune réponse. Je ne veux rien révéler à ces étrangères, si bien intentionnées soient-elles, car elles sont d'ici. De toute façon, les questions fusent si vite que je ne saurais par quoi commencer ; à ce moment, on frappe doucement à la porte.

— Nous la préparons pour le gouverneur, lance l'une des femmes.

La voix étouffée qui parvient de derrière la porte est douce, agréable et jeune.

— Lady Rose souhaite lui parler tout de suite, je vous prie.

— Nous en sommes encore au bain ! Et ses ongles…

— Veuillez m'excuser, reprend patiemment la petite voix émanant de l'autre côté, mais j'ai reçu l'ordre formel de l'emmener immédiatement, quel que soit son état.

Visiblement, les ordres de Lady Rose ne se discutent pas. Aussitôt, les femmes me remettent sur mes pieds, me sèchent à l'aide d'une serviette rose, donnent un coup de brosse à mes cheveux mouillés et me font enfiler une robe de chambre qui fait courir des vagues soyeuses sur mon épiderme. J'ignore ce que l'on a mis dans l'eau du bain, mais cela a aiguisé mes neurones ; je me sens revigorée, exposée, et j'ai l'impression que des bulles continuent à exploser contre ma peau.

Quand la porte s'ouvre, je constate que la voix appartient à une petite fille, qui fait à peine la moitié de ma taille. Elle est vêtue de la même tenue que les femmes âgées, une version féminine de la blouse blanche que portait Gabriel, avec une jupe plissée noire au lieu d'un pantalon noir. Ses cheveux sont coiffés en nattes enroulées autour de sa tête, et ses joues pleines ressemblent à de petites pommes quand elle me sourit.

— Vous êtes Rhine ? (Je hoche la tête.) Moi c'est Deirdre, annonce-t-elle en me prenant par la main ; la sienne est fraîche et douce. C'est par ici, ajoute-t-elle en me conduisant hors de ma chambre, au bout du couloir dans lequel j'ai brièvement fugué hier.

» Bien, dit-elle en opinant d'un air sérieux, le regard rivé devant elle. Ne parlez que si on vous le demande ; elle n'aime pas les questions, alors évitez d'en poser ; il faut lui donner du Lady Rose ; il y a un bouton au-dessus de sa table de nuit, un bouton blanc, appuyez dessus si elle se sent mal. Elle a le bras long. Le gouverneur domanial lui obéit en tout, alors tâchez d'être dans ses petits papiers.

Nous nous arrêtons devant la porte, et elle rajuste la ceinture de ma robe de chambre pour que celle-ci forme un arc parfait. Puis elle frappe à la porte entrouverte et lance :

— Lady Rose ? Je vous l'ai amenée, comme vous l'aviez demandé.

— Eh bien, fais-la entrer, répond sèchement Rose. Et va te rendre utile ailleurs.

Avant de partir, Deirdre presse ma main entre les siennes. Ses yeux sont ronds comme deux pleines lunes.

— Et de grâce, chuchote-t-elle, évitez d'aborder tout ce qui touche à la mort.

Une fois Deirdre partie, j'ouvre la porte en grand et m'avance jusqu'au seuil. Je sens d'ici les effluves des médicaments dont Rose se plaignait hier. J'aperçois l'assortiment de lotions, de boîtes à pilules et de bouteilles sur la table de nuit.

Aujourd'hui, elle est assise dans un divan tendu de satin, près de la fenêtre. Ses cheveux blonds sont baignés de soleil, et sa peau semble moins jaune. Elle a repris des couleurs, et au début, je pense qu'elle se sent mieux ; mais quand elle me fait signe d'approcher, je remarque le rose excessif de ses joues et soupçonne qu'il s'agit de maquillage. Le rouge de ses lèvres doit lui aussi être factice. Ses yeux bruns, en revanche, ne doivent rien à un quelconque artifice : ils me dévisagent avec une intensité incroyable, pleine de jeunesse. J'essaie de m'imaginer un monde peuplé d'humains « naturels », quand on *était* jeune à vingt ans, quand la mort était loin.

D'après ma mère, les humains naturels vivaient alors jusqu'à quatre-vingts ans. Parfois cent. Je n'y ai pas cru.

Je comprends mieux, aujourd'hui. Rose est la première jeune femme de vingt ans à laquelle j'ai affaire, et bien qu'elle étouffe un toussotement qui macule son poing de sang, sa peau est encore souple et lisse. Son visage est lumineux. Elle ne semble pas très différente, ni beaucoup plus âgée que moi.

— Assieds-toi, dit-elle.

Je choisis une chaise en face d'elle. À ses pieds, le sol est jonché de papiers de bonbon, et je vois la réserve dont elle dispose, dans un bol posé sur le divan. Quand elle parle, je remarque que sa langue est d'un bleu éclatant. Elle manipule une autre sucrerie entre ses longs doigts, l'approche de son visage, comme si elle allait l'embrasser. Puis elle la laisse retomber dans le bol.

— D'où viens-tu ? demande-t-elle.

Dans sa voix, il n'y a rien de la mauvaise humeur dont elle a fait preuve envers Deirdre. Ses cils fournis papillonnent. Elle suit des yeux un insecte qui tournoie autour d'elle avant de disparaître.

Je ne veux pas lui dire d'où je viens. Je suis censée rester assise poliment, mais comment faire ? Comment faire, alors qu'on m'oblige à la regarder mourir avant de me donner en pâture à son mari, lequel me fera des enfants dont je n'ai jamais voulu ? Aussi rétorqué-je :

— Et vous, d'où étiez-vous quand ils vous ont enlevée ?

Je ne suis pas censée lui poser de questions, et je comprends aussitôt que j'ai marché sur une mine. Qu'elle va se mettre à hurler, à appeler Deirdre ou son mari, le gouverneur domanial, pour qu'on m'emmène. Et qu'on m'enferme dans un cachot pour les quatre prochaines années. À ma grande surprise, elle se contente de répondre :

— Je suis née dans cet État. Et même dans cette ville.

Elle se retourne, saisit une photo accrochée au mur et me la tend. Je me penche pour y jeter un coup d'œil.

La photo représente une toute jeune fille à côté d'un cheval. Elle en tient les rênes, et son sourire est si éclatant qu'il lui mange le visage. Le plaisir évident qu'elle éprouve lui fait presque fermer les yeux. À ses côtés, un garçon beaucoup plus grand qu'elle, les mains dans le dos. Son sourire est plus maîtrisé, timide, comme s'il avait l'intention de rester impassible mais n'avait pas pu se retenir sur le moment.

— C'est moi, dit Rose en désignant la fille sur la photo.

Puis, posant le doigt sur la silhouette du garçon :

— Et lui, c'est mon Linden.

Pendant un instant, elle paraît perdue dans ses pensées. Un petit sourire illumine ses lèvres peintes.

— Nous avons grandi ensemble.

Je ne sais pas quoi répondre. Elle semble accaparée par ce souvenir, et aveugle à mon emprisonnement. Mais je me sens quand même désolée pour elle. En d'autres temps, dans d'autres circonstances, elle n'aurait pas eu besoin d'une remplaçante.

— Tu vois ? reprend-elle en montrant la photo. Elle a été prise au milieu des orangers. Mon père possédait des hectares de vergers. Ici même, en Floride.

La Floride. Mon cœur rate un battement. Je suis en Floride, à l'extrême sud de la côte Est, à un nombre incalculable de kilomètres de chez moi. Ma maison au lierre fantomatique me manque. Le bruit du métro dans le lointain me manque. Comment vais-je faire pour retrouver tout ça ?

— Elles sont superbes, dis-je à propos des oranges.

C'est vrai qu'elles sont superbes. Cet endroit semble réussir à tout ce qui vit. Je n'aurais jamais cru possible que la jeune fille épanouie de la photo, posant près d'un cheval dans ce verger, puisse être mourante aujourd'hui.

— N'est-ce pas ? dit-elle. Mais Linden a un faible pour les fleurs. Le festival des orangers en fleur, au printemps, est son préféré. En hiver, on célèbre aussi la neige, on danse à chaque solstice... mais il n'aime pas trop ça. C'est trop bruyant.

Elle déballe un bonbon vert et le porte à sa bouche. Elle ferme les yeux un instant, semblant le savourer. À chacune des nombreuses couleurs son parfum ; le vert est à la menthe, et son odeur me renvoie à l'enfance. Je repense à la petite fille qui lançait des bonbons dans ma chambre, à la façon dont leur odeur emplissait le pot de yaourt dans lequel je répondais au son de sa voix.

Quand Rose reprend la parole, sa langue a pris la couleur émeraude du bonbon.

— C'est pourtant un excellent danseur. Je me demande pourquoi il fait toujours tapisserie.

Elle pose la photo sur le divan, au milieu d'un océan de papiers de bonbon. Je ne sais que penser de cette femme, si lasse et si triste, qui s'est montrée cassante avec Deirdre mais qui me parle comme à une amie. À cet instant, la curiosité étouffe mon amertume. Il me vient à l'esprit que dans cet univers étrange, peuplé de belles choses, il y a peut-être un fond d'humanité malgré tout.

— Sais-tu quel âge a Linden ? me demande-t-elle. (Je fais signe que non.) Vingt et un ans. Nous songions à nous marier depuis l'enfance, et j'imagine qu'il pensait que tous ces traitements réussiraient à me maintenir en vie quatre ans de plus. Son père est un médecin très éminent, de la première génération. Il s'acharne à mettre au point un antidote.

Elle sort cette dernière phrase d'un ton désinvolte, en faisant jouer ses doigts devant elle. Elle ne semble pas croire à l'éventualité d'un antidote. Beaucoup y croient, en revanche. D'où je viens, des hordes d'orphelins font la queue à la porte des laboratoires, se proposant de servir de cobayes pour quelques dollars. Mais l'antidote n'arrive jamais, et l'analyse génétique complète de notre génération n'a décelé aucune anomalie permettant d'expliquer ce virus fatal.

— Mais toi, conclut Rose. Seize ans, c'est parfait. Vous pourrez passer le reste de vos vies ensemble. Il n'aura pas à rester seul.

L'atmosphère de la chambre semble se refroidir subitement. Dehors, les insectes bourdonnent à l'envi dans le jardin infini, mais tout cela paraît à mille lieues de moi. Un court instant, j'avais presque oublié la raison de ma présence ici. Et la façon dont j'y suis arrivée. C'est un lieu superbe mais dangereux, aussi vénéneux qu'un laurier-rose immaculé. Ce jardin luxuriant est conçu comme une prison.

Linden a fait kidnapper ses épouses afin de ne pas mourir seul. Et mon frère dans tout ça, seul dans notre maison vide ? Et les autres filles, abattues dans la camionnette ?

Ma colère est de retour. Je serre les poings, souhaitant qu'on vienne me chercher pour sortir de cette chambre, même si cela signifie être enfermée ailleurs dans cette demeure. La présence de Rose m'est devenue insupportable. Rose et sa fenêtre ouverte. Rose, qui montait à cheval et a chevauché par-delà les orangers. Rose et sa peine capitale, dont j'hériterai à sa mort.

Mon souhait est exaucé, même si cela ne présage rien de bon. Deirdre revient et annonce :

— Veuillez m'excuser, Lady Rose, mais le docteur doit la préparer pour le gouverneur Linden.

Je suis reconduite dans le couloir, jusqu'à un ascenseur fonctionnant à l'aide d'une carte magnétique. Deirdre est à côté de moi, raide et soucieuse.

— Vous allez rencontrer le maître domanial Vaughn ce soir, chuchote-t-elle.

Le sang a quitté son visage, et la façon dont elle me regarde me rappelle qu'elle n'est qu'une enfant. Elle plisse les lèvres dans ce qui peut passer pour... de la sympathie ? de la peur ? Difficile à dire, car l'ascenseur s'ouvre et elle me guide le long d'un couloir plus sombre, qui sent l'antiseptique ; puis elle ouvre une porte.

Je me demande si elle a un autre conseil à me donner, mais elle n'en a pas l'occasion, car déjà un homme s'enquiert :

— Laquelle est-ce ?

— Rhine, monsieur, répond Deirdre sans lever les yeux. Celle qui a seize ans.

Furtivement, je me demande si cet homme est le maître domanial, ou s'il s'agit de mon futur mari, le gouverneur. Mais je n'ai même pas le temps de le regarder, car une douleur cuisante enflamme mon bras. La seule chose que j'entrevois brièvement, c'est une salle stérile, sans fenêtre. Un lit avec un drap et des attaches pour les bras et les jambes.

La pièce se remplit de papillons tourbillonnants, qui semblent en accord avec le reste du décor. Ils tressaillent puis explosent comme les étranges bulles dans mon bain. Du sang partout dans leur sillage. Puis les ténèbres.

4

C'EST À MOI de monter la garde. Nous avons verrouillé portes et fenêtres, et nous nous sommes barricadés dans le sous-sol pour la nuit. Le minuscule réfrigérateur bourdonne dans un coin ; le « tic-tac » de l'horloge retentit ; l'ampoule nue qui pend au plafond émet une lumière tremblotante. Je crois entendre un rat dans l'ombre, occupé à chercher des miettes.

Rowan ronfle sur le lit de camp, ce qu'il ne fait jamais d'ordinaire. Mais peu m'importe. C'est agréable d'entendre un autre être humain, de savoir que je ne suis pas seule. Et qu'en une seconde, en cas d'alerte, il s'éveillera. En tant que jumeaux, nous formons une équipe du tonnerre. À lui les muscles, et une adresse qui lui permet de ne jamais rater un coup de fusil ; quant à moi, si je suis plus menue, je suis aussi plus rapide, et parfois plus vive.

Nous n'avons eu affaire qu'à un seul voleur armé ; c'était l'année de mes treize ans. La plupart du temps, les intrus sont de jeunes enfants qui cassent une vitre ou tentent de forcer la serrure, et qui ne restent que le temps de comprendre qu'il n'y a rien à manger ni aucun objet de valeur à dérober. Ce sont des parasites, que je nourrirais volontiers histoire qu'ils s'en aillent. Nous avons de quoi partager. Mais Rowan s'y refuse. Selon lui, en nourrir un, c'est les avoir tous sur le dos à terme, et cette fichue ville n'est pas sous notre responsabilité ! C'est aux orphelinats de s'en charger. Il y a aussi les primes versées par les labos. « Et les gens de la première génération ? dirait-il, qu'ils fassent quelque chose ! Après tout, ce sont eux les responsables de ce chaos. »

Le voleur armé, âgé d'une bonne vingtaine d'années, faisait le double de ma taille. Ayant réussi à crocheter la serrure de la porte principale sans faire de bruit, il comprit vite que les résidents de notre petite maison devaient se terrer quelque part, et veiller sur ce qui avait de la valeur. C'était Rowan qui était de garde à ce moment-là, mais il s'était assoupi après une journée de dur labeur. Il prend les boulots qu'il trouve, et ce sont toujours des travaux pénibles ; il rentre moulu tous les soirs. Dans un lointain passé, l'industrie américaine avait délocalisé ses usines dans d'autres pays développés. Mais les importations ont cessé, et la plupart des gratte-ciel de New York ont été convertis en usines qui fabriquent de tout, depuis la nourriture surgelée jusqu'à la métallurgie. En général, j'arrive à obtenir du travail de vente en gros par téléphone ; quant à Rowan, il n'a aucun mal à décrocher un job de manutentionnaire ou de livreur, ce qui l'épuise bien plus qu'il ne veut l'admettre. Mais ces boulots paient toujours en liquide, et nous pouvons ainsi acheter plus de vivres que nécessaire. Et les commerçants sont si contents d'avoir des clients qui paient, au lieu des orphelins sans le sou qui leur volent de quoi survivre, qu'ils nous refilent souvent un petit extra, comme du Scotch isolant ou de l'aspirine.

Nous dormions donc tous les deux. Je me suis réveillée en sentant une lame sur ma gorge, les yeux dans les yeux d'un parfait inconnu. J'ai dû émettre un petit bruit, à peine un couinement, mais cela a suffi pour que mon frère se réveille, arme à la main.

J'étais sans défense, pétrifiée. Les petits voleurs, je pouvais m'en charger ; d'ailleurs, la plupart ne nous voulaient pas de mal, pas s'ils pouvaient l'éviter. Ils ne proféraient qu'une menace peu convaincante dans l'espoir de recevoir de la nourriture ou un bijou. Il suffisait qu'on les dépasse en taille pour qu'ils détalent à toutes jambes sitôt surpris. Ils ne faisaient qu'essayer de survivre.

— Si tu tires, je l'égorge, lança l'homme.

Il y eut un grand vacarme, comme la fois où une canalisation avait cédé, et je vis un filet de sang couler sur les sourcils de l'homme. Il me fallut une seconde pour visualiser le trou foré par la balle dans son front, puis je sentis la pression du couteau se relâcher contre mon cou. Couteau que je saisis aussitôt pour l'envoyer au loin. Mais l'homme était déjà mort. Je m'assis, les yeux exorbités, pantelante. Rowan, lui, se leva pour s'assurer du décès de l'intrus, afin de ne pas gâcher une autre balle.

— Bon sang ! cracha-t-il en lui décochant un coup de pied. Je me suis endormi. Merde !

— Tu étais épuisé, dis-je pour le rassurer, pas de problème. De toute façon, il serait parti si on lui avait donné à manger.

— Ne sois pas si naïve, rétorqua Rowan en soulevant le bras du mort.

C'est là que j'ai remarqué son manteau gris. La marque de fabrique des Ramasseurs en maraude.

— Il voulait…, commença Rowan, sans aller jusqu'au bout de sa pensée.

Je ne l'avais jamais vu trembler comme ça.

Avant cette nuit-là, je croyais que les Ramasseurs kidnappaient les jeunes filles sur les trottoirs. C'est bien ce qu'ils font, mais pas toujours. Parfois, ils suivent une fille jusque chez elle et attendent la bonne occasion. Enfin, si elle vaut le coup, s'ils pensent en tirer un bon prix. Et c'est bien ce qui s'était produit. C'est pour cela que cet homme s'est introduit chez nous. Désormais, mon frère refuse que je sorte sans lui. Il s'inquiète, se retourne sans cesse et scrute les moindres coins de rue que nous empruntons. Nous avons ajouté des verrous à la porte. Et nous avons parsemé le sol de la cuisine d'un labyrinthe de fils de cerf-volant auxquels sont attachées des boîtes de conserve vides, histoire d'entendre tout intrus avant qu'il arrive au sous-sol.

Je perçois un nouveau bruit maintenant, et je crois qu'il s'agit d'un autre rat qui trottine à l'étage. Seul un rongeur serait assez petit pour se frayer un chemin sans déclencher notre piège. Mais la porte qui mène au sous-sol, en haut de l'escalier, commence à grincer. Les verrous sautent les uns après les autres.

Derrière moi, Rowan ne ronfle plus. Je chuchote son nom. Je lui dis qu'il y a un intrus. Il ne me répond pas. Je me retourne : le lit de camp est vide.

En haut de l'escalier, la porte du sous-sol s'ouvre à la volée. Mais au lieu des ténèbres de la maison, c'est un grand soleil qui entre, et j'aperçois le jardin le plus époustouflant que j'aie jamais vu. J'ai à peine le temps de tout visualiser que les portes se referment devant moi. Les portes d'une camionnette grise, remplie de jeunes filles paniquées.

— Rowan, fais-je en me relevant brusquement.

Réveillée. Je suis réveillée, et j'essaie de me réconforter. Mais la réalité n'a rien de rassurant. Je suis toujours dans ce manoir, en Floride ; je suis toujours la future épouse d'un gouverneur domanial ; et Rose agonise au fond du couloir, tandis que des voix tentent de l'apaiser.

Bras et hanches me font mal quand je les frotte contre les draps de satin. Je repousse les couvertures, histoire de m'examiner. Je porte une chemise de nuit blanche toute simple. Ma peau est irritée et épilée. Mes ongles ont été limés et polis. Je suis de retour dans ma chambre, avec sa fenêtre verrouillée et sa salle de bains d'un rose si éclatant qu'il en est presque fluo.

Juste à ce moment-là, la porte s'ouvre et je ne sais pas à quoi m'attendre. Est-ce Gabriel, battu et boitillant, qui m'apporte à manger ? Une cohorte de femmes de la première génération venant exfolier, pomponner et parfumer ce qui me reste de peau ? Un docteur muni d'une aiguille, avec une autre table d'examen effrayante montée sur roulettes ? Mais ce n'est que Deirdre, porteuse d'un paquet blanc qui semble bien lourd pour ses bras menus.

— Bonjour, lance-t-elle sur ce ton doux qui n'appartient qu'aux enfants. Comment vous sentez-vous ?

N'ayant rien de gentil à répondre, je reste silencieuse. Elle gambade à travers la pièce, vêtue d'une robe blanche diaphane en lieu et place de son uniforme habituel.

— Je vous ai apporté votre robe, dit-elle en posant le paquet sur la coiffeuse, puis elle en défait le nœud qui le maintient.

La robe est plus grande qu'elle ; ses pans traînent voluptueusement sur le sol alors qu'elle la tient à bout de bras. Ce ne sont qu'éclats de diamants et de perles.

— Elle devrait vous aller, m'assure Deirdre. On a pris vos mesures pendant que vous dormiez, et j'ai fait quelques retouches pour être sûre. Essayez-la donc.

Je n'ai pas la moindre envie d'essayer ce qui est manifestement la robe de mariée que je suis censée porter pour aller au-devant du gouverneur domanial Linden, l'homme responsable de mon enlèvement, et de maître Vaughn, dont le nom a suffi à faire pâlir Deirdre dans l'ascenseur. Mais elle tient la robe en arborant une mine si sympathique et si innocente que je m'en voudrais de lui faire de la peine. Aussi me glissé-je dans l'habit, lui laissant le soin de le boutonner.

Deirdre se juche sur l'ottomane près de la table afin de nouer le col. Ses petites mains adroites forment des arrondis impeccables. Quant à la robe, elle tombe à la perfection.

— C'est toi qui l'as cousue ? m'exclamé-je sans chercher à cacher ma stupéfaction.

Ses joues rondes virent au rouge, et elle hoche la tête tout en descendant du canapé.

— Ce sont les diamants et les perles qui prennent le plus de temps. Le reste, c'est facile.

C'est une robe bustier au décolleté en forme de cœur et avec une traîne en V. Vue du dessus, je pourrais avoir l'air d'un cœur blanc satiné en m'avançant vers l'autel. En tout cas, je n'imagine pas tenue plus ravissante pour m'avancer vers mon emprisonnement à vie.

— Tu as fait trois robes de mariée toute seule ?

Deirdre secoue la tête puis me fait doucement asseoir sur l'ottomane.

— Uniquement la vôtre. Vous êtes ma maîtresse, et moi je suis à votre service. Les autres épouses ont chacune leur domestique.

Elle ouvre un tiroir de la coiffeuse, rempli de cosmétiques et de barrettes. Un bâton de rouge à la main, elle me désigne les boutons situés juste au-dessus de ma table de nuit.

— Appuyez sur le blanc si vous avez besoin de quoi que ce soit. Il permet de m'appeler. Le bleu, c'est pour les cuisines.

Elle commence à me maquiller, apposant des dégradés de couleurs sur ma peau, tenant mon menton pour m'inspecter. Ses yeux sont grands ouverts et sérieux. Une fois satisfaite, elle s'attaque à mes cheveux, les démêlant soigneusement puis les faisant boucler tout en me délivrant diverses informations qu'elle doit juger utiles.

— Le mariage aura lieu dans la roseraie. Il se déroulera par ordre d'âge, la plus jeune épouse en premier. Une passera avant vous, et l'autre après. Évidemment, il y aura l'échange de vœux, mais on les dira à votre place : vous n'aurez pas à parler. Ensuite, ce sera l'échange des alliances, et après...

Ses paroles se perdent dans un océan de détails : les chandelles au vent, les arrangements pour le dîner, ma voix qui ne doit pas dépasser le murmure...

Mais tout ce qu'elle dit se confond dans un fatras hideux. Le mariage est pour ce soir. Ce soir. Aucune chance de m'échapper avant ; je n'ai même pas été fichue d'ouvrir une fenêtre, je n'ai rien vu de l'extérieur de cette maison maudite. Je me sens faible, à bout de souffle. Si la fenêtre pouvait s'ouvrir, je n'en profiterais pas pour filer, mais pour respirer un peu d'air frais. J'ouvre la bouche pour prendre une profonde inspiration, et Deirdre pose un bonbon rouge sur ma langue.

— C'est pour votre haleine, explique-t-elle.

Le bonbon se dissout instantanément, et je suis submergée par une saveur qui rappelle la fraise, mais en trop sucré. La sensation, d'abord envahissante, cède la place à un goût plus naturel, qui fait même diminuer mon anxiété.

— Bien, commente Deirdre, qui semble satisfaite de son travail.

D'un signe, elle me désigne le miroir, auquel je fais face pour la première fois.

Je suis ébahie par ce que j'y vois.

Mes paupières ont été peintes en rose, mais un rose qui n'a rien de la couleur criarde de la salle de bains. On dirait un coucher de soleil hésitant entre le rouge et le jaune. On y voit scintiller de petites étoiles, et les contours se fondent dans des tons pourpre et blanc. Mes lèvres sont maquillées à l'identique, et ma peau est éclatante.

Pour la toute première fois, je n'ai pas l'air d'une enfant. Je ressemble à ma mère dans sa robe de soirée, lorsqu'elle dansait dans le salon avec mon père, certaines fins de journée, après que mon frère et moi étions partis nous coucher. Plus tard, elle venait m'embrasser dans ma chambre quand elle me pensait endormie. Elle était alors en sueur, parfumée et ivre d'amour pour mon père. « Dix doigts, dix orteils, murmurait-elle à mon oreille, ma petite fille n'a rien à craindre et fait de beaux rêves. » Puis elle partait, me laissant comme enchantée.

Que dirait ma mère à cette jeune fille, à cette presque femme dans le miroir ?

Personnellement, je suis sans voix. Avec son génie des couleurs, Deirdre a fait ressortir le bleu de mon œil gauche, et a rendu mon œil marron presque aussi intense que le sont ceux de Rose. Elle m'a habillée et maquillée à la perfection pour le rôle que je dois bientôt tenir : celui de l'une des futures épouses tragiques du gouverneur Linden.

Je pense n'avoir rien à ajouter, mais dans le miroir, je vois Deirdre derrière moi, qui se tord les mains en attendant mon verdict.

— C'est magnifique, dis-je simplement.

— Mon père était peintre, répond-elle avec une touche de fierté. Il a fait de son mieux pour m'apprendre son art, mais je ne sais pas si j'arriverai un jour à être aussi douée que lui. Il disait que tout peut devenir une toile ; c'est vous ma toile, maintenant.

Elle n'en dit pas plus sur ses parents, et je ne lui pose pas de questions.

Elle retouche un moment ma chevelure, qui forme des vaguelettes rabattues en arrière par un bandeau blanc tout simple. Et cela continue jusqu'à ce que la montre à son poignet commence à sonner. Elle m'aide alors à enfiler d'invraisemblables escarpins à talons hauts et tient ma traîne dans le couloir. Nous descendons *via* l'ascenseur et empruntons un dédale de corridors ; au moment où je commence à croire que cette maison n'a pas de fin, nous débouchons devant une grande porte en bois. Deirdre me précède, entrouvre le battant et y glisse la tête. Il me semble qu'elle parle à quelqu'un.

Elle recule pour laisser un petit garçon me regarder. Ils sont à peu près de la même taille. Le garçonnet m'examine de haut en bas.

— J'aime bien.

— Merci, Adair. J'aime bien la tienne aussi, répond Deirdre d'un ton très professionnel malgré sa voix d'enfant. Ça va bientôt commencer ?

— Nous, nous sommes parés. Faut voir avec Ellie.

Deirdre franchit le palier avec le garçon. J'entends d'autres conversations, et quand la porte s'ouvre, une petite fille aux grands yeux verts m'inspecte. Elle applaudit, tout excitée.

— Oh ! c'est ravissant ! crie-t-elle avant de disparaître.

Quand la porte s'ouvre de nouveau, Deirdre me prend la main et me conduit dans ce qui ressemble fort à un atelier de couture. Petite et dépourvue de fenêtre, la pièce est encombrée de rouleaux de tissu et de machines à coudre ; il y a des rubans partout, pendant des étagères, étalés sur les tables.

— Les autres épouses sont prêtes, m'informe Deirdre.

Elle regarde alentour pour être sûre de ne pas être entendue puis me glisse :

— Mais à mon avis, c'est vous la plus jolie.

Les « autres épouses » sont chacune à un bout de la pièce, leur domestique respectif s'affairant autour d'elles, tous vêtus de blanc. Le petit garçon, Adair, est occupé à redresser le corsage de velours blanc d'une épouse svelte aux cheveux noirs. Celle-ci regarde tristement son épaule et semble faire peu de cas du fait qu'on la manipule ainsi.

La petite fille, certainement la dénommée Ellie, ajuste les barrettes de perles ornant la chevelure d'une épouse qui ne doit pas dépasser les quarante-cinq kilos. Celle-ci a les cheveux roux coiffés en chignon haut et porte une robe blanche qui laisse apparaître de subtiles irisations quand elle bouge. Le corsage est doté de grandes ailes de papillon translucides qui donnent l'impression de diffuser des particules scintillantes, mais il s'agit probablement d'un artifice, car je ne vois rien arriver jusqu'au sol. Elle se trémousse, mal à l'aise dans ce bustier que sa poitrine menue peine à remplir.

Sur la pointe des pieds, la rouquine doit à peine m'arriver à l'épaule ; elle est manifestement trop jeune pour faire une épouse. La brune élancée, elle, a l'air trop malheureuse. Quant à moi, je suis trop réticente.

Et pourtant, nous voilà réunies.

Ma robe est si confortable, et Deirdre si fière, et me voici dans cette pièce d'où, je suppose, sortira ma garde-robe pour le restant de ma vie. Mais je n'ai qu'une chose à l'esprit : comment m'enfuir ? Par une conduite d'aération ? une porte mal fermée ?

Et, bien sûr, je pense à mon frère jumeau, Rowan. L'un sans l'autre, nous sommes incomplets. J'ai du mal à l'imaginer tout seul dans le sous-sol, la nuit. Va-t-il sillonner le quartier chaud en quête de mon visage dans les bordels ? Va-t-il se servir du camion de livraison d'un de ses boulots pour chercher mon cadavre au bord des routes ? Quoi qu'il fasse, où qu'il cherche, je suis certaine qu'il ne trouvera jamais ce manoir entouré d'orangeraies, d'écuries et de jardins, si loin de New York.

C'est à moi d'aller le retrouver. Je contemple d'un regard stupide la conduite d'aération trop petite, en quête d'une solution là où il n'y en a pas.

Les domestiques font venir chacune des épouses au centre de la pièce. C'est la première fois que nous sommes réellement en mesure de nous observer. Il faisait trop sombre dans la camionnette, puis nous étions trop terrifiées pour faire autre chose que regarder devant nous quand on nous a sélectionnées, et enfin il y a eu le gaz soporifique dans la limousine ; nous sommes de parfaites étrangères les unes pour les autres.

La rousse, la plus petite, rouspète contre Ellie en déclarant que son corsage est maintenant trop serré ; comment peut-on espérer qu'elle se tienne tranquille pendant la cérémonie – le moment le plus important de sa vie, ajoute-t-elle – si elle arrive à peine à respirer ?

La fille élancée se tient à côté de moi, immobile. Elle ne dit rien tandis qu'Adair, juché sur un escabeau, parsème sa chevelure de minuscules lis artificiels.

On frappe à la porte, et j'ignore ce à quoi je m'attends. Une quatrième épouse, peut-être, ou bien les Ramasseurs venus nous abattre ? Mais ce n'est que Gabriel, porteur d'un grand cylindre, qui demande aux domestiques si les épouses sont prêtes. Il ne regarde aucune d'entre nous. Quand Ellie lui répond que nous sommes parées, il pose le cylindre qui, dans un bruissement mécanique, déroule un long tapis rouge dans le couloir. Puis Gabriel disparaît dans l'ombre.

Une musique étrange commence à se faire entendre, émanant *a priori* des dalles du plafond. Les domestiques nous placent en file indienne, de la plus jeune à la plus âgée, et nous avançons. Nos pas sont incroyablement synchronisés, surtout si l'on considère que nous n'avons jamais répété, et que l'on nous a traînées jusqu'ici inconscientes après tout le temps passé dans la camionnette. Dans quelques minutes, nous serons « sœurs » épouses. C'est le terme que j'ai entendu aux infos, et j'ignore ce qu'il recouvre au juste. J'ignore si ces filles vont devenir mes alliées ou mes ennemies, ou même si nous serons amenées plus tard à coexister.

L'épouse qui se tient devant moi, la petite rouquine, a l'air de sautiller. Ses ailes bondissent. Les particules scintillantes dansent autour d'elle. À la voir ainsi, on pourrait jurer qu'elle est excitée comme une puce.

Le tapis conduit à une porte ouvrant sur l'extérieur. Il s'agit manifestement de ce que Deirdre a appelé « la roseraie », constituée de hauts rosiers formant des murailles végétales autour de nous. C'est une véritable extension du couloir et, en dépit du ciel au-dessus de ma tête, je me sens tout autant prise au piège qu'à l'intérieur.

Le ciel crépusculaire est parsemé d'étoiles ; il me vient vaguement à l'esprit que chez moi, il ne serait pas question d'être dehors à une heure pareille. La porte serait fermée à double tour, le piège à bruit posé dans la cuisine. Rowan et moi dînerions tranquillement en faisant passer le tout avec une tasse de thé ; puis nous regarderions le journal du soir à la recherche de boulots disponibles, prenant des nouvelles du monde extérieur, espérant, contre toute attente, qu'un jour meilleur apporte un changement bénéfique. Depuis l'explosion du vieux labo, il y a quatre ans, j'espère qu'un nouveau viendra le remplacer, et que les emplois consacrés à la recherche scientifique ainsi créés feront renaître l'espoir de découvrir un antidote ; mais ses ruines sont devenues un squat pour orphelins. Les gens renoncent, acceptent leur triste sort. Quant aux infos, elles se limitent à des offres d'emploi et des retransmissions d'événements organisés par les riches, les gouverneurs domaniaux et leurs mornes épouses. Je suppose que tout cela est censé nous encourager. Nous donner l'illusion que ce n'est pas la fin du monde.

Je n'ai pas le temps de sentir la vague de mal du pays monter en moi ; je débouche déjà dans la clairière au bout de l'allée de rosiers. Avec les autres épouses, nous formons un demi-cercle.

L'arrivée dans la clairière a été soudaine, et c'est à la fois une sensation de vertige et de soulagement. D'un seul coup, le jardin prend des proportions gigantesques : on dirait une ville illuminée par des lucioles et de petites bougies qui semblent flotter dans les airs – il doit s'agir de ce que Deirdre a appelé des « photophores ». L'écoulement des fontaines forme de petits plans d'eau, et je constate que la musique émane, amplifiée, d'un synthétiseur qui joue tout seul, et dont les touches s'illuminent en même temps que les notes résonnent ; le son ressemble à celui produit par un orchestre composé de cordes et de cuivres. Je connais cette mélodie, ma mère la fredonnait parfois : il s'agit de la marche nuptiale, thème musical que l'on jouait déjà au temps du mariage de sa propre mère.

On nous guide jusqu'à un belvédère au milieu de la clairière, là où le tapis rouge s'élargit pour former un grand cercle. Un homme vêtu d'une aube blanche est à côté de nous, et les domestiques se positionnent en face, mains jointes devant eux, comme en prière. La plus jeune épouse glousse lorsqu'une luciole tournoie sous son nez avant de disparaître. L'aînée, elle, a les yeux dans le vide, des yeux qui ont la teinte grise du ciel nocturne. Je fais mon possible pour ne pas me faire remarquer, pour me fondre dans la masse, ce qui me paraît impossible depuis que le gouverneur a manifesté de l'intérêt pour mes yeux.

Je ne sais pas grand-chose sur les mariages traditionnels ; je n'en ai jamais vu, et mes parents, comme beaucoup de couples de leur époque, se sont mariés à la mairie. Depuis que l'espèce humaine meurt si jeune, il n'y a pratiquement plus de mariages. Mais je suppose que cette cérémonie ressemble plus ou moins à ce qui se pratiquait autrefois : la promise qui attend, la musique, l'arrivée du marié en smoking noir. Linden, le gouverneur domanial, mon futur époux, avance vers nous au bras d'un homme de la première génération. Ils sont tous deux grands et pâles. Arrivés au belvédère, ils se séparent, et Linden nous rejoint en gravissant seul les trois marches. Il se tient au centre du tapis circulaire, face à nous. La petite rouquine lui fait un clin d'œil, et il lui répond par un sourire aimant, à la façon d'un père souriant à sa toute jeune fille. Mais elle n'est pas sa fille. Il envisage de lui faire des enfants.

Je me sens nauséeuse. Cela ferait un beau scandale si je vomissais sur ses chaussures noires vernies. Mais je n'ai rien mangé de ce que Gabriel m'a apporté depuis mon arrivée, et vomir ne m'attirerait pas les faveurs du gouverneur. Mes meilleures chances d'évasion reposent sur le fait que je gagne la confiance de Linden. Plus tôt j'y arriverai, mieux ce sera.

La musique cesse, et l'homme en aube blanche commence à parler.

— Nous sommes réunis en ce jour pour célébrer l'union sacrée de ces quatre âmes, qui porteront le fruit des générations futures…

Pendant qu'il récite, Linden nous observe. C'est peut-être la lueur des bougies, ou la douce brise nocturne, mais il m'apparaît moins menaçant que lorsqu'il nous a sélectionnées au sortir de la camionnette. C'est un homme grand, à l'ossature fine, ce qui lui donne un aspect frêle, presque juvénile. Ses yeux sont d'un vert éclatant, et ses boucles noires et luisantes forment un lacis épais qui encadre son visage. Il ne sourit pas, et il n'affiche pas non plus le rictus qu'il arborait quand il m'a surprise dans le couloir. Un instant, j'en viens à me demander s'il s'agit bien du même homme. C'est alors qu'il ouvre la bouche, et j'aperçois le reflet doré dans sa denture, au niveau des molaires du fond.

Les domestiques se sont avancés. L'homme en blanc s'est tu, cessant de pérorer sur le caractère rassurant de ce mariage pour les générations futures, et maintenant Linden s'adresse à chacune d'entre nous par notre nom.

— Cecily Ashby, dit-il à la plus petite.

Elle ouvre ses mains jointes, révélant une alliance en or. Linden s'en saisit et la passe au doigt menu de la jeune épouse.

— Ma femme, continue-t-il.

Elle rougit et semble rayonner.

Avant que j'aie le temps de comprendre ce qui m'arrive, Deirdre ouvre à son tour les mains, et Linden procède de même, me passant l'alliance au doigt.

— Rhine Ashby. Ma femme.

Tout ça ne rime à rien, me dis-je. *Il peut bien m'appeler sa femme ; quand je me retrouverai de l'autre côté de la barrière, cette alliance ridicule n'aura aucune valeur. Je suis toujours Rhine Ellery*. Je m'efforce de m'imprégner de cette pensée, mais je suis saisie d'une sueur froide. Mon cœur pèse une tonne. Le regard de Linden croise le mien, et je ne détourne pas les yeux. Je refuse de rougir, de flancher, de baisser les yeux. Je ne succomberai pas.

Il s'attarde un instant puis se tourne vers la troisième épouse.

— Jenna Ashby, dit-il à l'autre fille. Ma femme.

L'homme en blanc déclare alors :

— Ce que le destin a réuni, rien ni personne ne pourra le séparer.

Le destin, pensé-je, *est un voleur.*

La musique reprend, et Linden nous tend à chacune la main le temps de nous guider jusqu'en bas des marches, l'une après l'autre. Sa main est fraîche et moite. C'est notre premier contact en tant que mari et femme. En avançant, j'essaie d'embrasser du regard le manoir qui m'a servi de prison ces derniers jours. Mais il est énorme, et à cette distance je ne peux voir qu'un de ses côtés ; ce ne sont que briques et fenêtres. Je crois cependant apercevoir Gabriel alors qu'il passe à l'une des fenêtres. Je reconnais sa coiffure impeccable, et ses grands yeux bleus dardés sur moi.

Après ça, Linden nous quitte, disparaissant en compagnie de l'homme de la première génération avec lequel il était venu. Les épouses sont reconduites au manoir. Du lierre pousse sur les parois, et juste avant d'entrer je tends le bras pour en saisir une petite feuille brillante, que j'enferme dans mon poing serré. Cela me rappelle ma maison, même si le lierre n'y pousse plus depuis longtemps.

De retour dans ma chambre, je cache la feuille dans ma taie d'oreiller avant que Deirdre revienne s'occuper de moi. Elle m'aide à enlever ma robe de mariée, qu'elle replie soigneusement, puis elle commence à m'asperger d'un liquide qui, d'emblée, assaille mes sens et me fait éternuer, mais dont la fragrance s'estompe pour devenir une agréable senteur de rose. Elle me fait ensuite asseoir sur l'ottomane et ouvre le tiroir à maquillage. Elle me démaquille puis recommence, apposant cette fois des dégradés spectaculaires de rouge et de pourpre qui me donnent un air sensuel. C'est encore plus réussi que la première fois : ce nouveau maquillage fait ressortir ma colère et mon amertume.

Je revêts une robe moulante, assortie au rouge de mes lèvres, et ornée de dentelle noire au col et aux poignets. La robe ne m'arrive qu'à mi-cuisse, et Deirdre ajuste l'étoffe afin qu'elle tombe parfaitement. Ensuite, je chausse une autre paire de chaussures aux talons ridiculement hauts puis m'inspecte dans le miroir. Chaque courbe de mon corps fait saillie sous le tissu velouté : mes seins, mes hanches, et même mes côtes.

— Cela symbolise le fait que vous n'êtes plus une enfant, explique-t-elle. Que vous êtes prête pour votre mari à tout moment.

Je suis ensuite conduite jusqu'à l'ascenseur et le long de nombreux couloirs, jusqu'à ce que nous arrivions dans une vaste salle à manger. Les autres épouses sont vêtues de tenues similaires à la mienne, dans des variantes respectivement noire et jaune. Nous avons toutes les cheveux détachés. On me fait asseoir entre les deux, à une longue table dressée sous des lustres de cristal. Cecily, la rouquine, semble tout excitée tandis que Jenna, la brune, paraît émerger de sa mélancolie. Sous la table, sa main effleure la mienne, et je ne suis pas sûre que ce soit accidentel.

Nous embaumons toutes les fleurs.

Des poussières scintillantes tombent encore des cheveux de Cecily.

Puis arrive le gouverneur domanial Linden, toujours en compagnie de l'homme de la première génération. Ils s'avancent vers nous, et Linden s'empare de nos mains à tour de rôle pour nous gratifier d'un baisemain. Il nous présente ensuite l'homme comme étant son père, le maître domanial Vaughn.

Maître Vaughn nous fait à son tour un baisemain, et je dois fournir un effort pour ne pas frémir au contact de ses lèvres froides et parcheminées. J'ai l'impression d'être embrassée par un cadavre. Pour un homme de la première génération, maître Vaughn a « bien » vieilli ; ses cheveux noirs sont à peine parsemés de gris, et son visage n'est pas affreusement ridé. Mais sa peau est d'une pâleur maladive, qui ferait passer Rose pour une personne en pleine santé à côté. Il ne sourit pas. Tout en lui semble glacé. Même la remuante Cecily cesse de gigoter à son approche.

Je me sens un peu mieux lorsque Linden et maître Vaughn s'assoient de l'autre côté de la table, Linden s'installant face à nous et Vaughn à un bout. Les épouses sont alignées les unes à côté des autres, et l'autre extrémité de la table est laissée vide. Je suppose qu'il devait s'agir de la place réservée à la mère de Linden ; comme elle est absente, j'en déduis qu'elle n'est plus de ce monde.

Lorsque Gabriel entre dans la pièce, porteur d'une pile d'assiettes et d'ustensiles, je me sens rassurée par sa présence. Je ne lui ai pas parlé depuis la veille quand il est sorti de ma chambre en boitant. J'ai alors craint qu'il ait été puni à cause de mes actes, et que maître Vaughn décide de l'enfermer dans un cachot pour le reste de ses jours. Mes plus grandes peurs incluent toujours des cachots ; je n'imagine pas pire chose qu'être emprisonné à vie, surtout quand on sait le peu d'années qui nous reste.

Cependant, Gabriel a l'air d'aller bien. Je ne vois pas de trace de bleus à travers sa chemise. Il ne boite plus. J'essaie de croiser son regard, je voudrais qu'il puisse voir dans le mien que je compatis, ou bien que je suis désolée, mais il ne lève pas les yeux vers moi. Quatre autres serviteurs arborant le même uniforme entrent à sa suite, apportant pichets d'eau, bouteilles de vin, ainsi qu'un chariot chargé de mets extravagants : poulets entiers baignant dans une sauce au caramel, fraises et ananas coupés et disposés de façon à représenter des nénuphars.

La porte de la salle à manger s'ouvre et se referme au fil des allées et venues des domestiques. Qu'arriverait-il si je me mettais à courir ? Gabriel ou l'un des autres essaierait-il de m'arrêter ? Mais c'est surtout la pensée de ce que ferait mon nouveau mari qui me retient ; en détalant ainsi, je n'irais sûrement pas bien loin. Et après ? Je me retrouverais de nouveau enfermée dans ma chambre, ayant perdu toute chance de gagner un jour sa confiance.

Aussi resté-je à ma place, participant à une conversation laborieuse et aimable jusqu'à l'écœurement. Linden parle peu ; son esprit semble vagabonder ailleurs, cependant qu'il enfourne cuillère de soupe après cuillère de soupe. Cecily lui adresse un sourire et va même jusqu'à lâcher sa cuillère, exprès j'imagine, pour faire en sorte qu'il la regarde.

Maître Vaughn, quant à lui, disserte sur les jardins centenaires et sur le goût sucré des pommes qui y poussent. Même quand il parle de fruits et de buissons, il fait froid dans le dos. Cela vient de sa voix, basse et rauque. Je remarque qu'aucun serviteur ne pose le regard sur lui quand il dispose un plat ou débarrasse une assiette.

C'était sûrement lui. Lui qui a dû s'en prendre à Gabriel, le jour où ma porte n'était pas verrouillée. Sous les sourires et un babil anodin, je sens en lui quelque chose de dangereux. Quelque chose qui me coupe l'appétit, et qui ôte toute couleur au visage agréable de Deirdre. Plus dangereux, peut-être, que ce gouverneur Linden éperdu, qui nous regarde sans nous voir, fou d'amour qu'il est pour une femme aux portes de la mort.

5

UNE FOIS le dîner enfin terminé, je reste alanguie sur mon lit, en chemise de nuit blanche, pendant que Deirdre masse mes pieds endoloris. Je suis trop épuisée pour lui dire d'arrêter, et c'est très relaxant. Elle est agenouillée à côté de moi, si légère qu'elle s'enfonce à peine dans mon édredon moelleux.

Je m'allonge sur le ventre, m'agrippant à un oreiller, et elle s'attaque à mes mollets ; c'est exactement ce qu'il me faut après toutes ces heures passées sur des talons hauts. Elle a également allumé des bougies, qui font flotter dans la chambre une odeur chaude de fleurs inconnues. Je suis si détendue que je laisse échapper ces paroles sans me soucier de l'effet produit :

— Alors, comment ça se passe, la nuit de noces ? Il nous fait défiler pour en choisir une ? Il nous assomme au gaz soporifique et nous fourre toutes les trois dans son lit ?

Deirdre ne semble nullement offensée par ma grossièreté. C'est patiemment qu'elle répond :

— Oh ! le gouverneur domanial ne consommera pas cette nuit avec ses épouses. Pas tant que Lady Rose…

Elle ne finit pas sa phrase.

Je me relève juste assez pour pouvoir la regarder par-dessus mon épaule.

— Comment ça ?

Un profond émoi se lit sur le visage de Deirdre, tandis que ses épaules se soulèvent au rythme du massage de mes jambes fatiguées.

— Il est très amoureux d'elle, explique-t-elle tristement. Je ne pense pas qu'il rende visite à ses nouvelles épouses tant qu'elle sera en vie.

En effet, le gouverneur Linden ne vient pas dans ma chambre, et une fois Deirdre partie après avoir soufflé les bougies, je finis par m'endormir. Mais au petit matin, je suis réveillée par le bruit de la porte qui s'ouvre ; ces dernières années, mon sommeil est devenu très léger, et sans toxines soporifiques dans mon organisme, j'ai recouvré ma vivacité habituelle. Je reste pourtant sans réagir. J'attends, les yeux écarquillés, rivés sur le puits de ténèbres de la porte qui s'ouvre.

La chevelure bouclée de la silhouette me permet d'identifier Linden.

— Rhine ?

C'est la deuxième fois dans la courte histoire de notre mariage qu'il prononce mon prénom. J'ai envie de l'ignorer, de faire mine de dormir encore, mais j'ai l'impression que mes battements de cœur terrifiés s'entendent depuis le palier. C'est irrationnel, mais pour moi, une porte entrouverte est encore synonyme de Ramasseurs venus m'abattre ou me kidnapper. En outre, Linden voit que j'ai les yeux ouverts.

— Oui.

— Lève-toi, dit-il doucement. Et passe un vêtement chaud : j'ai quelque chose à te montrer.

Un vêtement chaud ! Cela doit signifier qu'il compte m'emmener dehors.

Il a la délicatesse de ressortir, afin que je puisse me vêtir en privé. La penderie s'illumine quand j'en ouvre la porte, révélant des rayons contenant une profusion de vêtements que je n'avais pas remarquée la dernière fois. J'opte pour un pantalon noir chaud et confortable, et un pull incrusté de perles, sans doute l'œuvre de Deirdre.

Quand j'ouvre la porte, qui n'est plus verrouillée de l'extérieur comme avant le mariage, Linden m'attend dans le couloir. Il sourit, me prend le bras et me conduit à l'ascenseur.

La succession de couloirs est effrayante, dans cette maison. J'ai la certitude que même si la porte d'entrée était laissée ouverte pour que je m'enfuie, je ne saurais jamais la retrouver. J'essaie de mémoriser ma position actuelle : un long couloir ordinaire, doté d'une moquette verte qui semble neuve. Les murs sont blanc crème, avec des motifs du même genre que dans ma chambre. Comme il n'y a aucune fenêtre, je ne peux même pas savoir si nous sommes au rez-de-chaussée, jusqu'à ce que Linden ouvre une porte donnant sur le chemin de la roseraie, bordé de la même haie. Mais cette fois, nous dépassons le belvédère. Le soleil n'est pas encore levé, et l'endroit paraît ensommeillé.

Linden me montre l'une des fontaines, qui s'écoule dans un bassin peuplé de longs poissons ventrus de couleur blanc, orange et rouge.

— Ce sont des carpes koï. Elles sont originaires du Japon. Tu en as entendu parler ?

La géographie est devenue une discipline si obscure que je ne l'ai jamais étudiée pendant ma brève scolarité, avant que la mort de mes parents m'oblige à travailler. Les cours avaient lieu dans une ancienne église, et même au grand complet, les élèves de la classe garnissaient à peine la première rangée de bancs. Pour l'essentiel, nous étions des descendants de la première génération, comme mon frère et moi, à qui l'on a inculqué l'importance de recevoir une éducation, même si l'on ne vit pas assez longtemps pour en profiter pleinement. L'école accueillait aussi un ou deux orphelins rêvant de devenir acteurs, et qui souhaitaient apprendre à lire afin de pouvoir déchiffrer et mémoriser un script. Tout ce qu'on nous a appris en matière de géographie, c'est que le monde comprenait autrefois cinq continents et de nombreux pays, mais qu'une troisième guerre mondiale a tout dévasté hormis l'Amérique du Nord, continent le plus avancé du point de vue technologique. Les dégâts furent si catastrophiques qu'il ne reste du monde qu'un immense océan parsemé d'îlots inhabitables, si petits qu'on les voit à peine depuis l'espace.

Mon père, en revanche, était féru de géographie. Il possédait un atlas représentant le monde tel qu'il était au XXIe siècle, avec de grandes images en couleurs détaillant chaque pays et ses coutumes. Le Japon était l'un de mes préférés. J'adorais les geishas au visage peint, aux traits surlignés et aux lèvres pincées, les cerisiers en fleur rose et blanc, si différents des pauvres choses qui poussent sur les trottoirs de Manhattan. Le Japon entier semblait brillant et lumineux comme une gigantesque photographie en couleurs. Mon frère préférait l'Afrique, avec ses éléphants aux oreilles immenses et ses oiseaux colorés.

Je m'imaginais que le monde en dehors de l'Amérique du Nord avait dû être magnifique. Et c'est mon père qui m'a fait connaître cette beauté. Il m'arrive encore de penser à ces continents engloutis. Une carpe koï zigzague devant moi puis disparaît dans l'eau profonde, et mes pensées vont vers mon père, qui aurait été si heureux d'en voir une.

La douleur provoquée par cette évocation est si soudaine que mes genoux peinent à me porter ; je ravale mes larmes au plus profond de ma gorge, faisant descendre en même temps la boule d'angoisse qui s'y est formée.

— J'en ai entendu parler, oui, parviens-je à répondre.

Linden semble impressionné. Il me sourit et lève la main comme pour me toucher, mais il se ravise et continue à marcher. Nous arrivons devant une balancelle en bois, en forme de cœur. Nous asseyant un moment, nous oscillons doucement sans nous toucher, les yeux rivés sur l'horizon par-delà les haies de rosiers. Le ciel prend lentement des couleurs, avec des touches de jaune et d'orange, comme le maquillage de Deirdre. Les étoiles, encore visibles, s'estompent avec la luminosité qui augmente.

— Regarde, dit Linden. Regarde comme c'est magnifique.

— Le lever du soleil ?

C'est vrai que c'est joli, mais je ne vois pas là de quoi sauter de son lit si tôt le matin. J'ai tellement l'habitude des tours de garde avec mon frère, et du sommeil fractionné, que mon corps a été entraîné à ne pas gâcher le repos qui lui est accordé.

— Le seuil d'un nouveau jour, déclare Linden. Et le fait d'être en assez bonne santé pour y assister.

Je vois de la tristesse dans ses yeux verts. Je m'en méfie. Comment me fier à un homme qui a payé des Ramasseurs pour pouvoir disposer de moi jusqu'à mon dernier souffle ? qui a sur les mains le sang de toutes ces filles, abattues dans la camionnette ? Mon compte de levers de soleil est certes limité, mais il n'est pas question de les voir tous en tant qu'épouse de Linden Ashby.

Tout n'est que silence pendant un moment. Le visage de Linden est illuminé par le soleil matinal, et mon alliance capture un rayon de lumière. Je hais cette babiole. Il m'a fallu toute ma volonté, hier soir, pour ne pas la balancer dans les toilettes. Mais si je veux gagner sa confiance, il me faut la porter.

— Ainsi, tu connais le Japon. Que sais-tu d'autre sur le monde ?

Je n'ai nulle envie de lui parler de l'atlas de mon père, que mon frère et moi avons caché, avec d'autres objets de valeur, dans une cantine verrouillée. Quelqu'un comme Linden n'a pas besoin de mettre ses biens sous clé, à part ses épouses. Il ne pourrait comprendre la folie qui habite les zones plus pauvres, plus désespérées.

— Pas grand-chose.

Je feins l'ignorance lorsqu'il commence à me parler de l'Europe, d'une grande horloge appelée « Big Ben » (il me revient en mémoire une image de cette tour illuminée, dans le crépuscule londonien, au milieu de la foule), et des flamants roses aujourd'hui disparus, qui avaient le cou aussi long que les pattes.

— C'est Rose qui m'a appris presque tout ça, admet-il.

Puis, alors que le soleil commence à raviver les rouges et les verts du jardin, il se détourne de moi.

— Tu peux rentrer. Un domestique te ramènera à ta chambre.

Sa voix se brise en fin de phrase, et je devine que le moment est mal choisi pour faire semblant de l'adorer. Je me lève et retrouve le chemin de la porte d'entrée, le laissant seul dans ce jour naissant, à penser à Rose dont les levers de soleil sont comptés.

Les jours suivants, Linden fait à peine acte de présence auprès de ses épouses. Les portes de nos chambres sont déverrouillées, et nous sommes abandonnées à nous-mêmes, libres d'aller et venir dans tout l'étage. Celui-ci comprend une bibliothèque et un salon, mais pas grand-chose d'autre. Nous n'avons pas la permission d'utiliser l'ascenseur sauf quand il nous invite à dîner, ce qui arrive rarement ; en règle générale, on nous apporte nos repas sur un plateau, dans nos chambres. Je passe beaucoup de temps dans un fauteuil rembourré de la bibliothèque, à feuilleter les pages colorées de traités sur des fleurs qui ne poussent plus nulle part, et sur d'autres qui existent encore dans diverses régions du pays. J'étudie les glaciers polaires, vaporisés il y a fort longtemps pendant la guerre, ainsi que l'histoire d'un explorateur nommé Christophe Colomb, qui a prouvé que la Terre est ronde. Dans ma réclusion, je cherche l'évasion dans l'histoire d'un monde libre et sans frontières, un monde révolu.

Je ne croise pas souvent mes sœurs épouses. Parfois, Jenna vient s'installer dans un canapé près de moi et lève les yeux de son roman pour me demander ce que je lis. Sa voix est timide, et quand je la regarde, elle se recroqueville comme si je m'apprêtais à la frapper. Mais sous ses dehors timorés, il y a autre chose : ce qui reste d'une personne brisée qui fut autrefois sûre d'elle, forte, courageuse. Ses yeux sont souvent humides de larmes. Nos conversations sont mesurées et brèves, elles ne dépassent jamais plus d'une phrase ou deux.

Cecily déplore le fait qu'à l'orphelinat, on ne lui a pas bien appris à lire. Elle s'assoit sagement à l'une des tables avec un livre et épelle parfois un mot à haute voix, attendant impatiemment que je le prononce pour elle, et éventuellement que je lui dise ce qu'il signifie. Bien qu'elle n'ait que treize ans, ses lectures favorites concernent la grossesse et la maternité.

En dépit de ses lacunes, Cecily se révèle être une musicienne prodige. Je l'entends parfois jouer sur le synthétiseur du salon. La première fois, j'ai été attirée jusqu'au palier bien après minuit, et je l'ai vue assise ; son corps minuscule, à la crinière de feu, piégé au milieu d'un hologramme de neige tourbillonnante qu'une machine quelconque projetait sur le synthé. Mais Cecily, tellement éprise de l'élégance factice émanant du manoir, jouait les yeux fermés. Perdue dans son concerto, elle n'était plus ma petite sœur épouse vêtue d'une robe ailée, ni cette peste qui jette l'argenterie à la tête des domestiques quand ils la croisent dans un de ses mauvais jours, mais une créature d'un autre monde. Il n'y avait plus cette bombe à retardement en elle, pas le moindre signe de cette chose horrible qui la tuera dans une maigre poignée d'années.

Elle joue de façon plus maladroite l'après-midi, frappant le clavier au hasard, pour s'amuser. Les touches ne rendent rien tant que l'on n'a pas inséré la fiche produisant un hologramme parmi les centaines disponibles. Ils ont été conçus pour accompagner la musique : rivières tourbillonnantes, ciel fourmillant de lucioles, arcs-en-ciel fugaces. Je n'ai jamais vu Cecily recourir deux fois au même hologramme, bien qu'elle n'en identifie pratiquement aucun pour ce qu'il représente.

Ce ne sont pas les illusions qui manquent au salon. La télévision peut, si l'on appuie sur un bouton, simuler une piste de ski, une patinoire ou un champ de courses.

Un assortiment de télécommandes, volants, skis et manettes en tout genre permet de remplacer le monde réel. Je me demande si mon nouveau mari a grandi dans cet univers : piégé dans un manoir labyrinthique, avec des illusions en guise d'apprentissage du monde extérieur. Un jour que j'étais seule, je me suis essayée à la pêche virtuelle : je m'en suis très bien sortie, contrairement à ce qui se produit en vrai.

Au cours de mes longues heures de solitude, j'ai exploré à maintes reprises l'étage des épouses, depuis la chambre de Rose à un bout du couloir, jusqu'à la bibliothèque à l'autre extrémité. J'ai inspecté les conduits d'aération, qui sont vissés aux plafonds, ainsi que les trappes à linge, trop étroites pour laisser passer autre chose qu'un vêtement. Toutes les fenêtres sont closes, hormis celle de la chambre de Rose, que cette dernière ne quitte jamais.

Quant à la cheminée de la bibliothèque, elle est entièrement factice : les flammes virtuelles crépitent sans produire la moindre chaleur. Il n'y a pas de conduit, aucun moyen pour l'air d'atteindre le ciel.

Et il n'y a aucun escalier. Pas même une issue de secours verrouillée. J'ai sondé les parois, vérifié derrière les étagères et sous les meubles. J'ignore si l'étage des épouses est le seul à être dépourvu d'escalier ; si les ascenseurs cessent de fonctionner en cas d'incendie, les épouses de Linden s'enflammeront comme des torches. Mais après tout, nous sommes aisément remplaçables. Et les filles abattues dans la camionnette n'ont pas pesé lourd sur la conscience du gouverneur domanial.

Mais ça n'a aucun sens. Et Rose, dont Linden est éperdument amoureux, sa vie n'a-t-elle aucune valeur à ses yeux ? Peut-être pas. Même une première épouse, une favorite, est un article jetable.

Je tente d'ouvrir l'ascenseur, mais aucun bouton ne fonctionne sans carte magnétique. J'essaie de forcer l'ouverture avec mes doigts, puis avec le talon de ma chaussure, comme s'il y avait le feu, comme si ma vie dépendait d'une fuite immédiate. Les portes ne bougent pas d'un pouce. Je fouille ma chambre en quête d'un outil qui pourrait m'aider ; trouvant un parapluie accroché dans ma penderie, j'essaie avec ça. Je parviens à faire pénétrer la pointe entre les portes métalliques, qui s'entrouvrent à peine, juste assez pour que je glisse ma chaussure dans l'embrasure. Et là, hourra ! elles s'ouvrent enfin.

Je suis aussitôt assaillie par une bouffée d'air fétide montant de la cage d'ascenseur ; que je regarde vers le haut ou vers le bas, ce ne sont que ténèbres épaisses. J'étudie les câbles, sans moyen de savoir où ils commencent et où ils finissent. J'ignore combien d'étages il y a au-dessus et au-dessous. En tendant la main, j'arrive à empoigner un câble, que je tiens fermement. Je pourrais tenter une escalade, ou encore m'y agripper et me laisser glisser jusqu'en bas. Même si je ne parviens qu'à l'étage situé sous celui des épouses, il est possible que je tombe sur une fenêtre ouverte ou un escalier.

C'est le mot « possible » qui me fait hésiter. Car il est tout aussi possible que je n'arrive pas à ouvrir les portes de l'ascenseur de l'intérieur. Comme il est possible que je meure écrasée, si d'aventure la cabine arrive avant que j'aie réussi.

— On envisage le suicide ?

C'est la voix de Rose. Je tressaille, ramène mon bras hors de la cage d'ascenseur. Ma sœur épouse se tient à quelques pas de distance, bras croisés, vêtue de sa chemise de nuit diaphane. Cheveux ébouriffés, pâle, la bouche anormalement rougie par un bonbon, elle sourit.

— Ne t'inquiète pas. Je ne te dénoncerai pas. Je comprends.

Les portes de l'ascenseur se referment, sans moi.

— Vraiment ?

— Hmm, fait-elle en désignant mon parapluie. (Je le lui tends ; elle l'ouvre et le fait tournoyer au-dessus de sa tête.) Où l'as-tu trouvé ?

— Dans ma penderie.

— Bon. Sais-tu qu'on n'est pas censé ouvrir un parapluie à l'intérieur ? Ça porte malheur. Et Linden est très superstitieux. (Elle replie le parapluie, l'étudie.) Et c'est Linden qui a le dernier mot en ce qui concerne ce qui se trouve dans ta chambre, le sais-tu ? Tes vêtements, tes chaussures… ce parapluie. S'il t'a autorisée à en avoir un, qu'est-ce que ça signifie, d'après toi ?

— Il n'a pas envie que je sois trempée par la pluie, dis-je, commençant à comprendre.

Elle lève les yeux, me sourit, me rend le parapluie.

— Tout juste. Et c'est dehors qu'il pleut.

Dehors. Je n'aurais jamais cru que ce simple mot puisse me retourner l'estomac. C'est l'une des petites libertés dont j'ai joui toute ma vie, et aujourd'hui, je suis prête à tout pour la reconquérir. Je resserre ma prise sur le parapluie.

— Mais les ascenseurs sont la seule voie d'accès à l'extérieur ?

— Oublie les ascenseurs, martèle Rose. La seule voie d'accès à l'extérieur, c'est ton mari.

— Je ne comprends pas. Et s'il y a le feu ? Nous allons toutes y passer, non ?

— Les épouses sont un investissement. Maître Vaughn a payé le prix fort pour t'avoir. Il est obsédé par la génétique, et je parie qu'il a acquitté un petit supplément pour tes yeux vairons. S'il veut assurer ta sécurité, qu'importent les incendies, les ouragans, les tsunamis. Tu ne risques rien.

Je suppose que c'est censé être flatteur. Mais ça ne fait que redoubler mon angoisse. Si je représente un tel investissement, je n'en aurai que plus de mal à filer en douce.

Rose semble fatiguée. Je vais poser le parapluie dans ma chambre puis l'aide à regagner son lit. En temps normal, elle rabroue les domestiques quand ils lui disent de se reposer, mais elle me laisse faire, car je n'essaie jamais de lui faire avaler le moindre médicament.

— Ouvre la fenêtre, murmure-t-elle en se calant sous ses couvertures soyeuses.

J'accède à sa requête, et une fraîche brise printanière s'engouffre dans la chambre. Elle respire profondément.

— Merci, lâche-t-elle dans un soupir.

Je m'assois sur le rebord de la fenêtre, pose ma main à plat contre la moustiquaire. C'est une moustiquaire d'aspect très ordinaire, qui céderait si j'appuyais assez fort. Je pourrais alors sauter, sauf qu'il y a plusieurs étages – c'est plus haut que le toit de ma maison – sans aucun arbre auquel se raccrocher. Inutile de s'y risquer. Je repense à ce que Rose m'a confié quand elle m'a trouvée face à la cage d'ascenseur. Qu'elle ne me dénoncerait pas, qu'elle comprenait.

— Rose ? Avez-vous jamais tenté de fuir ?

— Aucune importance, répond-elle.

Je revois la toute jeune fille de la photo, souriante, si pleine de vie. Elle a vécu ici toutes ces années. A-t-elle toujours voulu épouser Linden ? A-t-elle eu des réticences à un moment donné ? J'ouvre la bouche pour lui poser la question, mais elle s'est assise dans son lit et déclare :

— Tu reverras le monde extérieur. J'en suis sûre. Il va tomber amoureux de toi. Et si tu m'écoutais, tu comprendrais que tu deviendras sa favorite après ma mort.

Avec quelle désinvolture elle parle de sa propre mort !

— Il t'emmènera partout où tu voudras.

— Pas partout, dis-je. Pas chez moi.

Elle sourit et tapote le matelas à côté d'elle en guise d'invitation. Je m'assois, et elle s'agenouille derrière moi, entreprenant de me natter les cheveux.

— C'est ici chez toi, désormais. Plus tu résisteras (elle tire sur mes cheveux pour illustrer son propos), plus le piège se refermera. Voilà.

Elle prend un ruban posé sur sa tête de lit et s'en sert pour nouer mes cheveux. Puis elle rampe sur le matelas jusqu'à me faire face, dégageant une mèche rebelle qui me tombe devant les yeux.

— Tu es très jolie avec les cheveux en arrière. Tes pommettes sont ravissantes.

Des pommettes hautes, tout comme elle. Je ne puis ignorer nos traits de ressemblance : cheveux blonds, épais et ondulés, menton pointu, petit nez. Il ne lui manque que l'hétérochromie. Mais il existe une autre différence entre nous, et elle est de taille. Elle a su accepter cette vie, aimer notre époux. Quant à moi, je partirai d'ici, quitte à trouver la mort en tentant de fuir.

Après cela, il n'est plus question d'évasion entre Rose et moi. Elle me préfère aux autres épouses, qui ne lui ont jamais ne serait-ce qu'adressé la parole. Jenna parle le moins possible ; quant à Cecily, elle m'a demandé plus d'une fois pourquoi je m'enquiquine à fréquenter l'épouse mourante de Linden. « Quand elle mourra, il s'occupera plus de nous », répète-t-elle, et l'on jurerait qu'elle n'attend que ça. Cela me dégoûte de voir à quel point la vie de Rose lui importe si peu, mais en ça, elle n'est pas très différente de mon frère, et des propos qu'il a tenus lorsque nous avons découvert une orpheline morte de froid sous le porche, l'hiver dernier.

Quand je l'ai vue, j'ai pleuré comme une madeleine, mais mon frère s'est contenté de dire qu'il n'y avait pas urgence à déplacer le corps, qu'il dissuaderait les autres de venir nous cambrioler. « On a tellement bien bossé sur les serrures qu'ils crèvent sans pouvoir entrer », avait-il ironisé. Nécessité. Survie. Eux ou nous. Quelques jours plus tard, quand j'ai suggéré qu'on enterre le corps – celui d'une fillette en manteau râpé –, j'ai dû l'aider à le jeter dans une benne. « Tu es trop sentimentale. Ça fait de toi une cible facile. »

Eh bien, peut-être pas cette fois-ci, Rowan. Le fait d'être sentimentale peut au contraire jouer en ma faveur : nous passons de longues heures à bavarder, Rose et moi, et j'apprécie grandement nos conversations, certaine qu'il y a là l'occasion d'en apprendre le plus possible sur Linden afin de gagner ses faveurs.

Mais alors que les jours se transforment en semaines, je sens une authentique amitié naître entre Rose et moi, chose que je devrais fuir, puisqu'elle est mourante. Mais qu'y puis-je ? J'apprécie sa compagnie. Elle me parle de ses parents, qui étaient de la première génération et ont péri dans un genre d'accident quand elle était petite ; c'étaient des amis proches du père de Linden, et c'est ainsi qu'elle a emménagé dans ce manoir et qu'elle est devenue sa femme.

Elle me parle également de la mère de Linden, jeune seconde épouse de maître Vaughn, morte en le mettant au monde. Vaughn, trop absorbé par ses recherches, obsédé par la survie de son fils, ne s'est jamais donné la peine de reprendre une femme. On aurait pu le critiquer pour cela, selon Rose, s'il n'était un praticien si compétent, si dévoué à son travail ; il possède une clinique très en vue, en centre-ville, et figure parmi les meilleurs généticiens de la région. Elle m'apprend que le fils aîné de Vaughn a vécu vingt-cinq ans, et qu'il était déjà mort et enterré quand Linden est né.

Cela me fait au moins un point commun avec mon mari de fraîche date. Avant que nous naissions, mon frère et moi, mes parents avaient eu deux autres enfants, des jumeaux eux aussi, nés aveugles et muets. Dotés de membres atrophiés, ils n'ont pas vécu plus de cinq ans. Les anomalies génétiques de ce type sont rarissimes chez des enfants issus de la première génération, mais il s'en produit parfois. Visiblement, mes parents se sont révélés incapables d'avoir une progéniture sans bizarrerie génétique, même si je leur sais gré de mon hétérochromie ; elle m'a peut-être épargné une balle dans la tête, à l'arrière de cette camionnette cauchemardesque.

Rose et moi parlons également de choses plus gaies, comme la floraison des cerisiers. J'en suis même venue à lui faire assez confiance pour lui parler de l'atlas de mon père, et de ma déception de n'avoir pas connu un monde « intact ». Tout en me tressant les cheveux, elle me confie que si elle avait pu choisir où vivre sur cette planète, elle aurait opté pour l'Inde. Elle aurait alors porté des saris et se serait littéralement couverte de tatouages au henné, paradant peut-être dans les rues sur le dos d'un éléphant serti de mille joyaux.

Je peins ses ongles en rose, et elle colle sur mon front des bijoux fantaisie.

Puis, un après-midi, alors que nous sommes allongées côte à côte et nous gavons de bonbons colorés, n'en pouvant plus, je lâche :

— Rose, comment peux-tu supporter cela ?

Elle tourne la tête pour me regarder ; sa langue est pourpre, et elle répond :

— Quoi donc ?

— Ça ne te dérange pas qu'il se soit remarié, alors que tu vis encore ?

Elle sourit, contemple le plafond et joue avec un papier de bonbon.

— C'est moi qui le lui ai demandé. Je l'ai persuadé que ce serait plus facile, avec de nouvelles épouses déjà à demeure. (Elle ferme les yeux et bâille.) D'ailleurs, on commençait à l'embêter avec ça, en société. La plupart des gouverneurs domaniaux ont au moins trois épouses, parfois sept – une pour chaque jour de la semaine.

C'est tellement absurde qu'elle se met à rire, étouffant un début de toux.

— Mais pas mon Linden. Maître Vaughn lui rebat les oreilles avec ça depuis des années, et il a toujours refusé. Il s'y est finalement résigné, à condition de choisir lui-même. Car avec moi, il n'avait pas eu son mot à dire.

Sa voix est calme, posée ; Rose affiche une sérénité déconcertante. Je m'inquiète à l'idée de devenir la nouvelle favorite de Linden à cause de ma blondeur, de ma vague ressemblance avec elle. C'est une jeune femme si brillante, si bien élevée ; je me demande si elle n'a pas deviné que je n'aimerai jamais *son* Linden, pas à sa façon à elle, en tout cas, tout comme il n'aimera jamais personne comme il l'aime. Je me demande enfin si elle assimile le fait qu'en dépit des efforts qu'elle déploie pour me former, je ne pourrai jamais la remplacer.

6

— J'AI ENVIE de jouer à un jeu, lance Cecily.

Jenna reste le nez dans son livre. Elle est mollement étendue sur le canapé, les jambes pendant par-dessus l'accoudoir.

— Ce n'est pas ça qui manque, dit-elle.

— Je ne parle pas du synthétiseur ou du ski virtuel, insiste Cecily. Je veux parler d'un *vrai* jeu.

Elle quémande mon aide du regard, mais le seul jeu que je connaisse est celui auquel je jouais avec mon frère, et qui consiste à poser le piège à bruit dans la cuisine afin d'essayer de survivre à la nuit. Et vu que j'ai été capturée par les Ramasseurs, on peut considérer que j'ai perdu.

Assise en tailleur sur le rebord de la fenêtre du salon, pièce remplie de jeux de sports virtuels et où trône le synthétiseur conçu pour imiter un orchestre symphonique, je contemple depuis un moment les orangers, dont les fleurs tressaillent comme des milliers de minuscules oiseaux blancs. Rowan jugerait ça incroyable, toute cette nature pleine de vie, toute cette beauté. Dans Manhattan, on ne trouve que de mauvaises herbes chétives crevant l'asphalte. À vendre, il n'y a que des œillets qui sentent le renfermé, et qui tiennent plus du bricolage scientifique que de la vraie fleur.

— Tu ne connais pas de jeux ? me demande franchement Cecily.

Je sens ses yeux marron posés sur moi. Ma foi, j'ai bien joué à un jeu avec ma petite voisine, le téléphone fait avec une ficelle et des pots de yaourt. J'ouvre la bouche pour en parler puis me ravise. Pas question de chuchoter mes secrets dans un pot de yaourt à mes sœurs épouses. D'ailleurs, je n'ai qu'un seul véritable secret, et c'est mon projet d'évasion.

— On pourrait faire de la pêche virtuelle, dis-je, sentant l'indignation de Cecily sans même avoir à la regarder.

— Il doit bien y avoir quelque chose de réel à faire, marmonne-t-elle. *Forcément.*

Elle quitte le salon, et je l'entends traîner les pieds dans le couloir.

— Pauvre petite, dit Jenna en posant son regard sur moi un instant avant de retourner à sa lecture. Elle n'a toujours pas compris dans quel genre d'endroit on se trouve.

Cela se passe à midi. Gabriel m'apporte mon déjeuner à la bibliothèque, qui est devenue mon endroit préféré, et s'arrête pour regarder par-dessus mon épaule quand il aperçoit un dessin de bateau sur la page.

— Que lisez-vous ?

— Un livre d'histoire. Au sujet de cet explorateur qui a prouvé que la Terre était ronde en formant un équipage, et en faisant le tour du monde avec trois bateaux.

— La *Niña*, la *Pinta* et la *Santa María*.

— Vous aimez l'histoire ?

— J'aime les bateaux, répond-il en s'asseyant derrière moi sur le bras du fauteuil rembourré et en désignant l'image. Ça, c'est une caravelle.

Il commence alors à m'en décrire la structure : les trois mâts, les voiles latines ; tout ce que je retiens, c'est qu'il s'agit d'un navire de type espagnol. Mais je me garde bien de l'interrompre. J'ai remarqué l'intensité qui habite ses yeux bleus : il profite d'un court répit dans sa routine monotone, qui consiste à cuisiner pour les épouses de Linden et à les servir, et il éprouve de la passion pour quelque chose.

Assis comme il l'est, il projette son ombre sur moi ; je sens qu'il est sur le point de sourire pour de bon. C'est à ce moment qu'Ellie, la domestique de Cecily, arrive en trombe.

— Ah, te voilà ! crie-t-elle à Gabriel. Fonce aux cuisines, et apporte à Lady Rose quelque chose pour calmer sa toux.

Effectivement, je l'entends tousser, tout au bout du couloir. C'est un bruit de fond tellement habituel à l'étage que je n'y fais pas toujours attention. Gabriel se relevant prestement, je ferme mon livre et fais mine de le suivre.

— Restez ici, dit-il en m'arrêtant à la porte. Cela vaut mieux, tant que la crise ne sera pas passée.

Mais je remarque un chaos inhabituel derrière lui. Les domestiques se croisent en se bousculant, du personnel de la première génération débouche de l'ascenseur en apportant tout un tas de flacons, ainsi qu'une machine qui ressemble à l'humidificateur que mes parents avaient installé dans ma chambre, l'hiver de ma pneumonie. Mais tout ce remue-ménage paraît vain, affecté ; Gabriel semble lui aussi l'avoir constaté. Cela se lit dans ses yeux.

— Restez ici, répète-t-il.

Mais, évidemment, je lui emboîte le pas dans le couloir. L'atmosphère est tellement effrayante qu'il me prend l'envie de le suivre dans l'ascenseur, ce qui m'est certainement interdit, mais pour l'heure, je m'en moque. Gabriel recourt à sa carte magnétique, et les portes sont en train de s'ouvrir quand tout s'arrête. D'un seul coup. Les domestiques sont figés ; le personnel brandit toujours couvertures, médicaments et respirateurs ; Linden est agenouillé au chevet de Rose, le visage enfoui dans le matelas. Il étreint le long bras blanc de la première épouse, mon regard court du bout de ses doigts jusqu'à son torse inerte : elle ne respire plus. Sa chemise de nuit, son visage sont maculés du sang qu'elle a dû cracher quand elle produisait ces sons effrayants. Désormais, un silence irréel flotte sur tout l'étage. C'est ce silence que j'imagine régnant sans partage sur le reste du monde ; le silence d'un océan sans fin parsemé d'îles inhabitables ; un silence qui se devine depuis l'espace.

Cecily et Jenna sortent de leurs chambres, et tout est si calme que l'on distingue le son étranglé issu de la gorge de Linden.

— Sortez, murmure-t-il.

Puis, plus fort :

— Sortez tous !

Il faut qu'il aille jusqu'à fracasser un vase contre le mur pour que tout le monde déguerpisse. Je me retrouve dans l'ascenseur en compagnie de Gabriel, et quand les portes se referment sur nous, j'éprouve un profond soulagement.

Je suis obligée de le suivre jusqu'aux cuisines ; tout autre itinéraire ne ferait que m'égarer. Je m'assois sur un plan de travail, grappillant des grains de raisin cependant que cuistots et serviteurs bavardent tout en travaillant. Gabriel s'appuie au plan de travail, près de moi et entreprend d'astiquer de l'argenterie.

— Je sais que vous étiez très proche de Rose, me glisse-t-il, mais ici, vous ne trouverez pas beaucoup d'affection pour elle. Elle en faisait baver au personnel.

Comme pour confirmer ses dires, la femme chef de cuisine lance :

— Ma soupe est tiède ! Oh ! elle est trop chaude, maintenant !

Puis elle imite le bruit d'une série de crachats tonitruants, qui déclenche une hilarité quasi générale.

Inutile de le nier, cela me fait de la peine. J'ai souvent entendu Rose s'en prendre au personnel, mais elle n'a jamais élevé la voix contre moi. Dans cet univers de seringues, où règnent un gouverneur maussade et un maître domanial omniprésent, elle était ma seule amie.

Je ne proteste pas pour autant : notre amitié était un lien d'ordre privé, que pas un de ceux qui rient à ses dépens ne pourrait comprendre. J'entreprends de détacher les grains de raisin puis les fais rouler dans ma main un par un avant de les reposer dans le saladier. Gabriel me regarde à la dérobée tout en travaillant, et pendant un moment, il en va ainsi, avec le personnel des cuisines qui discute bruyamment, à mille lieues de là. Cependant qu'à l'étage, Rose est morte.

— Elle adorait ces bonbons, dis-je distraitement. Ceux qui colorent la langue.

— Ce sont des June Beans, indique Gabriel.

— Il en reste ?

— Bien sûr. Des tonnes. Elle me les faisait commander par caisses entières. Tenez…

Il me conduit à un placard coincé entre un réfrigérateur encastré et un mur de fourneaux. À l'intérieur, des caisses en bois débordent littéralement de bonbons aux emballages multicolores. Je sens d'ici le sucre, les colorants artificiels. Elle les a commandés, et ils attendent ici sagement d'être versés dans son saladier de cristal, puis savourés.

L'expression de mon visage doit refléter mon attente muette, car Gabriel en remplit pour moi un sac en papier.

— Prenez-en autant que vous voulez, ils finiront à la poubelle.

— Merci.

— Eh vous ! la blondinette, me lance le chef de cuisine, une femme de la première génération, au chignon graisseux et grisonnant. Vous feriez mieux de remonter avant que votre mari vous trouve ici, vous croyez pas ?

— Pas la peine. Il n'y a aucun risque. Il ne fait jamais attention à moi.

— Il fait attention à vous, intervient Gabriel.

Je le regarde, interdite, mais il a déjà détourné ses yeux bleus.

L'un des cuistots ouvre la porte et déverse l'eau d'une bassine, car l'évier est occupé par la cuisinière en chef qui bougonne. Un souffle d'air frais fait voler les mèches qui me tombaient devant les yeux. J'entrevois un coin de ciel bleu et de gazon, et la porte se referme. Ni carte magnétique ni serrure. Voilà pourquoi les épouses n'ont pas le droit de quitter leur étage : tout le manoir n'a pas été conçu pour nous garder piégées.

— Il vous arrive de sortir ? demandé-je à Gabriel, à voix basse.

Il affiche un sourire amer.

— Uniquement pour dépanner au jardin ou réceptionner une livraison. Rien de bien excitant.

— Qu'y a-t-il, dehors ?

— L'éternité, répond-il avec un petit rire. Des jardins. Un minigolf. Autre chose, peut-être. N'ayant jamais été affecté au jardinage, je n'en sais trop rien. Je n'en ai jamais vu le bout.

— Tout un monde d'ennuis, voilà ce qu'il y a pour vous dehors, blondinette, lâche la femme chef de cuisine. Votre place, c'est à votre étage tout propret qu'elle est, à vous pavaner dans des draps de satin et à vous étaler du vernis sur les orteils. Maintenant filez, vous allez nous faire avoir des misères.

— Venez, intervient Gabriel. Je vous reconduis là-haut.

De retour à l'étage des épouses, la porte de Rose est fermée, et il n'y a plus aucun serviteur en vue. Cecily est assise dans le couloir, accaparée par un genre de jeu, une ficelle entortillée autour de ses doigts. Elle chantonne toute seule, mais lorsque l'ascenseur s'ouvre, elle s'arrête et me regarde aller jusqu'à ma chambre.

— Que fabriquais-tu avec ce domestique ? lance-t-elle après le départ de Gabriel.

Elle n'a pas vu le sac rempli de bonbons, que je m'empresse de fourrer dans le tiroir de ma table de nuit, à côté de la feuille de lierre que j'ai glissée entre les pages d'un roman à l'eau de rose pris à la bibliothèque. Il y a tellement de livres que celui-ci ne manquera à personne.

Je me retourne pile au moment où Cecily apparaît sur mon palier, attendant une réponse. Nous sommes sœurs épouses, désormais, et quoi que cela puisse vouloir dire dans d'autres manoirs, je n'ai pas le sentiment de pouvoir lui faire confiance. Qui plus est, son ton exigeant m'agace ; elle n'a aucune patience et pose question sur question.

— Je ne faisais rien de spécial avec lui.

Je m'assois sur mon lit, et elle hausse les sourcils, attendant peut-être que je lui propose d'entrer. Une sœur épouse ne s'invite pas dans la chambre d'une autre sans autorisation. C'est l'un des rares privilèges dont je dispose, et il n'est pas question que j'y renonce.

Cela étant, rien ne l'empêche de me parler.

— Ça y est, Lady Rose est morte. Linden peut nous rendre visite quand il voudra.

— Où est-il ? ne puis-je m'empêcher de demander.

Cecily examine la ficelle enroulée autour de ses doigts et semble mécontente de l'agencement obtenu.

— Oh ! il est encore dans la chambre de Rose. Il a fait sortir tout le monde. J'ai frappé, mais il refuse d'en sortir.

Je me dirige vers la coiffeuse et me brosse les cheveux. J'essaie d'avoir l'air occupé afin de ne pas avoir à entretenir la conversation, mais il n'y a pas grand-chose à faire hormis contempler le plafond. Cecily s'attarde un peu sur le palier, gigotant au point de faire des faux plis à sa jupe.

— Je n'ai pas dit à notre époux que tu étais partie avec ce domestique, dit-elle. J'aurais pu, mais je ne l'ai pas fait.

Sur ce, elle s'en va, traînant derrière elle le bout de son fil rouge.

Cette même nuit, Linden vient dans ma chambre.

— Rhine ? chuchote son ombre sur le pas de ma porte.

Il est tard, et cela fait des heures que je rumine seule dans le noir, tâchant de m'endurcir pour affronter ce qui s'annonçait d'emblée comme une nuit aussi éprouvante qu'interminable. Même si je sais que Rose est morte, je m'attendais à l'entendre au bout du couloir s'en prendre à un domestique, ou m'appeler pour que je vienne lui brosser les cheveux et discuter du vaste monde avec elle. Le silence me rend folle. C'est peut-être pour cela qu'au lieu de faire semblant de dormir ou de l'envoyer paître, je soulève les draps tandis que Linden approche.

Il ferme la porte et entre dans mon lit. Il s'installe à mes côtés, et je sens ses mains fines et fraîches se poser sur mes joues. Il s'avance pour ce qui sera mon premier baiser, mais ses lèvres n'arrivent pas jusqu'aux miennes. Il sanglote ; je sens la chaleur de sa peau et de son souffle.

— Rose, dit-il.

Sa voix trahit l'émotion et la frayeur qu'il ressent. Il enfouit son visage contre mon épaule et éclate en sanglots.

Je comprends son chagrin. À la mort de mes parents, j'ai connu maintes nuits comme celle-ci. Aussi décidé-je, au moins pour cette fois, de ne pas lui résister. Je lui permets de trouver un sanctuaire dans mon lit et le laisse s'accrocher à moi alors que sa douleur atteint son point culminant.

Ma chemise de nuit étouffe ses sanglots. Des sons épouvantables, dont je ressens les vibrations jusque dans mes os. Cela semble durer des heures, puis sa respiration, quoique pénible, commence à se faire plus régulière ; il relâche son étreinte sur ma chemise de nuit, et je sais qu'il s'est endormi.

Je passe le reste de la nuit à dériver dans un sommeil agité. Je rêve de coups de feu, de manteaux gris et des changements de couleur de la bouche de Rose. Finalement, je dois sombrer dans un sommeil plus profond, car lorsque le bruit de la poignée de la porte me réveille, le jour s'est levé. Une douce lumière baigne la chambre, et j'entends les oiseaux chanter.

Gabriel entre, porteur de mon plateau de petit déjeuner habituel et s'arrête net quand il voit Linden dans mon lit. Au cours de la nuit, mon mari m'a tourné le dos, et il ronfle doucement, les bras pendant par-delà le bord du matelas. Sans faire un bruit, j'accroche le regard de Gabriel et pose un doigt sur mes lèvres. Puis je désigne ma coiffeuse.

Il est impossible de déchiffrer l'expression de Gabriel alors qu'il pose le plateau à l'endroit que je lui ai indiqué ; il a l'air aussi meurtri que le jour où je l'ai trouvé claudicant et couvert de bleus. Je ne comprends pas pourquoi, avant de m'imaginer ce qu'il doit penser de la scène : Rose est morte hier seulement, et j'ai déjà pris sa place. Mais en quoi cela peut-il l'affecter ? Il a lui-même convenu que Rose n'était pas aimée du personnel.

Je formule un merci silencieux pour le petit déjeuner ; il hoche la tête et sort de la chambre. Quand je le croiserai plus tard, à la bibliothèque peut-être, je lui expliquerai ce qui s'est réellement passé. La réalité de la mort de Rose commence à s'insinuer en moi, et je pressens que j'aurai bientôt besoin de me confier à quelqu'un.

Je prends mille précautions en me levant. Mieux vaut laisser Linden dormir : il a vécu une nuit infernale, et j'en ai moi-même connu de meilleures. J'ouvre doucement le tiroir de ma table de nuit, pioche un June Bean dans le sac en papier et me dirige vers la fenêtre. Elle demeure obstinément close, mais son appui est assez large pour faire office de siège.

Je m'assois et contemple le jardin en suçotant le bonbon, aussi vert que le gazon impeccable situé sous ma fenêtre. Je jouis d'une vue imprenable sur la piscine et aperçois un domestique en uniforme occupé à y plonger un long filet. L'eau miroite comme un tapis de diamants sous les rayons du soleil. Je pense à l'océan que l'on voit depuis les quais de New York. Dans un lointain passé, il y avait des plages là-bas, mais désormais, les vagues se brisent sur des blocs de béton. On peut glisser cinq dollars dans une longue-vue rouillée qui permet de distinguer la statue de la Liberté, ou l'un des îlots constellés de magasins de souvenirs et de néons criards, avec porte-clés et panoramas photogéniques. Sur les quais, il est possible d'embarquer sur un ferry à double pont, où un guide touristique détaille les modifications du paysage urbain au fil des siècles. En se glissant sous la rambarde, on peut enlever une chaussure et plonger son pied nu dans l'eau trouble gorgée de sel et de poissons qu'il vaut mieux se garder de manger : les pêcheurs du dimanche qui les attrapent les relâchent aussitôt.

J'ai toujours été fascinée par l'océan, par le fait qu'en crevant sa surface, on tutoie l'éternité, et qu'il fait le tour du monde pour revenir à son point de départ.

Quelque part sous les flots se trouvent les ruines du Japon coloré, de l'Inde chère au cœur de Rose, ainsi que de toutes les nations disparues ; ce continent solitaire est tout ce qui reste, et les eaux ténébreuses sont si mystérieuses, si attirantes que je trouve un côté frivole à cette piscine rutilante. Propre, lumineuse et sûre. Je me demande si Linden a jamais touché l'océan. S'il se doute que ce paradis chatoyant est un mensonge.

Rose a-t-elle jamais quitté cet endroit ? Elle parlait du monde comme si elle l'avait vu par elle-même, mais a-t-elle seulement vu plus loin que les orangeraies ? J'espère que là où elle se trouve désormais, elle est entourée d'îles et de continents pleins de vie, avec des tas de langues à apprendre et d'éléphants à chevaucher.

— Adieu, murmuré-je en faisant rouler le bonbon sous ma langue.

Il a un goût de menthe. J'espère également qu'elle dispose d'un plein stock de June Beans.

J'entends un soupir émaner du lit : Linden est sur le dos, appuyé sur les coudes. Ses cheveux bouclés sont en désordre, ses yeux gonflés traduisent son hébétude. Nous nous regardons quelques instants, et je vois qu'il s'efforce de se concentrer. Il a l'air tellement absent que je me demande s'il ne dort pas encore. Pendant la nuit, il a écarquillé les yeux de temps à autre, comme s'il me regardait, pour se rendormir aussitôt, en marmonnant quelque chose à propos de taille des haies et du danger des abeilles.

Un pauvre sourire éclôt sur ses lèvres.

— Rose ? coasse-t-il.

Il doit alors s'éveiller tout à fait, car il a soudain l'air anéanti. Je reporte mon regard sur la fenêtre, incertaine quant à l'attitude à adopter. Une partie de moi est prise de pitié pour lui, mais la haine qui m'habite est plus forte encore. De la haine pour cette maison, pour les coups de feu qui hantent mes cauchemars. Pourquoi chercherais-je à le consoler ? Parce que j'ai la blondeur de sa défunte épouse ? Moi aussi, j'ai perdu des gens que j'aimais. Et qui se propose de me réconforter ?

Après un long silence, il remarque :

— Tu as les lèvres vertes. (Il s'assoit.) Où as-tu trouvé les June Beans ?

Je ne peux pas lui avouer la vérité. Je ne veux pas courir le risque d'attirer de nouveaux ennuis à Gabriel.

— C'est Rose qui me les a donnés. L'autre jour, du saladier dans sa chambre.

— Elle t'aimait beaucoup, dit-il.

Je n'ai pas envie de parler de Rose avec lui. La nuit est finie, et je refuse de continuer à jouer les prix de consolation. Cette nuit, nous étions tous deux vulnérables, je me suis sentie plus clémente, mais à la lumière du jour, j'ai les idées plus claires. Je suis toujours sa prisonnière.

Je ne puis toutefois demeurer de glace. Je ne dois pas laisser éclater mon mépris si je veux qu'il me fasse un jour confiance.

— Vous nagez ? demandé-je.

— Non. Tu aimes l'eau ?

Quand j'étais enfant, sous la surveillance de mes parents, j'allais parfois à la piscine couverte du gymnase voisin, faisant des longueurs et m'efforçant de battre mon frère lors de concours de plongeons. Je n'y suis plus retournée depuis des années ; le monde extérieur est devenu trop dangereux. Après l'attentat à la bombe perpétré contre l'unique laboratoire de la ville, détruisant du même coup des emplois et l'espoir de voir un jour apparaître un remède, la situation s'est rapidement détériorée. Il fut un temps où les scientifiques étaient optimistes au sujet de l'antidote. Mais les années se sont muées en décennies, et les nouvelles générations continuent de mourir. L'espoir, tout comme nous, ne fait pas de vieux os.

— Un peu.

— Dans ce cas, il faut que je te montre la piscine, dit Linden. Je parie que tu n'as jamais rien vu de pareil.

Vue d'ici, la piscine n'a rien de spécial, mais je repense à l'effet produit par les savons sur ma peau, et aux particules scintillantes émanant de la robe de Cecily sans tomber ; je comprends que le petit monde de Linden peut me réserver d'autres surprises.

— J'aimerais bien, dis-je.

Et c'est la vérité. J'aimerais vraiment être là où se trouve le domestique qui nettoie le bassin. Ce n'est pas la liberté, mais je suppose que cela s'en rapproche suffisamment pour faire illusion.

Il continue à me regarder, cependant que je fais mine de m'intéresser à la piscine.

— Serait-ce trop te demander que de venir t'asseoir à côté de moi un instant ?

Oui. Oui, ce serait trop me demander. Le fait de me trouver ici, c'est déjà trop me demander. Linden est-il conscient du pouvoir injuste qu'il exerce sur moi ? Si j'exprime ne serait-ce qu'une infime fraction du dégoût qui m'habite, je ne quitterai jamais cet étage. Je suis contrainte de lui obéir.

C'est un compromis satisfaisant pour moi que de porter le plateau du petit déjeuner jusqu'au lit. Je le pose entre nous et m'assois en tailleur face à Linden.

— Le petit déjeuner est arrivé pendant que vous dormiez, dis-je en soulevant le couvercle. Essayez de manger un peu.

Je soulève la cloche, dévoilant des gaufres aux myrtilles fraîches, d'une couleur bien plus vive que celles que l'on trouve en rayon à Manhattan. Rowan me conseillerait de ne pas me fier à quelque chose de si clinquant. Je me demande si ces myrtilles ont poussé dans l'un des nombreux jardins, si c'est à cela que ressemblaient les fruits avant qu'on les fasse pousser sur des sols artificiels.

Linden se saisit d'une gaufre et l'examine. Je reconnais la lueur qui habite son regard. À la mort de mes parents, j'étudiais les aliments de la même façon. Comme s'il s'agissait d'une pâte informe, sans objet. Sans réfléchir, j'attrape une myrtille et la lui porte aux lèvres. C'est plus fort que moi, je ne peux pas supporter qu'on me rappelle cet état de tristesse misérable.

Il paraît surpris mais la mange et sourit un peu.

Je me saisis d'une autre myrtille, mais cette fois il pose sa main sur mon poignet. Cela n'a rien d'une prise ferme, contrairement à ce à quoi je m'attendais. Il serre à peine, et cela ne dure que le temps qu'il avale la myrtille. Puis il s'éclaircit la voix.

Cela fait près d'un mois que nous sommes mariés, mais c'est la première fois depuis la cérémonie que j'ai l'occasion de le regarder de près. Peut-être est-ce le chagrin, la peau gonflée autour des yeux, qui lui donne cet air sans défense. Et même gentil.

— Voilà. Ce n'était pas si terrible, non ? fais-je en avalant à mon tour une myrtille.

Elle est plus sucrée que celles dont j'ai l'habitude. Je m'empare de la gaufre qu'il tient et la coupe en deux, une moitié chacun.

Il picore lentement, avalant comme si c'était douloureux. La situation dure quelque temps, et l'on n'entend que le chant des oiseaux et le bruit de notre mastication.

Une fois l'assiette vide, je lui tends le verre de jus d'orange. Il s'en empare de façon maladroite, comme il l'a fait tout le long du repas, et déglutit méthodiquement, ses cils fournis baissés. *Tout ce sucre va lui faire du bien*, pensé-je.

Je ne devrais pas me soucier de ce qu'il ressent. Mais cela va lui faire du bien.

— Rhine ? (On frappe à ma porte. C'est Cecily.) Tu es réveillée ? C'est quoi ce mot, A-M-N-I-O-C-E-N-T-È-S-E ?

— Amniocentèse, réponds-je en prononçant le mot pour elle.

— Oh ! Tu savais que c'est comme ça qu'on analyse les bébés pour détecter un problème ?

Évidemment. Mes parents travaillaient dans un laboratoire et analysaient tous les fœtus et les nouveau-nés.

— C'est juste, dis-je.

— Viens voir, il y a un nid de rouges-gorges sous ma fenêtre. Il faut que tu voies ça, les œufs sont vraiment chouettes !

Elle manifeste rarement l'envie d'être avec moi, mais j'ai remarqué qu'elle n'aimait pas trouver porte close.

— Je m'habille et j'arrive.

Je l'entends qui s'éloigne dans le couloir. Puis je ramasse le plateau et le pose sur ma coiffeuse, tout en me demandant combien de temps Linden compte rester. Je m'affaire à me brosser les cheveux, que j'attache avec des barrettes. En ouvrant la bouche, je constate que ma langue a perdu sa couleur verte.

Linden est appuyé sur un coude et tire sur un fil qui sort de sa manche. Il semble perdu dans ses pensées. Au bout d'un moment, il se lève.

— Je m'occupe de faire venir quelqu'un pour le plateau, dit-il avant de sortir.

Je prends un bain chaud, m'immergeant dans la mousse rose qui flotte à la surface. Je me suis habituée à la sensation de picotement que les bulles produisent sur ma peau. Je me sèche les cheveux, et enfile un jean et un pull à la douceur paradisiaque. Tout cela est l'œuvre de Deirdre. Je resplendis toujours dans les vêtements qu'elle confectionne pour moi. J'erre un moment dans le couloir, m'attendant à trouver Cecily et à me laisser conduire au spectacle du nid de rouges-gorges, mais elle est introuvable.

— Le gouverneur Linden l'a emmenée faire un tour dans les jardins, m'indique Jenna quand je la trouve occupée à consulter le fichier de la bibliothèque.

Sa voix est plus claire aujourd'hui, moins morose. Elle va même jusqu'à me regarder quand elle parle et pince les lèvres, semblant hésiter à en dire davantage. Puis elle retourne à son fichier.

— Pourquoi l'appelles-tu tout le temps « gouverneur » Linden ? demandé-je.

Pendant le dîner de noces, Vaughn nous a expliqué que nous devions lui donner du « maître », parce qu'il est la plus haute autorité de la maison. Mais qu'on devait appeler notre mari par son prénom, en signe de familiarité.

— Parce que je le hais.

Il n'y a nulle malice dans ses paroles, aucune véhémence dans son ton, mais on peut lire dans ses yeux gris qu'elle ne plaisante pas. Je regarde alentour pour être sûre que personne d'autre ne l'a entendue. La pièce est vide.

— Je comprends, mais ce serait peut-être plus facile en l'amadouant. On pourrait y gagner en liberté.

— Très peu pour moi, dit-elle. La liberté, ça m'est égal. Et ça m'est égal de mourir ici.

Elle soutient mon regard, et je remarque les poches sous ses yeux. Ses joues sont creusées et tendues. Il y a quelques semaines, dans sa robe de mariée, elle était morne mais jolie. À présent, ses traits émaciés la vieillissent. Elle dégage une odeur mêlant savon à la cannelle et vomi. Mais elle porte son alliance, identique à la mienne, toutes deux symbole que nous sommes sœurs épouses. Que nous partageons cet enfer, tout comme nous avons partagé ce long cauchemar dans la camionnette. Elle s'est peut-être blottie contre moi dans les ténèbres. C'est peut-être elle qui hurlait.

Quoi qu'elle ait pu chercher dans le fichier, elle l'a trouvé. Elle articule silencieusement le numéro de l'allée, l'imprime dans sa mémoire et referme le tiroir.

Puis elle parcourt l'une des allées, et je la suis alors qu'elle fait courir un doigt sur le dos des livres, appuie sur l'un d'eux, le sort du rayon. L'ouvrage est poussiéreux, la couverture en est mitée ; les pages jaunies produisent un craquement lorsqu'elle les tourne. Tous ces livres datent du XXIe siècle ou d'avant, ce qui n'a rien d'étonnant. La télévision diffuse également de vieux films, et la plupart des séries se déroulent elles aussi dans le passé. Se promener dans un monde où les gens vivaient longtemps est devenu une forme d'évasion. Ce qui jadis fut réel et normal s'est mué en fiction.

— C'est bourré d'histoires d'amour, ici, dit-elle. Soit elles finissent bien, soit tout le monde meurt.

Elle rit, mais on dirait un sanglot.

— C'est la seule issue qu'on ait, pas vrai ?

Elle contemple le livre ouvert, et j'ai l'impression qu'elle va s'écrouler. Des larmes apparaissent dans ses yeux, et j'attends qu'elles se mettent à couler, mais il n'en est rien. Elle les retient.

L'odeur qui flotte dans cette allée est suffocante ; papier jauni, moisissure, et autre chose qui m'est vaguement familier. C'est l'odeur de la terre remuée, dans le jardin, la nuit où mon frère et moi avons enterré nos maigres biens. Et je sais que ma sœur épouse Jenna n'est pas comme Cecily, qui a grandi dans un orphelinat et se sent honorée d'être la femme d'un riche gouverneur. Non. Elle est comme moi, elle a perdu quelque chose de précieux, elle a enfoui des choses qui lui étaient chères.

J'hésite, ne sachant pas trop si je peux lui confier que j'ai l'intention de gagner la confiance de Linden pour pouvoir m'évader. Elle semble résignée à croupir dans ce manoir, mais peut-être n'a-t-elle jamais songé qu'il pouvait exister une issue.

Cela étant, si je me trompe sur son compte, qu'est-ce qui pourrait l'empêcher de me trahir par la suite ?

J'en suis encore à peser le pour et le contre quand Cecily entre dans la bibliothèque en poussant un soupir indigné avant de s'écrouler sur une chaise, face à l'une des tables.

— Quelle perte de temps ! dit-elle.

Puis, au cas où nous aurions mal entendu :

— Une perte de temps totale !

À ce moment-là, Gabriel fait son entrée, porteur d'un plateau de thé comprenant des rondelles de citron dans une coupelle en argent.

Je m'assois en face de Cecily, qui tient sa tasse en manifestant son impatience, Gabriel tardant à la servir. Jenna nous rejoint en silence, tenant son livre ouvert à distance de son visage. Sans lever les yeux, elle prend une rondelle de citron et commence à la suçoter.

— Linden m'a invitée à faire un tour dans la roseraie, reprend Cecily en buvant une gorgée. (Elle fait la grimace.)

Il n'y a ni lait ni sucre, lance-t-elle à Gabriel, qui promet d'en apporter tout de suite. Bref, j'ai cru qu'il allait *enfin* se conduire en mari, vous voyez ? Il serait temps. Mais tout ce qu'il a fait, c'est me montrer les treillis de tournesols qu'on a fait venir d'Europe ou d'ailleurs, je ne sais plus, il y a un siècle, et radoter sur l'étoile Polaire. Quel âge elle a, comment elle aidait les explorateurs à retourner chez eux… Un échec total, il ne m'a même pas embrassée !

Je me remémore les quelques instants passés seule avec Linden, dans ce même jardin, au lever du soleil. Il m'avait parlé des carpes koï japonaises et du monde d'autrefois. Il me vient à l'esprit qu'il apprécie de se perdre dans des lieux éloignés, tout comme sa défunte épouse. C'est peut-être cela qu'ils aimaient l'un chez l'autre, à moins que le fait de grandir ensemble au milieu des haies soigneusement entretenues de ces jardins ait fait mûrir en eux un amour des choses qu'ils n'ont jamais eu l'occasion de voir.

Car c'est bien ce qui m'arrive aussi, n'est-ce pas ? Tout ce que j'ai trouvé pour me consoler, c'est me perdre dans le fantôme d'un monde qui n'existe plus. Une émotion enfle en moi ; de quoi s'agit-il ? De pitié ? De sympathie ? De compréhension ?

En tout cas, c'est une émotion malvenue. Je n'ai aucune raison de m'identifier à Linden Ashby. Aucune raison d'éprouver quoi que ce soit de gentil pour lui.

Jenna aspire la chair des citrons, jetant ce qui reste des rondelles sur la table. Elle tourne une page. Elle s'immerge, se perd dans la fiction. Sous cet aspect, nous sommes perdues l'une comme l'autre.

— Linden ne m'a pas touchée. Mais il t'a embrassée, me lance Cecily sur un ton accusateur.

— Pardon ?

Elle hoche la tête de façon enthousiaste, comme s'il s'agissait de la chose la plus naturelle du monde. Ses yeux marron sont soudain plus grands, plus pétillants.

—Je l'ai vu sortir de ta chambre, ce matin. Je sais qu'il a passé la nuit avec toi.

Je ne sais que répondre. J'ignore quelles sont les limites à ne pas franchir entre sœurs épouses.

—Je croyais que ce qui se passait dans nos chambres était d'ordre privé, parviens-je à glisser.

—Oh ! ne fais pas ta chochotte, rétorque Cecily. Alors, vous avez consommé ? (Elle se penche vers moi.) Est-ce que c'était fabuleux, magique ? J'en suis sûre.

Gabriel revient et pose sur la table un pichet de lait. Cecily lui prend le sucrier des mains et en verse pratiquement la moitié dans sa tasse. Elle boit une gorgée de thé et j'entends les grains crisser entre ses dents. Elle guette ma réponse, mais le seul son audible est celui que produit Jenna en aspirant le jus des citrons, puis Gabriel qui s'éclaircit la voix alors qu'il s'apprête à repartir.

Je sens une vague de chaleur envahir mes joues. Est-ce de l'embarras ou de la colère ? Je l'ignore. Je rétorque néanmoins violemment :

—Cela ne te regarde pas.

Jenna jette un coup d'œil par-dessus son livre, curieuse et peut-être amusée. Cecily, elle, rayonne, me posant toutes sortes de questions personnelles qui se bousculent dans ma tête jusqu'à ce que j'en aie plus qu'assez de la regarder. Je n'en peux plus de ces deux-là, qui ne m'offrent ni amitié ni réconfort, et qui de toute façon trouveraient ridicule tout ce dont Linden m'a parlé. Que leur importe l'étoile Polaire ? L'une s'est creusé une jolie petite tombe dans des bouquins centenaires, et l'autre est parfaitement heureuse de rester prise au piège. Je n'ai rien de commun avec elles. Mes jambes refusent de me porter assez vite lorsque je m'enfuis de la pièce en courant.

Dans le couloir, l'odeur de la bibliothèque cède la place à celle, épicée, des bâtons d'encens qui brûlent de loin en loin dans de petits renfoncements du mur. Gabriel vient d'entrer dans l'ascenseur, et les portes de la cabine sont sur le point de se refermer lorsque, me ruant sur lui, je crie :

— Attendez !

Les portes se referment, et je me tiens les genoux, essoufflée comme si j'avais couru plus d'un kilomètre. Gabriel appuie sur un bouton, et la cabine commence à descendre.

— Vous savez, vous allez vous faire pincer à force de filer de votre étage comme ça, observe-t-il, sans que je sente de réelle menace dans le ton qu'il emploie.

— Je n'en peux plus, dis-je en reprenant mon souffle.

Mais ce n'est pas cette brève course qui m'a essoufflée. Un étau enserre ma poitrine. Ma vue se brouille en périphérie.

— Je hais cet endroit. Je hais tout ce qu'il renferme, je...

Ma voix se brise. Je reconnais ce qui m'arrive. Mon corps est en train de faire ce dont je meurs d'envie depuis l'instant où l'on m'a fourrée à l'arrière de la camionnette ; mais j'étais alors trop abasourdie, puis trop en colère quand je me suis réveillée ici.

Gabriel sent lui aussi la crise venir : il met la main à sa poche de poitrine et me tend un mouchoir au moment où le premier sanglot éclate.

Quand les portes s'ouvrent, c'est sur le couloir où l'on entend les bruits des cuisines ; il y flotte une odeur de homard bouilli, mêlée à celle d'un gâteau fraîchement sorti du four. Gabriel enfonce un bouton, et les portes se referment, mais cette fois la cabine reste immobile.

— Vous voulez m'en parler ? propose-t-il.

— Vous n'êtes pas censé aller en cuisine ? dis-je en me mouchant.

Je m'efforce de ne pas avoir l'air misérable et larmoyant, mais c'est difficile de sécher mes larmes qui continuent à couler avec un mouchoir déjà trempé et gluant.

— Pas de problème. Les autres penseront que j'ai été retenu par Cecily.

Râleuse et exigeante, Cecily a déjà pris la place de Rose vis-à-vis du personnel en tant qu'épouse mal aimée. Gabriel et moi nous asseyons en tailleur à même le sol, et il attend patiemment que mes hoquets cessent.

Je suis bien, dans cet ascenseur. La moquette est usée mais propre. Les parois sont rouge canneberge, avec des motifs victoriens qui me rappellent le couvre-lit de mes parents, et le sentiment de protection qu'il me conférait quand j'étais blottie dessous. Ce sentiment diffus d'une sécurité révolue s'insinue en moi. Je n'ai rien à craindre ici. Tout au fond de moi, je me demande si les murs ont des oreilles, si la voix tonitruante de maître Vaughn ne va pas surgir d'un haut-parleur, menaçant Gabriel pour m'avoir laissée venir jusqu'ici. Mais j'attends, et rien de tel ne se passe ; de toute façon, je suis trop bouleversée pour m'en soucier réellement.

— J'ai un frère, dis-je en commençant par le commencement. Il s'appelle Rowan. Quand nos parents sont morts, il y a quatre ans, nous avons dû quitter l'école et trouver du travail. Il n'a pas eu de mal à décrocher un emploi en usine, où la paie est bonne. Mais je ne savais rien faire, j'étais pratiquement inutile. Comme il pensait que c'était risqué pour moi de sortir seule, nous avons essayé de ne jamais nous éloigner l'un de l'autre, et je me suis toujours retrouvée avec des boulots qui payaient très mal, à passer des coups de fil dans ces usines. Nous avions assez pour nous en sortir, mais ce n'était plus comme avant, vous comprenez ? Je voulais davantage.

» Il y a quelques semaines, j'ai lu une annonce dans un journal qui proposait une prime pour une ponction de moelle osseuse. C'était censé servir pour de nouveaux tests sur le virus.

Je tourne et retourne le mouchoir entre mes mains, tâchant de l'étudier malgré mes yeux troubles. Dans un coin, je remarque une broderie écarlate représentant une fleur, mais d'un type qui m'est inconnu, avec une multitude de pétales allongés formant un faisceau dense. Je vois double. Je secoue la tête pour y voir plus clair.

— J'ai compris qu'il s'agissait d'un piège dès que je suis entrée dans le labo et que j'ai vu toutes les autres filles. Je me suis débattue, dis-je en repliant machinalement les doigts comme des serres. J'ai griffé, mordu, donné des coups de pied. Cela n'a servi à rien. On nous a conduites dans une camionnette. J'ignore combien de temps on a roulé. Des heures. On s'arrêtait parfois, les portes s'ouvraient, on embarquait d'autres filles. C'était l'horreur là-dedans.

Je me remémore les ténèbres. Il n'y avait ni parois, ni haut, ni bas. Je me sentais plus morte que vive. J'entendais les autres filles respirer autour de moi, au-dessus de moi, en moi, et c'était tout ce à quoi se résumait la planète Terre. Rien que ces hoquets horrifiés. J'ai cru devenir folle. Et peut-être le suis-je, car je crois soudain entendre siffler la balle d'un Ramasseur, et je sursaute. Des étincelles tournoient autour de moi.

Gabriel lève la tête juste au moment où la lumière se met à trembloter. On entend un « boum » ; ce n'est pas un coup de feu, mais un bruit mécanique. La cabine commence à trembler, puis les portes s'ouvrent à la volée ; Gabriel me remet sur mes pieds et nous détalons dans le couloir. Mais ce n'est pas celui des cuisines. Ce nouveau corridor est plus sombre, et il y flotte une odeur de désinfectant. Des néons clignotent au plafond, et sur le sol dallé, je vois le reflet incertain de nos chaussures avant chaque enjambée.

— On a dû descendre d'un étage, m'informe Gabriel.

— Quoi ? Pourquoi ça ?

— Un orage. Parfois, les ascenseurs vont tous au sous-sol par sécurité.

— Un orage ? Il faisait beau il y a une minute, dis-je en constatant avec bonheur que ma voix n'est pas apeurée.

Les sanglots aussi ont cessé, ne laissant que quelques hoquets légers dans leur sillage de chaos.

— Ils sont très fréquents sur la côte. Et parfois ils sortent de nulle part. Mais ne vous inquiétez pas, s'il s'agissait d'un ouragan, nous aurions entendu l'alarme. Il n'est pas rare qu'un vent fort fasse dérailler l'électricité, et qu'un des ascenseurs tombe en panne.

Un ouragan. Du fin fond de ma mémoire, je vois surgir l'image télévisée d'un vent furieux qui tourbillonne, détruisant les maisons. Ce sont toujours les maisons qui s'envolent, parfois des sections de clôture ou un arbre déraciné, voire une héroïne hurlante en robe champêtre, mais toujours les maisons. J'imagine un ouragan venant frapper le manoir, le déchiquetant. Ce serait peut-être l'occasion de filer.

— Nous sommes donc au sous-sol ?

— Je le crois, répond Gabriel. Je veux dire, je ne suis jamais descendu par ici, uniquement là où se trouve l'abri anti-ouragan. Personne n'a le droit de venir ici sans l'autorisation de maître Vaughn.

Il a l'air nerveux, et je sais que c'est à cause de Vaughn. Je ne supporte pas de repenser à Gabriel boitillant dans ma chambre, mélancolique et meurtri à cause de mes transgressions.

— Remontons avant qu'on nous remarque, dis-je.

Il hoche la tête. Mais les portes de l'ascenseur se sont refermées, et elles refusent de s'ouvrir lorsqu'il fait passer sa carte magnétique devant le panneau. Il essaie plusieurs fois avant de s'avouer vaincu.

— Hors service. Ça ne durera pas éternellement. Mais il doit bien y avoir un autre ascenseur plus loin, tentons notre chance.

Nous commençons à arpenter le long couloir dont l'éclairage se coupe par intermittence en émettant un bourdonnement. Nous dépassons plusieurs portes closes et d'autres couloirs perpendiculaires plongés dans le noir ; je ne suis pas sûre d'avoir envie de savoir où tout cela conduit. Je ne veux plus jamais revoir ce sous-sol. Il réveille en moi des souvenirs néfastes, des cauchemars douloureux : les filles assassinées dans la camionnette, le Ramasseur m'écrasant la bouche et plaquant un couteau sur ma gorge. Il y a ici quelque chose qui rend mes mains moites. Et soudain, je comprends. C'est ici que j'ai vu le docteur, l'après-midi précédant le mariage. Deirdre m'a conduite le long de ce même couloir, jusqu'à une salle où un homme m'a planté une aiguille dans le bras, et où j'ai perdu connaissance.

J'ai la chair de poule rien que d'y penser. Il faut que je parte d'ici.

À côté de moi, Gabriel continue à avancer sans me regarder.

— Ce que vous m'avez raconté, chuchote-t-il, c'est terrible. Et ce que vous m'aviez confié auparavant, le fait de détester cet endroit ? Je comprends.

Je suis sûre qu'il comprend.

— C'est maître Vaughn, n'est-ce pas ? C'est lui qui vous a fait du mal ? C'est ma faute, parce que j'avais quitté ma chambre.

— On n'aurait jamais dû vous y enfermer, rétorque-t-il.

Je prends soudain conscience que j'ai envie de mieux le connaître. Que j'ai commencé à assimiler ses yeux bleus et ses cheveux cuivrés à la silhouette d'un ami potentiel, et ce depuis un bon bout de temps. J'apprécie que nous abordions des sujets plus importants que le repas de midi ou mes lectures, et qu'il fasse autre chose que me demander si je souhaite du citron dans mon thé (j'ai horreur de ça).

Je veux en savoir plus à son sujet, et lui en dire davantage sur moi. Sur la personne que je suis réellement, non mariée, que j'étais en tout cas avant d'être cloîtrée dans ce manoir, lorsque je vivais dans un endroit dangereux, certes, mais où j'avais ma liberté, et ma part de bonheur. Alors même que j'ouvre la bouche, il m'attrape par un bras et m'entraîne vers l'un des couloirs sombres. Je renonce à protester quand j'entends quelqu'un approcher.

Nous nous collons à la paroi, nous efforçant de nous confondre avec les ombres qui nous environnent. D'assombrir le blanc de nos yeux.

Les voix se font plus proches.

— … crémation est impossible, bien sûr…

— Quelle pitié de bousiller cette pauvre fille.

Un soupir, un « tss tss ».

— C'est pour le bien commun, ça permettra de sauver des vies.

Ces voix me sont inconnues. Une vie entière ne suffirait pas à visiter toutes les pièces du manoir ou à croiser tout son personnel. Mais je constate que les gens qui approchent ne sont pas habillés comme des domestiques. Ils sont vêtus de blanc, avec un masque de protection à visière en plastique, comme celui que portaient mes parents au travail. Des combinaisons anticontamination biologique. Ils poussent un chariot.

Gabriel me saisit le poignet, serre fort, et je ne comprends pas pourquoi. Je ne prends conscience de la situation qu'une fois le chariot tout proche, quand j'aperçois ce qu'il transporte.

Un corps recouvert d'un drap. Les mèches blondes de Rose qui en dépassent. Ainsi que sa main froide et diaphane, aux ongles toujours vernis en rose.

7

JE RETIENS ma respiration le temps qu'ils passent. Une éternité s'écoule en quelques pas feutrés, en quelques tours de roue qui vont s'éloignant. Nous restons silencieux un instant, par précaution, puis je bredouille, comme après une longue apnée :

— Où l'emmènent-ils ?

La tristesse de Gabriel se lit clairement malgré le manque de lumière. Il secoue la tête.

— Maître Vaughn compte certainement l'étudier. Cela fait des années qu'il cherche un antidote.

— Mais, coassé-je, c'est Rose.

— Je sais.

— Linden n'accepterait jamais une telle chose.

— Peut-être pas, soupire Gabriel. Mais on ne peut pas lui raconter. Nous n'avons rien vu. Nous ne sommes jamais descendus ici.

Nous trouvons un ascenseur et regagnons le couloir des cuisines, où résonne une cacophonie de métal et de vaisselle entrechoqués, la cuisinière en chef s'en prenant à quelqu'un qu'elle traite de foutu fainéant. Les rires fusent. Tous ignorent totalement que la femme qu'ils détestaient tant emprunte un itinéraire glacé sous leurs pieds.

— Tiens, mais c'est blondinette ! lance quelqu'un.

C'est devenu mon surnom officiel aux cuisines. Les épouses ne sont pas censées quitter leur étage, mais cela ne semble déranger aucun membre du personnel de me voir débarquer dans leur espace de travail ; je ne leur demande rien, ce qui les change de l'ancienne femme de Linden, ainsi que de la petite nouvelle (qu'ils appellent la peste).

— Qu'avez-vous au visage, blondinette ? Vous êtes toute rouge.

Je touche la peau fine sous mes yeux, me rappelant que j'ai pleuré. J'ai l'impression que cela s'est produit il y a un million d'années.

— Je suis allergique aux fruits de mer, dis-je en fourrant le mouchoir trempé dans ma poche. Cette puanteur est remontée jusqu'à l'étage des épouses et m'a fait gonfler les yeux. Vous voulez ma mort, ou quoi ?

— Elle a insisté pour venir vous le dire par elle-même, ajoute obligeamment Gabriel.

Alors que nous entrons dans les cuisines, je fais mon possible pour avoir l'air dégoûté, alors qu'en vérité, cette odeur me rappelle Manhattan et aiguise mon appétit.

— Nous avons de plus gros problèmes que vos petites allergies alimentaires, lance la cuisinière en chef en balayant une mèche de cheveux collée à son visage en sueur.

Elle désigne la fenêtre. Le ciel est d'une étrange couleur verte. Des éclairs strient les nuages. Il y a à peine une heure, le ciel était dégagé et les oiseaux chantaient.

Quelqu'un m'offre une barquette de fraises. « Arrivées de ce matin. » Gabriel et moi en prenons chacun une poignée cependant que nous nous postons à la fenêtre. Comme pour les myrtilles, ces fruits sont d'une couleur plus vive que ce à quoi j'ai l'habitude. Leur jus inonde ma bouche, et les petits grains se coincent entre mes molaires.

— C'est déjà la saison ? demande Gabriel. Ça me semble un peu tôt.

— On pourrait avoir une belle tempête cette année, répond l'un des cuistots. (Il s'agenouille devant un four et fronce les sourcils en contemplant ce qui y cuit.) Peut-être même une de catégorie 3.

— Qu'est-ce que cela veut dire ? demandé-je en mangeant une autre fraise.

— Que nos trois princesses vont se retrouver enfermées dans le cachot, siffle la femme chef de cuisine.

J'étais sur le point de la croire lorsqu'elle me donne une bonne claque sur l'épaule et part d'un grand rire.

— Le gouverneur domanial prend grand soin de ses épouses, dit-elle. Si le vent forcit, vous devrez toutes attendre que l'orage s'éloigne dans l'abri anti-ouragan. Vous faites pas de bile, blondinette, je suis sûre qu'il est très confortable ; quant à nous autres, on restera aux fourneaux, à vous mitonner vos repas.

— Vous travaillez pendant les tempêtes ?

— Bien sûr, tant qu'il y a du courant.

— Ne vous inquiétez pas, glisse Gabriel. La maison ne risque pas de s'envoler.

Son air espiègle suggère qu'il a deviné que c'est ce que j'escomptais. Nous échangeons un regard, et son sourire timide se mue en un vrai, le premier que je lui voie. Je m'autorise un sourire en retour.

Mais quelques minutes plus tard, lorsque nous regagnons l'étage des épouses par l'ascenseur, un voile flotte au-dessus de nous, aussi sombre que les nuages d'orage. Un chariot de plateaux-repas nous sépare. De la bisque de homard pour les autres, et un petit poulet laqué pour moi, puisque je suis censée être allergique aux fruits de mer. Nous ne pipons mot. J'essaie de ne pas penser à Rose, mais je suis hantée par l'image de sa main inerte, dépassant du drap au moment où le chariot était passé. Une main qui, quelques jours auparavant, me tressait les cheveux. Je revois la tristesse dans les yeux de Linden ; que dirait-il s'il savait que son amour de jeunesse, la petite fille qui donnait des sucres aux chevaux de l'orangeraie, se fait disséquer dans cette même maison ?

Seule dans ma chambre, je ne touche pas à mon déjeuner. Je prends un bain chaud, en profite pour laver le mouchoir de Gabriel dans les bulles puis tiens l'étoffe devant moi. J'essaie d'imaginer un autre lieu, un autre temps, où les fleurs ressemblaient à celle qui est brodée. Puissante, acérée, dangereuse et belle, elle semble posée sur une feuille de nénuphar. Je soumets cette image à ma mémoire puis entreprends des recherches à la bibliothèque. La plus ressemblante est la fleur de lotus, que l'on trouvait autrefois en Orient, et qui était peut-être originaire d'un pays appelé « Chine ». Tout ce dont je dispose, c'est une demi-page dans un almanach consacré aux plantes aquatiques ; il y est question du nénuphar, un proche cousin peut-être, mais ce n'est pas pareil. Pas si rare. Après des heures de recherche, je n'ai toujours pas trouvé de représentation valable.

Quand je pose la question à Gabriel, il me répond que les domestiques trouvent ces mouchoirs dans un caisson en plastique, là où les serviettes sont stockées. Il ignore qui les a commandés, et d'où ils viennent, mais il m'assure que je peux le garder, car il en reste des dizaines.

Les jours suivants, Gabriel m'apporte mon petit déjeuner quand les autres épouses dorment encore. Il dissimule des June Beans dans une serviette roulée ou sous l'assiette, et même une fois entre deux pancakes. Avec les morceaux de fraise, il érige des tours Eiffel ou des voiliers au mât effilé. Il laisse le plateau sur ma table de nuit et, si je suis endormie, je perçois sa présence dans mes rêves. Je sens des rubans tièdes atteindre ma conscience, et j'ai l'impression d'être en sécurité. En ouvrant les yeux, j'aperçois le couvercle argenté du plateau, et je sais qu'il est passé. Les matins où je suis déjà réveillée, nous parlons à voix basse, distinguant à peine le visage de l'autre dans l'obscurité. Il me raconte que, d'aussi loin qu'il s'en souvienne, il a toujours été orphelin, que maître Vaughn l'a acheté lors d'une vente aux enchères lorsqu'il avait neuf ans.

— Ce n'est pas si terrible que ça en a l'air, glisse Gabriel. À l'orphelinat, on apprend des tas de choses utiles comme la cuisine, la couture, le ménage. Une sorte de rapport est rédigé sur chacun, et les riches peuvent enchérir sur nous. C'est comme cela qu'on a hérité de Deirdre, Ellie et Adair.

— Vous n'avez aucun souvenir de vos parents ?

— Presque aucun. Et guère plus de souvenirs du monde extérieur.

Mon cœur chavire. Personne, selon lui, pas même le personnel, ne quitte jamais la propriété. Vivres, tissus et autres sont commandés sans que quiconque se rende en magasin. Les seuls à quitter le manoir sont les chauffeurs des camions de livraison, maître Vaughn, et parfois Linden, quand il en a envie. À la télévision, j'ai vu des gouverneurs domaniaux, flanqués de leur première épouse, assister à des événements publics : élections, inaugurations et autres. Mais selon Gabriel, Linden n'aime pas s'afficher en société. Il vit comme un reclus. Et pourquoi pas ? Une journée entière ne suffirait pas à sillonner cet endroit d'un bout à l'autre. Mais je n'ai pas perdu espoir. Il emmenait tout le temps Rose à des fêtes, et c'est elle-même qui m'a dit que s'il me choisissait comme favorite, il me conduirait où bon me semble.

— Cela ne vous manque pas ? dis-je. La liberté.

Gabriel rit.

— Je n'avais guère plus de liberté à l'orphelinat, mais la plage me manque. Ma chambre avait vue sur la mer. Parfois, on nous laissait y aller. J'aimais regarder passer les bateaux. Si j'avais pu choisir, je crois que j'aurais bien aimé travailler sur un bateau. Ou peut-être en construire un. Mais je n'ai même pas pêché un seul poisson de toute ma vie.

— Mon frère m'a appris à pêcher.

Nous nous asseyions sur les brise-lames en béton, face à la mer, nos jambes pendant du rebord. Je me rappelle la forte traction sur la ligne, le moulinet qui se déroule tout seul, et Rowan qui rattrapait le coup, me montrant comment ramener le poisson. Je me rappelle le corps argenté, tout en muscles, telle une langue tirant sur l'hameçon, les yeux exorbités. Quand je libérais un poisson et tentais de le tenir, il me sautait des mains. Et frappait les flots dans une gerbe d'éclaboussures. Puis il disparaissait, pour s'en aller visiter les ruines de la France ou peut-être de l'Italie, voyageant à ma place.

Je m'efforce de relater cette expérience à Gabriel ; mimant tant bien que mal les soubresauts de la canne à pêche ou mes efforts désespérés pour mouliner, je constate qu'il observe chacun de mes gestes. Quand j'imite le

« plouf » du poisson qui s'échappe dans l'eau, il rit, et je ris avec lui, doucement, dans la pénombre de ma chambre.

— Vous ne mangiez jamais vos prises ? demande-t-il.

— Non. Les poissons comestibles sont au large, il faut un bateau pour les pêcher au filet. Plus on s'approche des terres, plus l'eau est polluée. C'était juste pour se distraire.

— Ça l'air amusant.

— C'était assez dégoûtant, en fait, lui avoué-je en me remémorant la peau écailleuse, gluante et froide, les yeux injectés de sang.

Rowan m'avait nommée « pire pêcheuse de l'histoire », affirmant que c'était une bonne chose que les poissons soient immangeables ; si nous avions compté dessus pour nous nourrir, nous aurions crevé de faim avec moi aux manettes.

— Mais c'est l'une des rares choses que mon frère apprécie et qui ne concerne pas le travail.

Le mal du pays qui me saisit à l'évocation de mon jumeau n'est pas si désagréable. Pas quand je suis en compagnie de Gabriel, avec une assiette de pancakes et des June Beans cachés dans ma serviette.

Linden nous ignore pendant la journée, mais il commence à inviter ses trois épouses chaque soir pour le dîner. Il nous parle des recherches menées par son père, de l'optimisme des scientifiques et des docteurs en ce qui concerne la découverte d'un antidote. Son père assiste à un congrès à Seattle, où il confronte ses travaux à ceux des autres chercheurs. Au fond de moi, je me demande si lesdits travaux sont fondés sur Rose. L'a-t-il désignée sujet A, patiente X ? A-t-elle encore du vernis aux ongles ? Comme d'habitude, Cecily se passionne pour tout ce que dit notre mari. Jenna semble toujours dégoûtée de le voir, mais elle a commencé à s'alimenter. Quant à moi, je fais mine de m'intéresser à ce qu'il raconte et deviens de plus en plus crédible. Pendant ce temps, les tempêtes incessantes font trembler l'éclairage, ponctuant certains après-midi radieux d'épisodes pluvieux aussi soudains qu'imprévisibles.

Et puis, un soir où il affiche une jovialité inhabituelle, Linden annonce qu'en l'honneur de nos deux mois de mariage, il envisage d'organiser une fête. Une fête grandiose, avec lanternes colorées et orchestre. Il nous laisse même décider du jardin dans lequel cela aura lieu.

— Pourquoi pas l'orangeraie ? lancé-je.

Gabriel et deux autres domestiques, occupés à ramasser nos assiettes, pâlissent brusquement en échangeant des regards sombres. Ils savent l'énormité de ce que je viens d'avancer. Ils ont servi à Rose d'innombrables repas et tasses de thé tandis qu'elle passait ses journées à l'orangeraie. C'était son lieu de prédilection, c'est là qu'avait eu lieu son mariage avec Linden, là aussi, m'avait-elle avoué un après-midi, faisant tourner un June Bean autour de sa langue, qu'ils avaient échangé leur premier baiser. C'est dans ce même jardin, une semaine après son vingtième anniversaire, que Linden l'avait trouvée pâle et sans connaissance, à l'ombre d'un oranger, respirant à peine, les lèvres bleues. Ce jour-là, il avait encaissé de plein fouet la tragédie de sa mort imminente. Son impuissance à la sauver. Et le fait qu'en dépit de toutes les pilules et potions du monde, elle n'en avait plus que pour quelques mois.

Une fête dans l'orangeraie. La douleur se lit immédiatement sur le visage de Linden. Je ne flanche pas. Il m'a causé plus de souffrances que je ne pourrai jamais lui infliger en retour.

Cecily, à qui tout cela échappe, s'écrie :

— Oui ! Oh ! Linden, je n'y suis jamais allée !

Linden s'essuie la bouche avec sa serviette puis la pose sur la table.

— J'avais pensé que ce serait plus amusant au bord de la piscine, dit-il calmement. L'eau est bonne, c'est idéal pour se baigner.

— Mais vous venez de dire que c'était à nous de choisir, intervient Jenna.

Il s'agit probablement des premières paroles qu'elle lui adresse. Tout le monde a les yeux rivés sur elle, même les domestiques la regardent. Elle me lance un bref coup d'œil puis fait face à Linden. Mordant délicatement dans un morceau de steak, elle enfonce le clou.

— Je vote pour l'orangeraie.

— Moi aussi, fait Cecily.

Je hoche la tête.

— C'est donc un vote unanime, marmonne Linden dans sa cuillère.

La suite du repas est très silencieuse. Les assiettes du plat de résistance sont débarrassées, le dessert est servi, puis le thé. Nous sommes remerciées, car Linden dit souffrir d'un mal de tête et souhaite rester seul avec ses pensées.

— Vous avez un sacré culot, me glisse Gabriel alors qu'il nous raccompagne jusqu'à l'ascenseur.

Juste avant que les portes se referment, je lui souris.

Une fois à l'étage des épouses, je me replie immédiatement dans ma chambre. Je m'allonge et suçote un June Bean bleu, me remémorant l'océan Atlantique qui venait lécher mes pieds nus et ceux de Rowan. Le ferry le long du quai, que j'observais tracer un sillon jusqu'à l'horizon. Je pense au sentiment de sécurité qui m'habitait dans mon petit coin du monde, à la chance d'être en vie, ne serait-ce que pour un court instant. C'est là que je veux que mon corps repose quand je serai morte. Je veux qu'on jette mes cendres dans l'océan. Je veux sombrer dans les ruines d'Athènes, être portée jusqu'au Nigeria, nager au milieu des poissons et des navires engloutis. Je reviendrai souvent aux abords de Manhattan, pour en humer l'air, pour prendre des nouvelles de mon frère jumeau.

Mon frère jumeau, qui n'aime pas évoquer ce qui arrivera dans quatre ans, quand je serai morte et qu'il ne lui restera plus que cinq ans à vivre. Je me demande ce qu'il peut bien faire en ce moment même, si tout va bien pour lui. Je me demande combien de temps il me faudra pour recouvrer la liberté, pour fuir cet endroit, ou au moins pour l'informer que je suis toujours vivante. Mais quelque part, dans un recoin de mon cœur, plus sombre encore que cet horrible sous-sol, je redoute que mon cadavre devienne un sujet de recherche pour maître Vaughn, et que mon frère n'apprenne jamais ce qui m'est arrivé.

Pour tout cela, je ne regrette nullement mes paroles pendant le dîner, à cause desquelles Linden Ashby est en train de souffrir, quelque part.

Il est très difficile de tenir le compte des jours qui s'écoulent dans ce manoir, car ils se ressemblent tous. Je ne suis rien d'autre que la prisonnière de Linden. C'est la première fois que je suis séparée de mon frère si longtemps ; dès notre plus jeune âge, notre mère a mis ma main dans la sienne, nous disant de rester ensemble.

Ce que nous avons fait. Nous marchions ensemble sur le chemin de l'école, nous raccrochant l'un à l'autre, à l'affût des dangers possibles rôdant dans les ruines d'un vieil immeuble, dans l'ombre d'une voiture à l'abandon. Nous partions travailler ensemble, et la voix de l'un tenait compagnie à l'autre la nuit, dans une maison sombre qu'emplissait autrefois la présence de nos parents. Je ne l'avais pas quitté une seule journée de toute ma vie.

Je pensais qu'étant jumeaux nous trouverions toujours un moyen d'entrer en contact avec l'autre. Que même à longue distance, je percevrais le son de sa voix aussi bien que chez nous, quand il était dans la pièce d'à côté. Nous nous parlions sans arrêt quand nous étions chacun dans une pièce, lui dans la cuisine, moi dans le salon, afin de combler le silence créé par la mort de nos parents.

— Rowan, chuchoté-je.

Mais le son ne sort pas de ma chambre. Le lien qui nous unissait a été tranché.

— Je suis vivante. Ne m'abandonne pas.

En guise de réponse, j'entends qu'on toque doucement à ma porte. Je sais qu'il ne s'agit pas de Cecily, n'entendant ni question ni demande. Deirdre ne frappe pas avant d'entrer, et cela ne peut pas être Gabriel à cette heure-ci.

— Qui est là ?

La porte s'ouvre, et j'aperçois les yeux gris de Jenna.

— Je peux entrer ? murmure-t-elle.

M'asseyant sur le lit, je hoche la tête. Elle plisse les lèvres dans ce qui ressemble le plus à un sourire de tout ce que j'aie vu sur son visage jusqu'ici, et prend place sur le bord du matelas.

— J'ai vu la façon dont le gouverneur Linden t'a regardée quand tu as parlé de l'orangeraie. Pourquoi ?

L'instinct me commande de me méfier de cette sombre épouse, mais le chagrin que j'éprouve à ce moment affaiblit mes défenses ou me fait baisser pavillon, comme pourrait dire Gabriel. Je m'autorise donc à dériver en eaux troubles. Elle paraît tellement timide, sans défense, dans cette chemise de nuit blanche qui ressemble à la mienne, ses longs cheveux noirs formant un voile autour de ses épaules. Quelque chose me pousse à vouloir la considérer comme une sœur, comme une confidente.

— C'est à cause de Rose, lui dis-je. Il est tombé amoureux d'elle à l'orangeraie. C'était son endroit préféré, et il n'a pas pu y remettre les pieds depuis qu'elle est tombée malade.

— Vraiment ? Comment le sais-tu ?

— C'est Rose qui me l'a dit.

J'évite d'ajouter que Rose m'a confié toutes sortes de choses à propos de notre époux. Je tiens à conserver certaines de ses fragilités pour moi, comme cette infection qui a failli le tuer quand il était enfant, et qui lui a valu de perdre plusieurs dents, d'où les couronnes en or. Ces faiblesses le rendent pour ainsi dire moins menaçant. Elles font de lui quelqu'un que je pourrai dominer, ou embobiner, quand l'occasion se présentera.

— C'est pour ça qu'il a eu l'air si triste, dit-elle en ôtant une peluche de son ourlet.

— C'était l'effet recherché. Il n'avait pas le droit de nous enfermer ici, et je pense qu'il ne s'en rendra jamais compte. J'ai donc voulu lui faire du mal, comme il m'en a fait.

Jenna baisse la tête, et ses lèvres amorcent un sourire, voire un rire, mais ses yeux sont bordés de larmes et c'est d'une voix brisée qu'elle annonce :

— Il y avait mes sœurs dans cette camionnette.

Sa peau pâlit, et la mienne se couvre de chair de poule alors que ses petits sanglots secouent le matelas. La chambre se fait plus froide, et le cauchemar plus horrible encore que ce que j'avais cru possible. Cela forme un contraste effrayant avec les senteurs agréables de ce manoir et ses jardins éclatants. Je repense aux coups de feu qui me hantent depuis mon arrivée. Combien de ces filles étaient les sœurs de Jenna, et lesquelles ? Quelle balle les a fauchées ? La première, la cinquième, la sixième ?

Je suis trop abasourdie pour parler.

— Quand tu as mentionné l'orangeraie, je ne savais pas de quoi il était question, mais j'ai vu que ça lui faisait mal, dit-elle entre deux sanglots, s'essuyant le nez avec le poing. J'ai voulu lui faire mal, moi aussi, et je t'ai soutenue. Il n'a pas la moindre idée, n'est-ce pas ? de ce qu'il nous a pris ?

— Non, concédé-je doucement.

Je lui tends le mouchoir de Gabriel, que je conserve dans ma taie d'oreiller, mais elle le repousse d'un geste. Visiblement, elle déteste tellement cet endroit qu'elle va jusqu'à refuser de se moucher dans un tissu qui lui appartient.

— Il ne me reste que deux ans, dit-elle. Je n'ai plus rien à attendre du monde extérieur, désormais, et même si je suis coincée ici, je ne me laisserai pas faire par lui. Il peut bien me faire assassiner, il ne m'aura pas.

J'imagine son corps froid et raide, que l'on transporte jusqu'au laboratoire souterrain. J'imagine maître Vaughn en train de disséquer ses belles-filles l'une après l'autre.

Je ne trouve rien à répondre, car je comprends sa colère. Je suis une bonne menteuse, mais mentir ne me conduira à rien dans ce cas. Jenna est une fille qui ne se fait pas d'illusions sur ce qui lui arrive ; elle sait que rien ne s'arrangera. Est-ce moi qui nie l'évidence ?

— Et s'il y avait un moyen de s'enfuir ? dis-je. Tu le ferais ?

Elle hausse les épaules, renifle d'un air incrédule entre deux larmes.

— À quoi bon ? Non, autant en finir avec panache.

Elle secoue le poignet, accentuant les froissements de sa manche. Puis elle se mouche dedans et semble totalement vaincue. Un squelette, un spectre, une fille très jolie, certes, mais déjà morte. Elle se tourne vers moi, et ses yeux contiennent encore une étincelle de vie.

— Tu as vraiment passé la nuit avec lui ?

Son ton n'a rien de celui, inquisiteur, de Cecily. Ce n'est pas de la curiosité mal placée, elle a juste envie de savoir.

— Il a passé la nuit ici quand Rose est morte. Il s'est endormi, rien de plus. C'est tout.

Elle hoche la tête, déglutit péniblement. Je lui touche l'épaule ; elle sursaute mais ne se dérobe pas.

— Je suis vraiment désolée, fais-je. C'est un homme horrible, et cet endroit l'est tout autant. La seule qui se plaise ici, c'est Cecily.

— Elle apprendra, rétorque Jenna. Elle lit tous ces bouquins sur la grossesse et le Kama-sutra, mais elle n'a pas la moindre idée de ce qu'il va lui faire.

C'est très juste. Jenna, aussi silencieuse qu'une ombre, a étudié ses sœurs épouses avec une grande attention. Elle a beaucoup réfléchi à notre sujet.

Elle reste assise un moment, étouffant ses derniers sanglots, se ressaisissant. Je lui propose le verre d'eau posé sur ma table de nuit, et elle en boit quelques gorgées.

— Merci, dit-elle. Pour lui avoir tenu tête pendant le dîner. Pour lui avoir montré ce que ça fait.

— Merci à toi de m'avoir soutenue.

Je crois deviner un sourire sur ses lèvres, lorsqu'elle se retourne une dernière fois vers moi avant de disparaître dans le couloir.

Je m'endors et fais d'horribles cauchemars peuplés de filles tristes aux yeux exquis, de camionnettes grises d'où surgissent des papillons, de fenêtres qui ne s'ouvrent pas. Partout, des filles tombent des arbres comme des pétales de fleurs d'oranger, et s'écrasent au sol en produisant un bruit écœurant. Elles éclatent comme des fruits mûrs.

Au cours de la nuit, mon esprit pénètre dans une dimension de rêves plus profonds. Les sons disparaissent, et quelque chose obscurcit ma vision. Tout est blanc, une puanteur de décomposition émane du sol, mêlée à l'odeur de gants de chirurgie. Maître Vaughn, vêtu d'une tenue anticontamination, soulève alors le drap qui couvrait mon visage. J'essaie de crier, mais aucun son ne sort, car je suis morte, les yeux grands ouverts. Il approche son scalpel de ma poitrine, prêt à découper. La douleur est sur le point de m'atteindre lorsqu'un son m'extirpe de mon rêve. « Rhine », fait la voix.

— Rhine.

J'ouvre les yeux, suffocante. Mon cœur bat à tout rompre, je ressens la vie qui m'habite et qui m'avait désertée dans mon cauchemar. Dans la pénombre matinale, je devine à peine les yeux bleus de Gabriel. Je répète son nom deux fois pour tester ma voix, et aussi pour m'assurer qu'il est bien ici. J'entrevois le reflet argenté du plateau sur ma table de nuit.

— Vous étiez très agitée, murmure-t-il. Qu'est-ce que c'était ?

— Le sous-sol, réponds-je tout bas. (Posant la paume de ma main sur mon front, je constate qu'il est inondé de sueur.) J'étais piégée, je ne pouvais pas sortir.

Je m'assois, allume la lampe. La lumière est trop forte ; je couvre mes yeux et distingue avec difficulté Gabriel, assis au bord de mon lit, là où, quelques heures auparavant, Jenna me racontait son propre cauchemar.

— Ce devait être une vision affreuse, convient Gabriel.

— Mais vous avez vu pis encore, dis-je.

Ce n'est pas une question. Il hoche la tête, la mine sombre.

— Quoi, par exemple ?

— Lady Rose a eu un bébé, dit-il. C'était il y a plus d'un an. Il n'a pas survécu. Étranglé par le cordon ombilical, je crois. Le gouverneur domanial et Lady Rose ont dispersé ses cendres dans l'orangeraie, mais je me pose des questions sur ces cendres. Je me demande s'il s'agissait bien de celles du bébé. De manière générale, quand quelqu'un meurt dans cette maison, je me demande ce qu'on fait de lui. Je n'ai jamais vu le moindre cimetière ; soit il y a des cendres, soit les corps disparaissent purement et simplement.

Rose a eu un enfant. Je l'ignorais. On a dispersé ses cendres, ou prétendu le faire, au milieu des orangers.

— Gabriel ? (Ma voix est emplie de terreur.) Je veux partir d'ici.

— Ça fait neuf ans que je suis ici. C'est la moitié de ma vie. La plupart du temps, je ne me rappelle même pas qu'il existe autre chose que cette maison.

— Et pourtant si, fais-je. Il y a l'océan, des bateaux qui prennent le large, des gens qui courent sur les trottoirs, des lampadaires qui s'allument dans les rues le soir. Des cimetières, avec des noms sur les pierres tombales. C'est ça, la vraie vie. Ce n'est pas ici.

Mais je comprends ce qu'il veut dire. Ces derniers temps, moi aussi il m'arrive d'oublier toutes ces choses.

La fête a lieu dans l'orangeraie, comme Linden nous l'a promis. Cecily passe l'après-midi à harceler la pauvre Ellie au sujet de retouches sur sa robe ou son maquillage. Ses cheveux sont coiffés, rincés puis recoiffés maintes fois. Elle m'appelle à chaque nouvel essai. Ils l'embellissent mais la laissent bien jeune. Une enfant dans les escarpins de sa mère, trop hauts pour elle, s'efforçant d'avoir l'air d'une femme.

Deirdre a conçu pour moi une robe orange passé et m'assure qu'elle me donnera une allure folle dans la lumière du soir. Elle ne touche pas à mes cheveux longs, ondulés et à la blondeur changeante. Elle n'en dit rien, mais quand elle se tient derrière moi, face au miroir, je sais qu'elle pense que je ressemble à Rose. Et que lorsqu'il me regarde, Linden voit en moi une sorte de réincarnation de celle qu'il a perdue à jamais. Je ne puis qu'espérer que cela m'attire ses faveurs.

Nous arrivons à l'orangeraie en début de soirée, et même avec la scène montée, l'orchestre qui règle ses instruments et toute une foule de gens que je n'ai jamais vus, je remarque sans peine que l'endroit diffère des autres jardins. Il a quelque chose de sauvage, et l'herbe qui y pousse est irrégulière, montant parfois jusqu'à mes talons inconfortables, m'arrivant par endroits aux genoux, caressant ma robe comme des doigts fins et caoutchouteux. Des fourmis font le tour du pied des verres en cristal et forment une colonne montant à l'assaut des arbres. Toute la végétation bruit et bourdonne.

La plupart des visages me sont inconnus. Parmi eux, des domestiques occupés à disposer des chauffe-plats ou des lanternes en papier. Certains invités, tous de la première génération, sont bien habillés et ont la peau tellement brillante qu'elle en paraît huileuse.

— Des collègues de maître Vaughn, m'explique dans un murmure Deirdre, juchée sur une chaise pliante, ajustant la bretelle de mon soutien-gorge pour qu'elle cesse de glisser. Le gouverneur domanial n'a pas d'amis à lui. Quand Rose est tombée malade, il a même cessé de sortir de la propriété.

— Que faisait-il avant cela ? demandé-je en souriant comme si elle me régalait d'une histoire délicieuse.

— Il dessinait des maisons, répond-elle en faisant bouffer mes cheveux sur mes épaules. Voilà ! Vous êtes superbe.

Mes sœurs épouses et moi-même faisons tapisserie en début de soirée, comme nous y avaient préparées nos domestiques. Nous nous tenons la main, partageons un verre de punch, minaudons en attendant qu'on nous présente. L'une après l'autre, nous sommes accaparées par des inconnus de la première génération le temps d'une danse. Ils posent leurs mains sur nos hanches et nos épaules, s'approchant un peu trop, nous forçant à respirer l'étoffe de leur costume impeccable et les effluves de leur après-rasage. J'en viens à attendre avec impatience le moment où ils me libéreront, afin d'aller reprendre mon souffle sous les orangers. Jenna se tient à mon côté, enivrée par la danse. En dépit de sa haine perpétuelle envers sa captivité, c'est une danseuse exceptionnelle. Que le rythme soit lent ou rapide, son corps se meut comme une flamme, ou une ballerine de boîte à musique. Elle sourit à notre époux tout en évoluant, et celui-ci rougit, conquis par sa beauté. Mais je sais ce que signifie réellement ce sourire. Je devine ce qui l'amuse dans cette soirée : le fait que sa défunte épouse hante ces lieux, qu'il soit à l'agonie, et qu'elle fasse tout pour que sa douleur ne s'efface jamais.

Son sourire est une vengeance.

Elle se retrouve à côté de moi et cueille une orange. La faisant tourner entre ses mains, elle lance :

— Je pense qu'on va s'en sortir sans problème, ce soir.

— Que veux-tu dire ?

Elle désigne un point face à nous ; Cecily danse un slow dans les bras de Linden. L'éclat de ses dents blanches se voit d'ici.

— Elle a pris possession de son cœur pour l'instant, répond Jenna. Il ne l'a pas lâchée une seule seconde.

— Tu as raison.

Il a accordé toutes ses danses à Cecily, passant le temps qui lui restait à admirer Jenna. Il ne m'a pas regardée du tout.

Jenna, s'étant fait de nombreux admirateurs grâce à sa souplesse et son sourire enjôleur, est entraînée dans une autre danse. Je reste seule à siroter du punch dans un verre en cristal. Alors qu'une brise rafraîchissante agite mes cheveux, je me demande où Rose a pu tomber malade. Est-ce à l'endroit où des domestiques se disputent à propos du poulet, qu'on a préparé en trop petite quantité pour l'occasion ? Là où Cecily et Linden ont quitté la piste de danse pour aller glousser dans l'herbe haute ? Et où a-t-on dispersé ses cendres ? Étaient-ce seulement les siennes, et qu'est réellement devenu l'enfant mort-né de Linden et Rose ?

Alors que la soirée avance et que les invités commencent à partir, Jenna et moi nous asseyons dans l'herbe, Adair et Deirdre s'occupant d'ôter les brins d'herbe coincés dans nos cheveux. Linden et Cecily ont disparu, et ils n'ont toujours pas refait surface quand nous allons nous coucher bien plus tard.

Le lendemain, Cecily débarque à la bibliothèque un peu après midi, pâle et hébétée. Elle arbore un sourire hagard et figé, et ses cheveux sont en pétard. On dirait un feu de brousse jonché de cadavres.

Gabriel apporte le thé, et elle y verse trop de sucre, comme d'habitude. Elle ne nous parle pas. Son visage est strié de marques d'oreiller, et elle grimace chaque fois qu'elle bouge les jambes.

— Belle journée, lâche-t-elle enfin.

J'ai depuis longtemps rejoint mon fauteuil capitonné, et Jenna arpente les allées.

Cecily n'a pas l'air bien. Pas bien du tout. Sa verve ordinaire semble éteinte, et sa voix se perd comme un courant d'air. On croirait voir un oiseau sauvage qu'on a mis en cage, et qui constate sa captivité avec une telle stupeur que cet enfermement ne lui pèse pas tellement.

— Ça va ? lui demandé-je.

— Oh que oui ! dit-elle.

Elle dodeline de la tête puis la pose lentement sur la table. Depuis l'autre bout de la pièce, Jenna me regarde avec intensité. Sa bouche est immobile, mais je sais ce qu'elle est en train de me communiquer. Maintenant que

Cecily a enfin obtenu ce qu'elle attendait de notre époux, cela veut dire que Linden a rangé Rose au chaud dans ses souvenirs, et qu'il est désormais prêt à visiter la couche de ses autres femmes.

Cecily a l'air si petite et désemparée, pour heureuse qu'elle soit par ailleurs, que je lui dis « Viens » en la remettant doucement sur ses pieds. Elle ne proteste pas et s'appuie même sur mon épaule alors que je la reconduis à sa chambre.

Linden est un monstre, pensé-je, *un homme ignoble.*

— Vous ne voyez donc pas que c'est encore une gamine ? murmuré-je.

— Hmm ? fait Cecily en haussant les sourcils.

— Rien. Comment te sens-tu ?

Elle grimpe dans son lit, qui est défait et semble avoir été déserté quelques secondes auparavant seulement. Lorsque sa tête touche l'oreiller, elle me lance un regard brumeux :

— Super.

En la bordant, je remarque les petites taches de sang qui maculent les draps.

Je m'assois à côté d'elle, attendant qu'elle sombre dans le sommeil. Je prête l'oreille aux rouges-gorges qui ont fait leur nid sous sa fenêtre. Elle avait voulu me les montrer, telle une enfant cherchant un prétexte pour me parler. Je n'ai pas été très gentille, ni très juste, envers elle. Ce n'est pas sa faute si elle est inconsciente ; elle est si jeune. Et elle a grandi dans un monde sans parents, au sein d'un orphelinat qui ne lui promettait pour tout avenir qu'un statut d'épouse ou de cadavre. Elle ignore à quel point elle est fragile, à quel point elle est passée tout près de la mort dans cette camionnette.

Mais pas moi. Retirant une mèche ébouriffée de son visage, je lui susurre :

— Fais de beaux rêves.

C'est ce que l'on peut souhaiter de mieux, dans cette maison.

Je suis tellement furieuse contre Linden que le simple fait de le voir m'est insupportable. Il entre dans ma chambre le soir même, et sans rien demander, avance vers mon lit. Comme je ne soulève pas les draps, il s'arrête. J'allume la lumière et fais semblant de me réveiller, alors qu'en réalité je l'attendais.

— Bonsoir, fait-il doucement.

— Bonsoir, dis-je en m'asseyant.

Il touche le bord du matelas, sans s'asseoir. Attend-il que je l'y invite ? Cecily l'a-t-elle fait ? Jenna ne s'y résoudra jamais. S'il exclut de recourir à la force, seule Cecily l'acceptera dans son lit.

— Tu étais très belle hier soir, dans l'orangeraie, dit-il.

— Je croyais que vous ne m'aviez pas remarquée.

Même maintenant, il ne me regarde pas. Ses yeux sont tournés vers ma fenêtre obstinément close. Le vent a encore forci, hurlant comme un damné. Oranges et roses doivent s'envoler et tourbillonner dans les airs.

— Puis-je venir dans le lit ?

— Non, lancé-je en repliant avec soin la couverture sur mes genoux.

Il m'observe, hausse un sourcil délicat.

— Non ?

— Non, martelé-je.

Je souhaitais exprimer plus de colère dans ma voix, mais celle-ci me trahit. Un silence tendu s'installe, que je romps en ajoutant :

— Mais merci de demander.

Il reste debout, droit comme un I, semblant ne pas savoir quoi faire de ses mains. Son pantalon de pyjama n'a pas de poches.

— Que dirais-tu d'une balade, alors ?

— Maintenant ? Il doit faire froid, dehors.

Le climat de la Floride s'est jusqu'ici montré très capricieux.

— Mets un manteau. Rejoins-moi à l'ascenseur dans quelques minutes.

Ma foi, je suppose qu'il n'y a pas de mal à marcher un peu. Gagnant ma penderie, je revêts un manteau en laine par-dessus ma chemise de nuit, et une paire de grosses chaussettes qui rend tout mouvement de mes pieds difficile dans mes chaussures.

Quand je retrouve Linden près de l'ascenseur, je constate que mon manteau est une version féminine du sien et me demande s'il s'agit d'une coïncidence. Deirdre, petite fleur bleue indécrottable, l'a peut-être conçu en ce sens. Je me dis que dans son esprit, je dois apprendre à l'aimer. Mais elle est si jeune, elle a maintes années pour découvrir en quoi consiste l'amour… ou au moins en quoi il ne consiste pas.

Pendant la descente de la cabine, je suis hantée par l'image de ma mère tournoyant dans une robe vaporeuse, de mon père qui lui saisit la taille, dans le salon inondé de musique.

« *Veux-tu savoir ce que c'est réellement que l'amour ?* demanda un jour mon généticien de père à mon frère, alors que nous les regardions danser. *Je vais te dire de quoi il s'agit. Ça n'a rien d'une science. C'est aussi naturel que le ciel.* »

L'amour est une chose naturelle. Même l'espèce humaine n'a plus rien de naturel. Nous sommes de pâles copies mourantes. Quelle ironie, que cela finisse par ce simulacre de mariage.

Dehors, le froid est mordant. L'odeur des feuilles rappelle l'automne. Je pense coupe-vent, râteaux et chaussettes montantes pour la rentrée des classes. Toutes ces choses d'un autre monde, mais qui s'accrochent encore. J'ai le nez gelé ; je remonte le col de mon manteau jusqu'aux oreilles.

Linden me prend par le bras, et nous marchons, non pas vers la roseraie, mais en direction de l'orangeraie. Toute trace de la fête a disparu, et je la vois dans sa vraie splendeur : tourmentée, naturelle, superbe. Un endroit où il doit faire bon lire, allongé sur une couverture. Je comprends pourquoi Rose passait tant de temps ici et me demande si elle se savait malade, le jour où elle s'est effondrée. Elle s'est peut-être dit qu'elle pouvait s'en aller doucement, à l'ombre des douces fleurs blanches, sans qu'on prolonge ses souffrances.

Le vent martèle tout, et pourtant, je sens sa sérénité alentour. Je me sens en paix, moins en colère.

— Elle est ici, glisse Linden, comme s'il lisait dans mes pensées.

— Mmm, fais-je en guise d'assentiment.

Nous marchons un moment, le long d'un vague chemin de terre et d'herbe rase. Ici, nul plan d'eau artificiel, nulle balançoire pour amoureux. Le vent hurle si fort qu'en ouvrant la bouche, nous perdons tout espoir de dialogue ; il ferait s'envoler nos paroles. Je sens pourtant que Linden a quelque chose à dire, et lors d'une accalmie, il s'arrête et me prend la main. Le froid a soudé mes articulations, mais ses paumes sont tièdes et souples.

— Écoute-moi. (Ses yeux sont d'un vert vif au clair de lune.) Je partagerai cet endroit avec toi. Où que tu veuilles aller, demande, et je t'y conduirai. Mais ce lieu est sacré, entendu ? Je ne te laisserai pas t'en servir comme d'une arme contre moi.

Il n'y a rien d'impératif dans le ton qu'il emploie, mais il me serre les mains et baisse la tête pour que nos regards soient à la même hauteur. Il a donc compris. Il sait que ma suggestion était malveillante ; pourtant, il n'a pas levé la main sur moi, il n'a pas puni ma provocation comme son père avait puni Gabriel. Pourquoi ? Pour quelle raison un homme qui a fait kidnapper trois jeunes filles se montre-t-il si magnanime ?

Je pince mes lèvres gercées, ravalant le désir de lui cracher que si je suis libre d'aller où bon me semble, je veux retourner à Manhattan. Je n'ai pas le droit de lui faire connaître mes rêves de fuite, car il ne me laissera jamais partir. La vérité n'entre pas dans mon plan d'évasion.

— Je n'ai pas voulu vous faire du mal. Je crois que j'étais juste jalouse. Vous ne faisiez pas attention à moi, et j'ai pensé que si la fête se déroulait ici, cela vous ferait du bien. Ce serait comme un hommage à Rose. Vous pourriez célébrer vos nouveaux mariages et aller de l'avant.

Il paraît si surpris, si touché par mon mensonge que j'en ai presque des remords. Je suis désolée que sa défunte épouse ait été disséquée au sous-sol, sa beauté saccagée et violée, alors que je me sers de son nom contre lui. Un après-midi, c'est une Rose en sueur, flottant aux limites de la conscience, qui m'a fait jurer de prendre soin de Linden, et j'ai juré. Je ne compte pas tenir cette promesse, mais mon mensonge lui fera peut-être un peu de bien d'ici là.

— Je voulais l'enterrer, dit-il. Mais mon père a trouvé que ce n'était pas une bonne idée. Selon lui, personne ne sait ce que le virus qui l'a tuée… (Sa voix dérape, il prend un instant pour se ressaisir.)… peut devenir une fois dans le sol. Il m'a donc donné ses cendres.

Je m'attends qu'il mentionne l'enfant dont les cendres furent répandues ici même, mais il n'en fait rien. C'est un secret qu'il garde pour lui. Ou peut-être est-il trop douloureux de l'évoquer.

— Comptez-vous disperser ses cendres ?

— C'est déjà fait. La nuit dernière, après la fête. J'ai pensé qu'il était temps de lui faire mes adieux.

Après son rendez-vous galant avec Cecily, je suppose. Même l'adoration qu'elle lui témoigne ne peut soulager sa plaie au cœur. Mais je ne dis rien. Le moment est mal choisi pour parler de Cecily. Nous rebroussons chemin, bras dessus, bras dessous, mari et femme retournant vers l'immense manoir couvert de lierre. Je pense à la feuille de lierre que j'ai cachée dans un roman d'amour à la fin tragique ou heureuse, tout en me demandant à qui appartiennent les cendres que l'on a dispersées la nuit dernière.

Les soirs suivants, Linden nous invite toutes les trois à dîner avec lui. Et la plupart du temps, il passe la nuit dans mon lit. Nous ne faisons que discuter et dormir. Allongé sous les couvertures, il me regarde enduire mes mains de crème, me brosser les cheveux, fermer les rideaux et siroter mon thé du soir. Sa présence ne me gêne pas trop. Je sais que ce serait beaucoup demander à Jenna, et je préfère qu'il laisse Cecily tranquille ; elle lui permettrait de faire n'importe quoi, et sa soudaine fragilité, le lendemain de la fête, m'a beaucoup inquiétée. Je la sais jalouse, maintenant que c'est moi qu'il vient voir, mais j'estime que cela ne la regarde en rien, et je ne réponds à aucune de ses questions. Cela dit, nous ne nous touchons jamais, sauf quelquefois, lorsque je sens ses doigts caresser mes cheveux, envoyant des vaguelettes rider la surface de mes rêves.

Il me parle jusqu'à ce que je succombe à la fatigue. Gabriel commence à m'apporter mon petit déjeuner à la même heure que pour les autres épouses, et il prévoit un supplément pour Linden, qui demande des choses imprévisibles : par exemple une tasse de sirop d'érable, ou du raisin, qu'il mange en tenant la grappe au-dessus de sa bouche. Gabriel ne dissimule plus de June Beans à mon intention, ce qui me manque. Lui parler me manque. Nous n'avons guère l'occasion ne serait-ce que d'échanger un regard, Linden m'emmenant en balade pendant la journée.

Quand il fait chaud, il nous conduit toutes les trois à la piscine. Jenna prend le soleil, Cecily fait des cabrioles sur le tremplin en poussant des cris de joie, symbole d'une enfance et d'une liberté qu'elle a perdues à jamais. Je passe beaucoup de temps sous l'eau, où un dispositif diffuse des hologrammes de méduses et de fonds marins. Des requins se ruent sur moi puis me traversent, laissant la place à des bancs de poissons jaune vif ou orange, à des baleines aussi grandes que le bassin. J'oublie parfois que rien de tout cela n'est réel, m'enfonce de plus en plus à la recherche de l'Atlantide… pour buter contre le fond de la piscine.

Cela constitue l'essentiel de certaines journées. Et ce n'est pas si mal. J'ai l'impression d'être libre. D'avoir des sœurs. Même Jenna trempe parfois un pied dans l'eau, en profitant pour m'asperger. Un après-midi, Cecily et moi convenons en cachette de la saisir chacune par un coude pour la jeter à l'eau. Jenna pousse des cris indignés, s'accroche au rebord en jurant que nous sommes horribles, qu'elle nous déteste. Mais au bout du compte, elle y prend goût. Nous plongeons ensemble, nous tenant la main, tâchant d'attraper des guppys holographiques.

Linden ne se baigne pas, mais il nous demande parfois si nous nous amusons avec les hologrammes. Il est pâle et efflanqué dans son maillot de bain. Il lit des magazines d'architecture, assis sur un drap de bain humide, ce que j'interprète comme le signe qu'il est prêt à se remettre au travail. Peut-être commencera-t-il à sortir de la propriété. Peut-être ira-t-il à une fête. Avec moi à son bras. Je sais qu'il va falloir planifier avec soin mon évasion, et que disparaître dans la foule ne sera certainement pas d'actualité lors de la première sortie. Mais il y a des chances que la soirée soit retransmise à la télévision. Rowan pourrait me voir, et apprendre ainsi que je suis en vie.

Un après-midi, alors que je rentre en courant pour récupérer une serviette sèche dans le placard près de l'entrée, je manque de percuter Gabriel, qui apporte un plateau de jus d'orange servi dans des verres à pied.

— Désolée.

— Vous vous amusez bien, on dirait, fait-il sans réellement croiser mon regard. Veuillez m'excuser.

Il manœuvre pour me contourner.

— Attendez.

Je jette un coup d'œil par-dessus mon épaule pour être sûre que personne, parmi ceux et celles qui paressent au soleil ou s'ébattent dans la piscine, derrière la porte vitrée, ne nous regarde. Gabriel se retourne et me fait face.

— Vous êtes fâché contre moi ?

— Non. Je croyais que vous n'aviez plus le temps de parler à un domestique, c'est tout. (Je n'aime pas la noirceur que je vois dans ses yeux d'ordinaire si doux.) Maintenant que vous êtes la femme d'un gouverneur domanial.

— Eh ! une minute, balbutié-je.

— Il n'y a rien à expliquer, Lady Rhine.

En théorie, le personnel est censé m'appeler ainsi, mais cela ne doit pas coller avec ma personnalité, car, dans le manoir, tout le monde m'appelle toujours Rhine. Ou blondinette. Cela dit, Gabriel a raison, je n'ai pas eu l'occasion de parler à quiconque hormis mes sœurs épouses et Linden depuis plusieurs jours. Je regrette de ne plus m'asseoir sur un plan de travail des cuisines, à bavarder avec les cuistots ; de ne plus discuter avec Gabriel. Je regrette aussi les June Beans, d'autant plus que ma réserve dans ma table de nuit s'épuise. Mais ce sont des choses dont je ne peux pas parler en présence de Linden ou de maître Vaughn, et je ne croise plus jamais Gabriel sans que l'un ou l'autre soit dans les parages.

— Qu'y a-t-il ? Qu'ai-je fait ?

— Eh bien, je ne m'attendais pas que vous succombiez si facilement au gouverneur.

L'idée est tellement absurde que j'éclate de rire, m'étouffant sur le mot :

— Quoi ?

— Je vis dans cette maison, vous savez. Je vous apporte votre petit déjeuner tous les matins.

Il n'a rien compris, rien compris du tout. Et cela me blesse tellement que j'abandonne toute intention de le détromper.

— Vous ne vous attendiez pas que je dorme avec mon mari ?

— Effectivement.

Sur ce, il ouvre la porte coulissante et s'avance dans le soleil, me laissant en plan, trempée, claquant des dents, à m'interroger sur ce que cet endroit m'a fait devenir.

Je reste silencieuse lors du dîner. Linden me demande s'il y a un problème avec la nourriture, et j'attends que Gabriel ait fini de remplir mon verre d'eau gazeuse avant de faire « non » de la tête. J'ai très envie de prendre Gabriel à part et de lui parler. Je veux lui expliquer qu'il se trompe, à propos de Linden et moi. Mais maître Vaughn est à table avec nous, et sa présence me fait baisser la tête.

Dans l'ascenseur, après le repas, Gabriel nous reconduit jusqu'à notre étage. J'essaie de croiser son regard, mais il semble m'éviter délibérément.

Cecily, debout à côté de moi, se masse les tempes.

— Pourquoi est-ce que ces lumières sont si fortes ?

Les portes s'ouvrent. Jenna et moi sortons de la cabine, mais Cecily ne bouge pas.

— Qu'y a-t-il ? demandé-je.

C'est alors que je remarque sa pâleur extrême. Son visage est brillant de sueur.

— Je ne me sens pas bien.

Au moment où elle finit sa phrase, elle tourne de l'œil, et Gabriel a tout juste le temps de la rattraper avant qu'elle s'effondre, tel un pantin désarticulé.

8

LE PERSONNEL afflue en nombre. Il y a tellement de gens qui entrent dans la chambre de Cecily et qui en sortent qu'on dirait une fourmilière. Maître Vaughn est là, et Linden fait les cent pas sur le palier. Jenna et moi sommes reconduites à nos chambres, et je reste assise devant ma coiffeuse, trop sonnée et inquiète pour songer à dormir.

Aurais-je dû indiquer à Linden combien elle avait l'air mal en point, le lendemain de la fête ? Il m'aurait écoutée. J'aurais dû lui rappeler qu'elle est encore une enfant. Ce genre d'évidence lui échappe totalement, et j'aurais dû intervenir.

Est-ce qu'elle saigne ? Est-ce qu'elle se meurt ? Elle avait l'air en pleine forme tout à l'heure.

Je presse mon oreille contre la porte, tâchant de saisir quelque chose dans le brouhaha confus qui règne dans le couloir. Quand le battant s'ouvre, je manque de m'écrouler. Gabriel est sur le palier.

— Désolé. Je ne voulais pas vous faire peur, s'excuse-t-il à voix basse.

Je m'écarte pour le laisser entrer, et il referme la porte derrière lui. Cela fait bizarre de le voir ici, dans ma chambre, sans plateau à la main.

— Je voulais m'assurer que vous alliez bien, dit-il.

Il n'y a pas trace d'amertume dans sa voix. Ses yeux bleus ont leur lueur familière, paisible, sans la touche de ressentiment que j'y ai vue tout à l'heure. Peut-être a-t-il oublié sa rancœur pour un instant seulement, mais je suis si soulagée de le voir ainsi que je le prends dans mes bras.

Il commence par se raidir sous le choc, puis il se détend et m'étreint à son tour, son menton appuyé sur le sommet de mon crâne.

— C'est affreux, dis-je.

— Je sais, répond-il, et je sens ses bras se détendre.

Je n'ai jamais été si proche de lui. Il est plus grand et plus charpenté que Linden, si frêle qu'il semble toujours sur le point de s'envoler. Je reconnais sur lui l'odeur des cuisines, qui me rappelle le bruit et l'énergie de tout ce qui s'y mitonne.

— Non, vous ne savez pas, affirmé-je, prenant un peu de recul pour le regarder. (Une brume diffuse brouille ses traits ; il est visiblement sous le coup de l'émotion.) Il n'y a pas que Cecily. Ce mariage nous fait toutes souffrir. Jenna le déteste, vous savez. Et je sais bien que Linden me voit comme si j'étais Rose. C'est la seule défense dont je dispose, mais c'est aussi épuisant, la nuit, de l'avoir à mon côté, en train de marmonner son prénom dans son sommeil. On dirait qu'il m'efface un peu plus chaque jour.

— Il ne pourra jamais vous effacer, me rassure Gabriel.

— Et vous, ne m'appelez plus jamais Lady Rhine. J'ai entendu l'effet que ça produit pour la première fois aujourd'hui, et je déteste ça. C'est épouvantable.

— Entendu. Je suis désolé. Ce qui se passe entre vous et le gouverneur domanial ne me regarde en rien.

— Ce n'est pas ça ! crié-je, le tenant fermement par les épaules. (Je baisse d'un ton, au cas où quelqu'un serait à portée de voix dans le couloir.) Il gèlera en enfer avant que Linden Ashby dispose de moi comme il l'entend, d'accord ?

Je suis sur le point de continuer sur ma lancée. De lui parler de mon plan d'évasion, mais je décide de n'en rien faire. Pour l'heure, cela doit rester mon secret.

— Vous me croyez ? dis-je.

— Je n'ai jamais cru le contraire. Mais le voir ainsi dans votre lit, je… je ne sais pas. Ça m'a déconcerté.

— Pas autant que moi, vous pouvez en être sûr. (Je ris un peu, et il m'imite. M'éloignant, je vais m'asseoir au bord du matelas.) Alors, qu'est-ce qu'elle a, Cecily ?

Il secoue la tête.

— Je n'en sais rien. Maître Vaughn est avec elle, ainsi que plusieurs docteurs de la maison. (Il voit mes traits s'affaisser.) Mais écoutez-moi. Je suis convaincu qu'elle va bien. Si c'était sérieux, ils l'auraient transférée dans un hôpital, en ville.

Je regarde mes mains posées sur mes genoux et laisse échapper un soupir.

— Je peux vous apporter quelque chose ? demande Gabriel. Du thé, peut-être ? ou des fraises ? Vous n'avez pratiquement rien mangé au dîner.

Je ne veux ni thé ni fraises. Je ne veux pas que Gabriel soit mon domestique. Là tout de suite, je veux qu'il s'asseye à côté de moi, qu'il soit mon ami. Je veux savoir que cela ne lui vaudra aucune punition. Je veux que nous soyons libres, lui et moi.

Si jamais j'arrive à échafauder un plan d'évasion, il pourrait venir avec moi. Je suis sûre qu'il aimerait le port de Manhattan.

Mais comme je ne sais pas par quoi commencer sans apparaître faible, tout ce qui me vient à l'esprit, c'est :

— Parlez-moi de vous.

— De moi ?

Il a l'air troublé.

— Oui, dis-je en tapotant le matelas.

— Vous savez tout ce qu'il y a à savoir, répond-il en s'asseyant près de moi.

— Ce n'est pas vrai. Où êtes-vous né ? Quelle est votre saison préférée ? Dites-moi tout.

— Ici. En Floride. Je me rappelle une femme en robe rouge, aux cheveux bruns bouclés. C'était peut-être ma mère, mais je ne suis pas sûr. Et l'été. Et vous ?

Il prononce ces dernières paroles en souriant. Cela arrive si rarement que je considère chacun de ses sourires comme un trophée.

— L'automne est ma saison préférée.

Je lui ai déjà parlé de Manhattan, et de la mort de mes parents quand j'avais douze ans.

Je réfléchis à une autre série de questions lorsqu'on frappe à la porte. Gabriel se lève et efface les plis du couvre-lit, là où il se tenait assis. J'attrape un verre vide sur ma table de nuit, au cas où il faudrait prétexter que je lui demandais de le remplir pour moi.

— Entrez, dis-je.

C'est Ellie, la domestique de Cecily. Ses yeux lancent des éclairs d'excitation.

— Devinez ce que je viens vous apprendre. Non, vous ne trouverez jamais. Cecily attend un enfant !

Les semaines suivantes, Linden consacre tellement de temps à Cecily que j'en redeviens l'épouse invisible. Je sais bien que ce manque d'attention est mauvais pour mon plan d'évasion, mais je me sens malgré tout plus libre sans sa présence continuelle, au moins pour l'instant. Quand Gabriel m'apporte mon petit déjeuner dans ma chambre, nous pouvons de nouveau bavarder. C'est le seul à apporter les repas à l'étage des épouses, et il s'arrange pour venir tôt le matin avec mon petit déjeuner, quand mes sœurs épouses dorment encore, bien que le sommeil de Cecily devienne de plus en plus irrégulier au fil de sa grossesse.

Le temps passé avec Gabriel ne ressemble en rien à celui passé en compagnie du mari que l'on m'a imposé. Avec lui, je peux être honnête. Je peux lui dire que Manhattan me manque, cette ville qui me semblait jadis être le centre du monde, et qui paraît aujourd'hui aussi lointaine qu'une étoile.

— Dans le temps, la ville était divisée en plusieurs quartiers : Brooklyn, je crois, le Queens, et quelques autres. Mais tout s'est appelé Manhattan lorsqu'on a ajouté les phares et les nouveaux ports, et renommé les quartiers en fonction de leur utilité. Le mien se nomme « usines et livraison ». À l'ouest, il y a « pêche », et à l'est, surtout des résidences.

— Pourquoi ? demande Gabriel en mordant dans un toast de mon plateau.

Il est assis sur l'ottomane, près de la fenêtre, et la lumière matinale accentue le bleu de ses iris.

— Aucune idée. (Je me mets à plat ventre, le menton posé sur les avant-bras.) C'était peut-être trop compliqué de garder tous ces noms ; ce sont tous des quartiers industriels, en dehors des résidences. Le Président n'a peut-être pas jugé utile de les distinguer.

— Ça doit être irrespirable.

— Un peu, admets-je. Mais certains édifices ont plusieurs siècles. Quand j'étais petite, je faisais semblant de croire qu'en sortant de la maison, je voyageais dans le passé. Je faisais semblant de…

Ma voix se brise. Je fais courir mon doigt le long de la couture du couvre-lit.

— Quoi donc ? demande Gabriel, en se penchant vers moi.

— Je n'en ai jamais parlé à personne, dis-je tout en faisant cette constatation. Mais je faisais semblant de croire que je me retrouvais au XXIe siècle, que j'allais y croiser des gens de tous âges, et qu'en grandissant, je serais comme eux.

Il y a un long silence, et je garde les yeux rivés sur la couture, car il m'est soudain difficile de regarder Gabriel. Mais je sens ses yeux posés sur moi. Au bout de quelques secondes, il arrive au bord du lit ; je sens le matelas s'affaisser légèrement sous son poids.

— N'en parlons plus, dis-je, tâchant de rire. C'est idiot.

— Non, ça n'a rien d'idiot.

Son index suit la même trajectoire que le mien, le long du couvre-lit, en droite ligne de haut en bas, nos mains s'effleurant presque. Une bouffée de chaleur m'envahit, entraînant un sourire que je ne peux refréner. Je ne serai jamais vraiment adulte, je le sais bien, et cela fait longtemps que je ne fais plus semblant de l'être. Je n'ai jamais fait part de ce rêve à mes parents : cela les aurait attristés. Quant à mon frère, il l'aurait jugé inutile. Aussi l'ai-je gardé pour moi, m'efforçant de l'oublier en grandissant. Mais à présent, en regardant la main de Gabriel suivre les mouvements de la mienne comme si nous jouions à un jeu nécessitant rythme et méthode, je laisse ce rêve s'épanouir en moi. Un jour, je quitterai ce manoir, et ce sera le monde extérieur. Un monde sain, plein de vie, dans lequel je trouverai ma voie, au fil d'une vie longue et belle.

— Vous devriez voir ça, dis-je. Manhattan.

D'une voix douce, il répond :

— J'aimerais beaucoup.

On frappe à la porte, et j'entends Cecily demander :

— Linden est avec toi ? Il était censé m'apporter un chocolat chaud.

— Non, il n'est pas là.

— Mais j'entends des voix. Qui est avec toi ?

Gabriel se lève, et je lisse le couvre-lit tandis qu'il ramasse mon plateau de petit déjeuner sur la coiffeuse.

— Essaie d'appeler les cuisines, lancé-je. Peut-être que le personnel sait où il est. Ou demande à Ellie.

Elle hésite un instant, frappe de nouveau.

— Je peux entrer ?

Je m'assois, étale rapidement le couvre-lit sur le matelas, efface les plis, redresse les oreillers. Je n'ai rien fait de mal, mais je me sens soudain mal à l'aise à l'idée qu'elle découvre Gabriel dans ma chambre. Je traverse la pièce et lui ouvre.

— Que veux-tu ?

Elle entre en me contournant et regarde Gabriel de haut en bas.

— Il faut que j'emporte tout ça aux cuisines, lance-t-il maladroitement.

J'essaie de lui décocher un regard d'excuses par-dessus l'épaule de Cecily, mais il ne me regarde pas. Il a les yeux baissés sur ses chaussures.

— Eh bien, apporte-moi mon chocolat, dit Cecily. Je le veux très très chaud, et sans guimauve dedans. Tu en mets tout le temps, ça fond et c'est dégoûtant parce que ça te prend un temps fou pour le remonter des cuisines. Mets la guimauve dans un bol, à côté. Non, apportes-en un sac, plutôt.

Il hoche la tête, sort de la chambre. Cecily regarde dans le couloir jusqu'à ce que les portes de l'ascenseur se referment sur lui puis me fait face.

— Pourquoi ta porte était-elle fermée ?

— Ça ne te regarde pas, dis-je sèchement.

Je prends conscience du caractère on ne peut plus louche de ma réponse, mais c'était plus fort que moi. Ces discussions avec Gabriel sont l'un de mes rares luxes. Ma sœur épouse n'a pas le droit de m'enlever ça, bien qu'en réalité, ce soit parfaitement légitime de sa part.

M'asseyant sur l'ottomane, je me mets à ranger les accessoires à cheveux du tiroir du haut, furieuse.

— C'est juste un domestique, lâche Cecily tout en arpentant ma chambre, un doigt courant le long du mur. Et c'est un crétin. Il n'apporte jamais assez de lait ou de sucre pour le thé, et il met tellement de temps à monter mes repas que tout est froid quand enfin…

— Ce n'est pas un crétin, la coupé-je. Tu aimes te plaindre, c'est tout.

— Me plaindre ? crache-t-elle. Me plaindre ? Ce n'est pas *toi* qui vomis ton petit déjeuner tous les matins. Ce n'est pas *toi* qui es clouée au lit toute la journée à cause de cette foutue grossesse. Je ne pense pas que ce soit trop demander que d'attendre de ces crétins de domestiques qu'ils fassent leur boulot, qui consiste à m'apporter ce que je veux.

Elle se vautre sur mon lit, les bras croisés, indignée. Voilà, c'est dit.

D'où je me trouve, je peux voir le léger renflement qui se devine sous sa chemise de nuit. Et je sens un vague relent de vomi sous son parfum. Elle a les cheveux défaits, le visage cireux. Même si j'ai le plus grand mal à l'admettre, je comprends son aigreur. Ce qu'elle endure est trop pour une fille de son âge.

— Tiens, dis-je en sortant de mon tiroir l'un des bonbons rouges que Deirdre m'avait donnés le jour du mariage. Ça devrait calmer un peu ton estomac.

Elle s'en saisit, le met dans sa bouche et produit un « Mmm » de contentement.

— Et tu sais, pendant l'accouchement, je vais en baver. Je peux même en mourir.

— Mais non, dis-je en chassant le souvenir de la mère de Linden, morte en couches.

— Mais ça se peut, fait-elle.

Toute intonation de défi a disparu. Elle regarde le papier de bonbon dans sa main d'un air presque effrayé.

— Alors ils peuvent bien m'apporter tout ce que je demande.

Je m'assois à côté d'elle et l'étreins. Elle pose la tête sur mon épaule.

— D'accord, fais-je. C'est normal que tu aies tout ce que tu veux. Mais tu sais, on attrape mieux les mouches avec du miel qu'avec du vinaigre.

— Qu'est-ce que ça veut dire ?

— C'est une expression qu'employait ma mère. Ça signifie que si on est gentil avec les gens, ils sont plus disposés à rendre service. Ils vont même jusqu'à se plier en quatre.

— C'est pour ça que tu es gentille avec lui ?

— Qui ça ?

— Ce domestique, avec qui tu discutes sans arrêt.

— Peut-être. (Je sens mes joues devenir brûlantes. Heureusement, Cecily ne me regarde pas.) J'aime bien être gentille, c'est tout.

— Tu ne devrais pas l'être autant, dit-elle. Les gens vont se faire des idées.

9

LINDEN est tellement comblé par la grossesse, et l'humeur qui règne dans le manoir est si radieuse, qu'il nous laisse libres d'aller et venir où bon nous semble dans la maison et les jardins. Une fois seule, je cherche la route qui traverse les arbres et mène au monde extérieur, et par laquelle on m'a amenée jusqu'ici, mais je suis incapable de la dénicher. Maître Vaughn sort parfois de la propriété pour aller travailler à sa clinique, mais le gazon a dû subir un traitement spécial pour résister aux pneus, car je ne trouve nulle trace partant du garage. Gabriel a parlé d'éternité à propos de cet endroit ; je commence à croire qu'il a raison. Ni début ni fin. Et où que j'aille, je finis toujours par retomber sur le manoir.

Autrefois, mon père me racontait des histoires de fêtes foraines. Il appelait ça « des fêtes pour quand il n'y a rien à fêter ». Quand il était enfant, à la fête foraine, il payait 10 dollars pour entrer dans la maison des illusions. Il me l'a décrite maintes fois : des miroirs tordus dans lesquels on se voit plus petit ou plus grand ; des juxtapositions de miroirs donnant l'impression d'un portail qui ouvre sur l'infini. Selon lui, cette maison semblait ne pas avoir de fin, se prolonger indéfiniment, alors que, vue de l'extérieur, elle n'était pas plus grande qu'une cabane à outils. Le truc consistait à déjouer l'illusion d'optique, car la sortie était bien plus proche qu'il n'y paraissait.

Je n'avais jamais saisi son propos jusqu'à aujourd'hui. J'erre dans la roseraie, sur les courts de tennis, dans le dédale de haies, essayant d'en appeler à lui. Je l'imagine en train de m'observer d'en haut, de suivre mes déambulations, alors que la sortie est à portée de main.

— Aide-moi à comprendre, lui dis-je.

Seul le vent me répond, jouant dans l'herbe haute de l'orangeraie. Je n'ai jamais été douée pour les énigmes ; c'est mon frère qui sait débrouiller un Rubik's Cube du premier coup. C'est lui qui s'intéresse à l'aspect scientifique des choses, qui bombardait mon père de questions sur les pays détruits, pendant que j'admirais les images.

J'imagine mon frère émergeant entre deux orangers. « Tu n'aurais pas dû répondre à cette annonce. Tu n'écoutes jamais ce que je dis, se plaindrait-il. Que vais-je faire de toi ? » Et là, il me prendrait la main. Et nous rentrerions à la maison.

— Rowan…

Son nom sort de ma bouche, et je pleure à chaudes larmes. Pas de réponse hormis le vent. Il ne viendra pas ; il n'existe aucun chemin permettant de le conduire jusqu'à moi.

Quand mes pitoyables efforts deviennent trop décourageants, je décide de faire une pause, et de profiter de ce qui rend cette prison plus vivable. Je plonge dans l'océan artificiel de la piscine. Un domestique me montre comment fonctionne la télécommande qui permet de changer d'hologramme, et j'ai le loisir de nager sous la banquise arctique ou dans l'épave du *Titanic*. Je dérive entre des dauphins à long bec. Ensuite, trempées, sentant le chlore, Jenna et moi nous installons dans l'herbe et sirotons des cocktails colorés ornés d'une rondelle d'ananas. Nous jouons au minigolf sur un terrain dont je suppose qu'il fut construit pour Linden quand il était enfant, ou peut-être pour son défunt grand frère. Nous ne tenons pas le compte des points, et unissons nos efforts pour vaincre le clown tournoyant du dernier trou. Nous nous essayons aussi au tennis, mais nous abandonnons rapidement et nous contentons de faire rebondir la balle contre un mur ; c'est tout ce dont nous sommes capables.

Aux cuisines, je peux manger tous les June Beans que je veux. Je m'assois sur le plan de travail, aide Gabriel à peler des pommes de terre et écoute les cuistots discuter météo. Ils disent aussi qu'ils adoreraient servir une chaussette sale à la peste. Malgré son bon caractère, Gabriel convient qu'elle s'est montrée particulièrement détestable ces derniers temps. Quelqu'un propose de faire rôtir un rat pour son déjeuner, et la cuisinière en chef lance :

— Fais gaffe à ce que tu dis, il n'y a pas de rat dans mes cuisines.

Linden, sentant qu'il nous néglige, Jenna et moi, nous demande si nous avons envie de quelque chose et annonce qu'il dira « oui » à n'importe quoi. J'en suis presque à réclamer une caisse de June Beans ; j'ai entendu le personnel des cuisines se plaindre des arrivages matinaux, et depuis lors, je rêve de m'évader dans un camion de livraison. Mais je repense aux progrès accomplis pour gagner la confiance de Linden, au fait que je réduirais tout à néant si je me faisais prendre, ce qui est tout à fait possible, car rien de ce qui se passe dans cette maison n'échappe à Vaughn.

Jenna dit :

— J'aimerais avoir un grand trampoline.

Le lendemain matin, il trône dans la roseraie. Nous rebondissons jusqu'à avoir les poumons en feu, puis nous couchons au centre de la toile et regardons défiler les nuages.

— Ce n'est pas le pire endroit où mourir, confesse-t-elle.

Puis elle se redresse sur un coude, ce qui me fait glisser un peu plus vers elle, et me demande :

— Le gouverneur Linden est-il venu te rejoindre dans ton lit, dernièrement ?

— Non, fais-je en joignant les mains sous ma tête. C'est agréable d'avoir de nouveau la paix.

— Rhine ? Quand il est venu te voir, ce n'était pas… pour faire des enfants.

— Non. Il n'en a jamais été question. Il ne m'a même pas embrassée.

— Je me demande pourquoi, lance-t-elle en se recouchant.

— Et toi, il est venu te voir ?

— Oui. De temps en temps, avant d'être accaparé par Cecily.

Cela me surprend. Je me remémore la routine immuable de Jenna tous les matins : elle boit son thé dans la bibliothèque, le nez dans un roman d'amour. Je ne l'ai jamais vue ébouriffée ou chiffonnée comme Cecily ce fameux matin. Et, en ce moment même, elle a l'air de prendre la chose très calmement.

— Comment c'était ? demandé-je, rougissant aussitôt.

Comment ai-je pu poser une question pareille ?

— Pas terrible, répond nonchalamment Jenna. Il ne cessait de me demander si ça allait. Comme s'il avait peur que je me brise. (À cette pensée, elle a un petit rire.) Si j'étais fragile de ce côté-là, je serais en miettes depuis longtemps.

Je ne sais pas quoi dire. La seule idée de Linden en train de m'embrasser me met les nerfs en pelote et me noue l'estomac. Et pourtant, mes deux sœurs épouses sont allées bien plus loin. L'une d'elles attend même un enfant de lui.

— Je croyais que tu le détestais, dis-je enfin.

— Effectivement.

Sa voix est un doux murmure. Elle croise une jambe sur son genou replié et balance le pied sans montrer de signe d'énervement.

— Lui et tous les autres. Mais le monde dans lequel nous vivons est ainsi fait.

— Tous les autres ?

Elle s'assoit et me regarde, affichant une expression où se mêlent confusion, pitié et peut-être une touche d'amusement.

— Vraiment ? fait-elle.

Elle me prend le menton dans la main et m'examine. Sa peau est souple et dégage l'odeur des lotions que Deirdre pose à mon intention sur la coiffeuse.

— Tu es très mignonne, et tu as un joli minois. Comment gagnais-tu ta vie ?

Je m'assois à mon tour, prenant conscience de ce qu'elle me demande.

— Tu pensais que j'étais une prostituée ? fais-je.

— Non, pas vraiment. Tu sembles trop délicate pour ça. Mais je me suis dit… Que reste-t-il à une fille pour se débrouiller ?

Je repense à toutes ces jeunes femmes qui dansent dans les parcs, les nuits de la Saint-Sylvestre, à celles qui se glissent dans une voiture en compagnie d'un homme fortuné de la première génération. Et à tous les bordels du quartier chaud, avec leurs fenêtres aveugles. Parfois, une porte s'ouvrait quand je passais devant, et j'entendais alors les pulsations de la musique, apercevais un arc-en-ciel de lumière. Je revois Jenna danser si adroitement lors de cette soirée à l'orangeraie, le magnétisme qu'elle exerçait sur tous ces hommes qu'elle méprise. Sa vie s'est déroulée dans l'un de ces lieux sombres et secrets, devant lesquels j'osais à peine passer.

— Je croyais qu'on avait assez pour se débrouiller à l'orphelinat, dis-je en comprenant aussitôt que ça ne peut pas être la vérité.

Rowan et moi avons découragé plus d'un orphelin qui tentait de nous cambrioler. Nous n'aurions pas eu à le faire si les orphelinats leur fournissaient le nécessaire.

Jenna se recouche sur le dos, et je l'imite.

— Tu es sérieuse ? fait-elle. Ainsi, tu n'as jamais…

— Non, rétorqué-je, sur la défensive.

Dans mon esprit, Jenna se matérialise peu à peu sous un autre jour. Mais je me garde bien de la juger. Je ne lui en veux pas. Elle l'a dit elle-même, le monde est ainsi fait.

— En tout cas, je ne sais pas pourquoi il n'est pas venu te voir. J'ai dans l'idée que rien n'arrive par hasard, ici.

— Je ne comprends pas, dis-je. Si tu le détestes à ce point, pourquoi ne pas refuser ? Linden est un faible, je ne l'imagine pas s'imposant à l'une ou l'autre de nous.

Cela étant, il m'est arrivé plus d'une fois de me demander pourquoi Linden n'a pas insisté pour consommer notre mariage. A-t-il senti mon hésitation et décidé de me laisser du temps ? Sa patience durera-t-elle indéfiniment ?

Elle se tourne vers moi, et je pourrais jurer qu'il y a de la peur dans ses yeux gris.

— Ce n'est pas lui qui m'inquiète, dit-elle.

— Qui alors ? Maître Vaughn ?

Elle hoche la tête.

Je repense au corps de Rose dans le sous-sol. À tous ces couloirs sinistres menant Dieu sait où. Et je pressens que Jenna, en fine observatrice qu'elle est, a trouvé d'elle-même des raisons de redouter quelque chose. La question est suspendue à mes lèvres : *Jenna, que t'a fait maître Vaughn ?*

Mais je crains trop sa réponse. L'image de la main de Rose pendant sous un drap fait naître un frisson glacé dans mon dos. Des choses affreuses, dangereuses, sont tapies derrière la beauté de façade de ce manoir. Et je donnerais cher pour être loin d'ici avant de savoir de quoi il retourne.

10

ON DIRAIT que les feuilles se parent sans cesse de nouvelles couleurs. Cela fait six mois que je suis ici. J'évite maître Vaughn autant que possible. Et au dîner, lorsqu'il discute avec moi du repas ou du temps qu'il fait, j'essaie de sourire, de ne pas montrer que le son de sa voix fait courir des cafards le long de ma colonne vertébrale.

Un après-midi, Linden me trouve seule dans l'orangeraie, étendue sur l'herbe ; j'ignore s'il me cherchait, ou s'il venait ici pour s'isoler. Je lui souris, me disant que je suis contente de le voir. Depuis qu'il a reporté l'essentiel de son attention sur ma jeune sœur épouse, je n'ai guère l'occasion de gagner ses faveurs. Nous voici tous deux dans le lieu préféré de sa défunte femme, et je sens qu'il y a là l'occasion de tisser un lien avec lui.

Je tapote le sol à côté de moi en guise d'invitation, et il s'allonge dans l'herbe. Nous restons silencieux, laissant la brise nous caresser.

Rose est encore présente sous ces arbres ; le bruissement des feuilles est comme son rire éthéré. Linden suit la direction de mon regard, vers le ciel.

Nous demeurons un moment sans rien dire. J'écoute le rythme de sa respiration, faisant taire l'émoi presque imperceptible qui agite ma poitrine en sa présence. Le dos de sa main effleure la mienne. Une fleur d'oranger tombe entre nous, dans une diagonale parfaite.

— Je déteste l'automne. C'est une saison terrifiante, dit-il enfin. Tout se fane et se meurt.

Je ne sais que lui répondre. L'automne a toujours été ma saison préférée. C'est l'heure où la nature brille de ses derniers feux, où l'on dirait que ses efforts ont été préservés pour ce finale grandiose. Je n'ai jamais trouvé ça effrayant. Ma plus grande peur, c'est de voir s'écouler une année de plus, si loin de chez moi.

Soudain, les nuages semblent très hauts au-dessus de notre tête. Ils forment une arche mouvante, qui entoure la planète. Ils ont vu les océans abyssaux, les îles calcinées. Ils ont été témoins de notre destruction du monde. Si je pouvais tout voir, comme le font les nuages, me contenterais-je de faire le tour du seul continent qui reste, toujours éclatant de couleurs et de vie en toute saison, tâchant de le protéger ? Ou rirais-je de l'absurdité du monde, allant où le vent me porte, dans l'atmosphère en perpétuel mouvement de notre planète ?

Linden prend une profonde inspiration, rassemblant son courage pour poser sa main sur la mienne. Je ne me dérobe pas. Tout ce qui constitue l'univers de Linden Ashby est factice, illusoire, mais le ciel et les fleurs d'oranger sont réels. Son corps à côté du mien est réel.

— À quoi penses-tu ? me demande-t-il.

Depuis que nous sommes mariés, je ne me suis jamais permis d'être honnête avec lui, mais, à ce moment précis, j'ai envie de lui dire ce que j'ai à l'esprit.

— Je me demandais si nous valons la peine d'être sauvés.

— Que veux-tu dire ?

Je fais rouler ma tête contre le sol, sentant l'arrière de mon crâne épouser la terre dure et froide.

— Rien de spécial.

— Je n'en crois rien. Qu'as-tu en tête ? insiste-t-il.

Son ton n'a rien d'inquisiteur. Il est doux, curieux.

— Je faisais allusion à tous ces docteurs et ingénieurs qui courent après un antidote. Cela fait des années. Mais est-ce que ça en vaut la peine ? Pouvons-nous seulement être « réparés » ?

Linden réfléchit en silence, et alors que je suis sûre qu'il va condamner mes propos, ou bien, je ne sais pas, défendre le travail de son dingue de père, il m'étreint la main et lâche :

— Je me pose souvent cette même question.

— C'est vrai ?

Nous nous retournons en même temps, et nos regards se croisent, mais je sens mes joues devenir brûlantes et me détourne vers le ciel.

— J'ai cru mourir, une fois, commence-t-il. Quand j'étais très jeune. J'ai eu une forte fièvre. Je me rappelle que mon père m'a fait une injection censée me guérir, un traitement expérimental de son invention, bien sûr, mais cela n'a fait qu'aggraver mon état.

Pour ce que j'en sais, Vaughn aurait très bien pu injecter le fruit de ses expériences tordues dans les veines de son propre fils, mais je me tiens coite. Linden poursuit :

— Pendant des jours, je suis resté dans un entre-deux, à mi-chemin entre la réalité et le délire. Tout me semblait très effrayant, et je n'arrivais pas à sortir de cette torpeur. Mais de très loin, j'entendais mon père et certains de ses collègues m'appeler. « Linden, Linden, reviens à nous.

Ouvre les yeux. » Et je me rappelle avoir hésité. Je ne savais pas si c'était une bonne chose de revenir. Je ne savais pas si j'avais envie de vivre dans un monde où la mort est une certitude. Un monde de fièvres et de cauchemars.

Il y a un long silence, puis je dis enfin :

— Mais vous êtes revenu.

— Oui, répond-il.

Puis, très doucement :

— Mais ce n'était pas ma décision.

Il entrelace ses doigts avec les miens, et je l'y autorise ; je sens la moiteur de sa paume contre la mienne. Chaude. Vivante. Je finis par comprendre que je m'agrippe à lui tout autant qu'il s'agrippe à moi. Nous voici tels qu'en nous-mêmes, deux petites choses mourantes, dans un monde finissant comme tombent les feuilles à l'automne.

Le petit ventre de Cecily commence à s'arrondir. Elle est souvent alitée, mais elle proteste plus bruyamment que jamais s'il faut en croire le personnel.

Un après-midi, je suis en train de manger une glace tout en observant les carpes koï dans leur bassin lorsqu'un domestique accourt vers moi. Il s'arrête et pose les mains sur ses genoux, tâchant de reprendre son souffle.

— Venez vite, halète-t-il. Lady Cecily vous demande. Une urgence.

— Il y a un problème ?

À le voir, on jurerait que quelqu'un vient de mourir. Il secoue la tête en guise de réponse. Il ne sait pas. Je crois que je lui tends mon cornet de glace avant de courir jusqu'à la porte. Gabriel m'attend près de l'ascenseur, sa carte magnétique à la main. Une fois à l'étage, je me rue vers la chambre de Cecily, craignant de revivre l'agonie de Rose, de la voir cracher du sang ou respirer avec peine.

Elle est assise contre les oreillers, les orteils séparés par du coton pendant que le vernis à ongles sèche. Elle me sourit, une paille dans la bouche. Elle sirote un jus de canneberges.

— Que se passe-t-il ? fais-je, hors d'haleine.

— Raconte-moi une histoire.

— *Quoi ?*

— Jenna et toi, vous vous amusez bien sans moi, lâche-t-elle, boudeuse.

Son ventre flotte devant elle, comme une lune au quart pleine. Elle n'est qu'à quatre mois de grossesse, mais ce que je sais, et qu'elle ignore, c'est que Linden prend toutes les mesures qu'il juge utiles pour éviter de perdre un autre bébé. Il ne néglige aucune précaution. Dans son état, elle pourrait très bien jouer au minigolf ou même se baigner dans la piscine, qui est chauffée et traitée pour éviter la présence de feuilles ou d'insectes à cette époque de l'année, mais elle est devenue la plus captive de la maison.

— Que faites-vous de vos journées ?

— On s'amuse beaucoup, dis-je sèchement pour la punir de m'avoir affolée pour rien. On mange de la barbe à papa et on fait des pirouettes sur le trampoline. Quel dommage que tu sois clouée ici !

— Quoi d'autre ? demande-t-elle en m'invitant à m'asseoir à côté d'elle. Non, attends. Parle-moi d'autre chose que d'ici. Comment c'était, ton orphelinat ?

Pour elle, c'est une évidence, j'ai grandi dans un orphelinat. C'est tout ce qu'elle a connu dans sa courte vie.

Je m'assois en tailleur sur le matelas, ôtant une mèche de cheveux de devant ses yeux.

— Je n'ai pas grandi dans un orphelinat. Mais dans une ville. Avec des millions de gens, et des immeubles si hauts qu'on a le vertige quand on regarde leur sommet.

Elle est époustouflée. Je lui parle donc des ferrys et des poissons toxiques que l'on pêche pour s'amuser, puis que l'on relâche dans l'eau. M'effaçant du décor, je lui narre l'histoire de jumeaux, frère et sœur, qui ont grandi dans une maison où quelqu'un jouait tout le temps du piano. Où il y avait des bonbons à la menthe, des parents et des histoires pour s'endormir. Les couvertures sentaient la naphtaline, avec une trace du meilleur parfum de leur mère, qu'elle laissait derrière elle quand elle venait les embrasser pour leur souhaiter bonne nuit.

— Ils y sont toujours ? demande-t-elle. Ils ont grandi ?

— Oui, ils ont grandi. Mais un jour est venu un ouragan qui les a propulsés chacun dans un coin différent du pays. Depuis, ils sont séparés.

Elle semble sceptique.

— Un ouragan qui les a propulsés ? C'est idiot.

— Je te jure que c'est vrai.

— Et il ne les a pas tués ?

— C'est le problème, on ne sait pas si c'est une chance ou une malédiction. Mais ils sont toujours en vie et cherchent un moyen de se retrouver.

— Et leurs parents ?

Je ramasse son verre de jus de fruits vide sur la table de nuit.

— Je vais t'en chercher un autre.

— Pas la peine. Ça n'est pas à toi de le faire.

Elle appuie sur le bouton bleu au-dessus de sa table de nuit, et commande :

— Un jus de canneberges. Et des gaufres. Avec du sirop. Et un cure-dent parasol dessus !

— Tu pourrais demander poliment, dis-je, car j'imagine les domestiques levant les yeux au ciel.

Un jour quelqu'un finira par se moucher dans sa serviette.

— J'ai bien aimé ton histoire, fait-elle. Elle est vraiment vraie ? Tu les connais, ces jumeaux ?

— Oui. Et leur petite maison attend leur retour. Elle a une échelle d'incendie brisée et était autrefois couverte de fleurs. Mais dans cette ville, ça n'est pas comme ici. Les produits chimiques des usines mènent la vie dure aux plantes. Seule leur mère arrivait à faire pousser des lis, parce que c'était une magicienne, et quand elle est morte, tout s'est fané. C'est comme ça.

— C'est comme ça, fait-elle en écho, comme pour signifier son accord.

Je prends congé à l'heure de son échographie. Gabriel m'attrape le bras dans le couloir.

— C'est une histoire vraie ?

— Oui, réponds-je.

— Combien de temps faudra-t-il, selon vous, avant qu'un autre ouragan vous ramène à la maison ?

— Je peux vous dire ce que je redoute le plus ?

— Oui, allez-y.

— Que le vent mette plus de quatre ans à se lever.

Mais pour ce qui est de se lever, le vent se lève. Fin octobre, la météo se fait alarmante. En cuisine, les gens parient sur la catégorie du premier ouragan qui déferlera. Trois est la catégorie la plus populaire. Gabriel, lui, opte pour deux, car c'est une drôle de saison pour ce genre de phénomène météorologique. Je me range à son opinion, n'ayant aucune idée de ce dont il est question ; il n'y a pas de tempêtes de ce type à Manhattan. Quand le vent forcit, je demande :

— Alors, c'est un ouragan ?

Et le personnel des cuisines se moque de moi. Gabriel m'assure que je saurai immédiatement quand c'en sera un.

L'eau de la piscine remue tellement que j'ai peur d'être aspirée dans les airs. Arbres et buissons se convulsent. Les oranges roulent, comme poussées du pied par des fantômes. Il y a des feuilles partout, rouge et jaune, avec des taches marron. Quand je suis sûre d'être seule, je m'ensevelis sous un amas de feuilles mortes. Je respire leur humidité. J'ai l'impression d'être de nouveau une petite fille. Je reste cachée jusqu'à ce que le vent les emporte en tourbillonnant.

— Je veux m'envoler avec vous, leur lancé-je.

Un après-midi, quand je rentre dans ma chambre, je m'aperçois que la fenêtre a été ouverte. Un cadeau de la part de Linden. J'essaie : elle s'ouvre et se ferme. Assise sur le châssis, je respire l'odeur de terre mouillée, je hume le vent froid qui nettoie tout, tout en repensant aux histoires que me narraient mes parents à propos de leur enfance. Au tournant du siècle, quand le monde était un lieu sûr, on célébrait une fête nommée « Halloween ». De petits groupes d'enfants déguisés en monstres allaient de porte en porte mendier des bonbons. La friandise préférée de mon père, me dit-il, ressemblait à un minuscule cône de chantier rayé de jaune.

Jenna, dont la fenêtre reste verrouillée, vient dans ma chambre et appuie son nez sur l'écran de la moustiquaire, inspirant à pleins poumons, revisitant ses propres souvenirs heureux. Elle me confie qu'en des jours comme celui-ci, on avait droit à un chocolat chaud à l'orphelinat. Avec ses deux sœurs, elles partageaient une tasse qui leur faisait des moustaches brunes.

La fenêtre de Cecily reste également condamnée, et quand elle proteste, Linden dit que le vent est mauvais pour elle vu son état.

— Mon état, me crache-t-elle à voix basse après son départ. C'est moi qui vais le mettre dans un sale état s'il ne me fait pas rapidement sortir de ce lit.

Mais elle apprécie l'attention. Il dort à son côté toutes les nuits ou presque, et l'aide à progresser en écriture et en lecture. Il la gave d'éclairs et lui masse les pieds. Quand elle tousse, une nuée de médecins accourt pour ausculter ses poumons.

Mais elle est en pleine forme. Elle est forte. Elle n'est pas Rose. Et elle ne tient pas en place. Un après-midi où Linden a suspendu ses attentions incessantes, Jenna et moi fermons la porte de sa chambre, et Jenna nous enseigne la danse. Nous n'avons pas sa grâce, mais cela contribue au plaisir. Et dans cette joie collective, j'arrive à oublier comment Jenna est devenue une danseuse accomplie.

— Oh ! fait Cecily, coupant court à sa pirouette maladroite.

Je crains qu'elle s'écroule de nouveau, ou se mette à saigner, mais elle rebondit sur ses talons et lance :

— Il a bougé, il a bougé !

Elle nous prend les mains et les pose sur son ventre, sous sa chemise.

En guise de réponse, une alarme terrifiante retentit dans la pièce. Une lampe rouge, dont nous ignorions jusqu'à l'existence, clignote au plafond. Regardant par la fenêtre, je constate que l'arbre où les rouges-gorges avaient fait leur nid a été arraché. Nos domestiques accourent et nous conduisent au sous-sol. Cecily est en larmes : elle refuse d'être assise dans une chaise roulante, explique que ses jambes peuvent la porter. En raison du vacarme de l'alarme, Linden ne l'entend pas, ou fait mine de ne pas l'entendre protester. Lui tenant la main, il lui dit :

— Ne crains rien, mon amour, je suis là.

Les portes de l'ascenseur s'ouvrent sur le sous-sol, et tout le monde sort. Linden, maître Vaughn, Jenna, Cecily, nos domestiques. Mais il manque Gabriel, le seul qui sache à quel point cet endroit me terrifie. Et la sirène fait un boucan épouvantable. J'imagine l'onde sonore faisant vibrer la table métallique glaciale sur laquelle gît le corps de Rose. Je l'imagine revenir à la vie, recousue et pourrissante, la peau d'un verdâtre écœurant. Je l'imagine rampant vers moi, me haïssant, sachant que j'envisage de fuir. Si nécessaire, elle ira jusqu'à m'enterrer vivante pour me forcer à demeurer aux côtés de Linden, parce qu'il est l'amour de sa vie et qu'elle refuse de le laisser mourir seul.

— Ça va ? s'inquiète Jenna.

Étrangement, sa voix douce résonne plus clairement que l'alarme à mes oreilles. Je me rends compte qu'elle me tient la main, laquelle est trempée de sueur. Je hoche la tête, hébétée.

Dès que les portes de l'ascenseur se referment derrière nous, la sirène cesse de retentir. Un silence qui signifie que nous sommes tous à l'abri. Enfin, tous ceux que Linden pense être importants. Le personnel des cuisines et tous les domestiques, comme de juste, continuent à travailler dans le manoir. Si le pire arrive et qu'ils sont tous happés par la tempête, ils seront aisément remplacés. Maître Vaughn peut se procurer des orphelins à bas prix.

Alors que nous arpentons le couloir des horreurs, je demande :

— Quand le dîner sera-t-il servi ?

Ce que je cherche réellement à savoir, c'est : où est Gabriel ?

Maître Vaughn glousse. C'est un son atroce. Puis il s'exclame :

— Elle ne pense qu'à manger, celle-ci. Ma chère, si nous sommes tous entiers ce soir, je suppose que le dîner sera servi à l'heure habituelle, soit 19 heures.

Je lui décoche un sourire charmeur, rougissant sous sa remarque comme s'il faisait de moi la plus heureuse des belles-filles. J'aimerais que le vent l'emporte. J'aimerais qu'il se retrouve seul en cuisine, environné par un maelström de couteaux et de poêles soulevés par l'ouragan, des piles d'assiettes s'écrasant à ses pieds. Il me plairait de voir le toit arraché, de regarder Vaughn s'élever dans les airs et disparaître peu à peu.

Nous arrivons dans une pièce à l'éclairage chaleureux, meublée de fauteuils rembourrés comme ceux de la bibliothèque, de divans et de lits à baldaquins tendus de tissu diaphane aux tons lilas et blanc. Un cadre confortable et rassurant. Aux murs, de fausses fenêtres avec des images de paysages paisibles. La ventilation est assurée par des bouches d'aération au plafond. Cecily s'éclaircit la voix et s'extirpe de sa chaise roulante, repoussant Linden pour aller jeter un coup d'œil à l'échiquier.

— C'est un genre de jeu ? fait-elle.

— Comment ? une fille brillante comme toi n'a jamais appris l'art raffiné des échecs ? glisse maître Vaughn.

Si Cecily n'avait pas envie de jouer il y a un instant, elle le veut maintenant. Elle souhaite devenir aussi raffinée que séduisante et bien élevée. Elle veut être tout ce que n'est pas une jeune fille.

— Vous m'apprenez ? demande-t-elle en s'asseyant.

— Bien sûr, très chère.

Jenna, qui déteste maître Vaughn encore plus que notre mari, referme le baldaquin autour d'un lit et fait une sieste. Les domestiques discutent robes et couture ; ils ne nous servent pas à grand-chose ici-bas, mais je suppose que maître Vaughn voit en eux une main-d'œuvre qui sera fort utile si d'aventure le manoir est détruit et qu'il faut nous coudre des couvertures ou repriser nos chaussettes. Linden s'assoit dans le divan, entouré de papiers et de magazines d'architecture qu'il a apportés pour s'occuper, un crayon à la main.

Je m'installe à côté de lui, ce qu'il ne remarque même pas jusqu'à ce que je demande :

— Que dessinez-vous ?

Il garde ses sourcils noirs baissés, comme s'il mesurait si ce qui figure sur la feuille mérite mon attention. Puis il me montre ce qui se révèle être un crayonné très élaboré, représentant une demeure de style victorien croulant sous le lierre et les massifs de fleurs. On devine en arrière-plan la structure d'une écurie. Un porche constitué de poutres massives, des fenêtres d'apparence robuste. À l'intérieur de la maison, j'aperçois même le plancher, et des portes à la poignée desquelles pendent des vêtements. Manifestement, une famille vit ici. Une tarte est posée sur l'appui de la fenêtre, et l'on devine des mains de femme, occupées à l'y placer ou à la récupérer. La maison est représentée depuis un angle ; je vois deux de ses façades. Dans la cour, une balançoire semble avoir tout juste cessé de bouger ; l'enfant qui jouait là a dû sortir du cadre du dessin. Sur le gazon, un bol dans lequel un chien va venir se désaltérer dès son retour d'une promenade dans les environs, ou d'une sieste sur le parterre de fleurs des voisins.

— Ouah, fais-je sans m'en rendre compte.

Son expression s'illumine un peu, et il dégage le fatras de papiers pour que je puisse m'asseoir plus près de lui.

— C'est juste une idée que j'ai eue. Mon père dit que je ne devrais pas dessiner de famille à l'intérieur des maisons. Selon lui, personne n'achètera un croquis « habité », car les gens veulent pouvoir s'imaginer dans cet espace, et non contempler d'autres personnes qui y vivraient déjà.

Son père se trompe, comme toujours.

— Moi, j'y vivrais bien, dis-je.

Nos épaules se touchent ; nous sommes plus près l'un de l'autre que nous ne l'avons jamais été en dehors de mon lit.

— Ça m'aide de dessiner des gens dans une maison. Je trouve que ça leur donne, je ne sais pas, une âme.

Il me montre d'autres bâtiments qu'il a dessinés. Un ranch de plain-pied au toit plat, avec un chat qui dort sous le porche, un immeuble de bureaux gigantesque aux fenêtres miroitantes qui me rappelle Manhattan, un garage, un belvédère, ainsi qu'un magasin isolé au milieu d'un centre commercial aux contours flous. Je suis sous le choc, non seulement à cause de la précision du rendu, mais aussi de sa proximité immédiate : il s'enthousiasme en m'indiquant un détail ou en m'expliquant la façon dont il a procédé à l'agencement. Je n'aurais jamais cru qu'il puisse posséder une telle énergie. Une telle adresse, un tel talent.

Il m'est toujours apparu comme un être trop triste pour faire autre chose que s'apitoyer sur lui-même. Mais rien n'est fidèle à l'image qu'on s'en fait, ici. Ses croquis attirent l'œil. Ils sont superbes et pleins de force. On sent que ses créations sont conçues pour durer toute une vie, comme la maison dans laquelle j'ai grandi.

— Je vendais beaucoup de dessins, dans le temps, fait-il sans suivre le fil de sa pensée.

Nous savons tous les deux pourquoi il a cessé de dessiner. Rose est tombée malade.

— Je supervisais aussi la construction. Je voyais mes idées prendre vie.

— Pourquoi ne pas recommencer ? dis-je.

— Je n'ai pas le temps.

— Mais si, au contraire.

Enfin, quatre ans. C'est bien peu comme avenir. À son expression, je devine qu'il doit penser la même chose.

Il me sourit, mais cette fois je n'arrive pas à lire ses pensées sur son visage. Je me dis que pendant un court instant, il m'a vue, moi, la fille aux yeux vairons. Pas une morte. Pas même un fantôme.

Il tend la main vers mon visage, et je sens le bout de ses doigts effleurer ma joue, sa main s'ouvrir comme une fleur. Il paraît sérieux et tendre. Il est plus près qu'il y a une seconde, et je me sens comme attirée par sa gravité, comme désireuse, pour une raison que j'ignore, de lui faire confiance. Je suis entre ses mains de bâtisseur et j'ai envie d'avoir confiance en lui. Ma lèvre inférieure s'affaisse, attendant le contact de la sienne.

— Moi aussi, je veux voir tes dessins ! lance Cecily, ce qui me fait brusquement ouvrir les yeux.

Je retire ma main de la pliure du coude de Linden, où elle s'était mystérieusement blottie. Je me détourne de lui, et voici venir Cecily, enceinte, suçotant un caramel qui emplit toute sa joue gauche. Me décalant, je la laisse s'asseoir entre nous, et Linden entreprend patiemment de lui montrer ses croquis.

Elle ne comprend pas pourquoi la balançoire en pneu a une corde rompue, pourquoi le fronton du magasin vide s'orne d'un cadran solaire. Elle se lasse rapidement de ce petit jeu, je le vois bien, mais elle continue à alimenter la conversation sur les croquis, car elle a toute l'attention de Linden et ne compte pas la lâcher.

Je rejoins Jenna sur le lit, refermant le baldaquin derrière moi.

— Tu dors ? chuchoté-je.

— Non, répond-elle. Tu te rends compte qu'il a failli t'embrasser ?

Elle était sur le qui-vive, comme à l'accoutumée. Elle se tourne vers moi, et je vois ses yeux gris me lancer un regard intrigué.

— N'oublie pas la façon dont tu es arrivée ici, fait-elle. N'oublie pas.

— Non, jamais je n'oublierai.

Mais elle a raison.

L'espace d'un instant, j'ai failli l'oublier.

Je m'assoupis, et les voix résonnant dans l'abri anti-ouragan semblent venir de très loin. Je rêve de tout ce que j'entends. Cecily est une petite coccinelle en jupe écossaise, et maître Vaughn un gros criquet aux yeux de personnage de dessin animé.

— Écoute-moi, ma fille, lui susurre-t-il, enroulant son bras velu autour de sa carapace. Ton mari a deux autres épouses. Tes sœurs. Tu ne dois pas les interrompre.

— Mais ! s'écrie-t-elle, ses gros yeux pétulants emplis de chagrin, tout en suçant un caramel.

— Allons, allons, fait-il. La jalousie enlaidit ton joli minois. Si tu venais jouer aux échecs avec ton beau-père, plutôt ?

Elle est sa mascotte. Une mascotte enceinte et docile.

Fou en F5. Cavalier en E3.

Dehors, le vent se déchaîne, et j'entends se répéter à l'infini : *« Il gèlera en enfer… »*

« Gèlera en enfer… »

11

LA MAISON ne s'est pas envolée. Hormis quelques arbres déracinés, tout est rentré dans l'ordre.

Gabriel me trouve enterrée sous un tas de feuilles mortes. Je sens sa présence au-dessus de moi et ouvre les yeux. Il porte une bouteille isotherme.

— Je vous ai apporté du chocolat chaud. Vous avez le nez tout rouge.

— Et vous, ce sont vos doigts qui le sont, répliqué-je.

Rouges comme les feuilles mortes. Son souffle produit de petits nuages blancs. L'automne fait ressortir le bleu de ses yeux.

— Un insecte, fait-il en désignant ma tête.

Regardant dans la direction indiquée, j'aperçois une petite bête ailée qui sautille et rampe dans mes cheveux. Je souffle dessus, et elle s'envole.

— Je suis contente que le vent ne vous ait pas emporté.

Comme je l'espérais, il prend cela comme une invitation à s'asseoir près de moi.

— Cette maison doit avoir des siècles, dit-il en débouchant la bouteille isotherme.

Le capuchon fait office de tasse, dans laquelle il verse le chocolat chaud. M'asseyant, je l'accepte volontiers et inhale les volutes chaudes et sucrées. Il boit directement à la bouteille, et j'observe la façon dont sa pomme d'Adam monte et descend.

— Elle ne risque pas de s'envoler.

J'observe le manoir en brique au loin, et je vois qu'il dit vrai.

— Alors, vous avez gagné votre pari ? demandé-je en sirotant mon chocolat. (Je me brûle la langue, dont une partie vire au papier de verre.) C'était un ouragan de catégorie deux ?

— Un trois.

Il a les lèvres gercées, tout comme moi, contrairement à Linden qui ne sort jamais. Je nous vois comme deux prisonniers, pris au piège dans ce jardin désolé. Ce jardin qui entre en sommeil pour l'hiver à venir.

— Je ne l'aime pas, dis-je.

— Quoi ?

— Linden. Je ne l'aime pas. J'ai même du mal à être dans la même pièce que lui. Je voulais que vous le sachiez.

Tout d'un coup, il a du mal à me regarder. Prenant une autre gorgée de chocolat, il lève cette fois la tête pour boire jusqu'à la dernière goutte. Une petite rigole se forme à la commissure gauche de ses lèvres.

— Je voulais juste que vous le sachiez, répété-je.

— C'est bon à savoir, dit-il en hochant la tête.

Quand nos regards se croisent, nous sourions tous deux puis nous mettons à rire, d'abord timidement, comme si nous nous observions, puis de façon plus franche. Je renifle et pose la main sur ma bouche, trop hystérique pour me sentir gênée. J'ignore ce qui me fait rire ainsi, ou s'il y a seulement matière à rire. Tout ce que je sais, c'est que je me sens bien.

J'aimerais que nous passions plus de temps ensemble. Même si nous devons nous contenter de marcher en donnant des coups de pied dans les tas de feuilles. Mais alors que nous nous relevons et commençons machinalement à regagner le manoir, il me revient à l'esprit que nous sommes tous deux prisonniers. Il ne peut me parler que lorsqu'il m'apporte quelque chose, puis il doit s'en retourner aux cuisines, cirer les boiseries ou passer l'aspirateur sur un océan de moquette. Le chocolat chaud n'était sûrement qu'un prétexte.

Plus nous approchons du manoir, plus l'arôme s'estompe. La sensation de brûlure au niveau des papilles se renforce. Les nuages épars se font plus menaçants. Les feuilles mortes se dispersent, comme sous le coup de la peur.

Au moment même où Gabriel s'apprête à tourner la poignée de la porte, celle-ci s'ouvre. Maître Vaughn nous accueille avec un sourire. Derrière lui, les cuisines sont silencieuses, si l'on excepte le bruissement routinier des plats que l'on prépare ou de la vaisselle qu'on récure. Le brouhaha habituel s'est tu.

— Je lui ai demandé de m'apporter du chocolat chaud, dis-je.

— Bien sûr, très chère, c'est ce que je vois, rétorque maître Vaughn.

Son sourire a quelque chose de sénile. Dans mon dos, je sens Gabriel se raidir imperceptiblement, et je dois lutter pour ne pas lui serrer la main. Pour qu'il sache que j'ai aussi peur que lui, même si je n'en montre rien.

— Eh bien, retourne à ton travail, lui lance maître Vaughn.

Gabriel n'a pas besoin de se le faire dire deux fois ; il disparaît dans les cuisines, se fondant dans le bruissement affairé. Je me retrouve seule face à cet individu.

— Il fait un froid agréable ; cet air fait un bien fou à mes vieux poumons, déclare-t-il en se frappant le torse. Que dirais-tu d'une promenade en compagnie de ton beau-père ?

Ce n'est pas vraiment une question. Nous nous éloignons du manoir et déambulons entre les plans d'eau de la roseraie. Le trampoline de Jenna est couvert de feuilles mortes.

Je m'efforce d'ignorer la présence de cet homme qui m'a prise par le bras, qui sent le tweed, l'après-rasage, et ce sous-sol que je redoute tant. Je quitte la Floride un instant. Je pense aux feuilles mortes de Manhattan à l'automne. Il ne reste plus beaucoup d'arbres, et les usines chimiques ont terni leur éclat. Mais quand il y a grand vent, les rares feuilles tombent toutes d'un coup et forment des amas, donnant l'illusion du nombre. Ce souvenir m'aide à traverser la roseraie sans avoir du mal à respirer.

Alors même que je commence à croire que je vais m'en sortir sans avoir à parler, nous arrivons près du minigolf et maître Vaughn prend la parole :

— Il me revient une expression de vieille personne. « La prunelle de ses yeux. » L'as-tu déjà entendue ?

— Non, réponds-je, intriguée, sans avoir peur.

Tu sais bien mentir, Rhine. Tu peux t'en sortir.

— Eh bien, très chère, tu es la prunelle des yeux de Linden. (Il presse affectueusement mes épaules ; je sens mon cœur et mes poumons se contracter.) Tu es sa favorite, tu sais.

Je fais la modeste.

— Je pensais qu'il ne faisait pas attention à moi. Il aime beaucoup Cecily.

En toute honnêteté, je sais bien que son attention a commencé à se reporter sur moi. Surtout depuis cet épisode au sous-sol, où il a failli m'embrasser. Je n'ai toujours pas tranché ; est-ce ma ressemblance avec Rose qui l'attire, ou autre chose ?

— Il adore Cecily, tout comme moi. Elle a tellement envie de bien faire. C'est charmant, vraiment.

Cecily est une petite fille qui n'a pas eu d'enfance, qui s'efforce à tout prix d'entrer dans son rôle, quitte à faire tout ce que notre mari lui demande.

— Mais elle est jeune, il lui reste beaucoup à apprendre, tu ne crois pas ? (Il n'attend pas de réponse de ma part et poursuit.) Quant à l'aînée, Jenna, elle fait certes son devoir, mais elle n'a pas une once de ton charme. Elle est un peu froide, tu ne trouves pas ? Comme un poisson. Si ça ne tenait qu'à moi, elle serait bien vite rejetée à l'eau, ajoute-t-il en agitant un doigt en l'air de façon théâtrale. Mais Linden insiste pour la garder. Il pense qu'elle changera d'avis et lui fera un enfant. Il a toujours été un peu trop compatissant.

Compatissant ? Il a fait exécuter les sœurs de Jenna !

— Elle est timide, c'est tout, glissé-je. Elle tient à lui, elle a peur de faire un faux pas. Elle me répète souvent qu'elle ne trouve pas le courage de lui parler.

C'est un tissu de mensonges, mais j'espère que cela dissuadera maître Vaughn de la rejeter à l'eau, comme il dit. J'ignore ce que cela peut signifier, mais je ne veux pas que cela arrive à Jenna.

— Parlons de toi, poursuit Vaughn sans relever ce que je viens de dire. Tu es intelligente, ravissante. (Nous nous arrêtons, et il me prend le menton entre le pouce et l'index.) J'ai vu la façon dont le visage de Linden s'éclaire quand il est près de toi.

Je rougis, ce qui n'entre pas dans ma mise en scène.

— Il envisage même de reprendre une place au sein de l'humanité. Il parle de se remettre à travailler.

Son sourire paraît presque sincère. Reprenant mon bras, il m'entraîne à travers les obstacles du minigolf. Clown rieur, cornet de glace géant, moulin à vent tournoyant, ainsi qu'un grand phare qui projette un pinceau de lumière entre les arbres.

— J'ai eu un fils, il y a de nombreuses années, avant Linden. Il était fort comme un bœuf ; encore une expression que nous employions, nous autres de la première génération.

— Vraiment ? demandé-je.

— En pleine forme tous les jours que Dieu faisait. Et c'était avant que nous prenions conscience de la bombe à retardement qui menaçait nos enfants. Il a succombé comme tous les autres. Comme tu t'y attends, toi aussi.

Nous nous arrêtons, et je m'assieds à côté de lui sur la boule de gomme géante qui constitue l'obstacle du septième trou.

— Linden n'est guère solide, mais il est tout ce qui me reste.

Son sourire de gentil vieillard réapparaît. On en viendrait presque à avoir pitié de lui. Mais tout en l'étreignant dans un geste de réconfort, je demeure pleinement consciente qu'il ne faut pas lui faire confiance.

— Depuis le jour de sa naissance, je travaille sans relâche à un antidote. Je dispose d'équipes médicales tournantes qui s'affairent au laboratoire en ce moment même. D'ici à quatre ans, j'aurai mis au point un antidote.

Et dans le cas contraire, que se passera-t-il ? Je m'efforce de chasser de mon esprit le fait que l'enfant à naître de Cecily puisse devenir le nouveau cobaye de Vaughn bien après la mort de Linden et de ses épouses. Il me presse la main.

— Mon fils aura droit à une durée de vie normale. Ainsi que ses épouses. Tu auras une longue vie. Tu fais sortir Linden des ténèbres dans lesquelles Rose l'a laissé, comprends-tu ? Tu le ramènes à la vie. Il connaîtra de nouveau le succès, et tu seras à son bras à chaque fête. Tu auras tout ce dont tu puisses rêver, durant de très longues années.

J'ignore pour quelle raison il me raconte tout ça, mais sa présence commence à me donner la nausée. Ai-je en face de moi un père qui s'inquiète réellement pour son fils ? Ou agit-il ainsi parce qu'il a deviné que j'ai l'intention de fuir ? Il me regarde droit dans les yeux, et je ne sais plus que penser. Il paraît moins menaçant que d'habitude.

— Tu comprends bien ce que je te dis ? demande-t-il.

— Oui. Je comprends.

Quand nos parents sont morts, notre cave a été envahie par les rats. Ils surgissaient des égouts, rongeaient les câbles électriques, dévoraient nos réserves. Comme ils étaient trop futés pour tomber dans les pièges que nous placions, Rowan eut l'idée de les empoisonner. Il mélangea de la farine, du sucre et de la limonade avec de la mort-aux-rats, et il disposa le mélange en tas sur le sol. J'étais réservée sur l'issue de ce plan, mais il fonctionna à merveille. Alors que j'étais de garde, une nuit, je vis un rat courir en décrivant des cercles étranges, puis s'effondrer. Je l'entendis émettre de petits couinements, gratter le sol. Il agonisa pendant ce qui me sembla durer des heures. L'expérience de Rowan s'était muée en un succès macabre.

Maître Vaughn me met face à un choix. Je peux vivre dans cette maison où il dissèque la défunte épouse de Linden et son enfant, dans l'espoir d'aboutir à un antidote qui n'existe pas encore. Je mourrai dans quatre ans, laissant mon corps devenir un nouveau sujet d'expérimentation. Mais pendant ces quatre ans, je serai la favorite resplendissante, j'assisterai à des fêtes somptueuses, et ce sera ma récompense. Cependant, en définitive, j'agoniserai moi aussi comme un rat.

Les paroles de Vaughn nourrissent ma réflexion toute la journée. Il me sourit depuis l'autre côté de la table, pendant le dîner. Je repense au rat crevé.

Mais, à la tombée de la nuit, je m'efforce d'oublier sa voix menaçante. Dernièrement, je me suis promis de ne songer qu'à ma maison de Manhattan, une fois couchée ; aux moyens d'y parvenir, à ce à quoi elle ressemble, à ce qu'était ma vie avant de me retrouver ici.

À cette occasion, je chasse de mes pensées tous les occupants du manoir, hormis Linden. Linden qui, quoi qu'il fasse, demeure mon ennemi. Il m'a volée à mon frère jumeau, à ma maison, et me garde auprès de lui.

La nuit, quand je suis seule, je pense à mon frère. Depuis l'enfance, il a pris l'habitude de toujours se tenir devant moi, prêt à faire face à un éventuel danger, à faire rempart de son corps pour me protéger. Je le revois, fusil à la main, quand il a tiré sur ce Ramasseur, me sauvant la vie ; je revois la terreur dans ses yeux à l'idée de me perdre. Je repense à notre attachement fusionnel, à notre mère qui nous faisait nous tenir la main, en nous disant de toujours rester ensemble.

Ces pensées gagnent en intensité nuit après nuit, lors de mes rares heures de solitude dans ce manoir peuplé d'épouses et de serviteurs, au cours desquelles je parviens à couper les ponts avec cette vie artificielle. Le prix à payer est un sentiment d'isolement total, horrifiant, mais au moins, je me rappelle qui je suis.

Et puis, une nuit, alors que je sombre dans le sommeil, j'entends Linden entrer et fermer la porte de ma chambre. Mais il est à mille lieues de moi. Je suis auprès de Rowan, je joue avec le fil de cerf-volant. Le rire léger de ma mère emplit la pièce, et mon père, au piano, joue une sonate de Mozart en *sol* majeur. Rowan déroule distraitement le fil enroulé autour de mes doigts, et me demande si je suis encore vivante. J'essaie de rire, comme s'il racontait n'importe quoi, mais le son refuse de sortir de ma gorge, et il ne lève pas davantage les yeux vers moi.

— *Je ne cesserai pas de te chercher*, dit-il. *Je n'abandonnerai jamais, même si je dois en mourir.*

— *Je suis ici.*

— *Tu es en train de rêver.*

Mais ce n'est plus la voix de mon frère. Linden a enfoui son visage dans mon cou. La musique s'est tue ; mes doigts cherchent le fil qui a disparu. Et je sais que si j'ouvre les yeux, je verrai la chambre plongée dans le noir, les murs de ma prison dorée. Mais je ne fais aucun effort pour m'extirper de cet état d'hébétude, car je sais que la déception à venir sera insupportable.

Je sens les larmes de Linden sur ma peau, je perçois ses sanglots étouffés. Je devine qu'il a rêvé de Rose ; ses nuits, comme les miennes, sont souvent trop solitaires.

Il embrasse mes cheveux et passe un bras autour de moi. Je le laisse faire. Non, j'en ai envie. Besoin. Les yeux clos, je presse ma tête contre sa poitrine, guettant les battements forcés de son cœur.

Oui, je veux être moi-même. Rhine Ellery. Sœur, fille. Mais parfois, c'est trop douloureux.

Mon ravisseur me serre contre lui, et je m'endors, bercée par le son de sa respiration.

Au petit matin, je suis réveillée par le souffle de Linden dans mon cou. Je lui tourne le dos, et il me tient toujours dans ses bras, pressée contre lui. Je reste parfaitement immobile afin de ne pas le réveiller, toute à la honte de ma faiblesse de la nuit passée. À quel moment cette comédie de la gentille épouse cessera-t-elle d'en être une ? Combien de temps avant qu'il me fasse une déclaration d'amour, qu'il veuille me faire un enfant ? Et, pis encore, combien de temps avant que je succombe ?

Non, ça n'arrivera jamais.

Malgré moi, j'entends la voix de Vaughn s'insinuer dans mon esprit.

« Tu auras tout ce dont tu puisses rêver, durant de très longues années. »

J'ai le choix. Je peux être l'épouse de Linden, dans son manoir. Ou bien je peux m'enfuir, aussi vite et aussi loin que possible. Et qui sait, peut-être mourir libre.

Trois jours plus tard, quand l'alarme anti-ouragan retentit de nouveau, je défonce la moustiquaire de la fenêtre de ma chambre.

J'arrive péniblement à m'agripper à l'arbre le plus proche, ce qui me permet de me laisser choir de moins haut, dans un buisson. Ça fait mal, mais je n'ai rien de cassé. M'extirpant du taillis, je m'éloigne en courant de la maison d'où sortent des cris, sous un vent à l'étrange teinte grisâtre. Feuilles et cheveux viennent se mettre devant mes yeux. Je m'en moque. Je cours. Les nuages se déchaînent. Des zébrures blanches sillonnent le ciel.

J'ai perdu tout sens de l'orientation. Je ne distingue plus rien au milieu des bourrasques furieuses. Et le vacarme est partout, je ne trouve nul abri malgré ma course échevelée. Des mottes de terre et de gazon s'envolent et mènent une sarabande chaotique, comme sous l'effet d'un sortilège.

J'ignore combien de temps s'écoule ainsi, mais j'entends que l'on crie mon nom, à plusieurs reprises, comme autant de coups de feu. C'est à ce moment-là que je m'écrase contre un cornet de glace géant. Le minigolf. Bien. Il m'est plus facile de m'orienter maintenant que je sais où je suis.

Impossible d'estimer la distance qui me sépare de la sortie. J'ai arpenté tous les jardins, le minigolf, les courts de tennis, la piscine. J'ai même dépassé les écuries, à l'abandon depuis la maladie de Rose. Je n'ai jamais vu d'issue.

Je m'aplatis contre la boule de glace au chocolat géante ; des branches passent en trombe. Les arbres se tordent en gémissant. Les arbres ! En escaladant l'un d'eux, je pourrai voir au loin. Il existe fatalement une grille, ou une haie, que je n'ai jamais vue. Une porte dérobée. N'importe quoi.

Je fais un pas avant d'être rabattue contre la boule de glace. L'air est aspiré hors de mes poumons. Je tombe à terre et m'efforce de présenter mon dos au vent pour reprendre mon souffle, mais il vient de partout à la fois. De partout, et je vais probablement mourir ici.

Haletante, je fais face à la tempête. Je ne reverrai même pas le monde extérieur avant de mourir. Je n'en verrai que la bizarre utopie de Linden. Le moulin à vent. L'étrange lumière clignotante.

La lumière. Je crois que ce sont mes yeux qui me jouent un tour, mais elle persiste. Elle change d'axe, le pinceau lumineux se pose sur moi puis continue sa course circulaire. Le phare. Mon obstacle préféré du golf miniature, car il me rappelle les phares du port de Manhattan, qui ramènent les bateaux de pêche à la maison. Il ne bronche pas malgré la tempête, envoie sa lumière dans les arbres ; sans espoir de fuir, je peux au moins mourir près de lui, car c'est ce qui se rapproche le plus de chez moi dans cet endroit épouvantable.

Marcher est devenu impossible. Le vent charrie trop de débris, sans compter que je risque moi aussi de m'envoler. Aussi rampé-je, plantant coudes et orteils dans le gazon artificiel du minigolf pour assurer mes prises. Je m'éloigne des voix qui crient mon nom, de la sirène qui ne cesse de hurler, de la douleur lancinante qui me frappe brusquement. Je ne m'arrête pas pour regarder où je suis touchée, mais je saigne. J'ai le goût du sang dans la bouche, je le sens s'écouler, former une mare. Peu m'importe : je ne suis pas paralysée. Je peux donc continuer à avancer, et j'atteins enfin le phare.

Sa peinture est écaillée, son bois attaqué. Mais alors même que j'ai touché au but, quelque chose, dans cet édifice merveilleux, me dit que l'heure de mourir n'est pas encore venue. Que je dois continuer. Mais il n'y a nulle part où aller. Mes mains tâtonnent à la recherche d'une solution, d'une voie menant à la lumière.

Je m'agrippe à une échelle. Une échelle qui n'a rien de fonctionnel, purement décorative, et dont la frêle structure est clouée à la paroi du phare. Mais on peut quand même y grimper. Mon corps en est capable ; je me lance. Plus haut, toujours plus haut.

Mes mains aussi sont en sang. Quelque chose me coule dans l'œil ; ça pique. L'air est de nouveau aspiré hors de mes poumons. Plus haut, toujours plus haut.

J'ai l'impression de grimper depuis une éternité. Toute la nuit. Toute ma vie. Mais j'arrive enfin au sommet, et la lanterne m'accueille en dardant ses rayons dans mes yeux. Je me détourne.

Je manque de tomber à la renverse.

Je suis au-dessus de la cime des arbres.

Et je l'aperçois dans le lointain. Comme un murmure. Comme une suggestion timide. La fleur pointue du mouchoir de Gabriel, dont le motif est reproduit sur un portail en fer forgé.

C'est la sortie. À plusieurs kilomètres de moi.

Au bout du monde.

Et je comprends ce que le phare essayait de me dire. Qu'il ne faut pas que je meure aujourd'hui. Qu'il faut que je suive la voie qu'il éclaire pour moi, tel Christophe Colomb, et ses navires, la *Niña*, la *Pinta* et la *Santa María*, jusqu'au bout du monde.

Ce portail au loin est la plus belle chose que j'aie vue de ma vie.

Je commence à peine à redescendre quand j'entends de nouveau mon nom. Le cri est trop fort, trop proche pour que je l'ignore.

— Rhine !

Gabriel, avec ses yeux bleus, ses cheveux d'un châtain éclatant, et ses bras bien plus puissants que ceux de Linden, accourt vers moi. Non pas Gabriel en entier, mais des fragments de Gabriel, qui apparaissent et disparaissent au gré du vent. Je vois le rouge foncé déterminé, furieux, de sa bouche ouverte.

— Je m'en vais ! hurlé-je. Viens avec moi ! Fichons le camp d'ici !

Mais il se contente de répéter avec un désespoir croissant :

— Rhine ! Rhine !

Il n'a pas dû m'entendre.

Il écarte les bras, et je ne comprends pas pourquoi. Je ne comprends rien à ce qu'il crie jusqu'à ce qu'une douleur cinglante, irréelle, vienne s'imprimer sur l'arrière de mon crâne, et que je tombe pile dans ses bras tendus.

12

L'AIR EST IMMOBILE. Tout est calme. Je peux respirer sans que le vent essaie de me voler mon air. Il flotte une odeur stérile d'antiseptique.

— Non, dis-je, ou m'efforcé-je de dire.

Je n'arrive pas à ouvrir les yeux. Vaughn est ici. Je sens sa présence. Le métal froid de son scalpel. Il va m'ouvrir en deux.

Un liquide chaud court dans mes veines. J'entends mon cœur qui bat, ainsi que des « bip » insistants.

Il me demande si je peux ouvrir les yeux.

Mais c'est l'odeur du thé qui me réveille tout à fait. Même si mon instinct me crie le contraire, j'ai l'impression que Rowan est là et qu'il vient me réveiller pour mon tour de garde avec une tasse de thé. Mais ce sont les yeux verts avides de Linden que j'aperçois. Ses lèvres sont rouge vif, écorchées, sanguinolentes. D'étranges plaques violettes forment des arrondis sur son visage et sa gorge. Il tient ma main dans les siennes, et quand il serre, ça me fait mal.

— Dieu soit loué, fait-il, s'approchant de moi. Tu es éveillée.

Je vomis et suis encore en train de hoqueter quand tout redevient noir.

Je rouvre les yeux au bout de très, très nombreuses années. Le vent hurle toujours comme un damné. Il martèle la fenêtre de ma chambre, tentant de la fracasser, de m'emporter au loin. Je cherche la lueur du phare, sans la trouver.

Linden dort à côté de moi, la tête posée sur le même oreiller que moi. Je comprends que c'est sa respiration contre mon oreille que j'ai prise pour le vent qui se déchaînait dans mes cauchemars. Elle est légèrement sifflante.

Alors que je refais peu à peu surface, allongée, je me rends compte qu'il ne s'est pas passé des années. Son visage, bien que constellé de bleus, est toujours lisse et jeune ; je porte encore son alliance, et je me retrouve dans ce manoir plusieurs fois centenaire qui refuse obstinément de s'envoler.

Mais je remarque aussi quelques nouveautés étranges. J'ai une aiguille enfoncée dans l'avant-bras, reliée à une poche contenant un fluide, suspendue à un portant métallique. Un moniteur affiche mon rythme cardiaque. Calme, méthodique. J'essaie de m'asseoir, mais une vive douleur irradie de chacune de mes côtes, une par une, comme un xylophone que l'on briserait en frappant ses lattes. J'ai une jambe surélevée dans une sorte de glissière.

Me sentant m'agiter, Linden bredouille quelque chose avant de s'éveiller. Je ferme aussitôt les yeux, jouant la belle endormie. Je ne veux pas le voir. La perspective de le revoir jour après jour jusqu'à mon dernier souffle est déjà assez pénible comme ça.

Car, quoi que je fasse, où que j'aille, je reviendrai toujours à mon point de départ.

Dès que je ne peux plus feindre d'être comateuse, les visiteurs se succèdent dans ma chambre en un flot constant. Linden est toujours près de moi, à redresser mon oreiller, dessiner ou me faire la lecture. Je trouve une ironie troublante à *Frankenstein*. Deirdre, Jenna et Cecily ont droit à quelques secondes avant d'être éconduites par Linden, qui leur explique que j'ai besoin de repos. Maître Vaughn, le docteur, le beau-père inquiet, dresse la liste de mes fractures, foulures et autres fêlures.

— Tu n'as pas ménagé tes efforts pour t'esquinter, très chère, mais tu es entre de bonnes mains.

Dans mes rêves déformés par les médicaments, il se mue en serpent qui parle. Il m'explique que ma cheville gauche ne pourra pas me porter pendant au moins deux semaines, et que respirer sera douloureux quelque temps. Je m'en moque. Cela n'a aucune importance. J'ai toute une vie d'agonie devant moi pour me rétablir, étendue dans cette horrible chambre.

J'ai perdu toute notion du temps ; je reste clouée au lit pendant une durée indéterminée. Je perds connaissance puis reviens à moi, trouvant une situation différente chaque fois que je rouvre les yeux. Linden me faisant la lecture. Mes sœurs épouses tassées dans l'embrasure de la porte, déplorant mon triste état ; je les dévisage alors jusqu'à ce que toute trace de sollicitude disparaisse de leurs traits. Et, pour couronner le tout, j'ai mal partout en dépit d'une hébétude constante.

— Il faut bien l'avouer, un ouragan, c'est plus extrême qu'un conduit de ventilation, entends-je Vaughn dire au-dessus de moi.

Je lutte pour ouvrir les yeux, mais je ne distingue qu'une flaque de couleur. La tache sombre de ses cheveux lissés en arrière. Quelque chose de chaud afflue dans mes veines, et je frissonne de soulagement en sentant la douleur s'estomper dans mes côtes.

— Sais-tu que c'est ainsi que ta défunte sœur épouse avait procédé ? Par les conduits de ventilation ! Elle avait rampé jusqu'à l'entrée dans ce fichu conduit avant de se faire pincer. Quelle petite fille pleine de ressources c'était ; elle n'avait alors que onze ans.

Rose… Le mot ne franchit pas mes lèvres.

Je sens les mains parcheminées de Vaughn courir sur mon front, mais je n'arrive plus à ouvrir les yeux. Son souffle chaud ricoche dans mon oreille, et avec lui ses paroles rebondissent.

— Évidemment, on ne pouvait pas lui en vouloir ; c'est ainsi qu'elle avait été élevée. Ses parents étaient des collègues à moi, des chirurgiens autrefois très respectés, soit dit en passant. Mais ils avaient perdu la tête. Ils erraient d'État en État, colportant l'idée saugrenue selon laquelle, si nous étions incapables de mettre au point un antidote, il devait bien y avoir un pays ayant survécu à l'holocauste, quelque part dans ce désert liquide, qui pourrait nous venir en aide. Ils l'ont abreuvée de connaissances sur ces pays détruits, comme si cela pouvait servir à quoi que ce soit.

Une autre vague de chaleur dans mon sang. L'hébétude narcotique s'intensifie. Que m'a-t-il injecté ? Puisant dans mes maigres forces pour ouvrir les yeux, je parviens à soulever les paupières. Je vois double, mais la pièce se matérialise suffisamment pour que je constate que Linden n'est pas là, et que mes sœurs épouses ne sont pas davantage sur le palier.

— Chut, tout va bien, susurre Vaughn, abaissant mes paupières à l'aide du pouce et de l'index. Écoute ma berceuse. Hélas, elle ne finit pas bien, j'en ai peur. Ils l'emmenaient partout où ils allaient répandre leurs billevesées. Et sais-tu ce qui leur est arrivé ? Le coup de la voiture piégée, une bombe dans un parking. C'est ainsi qu'elle est devenue orpheline. Nous vivons dans un monde dangereux, n'est-ce pas ?

Une bombe. J'ai entendu des explosions à Manhattan, un « boum » lointain, indiquant que des gens venaient de mourir. C'est un souvenir que je n'ai pas du tout envie de revivre, aussi tenté-je instinctivement de bouger, mais ce qui court dans mes veines rend tout mouvement impossible.

— Il y a des gens qui ne veulent pas d'un antidote. Des gens qui pensent que notre monde touche à sa fin, et qu'il est préférable de laisser la race humaine s'éteindre. Qui sont prêts à tuer ceux qui tentent de la sauver.

J'en sais quelque chose ! Mes parents ont reçu d'innombrables menaces de mort parce qu'ils travaillaient dans un labo. Deux factions sont en guerre ouverte : les proscience, qui privilégient la recherche génétique et la quête d'un antidote, et les pronature, convaincus qu'il est trop tard, que le fait d'engendrer des enfants pour qu'ils servent de cobayes va à l'encontre de toute éthique. En résumé : qu'il est dans l'ordre des choses de laisser l'humanité disparaître.

— Mais tu as tiré le bon numéro, poursuit Vaughn. Tu es en sécurité, ici. Ce serait une folie de risquer de perdre tout ce que tu as. Tu es bien plus spéciale que tu le penses ; si Linden venait à te perdre, il perdrait aussi la tête. Ce que tu ne désires certainement pas.

Soudain, je comprends pourquoi Rose s'est efforcée de me dissuader de fuir. Il ne s'agissait pas uniquement de tenir compagnie à Linden après sa mort. Elle a voulu me prévenir, m'épargner la punition qu'elle a subie après sa propre tentative d'évasion. C'est Rose, et non Vaughn, qui susurre ces dernières paroles à mon oreille.

— *Si tu tiens à la vie, n'essaie plus de t'évader.*

13

LINDEN SEMBLE à mille lieues de penser que j'ai subi toutes ces blessures en tentant de le fuir.

— Je lui ai raconté que tu étais au jardin quand l'orage est arrivé, me glisse Jenna un après-midi, alors que Linden est assoupi à mon côté, ses bras formant un barrage protecteur autour de moi. Mais je t'ai vue passer par la fenêtre. Qu'est-ce qui t'a pris ?

— Je n'en sais rien. Quoi qu'il en soit, j'ai échoué.

On dirait qu'elle a envie de me serrer dans ses bras, ce qui n'est guère envisageable : j'ai mal partout, et honte d'offrir un tel spectacle.

— Et il t'a crue ? demandé-je.

— Le gouverneur Linden m'a crue, malgré ta fenêtre cassée. Maître Vaughn, c'est moins sûr. Aux cuisines, tous les domestiques ont affirmé t'avoir vue dans le jardin avant que l'ouragan se déchaîne, avoir assisté à tes efforts pour revenir à l'intérieur quand tu as entendu l'alarme. Il est possible que ça l'ait convaincu.

— Ils ont fait ça ?

Elle sourit un peu, repousse une mèche de cheveux derrière mon oreille.

— Je pense qu'ils t'aiment bien. Surtout Gabriel.

Gabriel ! Ses yeux bleus qui scrutent le chaos environnant. Ses bras qui s'ouvrent. Je me rappelle m'être écrasée sur lui. Je me remémore ce sentiment de sécurité, avant que le monde disparaisse dans l'oubli.

— Il est venu me chercher, dis-je.

— Tout le monde te cherchait, précise-t-elle. Même le gouverneur Linden. Il n'a pas été épargné par les chutes de branches.

Linden. Meurtri, assoupi à côté de moi. Un filet de sang perle au coin de sa bouche. Je l'essuie avec un doigt.

— Je t'ai crue morte, reprend-elle. Quand Gabriel t'a portée jusqu'aux cuisines, tu semblais ne plus avoir un seul os intact.

— C'était à peu près ça, confirmé-je.

— Cecily hurlait à pleins poumons, et il a fallu trois domestiques pour la reconduire dans sa chambre. Vaughn lui a dit qu'elle risquait de faire une fausse couche à s'agiter comme ça. Mais tout va bien, je te rassure. Tu la connais.

— Qu'est devenu Gabriel ?

Je ne l'ai pas revu depuis mon réveil. J'ignore toujours combien de temps s'est écoulé.

Je sursaute lorsque Linden marmonne dans son sommeil. Je m'attends à le voir ouvrir les yeux tandis qu'il enfouit son visage contre mon épaule, mais son souffle reste régulier et profond.

Le regard de Jenna se fait brusquement plus grave. Elle se penche vers moi. Nous parlons déjà à voix basse, mais elle veut être absolument certaine que personne ne nous entend.

— Je ne sais pas trop ce qui se passe entre vous deux, mais fais attention. D'accord ? Je crois que maître Vaughn se doute de quelque chose.

Vaughn. Le simple fait d'entendre prononcer son nom me glace le sang. Je n'ai dit à personne ce qu'il m'a raconté sur Rose, en partie parce qu'il est difficile de démêler souvenirs précis et rêves, mais aussi parce que je redoute ce qu'il peut faire. Je m'oblige à le chasser de mon esprit.

Je ne sais que répondre à Jenna, parce que ce qui « se passe » entre Gabriel et moi est assez confus dans ma tête. Brusquement, je ne pense plus qu'à cette peur qui le fait se raidir quand Vaughn est dans les parages. A-t-il été menacé ? Je déglutis péniblement.

— Comment va-t-il ?

— Très bien. Il est juste écorché partout. Il est passé deux ou trois fois, mais tu dormais.

Je peux faire confiance à Jenna pour ce qui est de savoir ce qui se passe dans cette maison. Effacée, elle se fond dans le décor, mais rien ne lui échappe. Je repense à Vaughn, qui a parlé de la remettre à l'eau. À ses sœurs, abattues dans la camionnette. Les larmes affluent, et je ne peux réprimer un sanglot.

— Chut, chut, fait-elle en m'embrassant sur le front. Ne t'inquiète pas, je veillerai sur lui. Tout va bien.

— Non, ça ne va pas, rétorqué-je d'une voix étranglée.

Mais je ne peux pas en dire plus ; maître Vaughn pourrait entendre. Il sait déjà tout. Il est partout à la fois, cet homme horrible qui nous tient tous sous sa coupe. Et il dit vrai : je vais mourir ici, alors autant me rendre la vie confortable. Je commence à croire que c'est lui mon véritable ravisseur, et que l'homme qui dort à mon côté est tout aussi prisonnier que ses épouses.

Jenna demeure auprès de moi jusqu'à ce que je sois totalement épuisée, et que la douleur dans mes côtes, mes jambes et ma tête devienne trop forte pour que je reste consciente.

Le lendemain matin, au réveil, je trouve Cecily, hésitant sur le pas de ma porte. Sa grossesse est bien plus visible. Sa silhouette se résume à des membres fins autour d'un ventre énorme, lunaire.

— Salut, dit-elle d'une voix enfantine.

— Salut, réponds-je d'une voix de verre brisé ; je sais que m'éclaircir la voix fera un mal de chien.

Je repense à ce que Jenna m'a raconté, à Cecily hurlant à pleins poumons quand elle a vu mon état.

— Comment te sens-tu ? demande-t-elle.

Avant que j'aie le temps de répondre, elle tend le bras qu'elle tenait replié dans son dos et me montre un vase contenant des fleurs blanches en forme d'étoiles

— Des lis, comme dans ton histoire, dit-elle.

Ils sont exactement comme ceux de ma mère, avec des traînées d'un rose presque rouge qui courent depuis les étamines, comme des coulures d'encre. Cecily place le vase sur ma table de nuit puis pose sa main à plat sur mon front.

— Tu as un peu de fièvre.

Une petite fille jouant à la maman. À la femme d'intérieur. Peut-être est-ce dû aux calmants dont je suis gavée, mais en cet instant, je l'adore.

— Viens là, lui dis-je en ouvrant mon bras percé d'une perfusion ; elle n'hésite pas une seconde.

Elle fait bien attention à ne pas appuyer sur mes côtes quand elle m'étreint, mais elle s'agrippe à ma chemise de nuit et baigne mon cou de ses larmes.

— J'ai eu si peur.

Pour elle, ce manoir est une maison des rêves. Personne n'a le droit d'y souffrir. Tout doit demeurer parfait jusqu'à la fin des temps.

— Moi aussi, lui avoué-je.

Et cette peur ne m'a pas quittée.

— Qu'est-ce que je peux faire pour toi ? demande-t-elle après une courte crise de larmes, tout en s'essuyant les joues.

D'un mouvement de tête, je désigne l'endroit où Linden dort toujours.

— Tâche de le faire sortir d'ici quelque temps. Ce n'est pas bon pour lui de rester enfermé comme ça, à s'inquiéter pour moi toute la journée. Essaie de le faire jouer à un jeu, de le distraire un peu.

Son visage s'illumine ; elle hoche la tête. Elle n'a pas sa pareille pour dissiper la mauvaise humeur de notre mari et sait qu'elle peut faire ça pour moi. Et puis elle ne raterait pas une occasion d'accaparer l'attention de Linden.

En fin de matinée, elle a réussi à convaincre Linden qu'elle se sent délaissée, et que s'il ne l'aide pas à progresser aux échecs, elle va se mettre à pleurer. Il ne veut surtout pas qu'elle pleure, de peur qu'elle fasse une fausse couche.

Et me voici avec une petite marge de liberté.

Je goûte ce retour au calme un moment, dérivant au gré de rêves d'été. Tout n'y est que chaleur et lumière. Les mains de ma mère. Mon père jouant du piano. Ma petite voisine, dont j'entends la voix bourdonner dans le pot de yaourt.

C'est alors que résonne une autre voix. J'ouvre les yeux si vite que la pièce danse toute seule.

— Rhine ?

Les mots de Gabriel peuvent m'atteindre où que je sois. Même au beau milieu d'un ouragan.

Pour l'heure, il est sur le pas de ma porte, couvert de bleus et d'écorchures, et porte quelque chose dont je ne devine pas la nature. Je m'efforce de me redresser, sans vraiment y parvenir, et il vient s'asseoir à côté de moi. Nous ouvrons la bouche en même temps, et je lui coupe l'herbe sous le pied.

— Je suis désolée.

Il pose ce qu'il tenait sur le lit, prend ma main dans les siennes, et je revis la sensation de sécurité absolue qui était mienne quand je suis tombée dans ses bras.

— Ça va ? demande-t-il.

C'est une question simple. Et comme il m'a sauvé la vie, quelles qu'en soient les conséquences, je lui dis la vérité.

— Non.

Il m'étudie un instant, et je n'ose imaginer l'image misérable que je lui présente, mais il semble perdu dans ses pensées. Le fait de me voir l'a visiblement emmené très loin d'ici.

— Qu'y a-t-il ? dis-je. À quoi penses-tu ?

Le tutoiement est sorti tout seul. Il ne répond pas tout de suite, et finit par dire :

— Vous avez failli disparaître.

Il ne sous-entend pas que j'ai failli m'évader.

J'ouvre la bouche pour, je ne sais pas, m'excuser de nouveau, peut-être. Mais il prend mon visage dans ses mains et appuie son front contre le mien. Il est si près que je sens la chaleur de son souffle court, et je ne souhaite qu'une chose, être aspirée en lui la prochaine fois qu'il inspirera.

Nos lèvres se frôlent, de façon pratiquement imperceptible. Puis le baiser se fait plus appuyé, et nos lèvres reculent, pour entrer de nouveau en contact. Une vague de chaleur inonde mon corps brisé et vient occulter toute douleur. J'enroule mes bras autour de son cou et m'accroche à lui. Je m'accroche, craignant qu'on me l'enlève, car dans cette maison on ne sait jamais quand ce qui nous arrive de bien va nous être retiré.

C'est un bruit dans le couloir qui nous fait nous séparer. Gabriel se lève, jette un coup d'œil au-delà du seuil. Puis à la fenêtre. Nous sommes seuls, mais secoués. Côté prudence, c'était mal joué.

Mon cœur tambourine à mes oreilles, et c'est l'euphorie, non la douleur ou une bourrasque furieuse, qui rend ma respiration difficile. Gabriel s'éclaircit la voix. Ses joues sont pivoine, et ses yeux comme ensommeillés. Nous avons du mal à nous regarder.

— Je vous ai apporté quelque chose, dit-il en détournant les yeux.

Il me présente ce qu'il tenait à la main quelques instants plus tôt. C'est un livre noir et épais, avec une mappemonde rouge incrustée sur la couverture.

— L'atlas de Linden ? m'exclamé-je, incrédule.

— Oui, mais regardez.

Il ouvre le livre à une page couverte d'une carte brun et beige, striée de lignes bleues. Elle s'intitule *Fleuves d'Europe.* Un index situé sur le côté répertorie les cours d'eau. Gabriel m'indique le troisième nom. *Rhine*[1]. Il suit du doigt une ligne bleue sur la carte.

— Le Rhin est un fleuve, dit-il.

---

1. Rhine : Rhin en anglais. (*NdT*)

Enfin, c'était un fleuve, avant que tout soit détruit. Mais je n'étais pas au courant. Mes parents devaient l'être. Ils aimaient bien jouer les scientifiques mystérieux, et il y a tant de choses qu'ils n'ont pas eu l'occasion de nous dire, à mon frère et à moi.

Mon doigt suit celui de Gabriel, le cours d'un fleuve qui n'existe plus. Mais selon moi, il doit encore exister quelque part. Il a sûrement été submergé, puis libéré par l'océan, par-delà la fleur allongée qui orne la grille menant à la liberté.

— Je n'en savais rien, avoué-je. Je ne pensais pas que mon prénom avait une quelconque signification.

Est-ce ce à quoi Rose a fait allusion quand je lui ai dit mon nom, et qu'elle a fait remarquer que c'était un bel endroit ?

— Il est écrit ici que le Rhin connaissait un fort trafic fluvial. Mais il n'y a pas d'autre information, fait-il, déçu.

— Aucune importance !

J'émets un petit rire, passe un bras autour de son cou pour l'attirer plus près et l'embrasse sur la joue pour le remercier. Il rougit violemment, tout comme moi.

Il n'a aucune idée de ce que cela signifie pour moi, mais si j'en crois la lueur qui brille dans ses yeux, il doit comprendre que ça me fait du bien. Il m'ébouriffe les cheveux et me regarde. Rhine, le Rhin. Un fleuve qui, quelque part, a recouvré la liberté.

14

JE PASSE la nuit à rêver de cours d'eau et de fleurs à feuilles vernissées croissant sous les flots.

— Tu souriais dans ton sommeil, dit Linden lorsque j'ouvre les yeux.

Il est assis sur l'appui de la fenêtre, un crayon à la main, un dessin sur les genoux, une pile de feuilles à côté de lui ; il travaille visiblement depuis un bon moment. Je repense aux propos de Vaughn, au fait que j'ai redonné goût au travail à son fils. Je ne comprends toujours pas pourquoi il m'a dit ça, mais je dois reconnaître que c'est vrai. Linden a beaucoup travaillé ces derniers temps, et apparemment, c'est en moi qu'il puise l'inspiration.

— J'ai rêvé que nous vivions dans cette maison que vous avez conçue, celle avec la tarte posée à la fenêtre et la balançoire dans le jardin, dis-je en inventant tout, hormis le bonheur délicieux qui transpire dans le son de ma voix.

Par la fenêtre, je constate qu'il fait un temps superbe.

Linden me sourit, soulagé mais hésitant. Il n'a pas l'habitude de me voir de si bonne humeur, et il met peut-être ce changement sur le compte des calmants. Quand j'essaie de bouger, la douleur est moins insupportable. Je parviens à m'asseoir et m'appuie contre les oreillers.

— Il paraît que vous êtes sorti pour me secourir, pendant l'orage…

Abandonnant son travail, il vient s'asseoir sur le lit à côté de moi. L'entaille de sa lèvre est en train de cicatriser. On dirait un bon élève qui s'est retrouvé pris dans une bagarre de cour d'école. J'essaie de me figurer son corps frêle bravant l'ouragan ; il n'a pas pu aller bien loin. Je ne peux que l'imaginer emporté par une bourrasque, secouru par un tiers ou tué.

— J'ai bien cru te perdre, dit-il, mi-figue mi-raisin.

— Je me suis égarée quand le vent a forci. Impossible de trouver le chemin du retour. Pourtant, j'ai tout essayé.

— Je sais bien.

Il me presse la main, et il y a une telle tristesse dans son regard que je me déteste de lui mentir ainsi. C'est plus fort que moi.

— J'ai quelque chose à te montrer.

Il m'apprend que je suis restée inconsciente une semaine. Que ce qui m'a percuté l'arrière du crâne était une pale du moulin à vent. Que mes autres blessures ont été causées par les débris qui jonchent le sol depuis les courts de tennis jusqu'aux lointaines écuries, mais que je n'ai pas à m'en faire : son père a engagé du personnel pour tout déblayer, et le travail avance bien. C'est moi qui ai le plus souffert dans l'histoire. Il me confie qu'entre de longues périodes de silence je délirais à propos de rats, de bateaux qui coulent, d'explosions – les explosions revenaient tout le temps – et de saignements qu'il fallait arrêter.

Fort heureusement, j'ai tout oublié de ces cauchemars.

Mais il a tout entendu. Il est resté près de moi, et comme j'étais hors d'atteinte, il s'est mis à dessiner ce que je croyais voir. Il hésite longuement avant de me montrer le premier croquis, comme s'il s'agissait d'une photo de scène de crime.

Puis il se décide. Il a dessiné des maisons très ombragées penchant sur un côté, ou éventrées par les branches d'un arbre qui a poussé à l'intérieur. Les fenêtres ruissellent de sang, la cour est jonchée de rats crevés. Voici presque neuf mois que je suis mariée à cet homme, et je pensais qu'il ne savait rien de moi, mais il a su saisir mes peurs. Il ne manque que Rowan ; encore que ce dernier soit esquissé sous la pleine lune, dans l'un des dessins. Retranché dans la maison qui saigne, il regarde la lune, tandis que je suis dans ce manoir frivole, à observer le même astre. Et chacun de nous se demande comment va son jumeau.

Je me sens nauséeuse et la tête me tourne, comme si mes rêves étaient répandus devant moi. Le dernier croquis représente le belvédère de notre mariage, couvert de toiles d'araignée et d'empreintes sanglantes ; fiché dans le toit, ce qui me semble être un morceau de moulin à vent.

— Celui-ci ne vient pas de toi, fait-il ; il représente mon état d'esprit pendant ton coma. Lorsque je n'étais pas sûr que tu te réveilles un jour.

Je contemple un mariage défait, dans les ruines du belvédère. La plus grande tragédie qu'ait connue Linden fut la mort de sa première épouse ; j'étais loin de me douter que l'idée de me perdre puisse l'effrayer à ce point. Cette nuit-là, avant ma fuite éperdue, il était venu dans mon lit, et tandis qu'il pleurait une fois encore la mort de Rose, j'avais senti son chagrin réchauffer ma chemise de nuit. J'ai certes tout fait pour gagner ses faveurs et devenir première épouse, mais je n'ai jamais soupçonné que je pouvais être aussi précieuse à ses yeux que ma défunte sœur épouse. Pour quelle raison ? À cause de notre ressemblance ?

Je reste un moment sans rien dire, réexaminant chaque dessin à tour de rôle, prenant le temps de les observer à la loupe. Chaque détail a des accents de vérité. Je vois ce qu'il y a dans les maisons. Une pièce est remplie de June Beans, une autre paraît tapissée de cartes routières.

— Tu es fâchée ? demande Linden. Je n'aurais peut-être pas dû te les montrer.

Il tend la main pour les reprendre, et je m'y accroche.

— Non, dis-je en remarquant une maison pleine de poissons.

C'est une réplique parfaite de mon hologramme préféré de la piscine, sauf que les requins nagent en serrant des membres dans leur gueule : des bras et des jambes sanguinolents.

— C'est… terrifiant. Je ne vous croyais pas capable de telles visions d'horreur.

— Je… je ne devrais pas, répond Linden, tout en pâlissant et en se détournant. Mon père dit que je devrais dessiner des choses plus…

— Oubliez ce que dit votre père, il se trompe.

Se retournant vers moi, Linden semble aussi surpris que je le suis. C'est sorti tout seul, mais maintenant que j'ai capté son attention, autant tout déballer.

— Il ne faut pas garder tout ça pour vous. Vous avez beaucoup de talent. Bon, d'accord, peut-être que personne n'a envie de vivre dans une maison défoncée par un arbre ou remplie de requins et de sang, mais les autres sont superbes.

— Je n'ai pas dessiné ça en pensant que des gens voudraient y vivre, réplique-t-il en désignant la pile d'images cauchemardesques que je tiens.

— Je m'en doute.

— Mais c'est toute la question. Quelqu'un a pu vivre dans ces maisons à un moment donné.

Il pointe du doigt le palier riche en détails de la maison aux requins ; on aperçoit même une sonnette, et des volets décrépits qui furent autrefois flambant neufs. La maison au jardin jonché de rats, quant à elle, conserve les vestiges de rosiers qui ont certainement été luxuriants.

— Mais quelque chose a mal tourné. Les maisons se sont détraquées, conclut-il.

Je comprends ce qu'il veut dire. J'imagine la demeure où naquit ma mère, dans une ville magnifique qui a par la suite succombé aux assauts des produits chimiques au point que les fleurs ne pouvaient plus pousser. J'imagine tout un monde révolu, une multitude de pays différents. Linden, les yeux humides, scrute mon visage, tâchant de saisir mes pensées ; je lui fais signe que je comprends. Je comprends ce que ces dessins signifient, et je comprends que cela lui donne envie de pleurer.

— Je sais, dis-je. Je sais parfaitement.

Les maisons se sont détraquées, à l'image du monde.

Linden se remet à dessiner. Il conçoit des maisons plus vivables et me demande mon avis. Il déclare qu'il va bientôt essayer de les vendre. Je suis ébahie de voir qu'un garçon qui a passé toute sa vie au même endroit, et qui se risque rarement au-dehors, puisse créer des lieux de vie si convaincants.

L'après-midi, Cecily passe le chercher et l'emmène loin de moi. Chose que j'apprécie, car j'ai besoin d'être seule. En outre, je pense qu'il est préférable pour Linden de quitter mon chevet. J'ai parfois l'impression que c'est lui le convalescent.

Et puis, un après-midi, quand Cecily passe chercher Linden, je lui dis que je pensais qu'il était avec elle.

Ni Gabriel, ni Jenna, ni même le personnel, ne savent où il peut être. Maître Vaughn est tout aussi introuvable ; après le dîner, Cecily commence à s'inquiéter. Elle grimpe sur mon lit, tenant un gros livre relié, avec une échographie sur la couverture.

— C'est quoi ce mot ? G-E-S-T-A-T-I-O-N.

Je le prononce pour elle, qui m'en donne aussitôt la signification, que je connais déjà. Elle me montre ensuite des diagrammes et décrit l'état actuel du fœtus : il est assez grand pour sucer son pouce, il lui arrive d'avoir le hoquet. Par deux fois, elle place ma main sur son ventre, et je le sens bouger. Cela me rappelle que tout cela est bien réel, même si je me suis débrouillée pour en faire abstraction. La perspective de l'accouchement de Cecily me fait peur. J'ai peur que le bébé soit mort-né, comme le premier enfant de Linden. J'ai peur que, vivant ou mort, le bébé finisse dans le sous-sol de Vaughn, sur un chariot métallique.

Cecily est en train de me décrire la façon dont est expulsé le placenta quand Linden fait son apparition sur le seuil. Il porte un costume, et ses cheveux bouclés sont coiffés en arrière, dans une version moins menaçante du style de Vaughn.

— Où étais-tu ? grogne Cecily.

— Avec un client intéressé par mes dessins, répond-il en me regardant, les yeux brillants. Une société veut que je travaille pour elle, que je conçoive un nouveau centre commercial.

— C'est génial ! lancé-je, sincère.

Linden s'assoit sur le lit, Cecily entre nous deux. Même son odeur trahit le fait qu'il s'est aventuré dans le monde réel. Il sent le gaz d'échappement et le dallage de marbre.

— Je me suis dit que d'ici à un mois ou deux, quand tu te seras remise, on pourrait aller voir une exposition d'architecture. C'est un peu austère, mais c'est aussi l'occasion rêvée de montrer mes dessins. Et ma jolie épouse, bien sûr.

Il repousse une mèche de cheveux qui me barre le visage, et je me sens flattée sans savoir pourquoi au juste. Et surtout excitée. Je vais sortir de ce maudit manoir !

— C'est un peu idiot, intervient Cecily. Qui peut bien avoir envie de faire les boutiques ? Là d'où je viens, il n'y avait pas de centre commercial.

— Il ne s'agit pas vraiment d'un centre commercial au sens traditionnel, précise patiemment Linden. Plutôt d'entrepôts de grossistes, réservés aux professionnels. Qui vendent essentiellement du matériel médical, des machines à coudre, ce genre de choses.

Je vois exactement ce qu'il veut dire. J'ai passé maintes commandes auprès de ces mêmes grossistes, et accompagné mon frère lors de certaines livraisons.

— C'est retransmis à la télé ? fais-je.

— Non. Ça n'a rien d'aussi excitant qu'une cérémonie d'inauguration au cours de laquelle on coupe le ruban.

— C'est quoi, couper le ruban ? demande Cecily, réaffirmant sa présence entre nous.

Linden explique que, étant donné l'état du monde actuel (il sous-entend notre mortalité précoce), on organise une fête chaque fois qu'un nouveau bâtiment ouvre ses portes. Qu'il s'agisse d'un hôpital, ou même d'un concessionnaire automobile. C'est un signe que les gens apportent toujours leur contribution à la société, et que nous n'avons pas perdu tout espoir que les choses aillent mieux un jour. Il y a donc pléthore d'inaugurations en grande pompe, organisées par la personne ou la société qui a commandé l'immeuble, et tous ceux qui ont participé à sa construction viennent fêter ça.

— C'est comme une fête du nouvel an, résume Linden, mais pour un nouveau bâtiment.

— Et moi, je n'ai pas le droit d'aller à une inauguration ?

Linden pose les mains sur son ventre et répond :

— Ta place est ici, ma chérie. Ne vois-tu pas à quel point c'est important ?

— Après la naissance du bébé, propose-t-elle.

Il sourit et l'embrasse. Elle se laisse faire, et il est manifeste que c'est un geste entré dans leurs habitudes depuis un moment.

— Après, il faudra que tu t'en occupes.

— Mais Ellie pourra s'en charger, de temps en temps.

Elle commence à s'agiter, et Linden lui dit qu'ils en reparleront en privé, mais elle insiste :

— Non, tout de suite.

Elle a les larmes aux yeux et a oublié jusqu'à l'existence du livre sur la grossesse qui repose sur mes genoux.

— Cecily…, commencé-je.

— C'est pas juste ! (Elle se tourne vers moi.) Je lui donne tout, j'ai bien mérité d'aller à une fête si j'en ai envie. Qu'est-ce que tu as fait, toi ? À quoi tu as renoncé ?

À beaucoup de choses, Cecily. Bien plus que tu le crois.

La colère monte en moi, et avec elle la douleur dans mes os. Elle essaie de me pousser à bout, mais je fais mon possible pour rester de marbre. Il le faut. Car si je lâche la vérité maintenant, je resterai prisonnière à vie. Pas question de la laisser aller à cette exposition à ma place, ni à aucune fête par la suite : c'est à moi d'y aller. C'est ma seule chance de montrer à mon frère que je suis en vie, de trouver un moyen de filer d'ici. Je le mérite. Pas elle.

Elle a les yeux écarquillés, inondés de larmes. Ses sanglots humides sont ponctués de hoquets, et Linden la prend dans ses bras. Il étreint son petit corps gonflé et la fait sortir. Je l'entends gémir tout le long du couloir.

Assise dans mon lit, hors de moi, je contemple les lis qu'elle m'a apportés quelques jours auparavant. Ils commencent à se faner. Des pétales gisent au pied du vase, chiffonnés comme des bouts de mouchoirs en papier. J'ai l'impression de regarder un joli cadavre dans le blanc des yeux.

Les bonnes intentions de Cecily ne durent jamais bien longtemps.

Quand nous sommes ensemble, Gabriel et moi nous montrons d'une extrême prudence. Je pourrais passer toute une matinée à penser à notre unique baiser, et quand il m'apporte mon déjeuner, tout ce que nous faisons, c'est parler météo. Il m'annonce que les jours fraîchissent, et que selon lui, il pourrait bientôt neiger.

— As-tu apporté son repas à Cecily ? demandé-je alors qu'il dispose le plateau sur mes genoux.

Le fait que je reste clouée au lit limite les occasions de nous voir. Je ne peux pas l'accompagner quand il repart travailler, ou passer un moment avec lui au jardin.

— Oui, marmonne-t-il. Elle m'a jeté un saucier à la tête.

— Pas possible, dis-je en riant malgré moi.

— Elle voulait ses pommes de terre frites, et non bouillies. Elle vise drôlement bien, pour quelqu'un dans son état.

Le ton ironique de la dernière phrase ne m'a pas échappé. Nous savons tous que Cecily n'a rien de la petite chose fragile que décrivent Linden et Vaughn.

— Elle est d'une humeur charmante, poursuit-il.

— C'est en partie ma faute. Hier soir, Linden m'a annoncé qu'il comptait m'emmener à un genre de fête pour ses dessins d'architecture, et elle a très mal pris qu'il ne lui propose pas, à elle.

Il grimace et s'assoit sur le rebord du lit.

— Vous vous intéressez aux inaugurations ?

— Gabriel, soufflé-je, c'est peut-être ma seule porte de sortie.

Il m'observe un long moment, sans que je parvienne à lire ses pensées puis baisse les yeux.

— C'est sûrement mieux que votre dernier plan d'évasion, non ?

— Je ne dirai pas le contraire, avec mes quatre plâtres.

— C'est vraiment si terrible de vivre ici ? (La panique se lit dans ses yeux.) Est-ce que le gouverneur domanial vous oblige... vous savez... à faire des choses au lit ?

Ses joues virent à l'écarlate.

— Non ! répliqué-je en tendant le bras pour poser ma main sur la sienne. Ce n'est pas le problème, Gabriel, mais je ne compte pas passer toute ma vie ici.

— Pourquoi pas ? Qu'offre donc le monde extérieur que vous ne puissiez avoir ici ?

— Mon frère, pour commencer. Ma maison. (J'étreins sa main ; il me lance un regard chargé d'incompréhension.) Qu'y a-t-il ?

— C'est dangereux. Vous feriez mieux de rester.

Je ne reconnais plus l'expression de son visage. Il n'exprime ni froideur, ni colère, ni amertume, comme ce jour funeste près de la piscine. Il s'agit d'autre chose.

— Et si je te demandais de venir avec moi ?

— Quoi ?

— Cette nuit-là, pendant l'ouragan. Du haut du phare, quand je t'ai vu courir vers moi, j'ai crié « Fichons le camp d'ici », mais tu ne m'as pas entendue. J'ai vu la grille. J'allais tenter de l'atteindre.

— Oui, et c'est à ce moment-là qu'une pale de moulin à vent vous a fait perdre conscience, dit-il sèchement. Rhine, c'est dangereux. Je sais bien qu'il n'est pas question de vous éclipser pendant un autre ouragan, mais que comptez-vous faire ? Vous croyez qu'il va vous emmener à une fête, et qu'il vous suffira de vous faufiler jusqu'à la sortie ?

— Eh bien, oui, en quelque sorte, fais-je.

Dit tout haut, ça sonne moins bien que dans ma tête.

Gabriel déplace le plateau qui nous sépare, me prend les mains et se rapproche. C'est un gros risque, car la porte est grande ouverte et tout le monde est à la maison, mais sur le moment, rien n'a d'importance.

— Qu'il s'agisse d'un ouragan ou d'une fête, c'est pareil, dit-il. C'est dangereux. Le gouverneur domanial ne vous laissera pas filer comme ça, pas plus que maître Vaughn. Il a fallu des mois pour qu'il consente à déverrouiller votre fenêtre ou vous laisse accéder aux jardins, et devinez quoi ? Il parle de vous ôter ces privilèges.

— Comment es-tu au courant ?

— Vaughn a signalé à tout le personnel que si vous-même, Cecily ou Jenna voulez prendre l'ascenseur en se servant de l'une de nos cartes, il faut lui en faire part immédiatement.

— Quand était-ce ?

— Pendant que vous étiez reliée à cinq machines, entre la vie et la mort.

— Je n'étais pas entre la vie et la mort, dis-je en lui serrant les mains. Si j'avais eu le choix, j'aurais préféré mourir en haut de ce phare. Mais sais-tu ce qui me donne la force de continuer jour après jour ? Ce fleuve. Le Rhin. Je crois que mes parents ne m'ont pas donné ce prénom par hasard. Cela doit vouloir dire que je suis censée aller quelque part. *Ça*, c'est une question de vie ou de mort.

— Aller où ?

— Je n'en sais rien ! (C'est exaspérant de me voir opposer une logique bornée, qui me donne l'impression que mes plans d'évasion sont si désespérés.) Pas ici, en tout cas. Partout, sauf ici. Alors, viendras-tu avec moi, oui ou non ?

Il hausse un sourcil.

— Partiriez-vous sans moi ?

— Non. Je te traînerai par la peau du dos s'il le faut.

Je souris. Il finit par se détendre et me gratifie de l'un de ses rares sourires.

— Vous êtes cinglée, vous savez ?

— C'est ma seule planche de salut.

Il se penche vers moi, et je sens monter la vague d'exaltation qui préfigure un baiser. Mes yeux se ferment, sa main caresse ma joue, lorsqu'un coup frappé à la porte nous interrompt.

— Désolée pour le dérangement, s'excuse Deirdre en montrant le plateau qu'elle porte. Maître Vaughn m'a demandé de vous apporter de l'aspirine.

Gabriel s'éloigne, et je lis dans ses yeux le désir de me toucher. Il se contente d'un :

— À plus tard.

— À plus.

Après son départ, Deirdre me tend les deux pilules blanches et un verre d'eau.

— Tu ne nous as pas dérangés, dis-je après avoir avalé les médicaments. Il ne se passait rien entre Gabriel et moi… je veux dire…

Mes joues me brûlent alors que je cherche mes mots, mais Deirdre se contente de sourire.

— Pas de problème, fait-elle. Maître Vaughn n'est même pas dans le coin. Après m'avoir demandé de vous apporter les comprimés d'aspirine, il a été appelé à la clinique.

Elle se dirige vers la coiffeuse et revient avec un tube de baume à lèvres, qu'elle étale sur mes lèvres gercées. Puis elle entreprend de redresser mon oreiller.

— Quelle belle journée ! Voulez-vous que j'ouvre la fenêtre ?

— Pas la peine.

Elle s'affaire autour de moi suffisamment longtemps pour que je lise dans ses yeux toute son inquiétude. *Ma fidèle petite servante.*

— Je t'assure, tout va bien.

— Que vous a dit maître Vaughn ? susurre-t-elle, ce qui met mes sens en alerte.

— Quoi ?

— Vous étiez endormie, enfin, c'est ce que j'ai pensé sur le coup ; j'étais venue changer votre oreiller, mais maître Vaughn était là, et il m'a dit de partir. (Elle regarde ses pieds d'un air penaud.) Je suis restée dans le couloir. J'ai essayé d'écouter. Je suis désolée. Je n'aurais pas dû, mais…

Elle a les larmes aux yeux. Cela lui ressemble si peu que j'ai d'abord l'impression d'être encore fiévreuse et en train d'avoir une hallucination.

— … J'ai bien cru qu'il allait vous faire du mal.

J'attrape sa main ; elle tremble comme une feuille.

— Qu'est-ce qui t'a fait penser ça ?

— Oh ! Rhine, dit-elle, en larmes. Si vous avez essayé de fuir, il ne faut pas recommencer. Vous n'y arriverez jamais, et il fera de votre vie un enfer.

— Je n'ai pas essayé de fuir.

Elle secoue la tête.

— Mais s'il pense que vous avez essayé, ça revient au même. Vous ne comprenez pas. Vous ignorez de quoi il est capable quand on lui désobéit.

— Deirdre, fais-je en l'attirant doucement à moi, que cherches-tu à me dire ?

Son visage est inondé de larmes. Elle hoquette.

— Lady Rose ne voulait pas de bébé, elle n'en a jamais voulu. Elle se disputait tout le temps avec maître Vaughn. Elle pensait qu'il ne trouverait jamais l'antidote et refusait mettre au monde un enfant voué à mourir lui aussi. Il l'a traitée de « pronature ». Je les ai entendus hurler, s'insulter. Une fois, j'étais passée prendre le linge sale, et je me suis réfugiée dans le placard. J'avais trop peur de me retrouver mêlée à leur dispute.

Elle s'assoit sur le bord du lit et sèche ses larmes, mais il en vient d'autres.

— Et quand elle est tombée enceinte, bien qu'elle ait tout fait pour l'éviter, elle semblait tout excitée. Elle m'a demandé de lui apprendre à tricoter et a confectionné une couverture pour le berceau. (Le souvenir lui arrache un sourire, mais qui disparaît bien vite.) Quand elle a accouché, Linden était à une exposition. Elle souffrait tellement que maître Vaughn lui a donné des calmants très forts. Quand elle est revenue à elle, plusieurs heures après, il lui a annoncé que le bébé – c'était une fille – n'avait pas survécu, mais elle ne l'a pas cru. Elle a dit qu'elle l'avait entendue crier. Il lui a répondu qu'elle avait rêvé, qu'elle délirait, que l'enfant était mort-né.

La pièce semble soudain plus sombre, plus froide. Deirdre poursuit :

— Mais j'étais en train de changer l'encens dans le couloir ; moi aussi, j'ai entendu le bébé crier. Maître Vaughn a dit à Lady Rose : « Tu tiens tellement à voir mourir l'espèce humaine que dame Nature a exaucé ton souhait. »

Les paroles terribles de Vaughn résonnent à mon oreille, et cela me brise autant le cœur que s'il s'était adressé à moi. J'imagine Rose, vivante et désemparée, touchant son ventre là où, quelques heures auparavant, elle avait senti son enfant bouger en elle. Je regrette qu'elle ne m'ait pas confié tout ça quand elle vivait encore, car je ressens le besoin impérieux de la serrer dans mes bras, de lui dire mon immense chagrin que tout cela lui soit arrivé. La haine brûlante qu'elle a dû éprouver envers Vaughn ressemblait certainement à celle qui couve en moi. C'est son amour pour Linden qui a dû lui permettre de supporter Vaughn. Peut-être espérait-elle que j'apprenne moi aussi à l'aimer, afin d'être à même de tolérer Vaughn.

— Oh ! ça l'a complètement détruite. Après ça, ce n'était plus la même femme, poursuit Deirdre. Elle avait sa domestique attitrée, Lydia. Mais c'était devenu insupportable pour Rose d'avoir une fille dans les pattes qui lui rappelait à tout instant celle qu'elle aurait dû avoir. Elle a fini par convaincre le gouverneur domanial Linden de la revendre. Même Ellie et moi, elle avait du mal à nous regarder.

— Quelqu'un d'autre est au courant ? demandé-je.

— Non, personne. Ils croient tous que le bébé était mort-né. Ou, s'ils ont des doutes, ils les gardent pour eux-mêmes. Ne le répétez à personne, je vous en supplie.

— Ne crains rien, dis-je en lui tendant un mouchoir en papier. Ça restera entre toi et moi.

Elle se tamponne le nez, plie le mouchoir et le range dans la poche de sa jupe.

— Je ne l'avais jamais dit à personne.

À travers ses larmes, je constate que cela lui a ôté un poids. Quel terrible secret pour une fille si jeune ! Mais dans cet endroit, non, dans ce monde, il est impossible de rester enfant. Je passe un bras autour d'elle, et elle s'accorde un moment de faiblesse qui ne lui ressemble pas, en s'effondrant contre ma poitrine, en me serrant fort.

— Maître Vaughn a toujours le dernier mot. Alors, quoi qu'il puisse vous demander, je vous en conjure, pour votre bien, écoutez-le.

— Entendu, promets-je.

Mais c'est un mensonge. Cette histoire n'a fait que renforcer mon besoin de partir d'ici, d'être le fleuve de l'atlas de Linden. Car ce qui se passe ici est encore plus épouvantable que tout ce que j'ai pu imaginer. La vie y est bien différente de l'époque révolue où les lis poussaient dans le jardin de ma mère, et où tous mes secrets tenaient dans un pot de yaourt.

15

QUAND CECILY termine de jouer sa chanson et que l'illusion s'en retourne dans le synthé, elle tend les bras au-dessus de sa tête et fait craquer ses jointures.

— C'était magnifique, ma chérie, décrète Linden.

Il est assis sur le canapé, un bras autour de moi. Jenna est pelotonnée sur l'accoudoir, et l'autre main de notre époux court négligemment sur sa cuisse.

— C'est une vraie petite concertiste que nous avons là, ajoute Jenna en jouant avec une boucle de cheveux de Linden.

— Concertiste, peut-être pas, intervient Cecily en replaçant la housse du clavier.

— Très juste, lancé-je. C'est trop froid, une salle de concert. Ne m'as-tu pas dit que tu avais écrit cette chanson dans la roseraie ?

— Le labyrinthe, me corrige Jenna.

— Vous vous trompez toutes les deux, rectifie Cecily en s'asseyant sur les genoux de Linden. Je l'ai écrite dans l'orangeraie.

— Tu as composé ça toute seule ? demande Linden, surpris.

Jenna joue toujours avec ses cheveux, et il se penche distraitement vers elle.

— Oui. Dans ma tête. Je l'ai mémorisée, pour plus tard. Mais…

Sa voix se perd. Elle a le regard vide, laisse échapper un soupir de tristesse.

— Qu'y a-t-il, ma chérie ? demande Linden.

— Eh bien… ça sonne comme une vieille chanson, répond Cecily. Ça fait bien longtemps que je ne suis pas sortie.

— Comme nous tous, Cecily, dis-je. Il n'y a pas que toi. C'est trop dangereux dehors, avec ces ouragans. Tu as vu à quel point j'ai souffert. Je suis à peine remise.

— Mais il n'y a pas eu d'ouragan depuis des semaines, réplique Jenna. Il fait même assez beau. Tu n'es pas d'accord ?

Elle a les yeux rivés sur Linden, qui rougit passablement. L'amour de trois femmes à la fois, c'est un peu trop pour lui.

— Je… je suppose, oui.

— Mais maître Vaughn ne fait qu'assurer notre sécurité, insisté-je. C'est pour ça qu'il nous fournit une escorte quand on sort.

— Il vous fait suivre partout ? s'étonne Linden.

— Oui, et c'est un peu déprimant, admet Jenna. Nous adorons notre beau-père, évidemment, vous le savez bien. Mais de temps à autre, une fille ressent le besoin d'être seule.

— Pour stimuler sa créativité, dit Cecily.

— Pour réfléchir, ajouté-je.

— Et pour bavarder entre filles, poursuit Jenna. Rhine et moi, cela fait des lustres qu'on n'a pas fait une partie de tennis ou joué sur le trampoline. Les jeux virtuels, c'est très bien, mais on manque d'exercice, on n'en fait plus du tout.

— Je comptais garder ça pour moi, renchérit Cecily, mais ces deux-là commencent à prendre du poids.

Jenna plisse les yeux.

— Ça te va bien de dire ça.

Linden a déjà les joues en feu, mais quand Cecily prend son visage entre ses mains, l'embrasse et lui demande si la grossesse l'enlaidit, il vire à l'écarlate.

— Tu… tu es superbe, dit-il. Vous êtes toutes superbes. Mais si vous pensez avoir besoin de prendre l'air, j'en parlerai à mon père. Je ne me rendais pas compte que vous… étouffiez.

— C'est vrai ? s'écrie Cecily.

— Ce n'est pas une blague ? dis-je en me lovant contre lui.

— C'est trop chou, fait Jenna en l'embrassant sur le sommet du crâne.

Il se redresse, se défait en douceur de Cecily, se faufile entre Jenna et moi.

— Je lui en toucherai un mot dès ce soir, à son retour de la clinique.

Mes sœurs épouses et moi-même écoutons les portes de l'ascenseur se refermer sur lui. Le silence plane un moment, puis nous nous affalons les unes sur les autres sur le canapé, en éclatant de rire.

— C'était fabuleux, s'exclame Jenna.

— Encore mieux que ce que nous avions prévu, ajouté-je.

— Je m'en suis bien sortie ? demande Cecily.

— Oublie la musique, glisse Jenna en lui ébouriffant les cheveux. Tu devrais être actrice.

Nous nous étreignons pour célébrer cette petite victoire. Et je ne peux m'empêcher d'apprécier cette camaraderie. C'est, selon moi, ce qui se rapproche le plus de l'idée que je me fais du mariage.

Le soir où nous sommes censés nous rendre à l'exposition, Cecily commence à éprouver des contractions.

— Ce sont de bêtes contractions de Braxton Hicks, lui assure maître Vaughn. Rien à voir avec les vraies.

Mais elle a vraiment mal. Agenouillée près du lit, s'agrippant au matelas, elle ressent une terreur non feinte que je lis dans ses yeux, et je sais qu'il ne s'agit pas d'une comédie due à la jalousie.

— On ferait mieux de rester à la maison, dis-je à Linden.

Je suis sur pied depuis une bonne semaine, maintenant, et c'est à peu près ce qu'il a fallu à Deirdre pour peaufiner la superbe robe rouge que je porte. Après une heure de calvaire à me faire pomponner et malaxer par une horde fébrile de domestiques, je me sentais déterminée à frapper un grand coup ce soir. Linden est à côté de moi, dans l'embrasure de la chambre de Cecily, la bouche tordue en une grimace soucieuse.

Maître Vaughn et Ellie aident Cecily à se mettre au lit.

— Allez-y, dit Vaughn. Il reste encore deux mois avant que le bébé arrive.

Je ne lui fais pas confiance. J'imagine Cecily ballottée sur un chariot, au sous-sol, hurlant comme une damnée, car son bébé est mort-né, puis Vaughn disséquant le petit être en quête d'un antidote. C'est un monstre sans pitié ; on ne lit nulle trace d'humanité dans ses yeux lorsqu'il découpe le nourrisson.

Cecily gémit ; Ellie lui tamponne le visage avec un linge humide. Quand Cecily ouvre la bouche, je crois la voir articuler : « Restez », mais Vaughn lui prend la main et déclare :

— Ma chérie, si ton mari parvient à vendre des projets ce soir, cela signifie qu'il en sortira la construction d'une maison. Ou d'un magasin. Tu n'aimerais pas les visiter ? Ne serait-ce pas formidable ?

Elle hésite. Un lien étrange, dont la nature m'échappe totalement, l'unit à Vaughn. On jurerait qu'elle est sa favorite, ou alors qu'elle voit en lui le père qu'elle n'a pas eu. Quoi qu'il en soit, elle lui obéit en tout.

— Allez donc à cette exposition, dit-elle. Ne vous en faites pas pour moi. C'est mon boulot, après tout. Je suis heureuse d'apporter ma contribution.

Étrangement, nulle malice ne transparaît dans le ton de sa voix.

— C'est bien, mon petit, applaudit Vaughn.

La laisser seule avec lui ne me plaît pas. Pas du tout. Mais quand aurai-je une autre occasion de prouver à Linden que je suis digne d'être sa première épouse, celle qui se doit d'être à son bras lors des mondanités ?

Pendant que Linden dit « au revoir » à Cecily, lui promettant de rentrer tôt, je retrouve Jenna dans la bibliothèque et lui demande d'ouvrir l'œil.

— Je n'ai pas envie de laisser Cecily entre les sales pattes de Vaughn, glissé-je.

— Moi non plus. Ils ont un tas de secrets, tous les deux. Je ne sais pas ce qu'il lui raconte. Ça me rend nerveuse.

— Il ne faut pas le laisser seul avec elle.

— Non, répond-elle. Bien sûr que non.

Elle s'avance aussitôt. Ayant mis la main sur un échiquier dans le salon, elle compte demander à Cecily de lui apprendre à jouer.

— Amuse-toi bien, d'accord ? Et dis « bonjour » de ma part à la liberté.

— Sans faute, si je l'aperçois.

Ironiquement, la limousine que me présente Linden est celle-là même qui m'a emmenée jusqu'ici la première fois. Il m'ouvre la portière, sans comprendre mon hésitation.

— On peut ouvrir la vitre ? demandé-je.

— Il neige.

J'avais toujours pensé que la Floride avait un climat tempéré, mais jusqu'à maintenant il s'est montré totalement imprévisible.

— L'air froid, c'est bon pour les poumons.

J'ai entendu Vaughn dire la même chose ; ce n'est donc peut-être pas vrai, mais Linden se contente de hausser les épaules.

— Si tu y tiens.

Je monte à l'arrière de la limousine. Malgré la bouteille de champagne qui nous attend dans un seau à glace et les sièges en cuir chauffants, je m'attends au pire. Je baisse la vitre sans tarder, et inhale l'air glacial sans prêter attention à Linden quand il pose son manteau sur mes épaules. Nous n'avons pas encore démarré, et je ne suis toujours pas sûre d'être en sécurité. Connaissant Vaughn, je suis certaine qu'il se sera arrangé pour que je sois estourbie afin que je ne repère pas le chemin menant au portail.

L'habitacle est doté d'un toit ouvrant. Mais le verre en est teinté et me masque le ciel nocturne.

— Et ça, ça s'ouvre ? fais-je.

Linden rit et me frictionne les bras pour me réchauffer.

— Essaierais-tu de te transformer en statue de glace ? Bien sûr, c'est un toit *ouvrant*.

Je me lève, manquant de perdre l'équilibre quand la voiture démarre. Linden me tient par la taille pour m'empêcher de tomber, et ça m'est bien égal : le toit est ouvert, mes avant-bras reposent sur les rebords de la lucarne. La neige se pose sur mes cheveux, et semble fondre dès qu'elle atteint les phares de la limousine. Je regarde les arbres qui défilent, le minigolf réparé, l'orangeraie, le trampoline de Jenna. J'observe ces choses qui ont constitué l'intégralité de mon univers pendant des mois, et qui diminuent derrière moi à mesure que la voiture avance. On dirait qu'elles me disent « au revoir ». « Bonne soirée, amuse-toi bien. » Je souris, regarde droit devant pour admirer la suite.

Pendant un moment, rien que des arbres. Je ne suis jamais allée si loin. Je ne savais même pas qu'il y avait une route par là. Nous roulons pendant ce qui semble être une éternité. Je commence à contempler les étoiles à travers le couvert végétal, et la lune aux trois quarts pleine qui fait la course avec moi.

Nous débouchons enfin sur le portail, et la fleur de fer forgé a l'air de s'épanouir quand les panneaux s'ouvrent pour nous laisser passer. Aussi simple que ça. Nous voici hors de la propriété. Encore des arbres, et soudain, c'est la ville. Lumières vives et foule que j'aperçois en train de rire, de bavarder. L'ensemble dégage une impression d'opulence par rapport à Manhattan, et la richesse semble promettre longue vie à tous ces gens. Peut-être comptent-ils sur un antidote qui viendra les sauver, à moins que la perspective de regagner un logis confortable suffise à leur bonheur. Je ne vois pas trace de désespoir, pas le moindre orphelin faisant la manche. C'est tout le contraire : une femme en robe rose rit à gorge déployée devant un cinéma détaillant son programme sur un panneau géant illuminé. Je hume des relents de fast-food, de béton frais, d'un lointain canal d'irrigation.

Quel choc ! J'ai l'impression d'atterrir sur Mars, et en même temps de rentrer à la maison.

Nous dépassons un port, qui ne ressemble guère à celui de Manhattan. Le front de mer est constitué d'une plage de sable fin, et d'innombrables bateaux de pêche amarrés aux quais tanguent sous l'effet de la houle.

Linden me fait réintégrer l'habitacle, me disant que je risque d'attraper une pneumonie. Pendant un instant, ça m'est égal, mais je comprends bien vite que si je tombe malade, il ne m'autorisera plus jamais à quitter le manoir. C'est déjà un petit miracle d'être ici, après l'inquiétude qui fut la sienne pendant ma longue convalescence. Vaughn a dû le persuader que j'étais forte comme un bœuf (*comme son défunt fils aîné*, ai-je pensé en l'entendant utiliser cette expression désuète) avant que Linden songe à me sortir ce soir.

Je me réinstalle dans le siège chauffant et laisse mon mari refermer les vitres, observant la ville à travers les verres fumés. Ce n'est pas si terrible. Linden me sert une coupe de champagne, et nous trinquons ensemble. La dernière fois que j'ai bu de l'alcool, c'était il y a plusieurs années, quand je suis tombée du toit. Rowan et moi tâchions de boucher une infiltration. Je m'étais démis l'épaule, et Rowan m'avait tendu une bouteille de vodka poussiéreuse trouvée au sous-sol, disant que cela m'aiderait à supporter la douleur quand il remettrait mon épaule en place.

Ce breuvage est différent, pétillant, moins fort. Il me réchauffe l'estomac, ça n'a rien à voir avec la brûlure de la vodka.

Je le laisse m'enlacer. C'est ainsi que doit se comporter une première épouse. Il se raidit un instant puis semble se détendre un peu. Il m'attrape une boucle de cheveux, lesquels ont été laqués, traités et mis en plis pour que ma coiffure tienne toute la nuit, et l'enroule autour d'un doigt. Je me demande comment Rose était coiffée lorsqu'il l'emmenait en soirée.

Nous finissons notre coupe ; il me débarrasse de mon verre et m'explique qu'il y en aura d'autres à l'exposition. Que de nombreux toasts seront portés, et qu'une foule de serviteurs passera avec des plateaux chargés de boissons.

— Quand ça commençait à faire trop, Rose faisait semblant de boire. Selon moi, elle se débrouillait pour qu'un serviteur lui propose des verres vides, afin de faire illusion.

Il se détourne alors et s'absorbe dans la contemplation du trafic, semblant regretter ce qu'il vient de dire. Je pose une main sur son genou et lui demande doucement :

— Très bien. Que faisait-elle d'autre ?

Il plisse les lèvres, ose un regard dans ma direction.

— Elle s'esclaffait aux propos de tout le monde et regardait les gens dans les yeux en leur parlant. Et elle souriait tout le temps. En fin de soirée, quand nous nous retrouvions seuls, elle m'avouait qu'elle avait mal aux joues à force d'avoir souri.

Sourire. Feindre l'intérêt. Faire semblant de boire. Et scintiller comme une étoile, ajouté-je à la liste, car c'est ce que Rose devait faire. Alors que nous approchons de notre destination, je me sens entrer dans son monde. Je suis sa remplaçante, ce qu'elle m'avait lancé le jour de notre première rencontre, mais que je n'avais pas voulu croire à ce moment-là. Aujourd'hui, dans la chaleur des sièges en cuir et la douce fragrance de l'après-rasage de Linden, être sa remplaçante ne semble pas si terrible. Mais bien sûr, ce n'est que temporaire.

Il me faut un moment pour me rappeler que la ville pleine de vie, dehors, n'est pas *ma* ville, que tous ces gens sont des étrangers. Que mon frère n'est pas parmi eux. Il est seul, quelque part, à m'attendre. En mon absence, personne n'est là pour veiller sur lui pendant son sommeil. Cette pensée fait affluer une vague d'anxiété qui secoue le champagne dans mon estomac, mais je me force à me calmer pour ne pas vomir. Le seul moyen de le rejoindre, c'est de jouer ce jeu, quel que soit le temps que ça prendra.

Nous arrivons devant un grand bâtiment blanc, doté d'un large ruban de velours tendu devant les doubles portes. En sortant de la limousine, je remarque que ce même ruban orne les lampadaires et les devantures. Un homme déguisé en Père Noël fait sonner une cloche, et les passants déposent de l'argent dans un seau rouge, à ses pieds.

— Ils s'y prennent tôt cette année pour le solstice d'hiver, lâche Linden d'un ton détaché.

Je n'ai pas fêté de solstice depuis mes douze ans. Selon Rowan, dépenser de l'argent dans des cadeaux et perdre du temps à décorer n'a pas de sens. Quand nous étions enfants, nos parents décoraient la maison à l'aide de rubans rouges et de bonshommes de neige en carton ; en décembre, une odeur délicieuse sortait en permanence de la cuisine. Mon père jouait des morceaux issus d'un livre centenaire intitulé *Classiques de Noël*, bien que plus personne n'appelle cette fête Noël depuis des lustres. Et lors du solstice, jour le plus court de l'année, nos parents nous offraient un cadeau. Pour l'essentiel, des présents faits maison : ma mère était une couturière hors pair, et mon père pouvait tout fabriquer ou presque avec du bois.

Notre petite tradition s'est éteinte avec eux. Pour mon frère et moi, l'hiver n'était rien de plus que la pire saison de l'année pour les mendiants de Manhattan. À cette heure-ci, nous aurions déjà condamné les fenêtres afin de dissuader les orphelins de se protéger du froid mordant en pénétrant chez nous. À New York, le froid est brutal, violent. La neige s'empilait jusqu'aux poignées de porte, et il fallait se lever aux aurores afin de dégager un passage pour pouvoir aller travailler. Il fallait également tirer le lit de camp plus près du poêle, mais malgré cela, notre respiration produisait un petit nuage blanc.

— Ne t'affole pas s'ils veulent tous te faire le baisemain, me glisse Linden en me prenant le bras et en gravissant les marches.

Linden m'ayant dépeint ces expositions comme des événements froids et ennuyeux, je n'en attendais pas grand-chose. Mais à l'intérieur, je constate qu'il y a une foule importante et bien habillée. Des hologrammes flottent dans la salle, images dansantes de maisons qui tournent sur elles-mêmes. Les fenêtres s'ouvrent, et l'on a droit à une visite virevoltante. Chaque architecte, posté derrière son hologramme, fait l'article à qui veut l'écouter. Même les murs et le plafond donnent l'illusion mouvante d'un ciel bleu parsemé de nuages vagabonds. Le sol, quant à lui, figure une prairie constellée de fleurs sauvages, et je ne peux m'empêcher de le toucher pour m'assurer qu'il s'agit bien d'un artifice. J'entre en contact avec les dalles froides, mais on jurerait que mes mains s'enfoncent dans la terre. Linden rit en me reprenant le bras.

— Ils s'efforcent toujours de présenter une atmosphère dans laquelle leurs maisons pourraient être construites, dit-il. C'est plus réussi que la précédente exposition à laquelle j'ai assisté ; on aurait dit un désert. Ça ne faisait qu'aiguiser la soif des visiteurs. Une autre année, le décor était constitué d'un trottoir vide pour encourager les affaires, mais c'était déprimant. Ça ressemblait à la fin du monde.

La table des desserts est conçue comme un paysage urbain. Je remarque un gâteau en forme de dôme, que l'on a déjà entamé ; une piscine en gélatine frissonnante, aux abords bétonnés en tuiles chocolatées ; une fontaine de chocolat. Les fleurs givrées ont été vandalisées, mutilées : on dirait le pays d'Oz de Dorothy, en version mâchonnée.

Nous avons à peine fait quelques pas qu'on se saisit de ma main pour l'embrasser. Les cheveux de ma nuque se hérissent. Je décoche un sourire radieux.

— Quelle est donc cette petite chose ravissante ? demande un homme.

Le terme « homme » semble inadéquat, au demeurant ; l'intéressé a l'air plus jeune que moi, malgré son costume qui doit représenter un bon mois de consommation électrique du manoir.

Linden déclare fièrement que je suis sa femme ; toujours souriante, je vide néanmoins le premier verre qui passe à ma portée, puis le suivant, ce qui rend les présentations et baisemains successifs plus faciles à supporter. Les épouses que je croise semblent toutes très satisfaites de leur mari. J'ai droit à des compliments à propos de mes bracelets, on me demande combien de temps il a fallu pour me coiffer, plus d'une se plaint de l'incompétence de ses domestiques en ce qui concerne le maniement d'une fermeture Éclair, la broderie des perles… Au bout d'un moment, tout se transforme en brouhaha, et je me contente de hocher la tête, de sourire et de boire… L'une des épouses, enceinte, fait un véritable scandale lorsqu'un serveur lui propose un verre de vin. On me donne du « trésor » ou du « ma chérie », on me demande quand je compte avoir mon premier enfant. Je réponds que nous faisons notre possible.

Pas une épouse ne fait allusion aux vigiles postés près de la porte, qui risquent fort de plaquer au sol la première d'entre nous qui tenterait de sortir sans son mari.

Cela dit, j'aime beaucoup les hologrammes tournants représentant des maisons, et lorsque Linden lance le sien, je suis fascinée de voir l'un de ses dessins, mis en couleurs, prendre vie devant mes yeux. Il ne s'agit pas d'un croquis que j'ai déjà vu, mais plutôt d'une fusion entre de nombreux dessins. C'est une maison de style victorien avec du lierre grimpant qui pousse le long des murs, se rétracte, s'étend de nouveau. À l'intérieur, j'aperçois les silhouettes de ses occupants, mais lorsque l'image zoome et que l'on a l'impression d'entrer par une fenêtre, les « habitants » reculent, me laissant tout loisir d'admirer les parquets et les rideaux agités par le vent ; je crois même sentir la fragrance du pot-pourri de Rose. L'une des chambres accueille des vases débordant de lis. Les rayons de la bibliothèque ne contiennent que des atlas, et l'on distingue un échiquier avec une partie en cours, au milieu de la pièce.

Cette visite mouvante me donne le tournis. Je m'accroche au bras de Linden, qui m'aide à me tenir droite tout en déposant un baiser léger sur ma tempe. Après cette litanie d'embrassades et de baisemains, je suis soulagée qu'il soit maintenant le seul à me toucher.

— À quoi penses-tu ? demande-t-il.

— Je me disais que si personne ne veut vivre dans cette maison, c'est qu'ils sont tous fous.

Nous nous sourions et buvons en même temps une gorgée de champagne.

En fin de soirée, j'ai la bouche empâtée par l'alcool et l'épais glaçage des pâtisseries ; le monde environnant paraît plus doux, plus sucré. Mes cheveux bouclés n'ont pas bougé d'un pouce, en dépit de la sueur qui perle sur ma nuque. Hébétée, toujours souriante, je m'esclaffe et pose la main sur les épaules d'étrangers, répétant « Oh ! arrêtez ! » lorsqu'on me complimente encore et encore à propos de mes yeux. Un homme sur deux me demande s'ils sont naturels, ce à quoi je réponds : « Bien sûr, qu'allez-vous imaginer ? »

— D'où vous viennent ces yeux incroyables ? fait l'un d'eux.

— De mes parents.

Cela met Linden en émoi, comme s'il ne s'était jamais figuré que je puisse avoir des parents, encore moins que je les aie connus.

— En tout cas, vous êtes superbe, poursuit l'homme, trop soûl pour remarquer l'inquiétude qui se lit sur le visage de Linden. Surveillez-la de près. Je ne sais pas d'où elle vient, mais il n'y en a pas deux comme elle.

— Non, certainement..., répond un Linden abasourdi.

Quoi qu'il en soit, sa surprise semble bien réelle.

— Venez, mon cœur, lui glissé-je en cherchant un mot tendre que n'emploient ni Vaughn ni Cecily. (Je lui saisis le bras.) Je veux jeter un coup d'œil à cette maison, là-bas.

(Je souris à l'homme qui parle tout seul, perdu dans son ébriété.) Veuillez nous excuser.

Nous nous attardons encore un peu. Nous flattons divers architectes. Je délaisse Linden un moment, car il est occupé à discuter affaires avec l'un d'eux. Il me rejoint quelques minutes plus tard, alors que je picore une fraise en tâchant de me remettre de mes émotions.

— On y va ? demande-t-il.

Je reprends son bras et nous parvenons à filer en douce. Une fois à l'extérieur, je constate que la neige a fondu. Que l'après-midi ensoleillé à l'intérieur du bâtiment n'était qu'une illusion. L'air froid me percute avec force. Alors que nous avançons vers la limousine, une pensée me vient : *Je pourrais m'enfuir*. Les vigiles sont à l'intérieur, pas dehors. Linden est le seul dont j'aie à me défaire, et il est si frêle qu'il me suffirait d'une poussée pour prendre le large. Je pourrais le faire. M'enfuir. Ainsi, je ne verrais plus jamais ce portail en fer forgé de l'intérieur.

Mais lorsque Linden ouvre la portière, je grimpe dans la limousine, dans la chaleur et la lumière. Dans ce véhicule qui se propose de me ramener à la maison. *À la maison*, pensé-je, et ça me fait bizarre, mais pas tellement. Je me vautre paresseusement et commence à me défaire de mes escarpins inconfortables. C'est plus difficile que dans mon souvenir. Quand la voiture démarre, je verse vers l'avant et Linden me rattrape ; je ris, sans savoir pourquoi.

Il s'occupe de m'enlever mes escarpins, et je lâche un soupir de gratitude.

— Comment je m'en suis sortie ?

— Tu étais superbe.

Il a le nez et les joues un peu rouges. Du dos de la main, il me caresse la joue.

Je souris. C'est mon premier sourire non forcé depuis le début de l'exposition.

Il est tard quand nous regagnons le manoir. Cuisines et couloirs sont déserts. Linden va prendre des nouvelles de Cecily, dont les lumières sont allumées. Elle a attendu son retour. Je me demande si elle va remarquer qu'il est un peu soûl, ce qui doit être ma faute, car il a suivi mon exemple. Rose avait-elle pour habitude de lui prendre le verre des mains quand elle estimait qu'il avait assez bu ? Comment faisait-elle pour supporter ce genre d'événement en restant sobre ?

Je me retire dans ma chambre et ôte ma robe rouge maculée de sueur. J'enfile ma chemise de nuit, lisse mes cheveux, dont les boucles résistent toujours, et les noue en une queue-de-cheval approximative. Puis j'ouvre la fenêtre et aspire quelques goulées d'air froid. La fenêtre est toujours ouverte quand je me mets au lit et commence à perdre pied ; je revois défiler des maisons tournoyantes, des ventres de femme enceinte et des plateaux chargés de coupes.

Plus tard dans la nuit, l'air se réchauffe. J'entends qu'on referme la fenêtre, perçois des pas feutrés sur l'épaisse moquette, puis la voix de Linden :

— Tu dors, mon cœur ?

Il se souvient du mot tendre que j'ai utilisé pendant l'exposition. Mon cœur. C'est agréable. Doux. Je ne relève pas.

— Mmm, fais-je en guise de réponse.

Les ténèbres sont peuplées de poissons scintillants et de lis foisonnants. Et la pièce tourne un peu.

Il me semble l'entendre demander s'il peut me rejoindre au lit. Je crois marmonner une réponse positive.

Je sens son corps frêle à côté de moi, je suis une planète en orbite, il est mon chaud soleil. Il se dégage de lui une odeur de champagne et de fête. Il s'approche, et ma tête roule dans sa direction.

Tout n'est que silence, nuit et tiédeur. Les vrilles du lis m'entraînent dans un songe capiteux, et Linden dit :

— Je t'en prie, ne pars pas.

— Mmm ?

Je sens son souffle dans mon cou, sur lequel il dépose de petits baisers.

— Ne t'enfuis pas, je t'en supplie.

Je sors péniblement de mon rêve. Il me saisit le menton, et j'ouvre les yeux. Son regard est bizarrement embué, une gouttelette coule sur ma joue. Il vient de dire quelque chose, quelque chose d'important, mais je suis si fatiguée que je ne m'en souviens pas. Je ne me souviens de rien, et comme il attend ma réponse, je lâche :

— Qu'y a-t-il ? Quel est le problème ?

Et il m'embrasse. Ça n'a rien d'un baiser forcé. Sa lèvre inférieure engloutit la mienne dans un mouvement tout en douceur. Le goût de sa bouche m'envahit, et sur le moment, ça n'est pas si désagréable. Tout comme le reste de cette soirée. L'alcool et ses effets pratiquement hallucinogènes y sont certainement pour quelque chose. Un son ténu s'échappe de ma gorge, comme un bébé éructant dans son biberon. Il prend du recul, me dévisage. J'ai les yeux écarquillés.

— Linden…

— Oui, oui, je suis là, dit-il en voulant m'embrasser de nouveau, mais je refuse.

Je pose mes mains sur ses épaules pour le repousser, mais la douleur étrange que je lis dans ses yeux me donne à croire qu'il a rêvé de Rose pendant une minute avant que je redevienne Rhine.

— Je ne suis pas Rose. Linden, elle n'est plus là, elle est morte.

— Je sais.

Comme il se tient tranquille, je lui lâche les épaules, et il s'allonge à mes côtés.

— Mais parfois, tu…

— Mais je ne suis pas elle, le coupé-je. Et nous sommes tous les deux un peu éméchés.

— Je sais que tu n'es pas elle. Mais je ne sais pas qui tu es. Je ne sais même pas d'où tu viens.

— Tu as commandé une pleine camionnette de filles, tu te souviens ?

Ça y est, le tutoiement m'a échappé.

— Mon père l'a fait, pas moi. Mais avant cela, pourquoi voulais-tu devenir une épouse ?

Je manque de m'étouffer. Pourquoi *voulais-je* devenir une épouse ? Et puis je me rappelle la surprise dans son regard, quand l'inconnu m'a demandé d'où me venaient mes yeux.

Il n'est vraiment pas au courant.

Et je sais qui se cache derrière ce pieux mensonge. Vaughn. Qu'a-t-il pu raconter à son fils ? Qu'il existe des écoles de futures épouses, où les jeunes femmes vouent leur enfance à apprendre à satisfaire un homme ? Qu'il nous sauve ainsi d'un orphelinat misérable ? C'est peut-être vrai pour Cecily. Mais même elle n'est absolument pas prête à affronter ce qui va se passer quand leur enfant naîtra.

Je pourrais tout lui dire maintenant. Lui révéler que les sœurs de Jenna ont été exécutées dans cette camionnette, et que je n'ai jamais voulu devenir une épouse. Me croirait-il seulement ?

Et si c'était le cas, me laisserait-il partir pour autant ? Aussi demandé-je :

— D'après toi, que sont devenues les autres filles ? Celles que tu n'as pas retenues ?

— Je suppose qu'on les a reconduites à leur orphelinat, ou chez elles.

Je contemple fixement le plafond, abasourdie, au bord de la nausée. Linden pose la main sur mon épaule.

— Qu'y a-t-il ? Tu es malade ?

Je secoue la tête.

Vaughn est encore plus puissant que je ne l'imaginais. Il garde son fils cloîtré dans ce manoir, loin du monde réel, et fabrique une réalité factice à son intention. Il lui donne des cendres à disperser pendant qu'il conduit les cadavres au sous-sol. Bien sûr, j'ai envie de m'enfuir. Quiconque a été libre dans sa vie peut comprendre l'envie de recouvrer sa liberté. Mais Linden ne l'a jamais été. Il ne sait même pas que la liberté existe ; pourquoi la désirerait-il ?

Quant à Gabriel, il est prisonnier depuis si longtemps qu'il en est venu à oublier à quel point il est préférable de vivre ailleurs qu'ici.

Car c'est mieux, dehors, n'est-ce pas ? Je reste allongée un moment à comparer le port de New York à l'océan sans fin de la piscine. Central Park à l'infinité du minigolf, des courts de tennis. Mon phare de Manhattan à celui du neuvième trou. Mon jumeau Rowan à Jenna et Cecily, qui sont devenues mes sœurs. Et dans mon ébriété actuelle, dans la confusion qui règne en moi, j'en viens presque à comprendre ce qu'a voulu dire Gabriel quand il demandait : *« Qu'offre donc le monde extérieur que vous ne puissiez avoir ici ? »*

Presque.

J'accorde à Linden un baiser chaste, lèvres closes, puis le regarde.

— J'ai réfléchi, mon cœur. Je n'ai pas été une très bonne épouse, pas vrai ? Je tâcherai de faire mieux.

— Et tu n'as pas essayé de t'enfuir, ce fameux soir, pendant l'ouragan ?

— Ne sois pas ridicule. Bien sûr que non.

Il pousse un soupir de félicité, passe un bras autour de ma taille et sombre dans le sommeil.

La liberté, Gabriel. Voilà ce qu'offre le monde extérieur, et qu'on me refuse ici.

16

LE LENDEMAIN MATIN, je ne vois pas Gabriel. Mon petit déjeuner m'attend à mon réveil, mais il n'y a pas de June Beans, aucun indice donnant à penser qu'il est venu. J'entre en contact avec le personnel pour demander la permission d'utiliser les ascenseurs, et Gabriel n'est pas non plus dans la cabine pour m'escorter quand les portes s'ouvrent.

C'est Vaughn qui est là.

— Bon après-midi, très chère, dit-il en souriant. Un peu chiffonnée, mais toujours aussi ravissante. La nuit dernière a été longue ?

Je lui décoche un sourire charmeur et donne raison à Rose : cela fait mal aux joues. Et dire que Linden était censé convaincre son père de nous lâcher la bride ! Vaughn a toujours le dernier mot, dans cette maison, même s'il laisse son fils croire le contraire.

— C'était incroyable, m'exclamé-je. J'ai peine à croire que Linden puisse trouver ces expositions froides et ennuyeuses.

Je monte dans la cabine à son côté, les portes se referment, et j'essaie de ne pas suffoquer. Il dégage un relent de sous-sol ; je me demande qui il a pu disséquer ce matin.

— Et où as-tu envie d'aller, aujourd'hui ?

Je porte mon manteau, car, si la neige n'a pas tenu, je me rappelle le froid mordant d'hier soir. Et pas question d'attraper une pneumonie.

— Ça m'a tout l'air d'une journée magnifique pour une balade, glissé-je.

— As-tu pu voir les réparations du minigolf ? dit Vaughn en appuyant sur le bouton du rez-de-chaussée. Tu devrais. Les gars ont fait un boulot épatant.

Même un mot comme « épatant » sonne de façon sinistre dans sa bouche. Mais je souris. Je suis charmante. Je suis sans peur. Je suis la première épouse de Linden Ashby, celle qu'il vient voir la nuit, celle qu'il veut avoir à son bras lors des fêtes. Et qui adore son beau-père.

— Non, pas encore. Je me remets doucement de mon accident. J'ai bien peur de ne pas être très au courant des nouveautés.

— Eh bien, qu'à cela ne tienne, réplique Vaughn en me prenant par le bras, d'une manière tellement plus envahissante que Linden. Si nous faisions une petite partie ?

— Je ne suis pas très douée, avoué-je, jouant la modeste.

Je suis la timidité incarnée.

— Une fille brillante comme toi ? Je n'en crois pas un mot.

Et pour une fois, je gage qu'il dit la vérité.

Nous effectuons tout le parcours, et Vaughn tient le décompte des points. Il loue la pureté de mon swing lorsque je réussis un trou en un, se montre patient et m'aide quand je manque un coup. Je déteste le contact de ses mains parcheminées sur les miennes tandis qu'il guide mon club de golf. Je déteste son haleine chaude sur mon cou.

Et je déteste particulièrement le fait qu'il se tienne à mon côté lorsque nous arrivons au phare, dernier trou du parcours, lequel darde toujours ses faisceaux vers la liberté. Tandis que Vaughn ne tarit pas d'éloges sur le nouveau revêtement, je cherche des yeux le chemin menant au portail en fer forgé. Je suis sûre que la limousine a suivi un sentier coupant à travers les arbres, non loin d'ici.

Juste après mon swing, Vaughn lance :

— Alors, dis-moi ce que tu as pensé de la ville, la nuit dernière.

— J'ai été impressionnée par tous ces plans d'architecte. Avec quel talent…

— Je ne te demande pas tes impressions sur l'exposition, très chère. (Il se rapproche de moi.) La ville, quelle est ton opinion sur ce que tu as vu de la ville ?

— Je n'en ai pas vu grand-chose, répliqué-je un rien sèchement.

Où veut-il en venir ?

— Mais ça ne saurait tarder, poursuit-il en affichant son sourire de vieillard, et en taquinant mon nez de l'index. Linden parle déjà de toutes les fêtes à venir. Tu as très bien réussi, ma chérie.

Je souffle dans mes mains pour les réchauffer, l'observe effectuer un trou en un coup parfait.

— Qu'ai-je donc réussi ?

— À ramener mon fils d'entre les morts.

Il passe un bras autour de ma taille, pose un baiser sur ma tempe à l'endroit même où Linden m'a embrassée la nuit dernière. Mais en lieu et place des lèvres chaudes de Linden et d'un sentiment de réconfort, le baiser de Vaughn envoie un million d'insectes ramper le long de ma colonne vertébrale. Père et fils ont beau se ressembler de façon frappante, on ne peut imaginer deux êtres plus dissemblables.

Mais je suis une bonne épouse, une bonne belle-fille, et je rougis.

— Tout ce que je souhaite, c'est le rendre heureux, dis-je.

— Riche idée, réplique Vaughn. Fais le bonheur de ce garçon, et il mettra le monde à tes pieds.

« À tes pieds », encore une de ses expressions désuètes.

Vaughn remporte la partie, et je termine quelques points derrière lui. Je ne l'ai pas laissé gagner : il s'en est chargé tout seul.

— Tu es bien meilleure joueuse que tu l'affirmais, lâche-t-il en riant alors que nous regagnons le manoir. Pas assez bonne pour me battre, mais tu te débrouilles pas mal quand même.

Je scrute les alentours à la recherche du chemin emprunté par la limousine, sans le trouver.

Il est évident que je n'ai pas le droit de sortir sans être accompagnée par Vaughn. Pas aujourd'hui, en tout cas. Aussi retrouvé-je Jenna, pelotonnée dans le fauteuil rembourré que je préfère, le nez dans un livre de poche dont la couverture représente deux jeunes amants à moitié nus ; le garçon est en train de sauver la fille de la noyade.

— Je n'ai pas vu Gabriel, dit-elle avant même que j'ouvre la bouche.

— C'est étrange, tu ne trouves pas ? remarqué-je en m'asseyant près d'elle.

Pinçant les lèvres, elle me lance un regard par-dessus son livre. Et hoche la tête pour toute réponse. Elle n'est pas du genre à tourner autour du pot.

— Quelqu'un est passé, pour le déjeuner ? demandé-je.

— Non…

— On le verra peut-être tout à l'heure, alors.

Gabriel est le seul à servir les repas à l'étage des épouses, sauf lorsque Cecily est prise d'une lubie culinaire qui nécessite plusieurs personnes.

Mais il ne paraît pas. Un serviteur que nous n'avions jamais vu, de la première génération, vient nous apporter le déjeuner. Il n'a même pas l'idée de venir nous trouver dans la bibliothèque et s'enquiert de nous auprès de Cecily. Laquelle, de fort méchante humeur au sortir d'une sieste, l'envoie promener avec une telle véhémence qu'on l'entend crier contre le pauvre homme depuis l'autre bout du couloir.

— Tu vas te calmer, oui ? lancé-je lorsque nous arrivons sur son palier, Jenna et moi.

Le serviteur semble terrorisé par cette furie miniature enceinte jusqu'aux dents. Mais dès que je la regarde d'un peu plus près, je remarque les poches sous ses yeux, ses chevilles enflées et écarlates posées sur des oreillers.

— Tu vas faire du mal au bébé à force de te mettre dans des états pareils.

— Je n'ai pas de leçons à recevoir de toi, siffle-t-elle entre les dents, tout en désignant le serviteur d'un air dédaigneux. C'est à cet incapable qu'il faut faire la leçon !

— Cecily…, commencé-je.

— Non, elle a raison, me coupe Jenna. (Elle a soulevé le couvercle de l'un des plats et fait la grimace.) Ç'a l'air dégueulasse ; c'est quoi, des côtes de porc ?

Je la dévisage, interdite, et elle me regarde droit dans les yeux.

— Tu devrais descendre aux cuisines pour te plaindre.

Oh !

— Je suis désolé, Lady Jenna, bafouille le domestique.

— Ne vous excusez pas, interviens-je. Ce n'est pas votre faute. C'est à la cuisinière en chef de veiller à ça, et elle sait que nous avons toutes les trois horreur de la purée. (Je soulève un autre couvercle, fronce le nez.) Et du porc, en plus. L'odeur donne la nausée à Jenna. Mieux vaut que je descende régler ça.

— Oui, bien sûr, abonde le serviteur.

Je crois le voir trembler alors qu'il pousse le chariot jusqu'à l'ascenseur, avec moi accrochée à ses basques.

— Ne faites pas attention à elles, dis-je en lui décochant un sourire rassurant une fois les portes de la cabine refermées. Ce n'est pas personnel. Vraiment.

Il me sourit, et son regard plein d'appréhension oscille entre mon visage et ses chaussures.

— On m'a prévenu que c'était vous la plus gentille.

Les cuisines bruissent du brouhaha habituel, ce qui signifie que Vaughn n'est pas dans le coin.

— Excusez-moi, fait le serviteur, mais Lady Rhine est ici pour se plaindre.

Tous les regards se tournent vers moi, et la cuisinière en chef émet un grognement qui ne trahit nulle émotion avant de lâcher :

— Celle-ci, elle ne se plaint jamais.

Je remercie le domestique de m'avoir accompagnée jusqu'ici, et quelqu'un se charge des plateaux. Cela m'attriste de voir partir des assiettes entières de bonne nourriture à la poubelle, mais je suis ici pour une raison plus pressante. Me faufilant entre la vapeur et les bavardages, je m'appuie contre le plan de travail où la cuisinière en chef veille sur une bouilloire géante.

Dans toute cette agitation, je sais qu'elle sera la seule à m'entendre demander :

— Qu'est-il arrivé à Gabriel ?

— C'est pas raisonnable de venir ici pour demander de ses nouvelles. Ça risque de lui attirer encore des ennuis, à ce pauvre garçon. Le maître domanial l'a à l'œil depuis votre évasion ratée.

Un frisson glacé court le long de mon dos.

— Il va bien ?

— Je ne l'ai pas revu, répond-elle en me lançant un regard triste. Pas depuis ce matin, quand le maître domanial l'a fait demander au sous-sol.

17

JE SUIS MALADE le reste de l'après-midi. Jenna me tient les cheveux en arrière pendant que je suis secouée de spasmes au-dessus de la cuvette des toilettes, sans parvenir à vomir.

— Tu as peut-être un peu trop bu, dit-elle de sa voix douce.

Mais ce n'est pas le problème ; je sais que ce n'est pas ça. M'éloignant de la lunette, je m'assois sur le carrelage, mains posées sur les genoux, au désespoir. Les larmes affluent, mais je refuse de les laisser couler. Je ne donnerai pas cette satisfaction à Vaughn.

— Il faut qu'on parle, lui glissé-je.

Je lui déballe tout. Le corps de Rose au sous-sol, le baiser échangé avec Gabriel, Linden qui n'a aucune idée d'où nous venons, le pouvoir absolu qu'exerce Vaughn sur nos vies. Je lui parle même de l'enfant mort-né de Rose et Linden.

Jenna s'agenouille près de moi, humectant mon front et ma nuque à l'aide d'un linge mouillé. Ça fait du bien malgré mon désarroi ; je pose ma tête sur son épaule et ferme les yeux.

— C'est un cauchemar, cette maison, dis-je. Juste au moment où je commençais à penser que ce n'est pas si terrible, ça va de mal en pis. Et je n'arrive pas à me réveiller pour sortir de ce mauvais rêve. Maître Vaughn est un monstre.

— Je ne crois pas que maître Vaughn irait jusqu'à tuer son petit-fils ou sa petite-fille, lance Jenna. Si tu dis vrai et qu'il se sert du cadavre de Rose pour trouver un antidote, c'est qu'il tient à la vie de sa descendance, non ?

Je tiens parole et m'abstiens de lui révéler ce que Deirdre m'a appris : que l'enfant mort-né ne l'était pas. Mais cette pensée me hante.

Je m'efforce de croire que Jenna a raison. Pourquoi Vaughn aurait-il tué sa petite-fille ? Il n'a eu que des fils, c'est vrai ; peut-être a-t-il une préférence pour les mâles. Mais une petite-fille se serait montrée utile, ne fût-ce qu'en tant que future mère. Il arrive même aux filles des familles riches de choisir leur mari, et elles prévalent sur leurs sœurs épouses. Quant à Vaughn, il n'est pas du genre à gaspiller : objets, vivants, morts, tout lui est bon.

Mais je sais au fond de moi que Deirdre et Rose ont bien entendu le bébé pleurer. Et l'absence de Linden à ce moment-là ne m'apparaît pas comme une coïncidence. Cette pensée entraîne un nouvel accès de nausée. La voix de Jenna semble me parvenir de très loin quand, remarquant ma pâleur extrême, elle me demande si tout va bien.

— Si jamais il arrive malheur à Cecily ou au bébé, je vais craquer, avoué-je.

Jenna me frotte le bras dans un geste de réconfort.

— Il n'arrivera rien de tel.

Nous restons silencieuses quelques instants, et je pense à toutes les horreurs que l'on est susceptible d'infliger à Gabriel au sous-sol. Je l'imagine maltraité, battu, anesthésié. Je ne peux le croire déjà mort. Je repense au bruit dans le couloir, quand nous nous sommes embrassés, à cette folie d'avoir laissé la porte ouverte, à l'atlas qu'il a volé dans la bibliothèque, et qui se trouve toujours sur ma table de nuit. Et je sais que tout est ma faute. Je suis responsable de ses malheurs. Avant mon arrivée, c'était un serviteur insouciant, heureux, qui avait tout oublié du monde extérieur. C'est une existence misérable, mais préférable à la mort. Et à l'épouvantable sous-sol aveugle de Vaughn.

Je pense au livre que Linden m'a lu pendant ma convalescence. *Frankenstein*. L'histoire d'un fou qui façonne un être humain à partir de cadavres. Je revois la main froide de Rose, le vernis à ongles rose, les yeux bleus de Gabriel ; j'imagine le cœur d'un enfant mort-né, guère plus gros qu'un caillou. Avant même d'en prendre conscience, j'ai avancé jusqu'aux toilettes et je vomis. Jenna me tient les cheveux, et le monde est pris d'une folle sarabande. Mais pas le monde réel. Le monde de Vaughn.

Cecily apparaît sur le palier, pâle, les yeux vitreux.

— Que se passe-t-il ? demande-t-elle. Tu es malade ?

— Elle va s'en remettre, intervient Jenna, lissant mes cheveux en arrière. Elle a trop bu, c'est tout.

Ce n'est pas tout, loin de là, mais je n'en dis rien. Je tire la chasse. Cecily verse de l'eau dans le verre à dents et me le tend. Je le prends. Elle s'assoit sur le rebord de la baignoire, en émettant un grognement quand elle plie les genoux.

— Ça devait être une fête amusante.

— Ce n'était pas vraiment une fête, dis-je avant de me rincer la bouche et de recracher. Juste une réunion d'architectes faisant étalage de leurs créations.

— Raconte-moi tout, demande Cecily cependant qu'une lueur d'excitation illumine son regard.

— Il n'y a pas grand-chose à raconter.

Je n'ai pas envie de lui faire part des hologrammes incroyables, des desserts succulents ou de cette ville bondée où j'ai un moment pensé m'enfuir. Mieux vaut qu'elle ne sache pas ce qu'elle a raté.

— Vous ne me parlez plus jamais, vous deux, se lamente Cecily, qui paraît au bord d'une nouvelle crise. (Chaque trimestre de grossesse semble la rendre plus nerveuse.) C'est pas juste. Je suis clouée au lit toute la sainte journée.

— C'était vraiment assommant, insisté-je. Tout un tas de gens de la première génération à me montrer leurs dessins, et il fallait que je fasse semblant de m'y intéresser. Et cet architecte qui nous a gratifiés d'un long discours sur l'importance des centres commerciaux ! On est restés assis sur des chaises pliantes inconfortables pendant plus d'une heure. Je me suis soûlée pour tuer le temps.

Cecily semble douter un instant, puis elle doit décider que je dis la stricte vérité, car sa morosité s'envole et elle s'exclame :

— Bon, très bien. Tu me racontes une histoire, alors ? Celle de ces jumeaux que tu as connus.

Jenna hausse un sourcil. Je ne lui ai jamais parlé de mon frère jumeau, mais elle a plus d'intuition que Cecily et doit certainement faire le lien.

Je lui raconte cette journée où les jumeaux rentraient de l'école, et où une explosion a retenti, si forte qu'elle a fait trembler le sol sous leurs pieds. Un centre de recherche génétique avait été plastiqué par des gens de la première génération qui s'opposaient aux expériences menées pour prolonger la vie des enfants nés après eux. Dans les rues, on entendait crier « Assez ! » et « L'espèce humaine est condamnée, inutile d'essayer de la sauver ! » L'attentat avait tué des dizaines de scientifiques, d'ingénieurs et de techniciens.

Ce jour-là, les jumeaux étaient devenus orphelins.

Je m'éveille en entendant le plateau du dîner que l'on pose sur ma table de nuit. Cecily, blottie en boule près de moi, ronfle par le nez, comme elle le fait depuis qu'elle est entrée dans son troisième trimestre. Pleine d'espoir, je porte aussitôt mon regard sur la personne qui m'apporte le plateau, mais il s'agit du serviteur nerveux de ce matin. La déception doit se lire sur mon visage, car l'homme s'arrête dans son demi-tour et esquisse un sourire.

— Merci, lancé-je d'une voix brisée.

— Regardez dans la serviette, dit-il en partant.

Je m'assois précautionneusement afin de ne pas réveiller Cecily. Elle bredouille quelque chose dans la mare de bave qui s'est formée sur son oreiller et soupire.

Je déroule la serviette en tissu qui contient les couverts en argent : un June Bean bleu tombe dans ma main.

Je ne vois pas Gabriel le lendemain, ni le jour suivant.

Dehors, la neige a commencé à s'amonceler, et je tiens compagnie à une Cecily boudeuse, qui se plaint de ne pas être autorisée à sortir pour faire un bonhomme de neige. À l'orphelinat, c'était la même chose. Les enfants auraient trop facilement attrapé froid, et le personnel n'était pas équipé pour affronter une épidémie.

Mais sa mauvaise humeur ne dure jamais bien longtemps ; l'envie de dormir la rattrape, et elle fait une sieste. J'ai hâte que sa grossesse se termine. Mes craintes concernant le devenir du bébé à naître ne sont rien à côté de celles que j'éprouve à la voir dans cet état. Elle est perpétuellement hors d'haleine, ou en pleurs, et son alliance meurtrit la chair gonflée de son annulaire.

Quand elle dort, je m'assois sur l'appui de la fenêtre, et consulte l'atlas que Gabriel m'a apporté. Je découvre que si mon nom est celui d'un fleuve européen, Rowan est le nom anglais du fruit du sorbier des oiseleurs, un arbuste qui poussait dans l'Himalaya et en Asie. J'ignore ce qu'il signifie, ou s'il a un quelconque sens hormis ce nom de baie. De toute façon, j'ai assez d'énigmes en suspens pour ne pas avoir envie d'en ajouter une à la liste ; au bout d'un moment, je me contente de regarder la neige tomber. La vue depuis la fenêtre de Cecily est agréable. On voit surtout des arbres, et je me prends à rêver qu'il s'agit d'une forêt normale, dans le monde extérieur. Ce pourrait être n'importe où.

C'est alors que j'aperçois la limousine noire qui avance sur un chemin enneigé, ce qui me rappelle où je me trouve. Je la regarde serpenter autour d'un taillis… puis foncer droit dans les arbres.

Droit dans les arbres ! Mais il n'y a pas d'impact : la limousine les traverse comme s'ils n'existaient pas.

Et soudain, je comprends : ces arbres ne sont *pas* réels. C'est la raison pour laquelle je n'ai pas trouvé le chemin menant à la grille, que ce soit dans les jardins ou l'orangeraie. Le chemin est masqué par un genre d'illusion. Un hologramme, comme les maisons virtuelles de l'exposition. Bien sûr ! C'est tellement simple. Pourquoi n'y ai-je pas pensé plus tôt ? Enfin, ça me fait une belle jambe de le savoir, maintenant que Vaughn m'a interdit de sortir non accompagnée...

Je passe le reste de la journée à échafauder un plan pour sortir afin d'aller inspecter les arbres virtuels, mais mes pensées me ramènent invariablement à Gabriel. Si jamais je trouve une issue, pas question de partir sans lui. Je lui ai promis de ne pas le faire, bien qu'il se soit d'emblée montré hostile à ce projet. S'il a des ennuis à cause de moi, abandonnera-t-il cette idée d'évasion pour de bon ?

Il faut que je sache qu'il ne lui est rien arrivé de fâcheux. Je ne m'imagine pas partir d'ici sans en être certaine.

Le dîner arrive, et je ne mange rien. Je m'assois à une table de la bibliothèque, une main dans la poche, manipulant sans cesse le June Bean qui s'y trouve. Jenna essaie de me distraire en me narrant des faits intéressants qu'elle a glanés dans les livres ; j'ignore si elle les a lus à mon intention, vu qu'en temps normal elle ne lit que des romans à l'eau de rose, mais quoi qu'il en soit, elle n'arrive pas à capter mon attention. Elle me persuade de goûter le gâteau au chocolat fait maison, mais dans ma bouche, il a un goût de poussière.

Cette même nuit, j'ai beaucoup de peine à trouver le sommeil. Deirdre me fait couler un bain avec des sels à la camomille ; ils laissent une mousse verte en surface, agissent comme un massage enveloppant et dégagent un parfum divin, mais je ne parviens pas à me détendre. Elle me fait des tresses pendant que je me baigne, tout en me parlant des nouveaux tissus qu'elle a commandés à Los Angeles, et dont elle compte faire de délicieuses robes d'été. J'ai le moral à zéro à l'idée d'être encore ici l'été prochain pour les porter. Moins je réagis, plus son ton se fait désespéré. Elle n'arrive pas à comprendre la raison de ma tristesse. Moi. L'épouse chérie d'un gouverneur éperdu, prêt à déposer le monde à mes pieds. Elle est ma petite optimiste forcenée, toujours à me demander comment ça va, si j'ai besoin de quoi que ce soit, prête à tout pour agrémenter ma journée. Mais il me vient à l'esprit qu'elle ne parle jamais d'elle-même.

— Deirdre ? commencé-je alors qu'elle refait couler de l'eau chaude et ajoute des savons. Tu m'as dit que ton père était peintre. Que peignait-il ?

Elle s'arrête, la main toujours posée sur le robinet, sourit d'un air triste et mélancolique.

— Des portraits, essentiellement.

— Il te manque ?

Je devine qu'il s'agit là d'un sujet très douloureux pour elle, mais elle a une force et une sérénité qui me rappellent Rose, et je sais qu'elle ne va pas craquer ou fondre en larmes.

— Tous les jours. (Elle joint ses mains dans un geste tenant à la fois de l'applaudissement et de la prière.) Mais je suis ici, maintenant, et j'ai la chance de faire ce qui me plaît le plus.

— Si tu pouvais t'enfuir, où irais-tu ?

— M'enfuir ? (Elle a atteint le meuble de la salle de bains, et fouille dans les bouteilles d'huiles parfumées.) Pourquoi aurais-je envie de fuir ?

— C'est juste une question comme ça. Si tu pouvais aller n'importe où dans le pays, où irais-tu ?

Elle émet un petit rire, fait couler un peu d'huile à la vanille dans mon bain. La mousse se forme et crépite.

— Mais je suis heureuse, ici.

Puis, après une pause :

— Cela dit, je me rappelle une toile que mon père a peinte, une plage. Avec des étoiles de mer sur le sable. Je n'en ai jamais touché en vrai. J'aurais bien aimé voir cette plage, ou une qui lui ressemble.

Elle semble perdue dans ses pensées, regarde sans les voir les carreaux sur les murs. Puis elle revient à elle et demande :

— Comment est le bain ? Vous êtes prête à en sortir ?

— Oui.

Je passe ma chemise de nuit, et Deirdre applique une lotion sur mes pieds et mes mollets. Je dois bien avouer que cela me détend un peu. Elle allume plusieurs bougies et m'explique que leur odeur m'aidera à trouver le sommeil. Elles sont censées sentir la lavande ainsi qu'un produit appelé « bois de santal », mais lorsque je m'endors enfin, ces senteurs me font dériver vers une plage chaude et baignée de soleil, et vers une toile fraîchement peinte.

Le lendemain matin, je suis debout avant l'aube. J'ai rêvé que Gabriel venait dans ma chambre avec un atlas sur le plateau du petit déjeuner. Cela n'avait rien d'un cauchemar, mais la solitude qui m'étreint au réveil a quelque chose de terrifiant.

Je m'aventure dans le couloir à peine éclairé. Les bâtonnets d'encens ont cessé de se consumer, et il flotte un parfum de charbon diffus. Je sais que Jenna et Cecily doivent dormir à cette heure, surtout Cecily, qui se repose souvent jusqu'à midi depuis qu'elle est dans son dernier trimestre de grossesse, mais je suis sûre que l'une d'elles me laissera grimper dans son lit. C'est peut-être mieux que de dormir seule.

Quand je frappe à la porte de Jenna, j'entends qu'on glousse dans sa chambre. Puis un frottement, et l'on demande :

— Qui est là ?

— C'est moi.

Un autre gloussement.

— Entre, lance Jenna.

J'ouvre la porte et découvre la chambre baignée par une douce lueur de chandelles. Jenna est assise dans son lit et passe la main dans ses cheveux emmêlés, cependant que Linden noue la ceinture de son bas de pyjama. La pâleur de son torse forme un contraste avec ses joues empourprées. Il enfile sa chemise en vitesse et ne prend pas la peine de la boutonner avant de filer vers la porte.

— Bonjour, mon cœur, dit-il sans vraiment me regarder en face.

Il n'y a aucun problème. Tout est parfaitement normal. Jenna est son épouse, il est notre mari. Je devrais m'être faite à l'idée. Il fallait bien qu'un jour, j'aie un aperçu de ce qui se passe derrière les portes de mes sœurs. Mais je ne peux rien contre la rougeur cuisante qui me monte aux joues, et je vois bien que Linden est tout aussi mal à l'aise.

— Bonjour, réponds-je, surprise de ne pas bafouiller.

— Il est tôt ; tu devrais essayer de retourner dormir, me conseille-t-il en posant un baiser furtif sur mes lèvres avant de filer dans le couloir.

Quand je reporte mon attention sur Jenna, elle est en train d'arpenter la chambre et éteint les bougies. Son corps est couvert d'une pellicule de sueur luisante ; des mèches de cheveux trempés sont collées à son visage ; sa chemise de nuit est mal reboutonnée. Je ne l'ai jamais vue sous ce jour-là, sauvage, belle : d'ordinaire, Linden doit être le seul à jouir de ce spectacle. Je repousse une onde de jalousie, que je juge évidemment absurde. Je n'ai aucune raison de me montrer jalouse. Bien au contraire, elle me rend un fier service en accaparant ainsi l'affection de Linden.

— Ça pue, tu ne trouves pas ? fait-elle. On dirait l'intérieur d'un sac en cuir. Linden trouve que ça crée une ambiance.

— Il est resté longtemps ? demandé-je d'un ton mesuré.

— Oh ! toute la nuit, répond-elle en se vautrant sur son lit. J'ai bien cru qu'il ne partirait jamais. Selon lui, plus on essaie dans un tas de positions différentes, plus j'ai de chances de tomber enceinte.

Je m'efforce de ne pas rougir. Le Kama-sutra, un des livres préférés de Cecily, est ouvert sur le sol.

— C'est ce que tu souhaites ?

Elle émet un reniflement méprisant.

— Enfler comme une baudruche, comme cette pauvre Cecily ? Sans façon. Mais qu'y puis-je ? Et de toute manière, j'ignore pourquoi il n'arrive pas à me mettre en cloque. Ça doit être ma bonne étoile. (Elle tapote le matelas à côté d'elle, m'invitant à la rejoindre.) Et toi, ça va ?

Sans la lueur des bougies, la pièce est sensiblement plus sombre. Je devine à peine sa silhouette. Suis-je réellement venue, il y a quelques instants seulement, en espérant trouver le sommeil ? Cela semble désormais impossible.

— Je me fais du souci pour Gabriel.

Je m'assois sur le bord du lit, à l'endroit même où Linden vient de nouer la ceinture de son pyjama, sans parvenir à me glisser sous les couvertures.

Jenna se redresse et passe un bras autour de moi.

— Il va s'en sortir, promet-elle.

Je baisse les yeux, désemparée.

— Bon, très bien, lève-toi, dit-elle en me remettant sur mes pieds et en faisant de même. Je sais ce dont tu as besoin.

Quelques minutes plus tard, nous sommes blotties l'une contre l'autre sous une couverture, dans un canapé du salon, et partageons un volumineux pot de glace à la vanille qu'elle a fait venir des cuisines. Nous regardons la rediffusion matinale du *soap opera* de la veille. Avec les romans à l'eau de rose, c'est un autre de ses plaisirs coupables. Les acteurs sont tous des adolescents grimés pour sembler plus âgés. Jenna m'indique que le casting change régulièrement : le feuilleton dure depuis plus de dix ans, et les acteurs d'origine sont morts. Les seuls qui ne changent pas sont les rôles tenus par des gens de la première génération. Alors qu'elle m'explique qui est le personnage dans le coma et qui a épousé sans le savoir un jumeau diabolique, je commence à me détendre un peu sous l'effet apaisant du flot d'images.

— Vous en faites, un boucan.

Cecily est sur le palier, occupée à se frotter les yeux. Son ventre semble sur le point d'exploser. Elle ne s'est pas donné la peine de boutonner complètement sa chemise de nuit, et l'on distingue la peau distendue autour de son nombril, si luisante qu'elle fait mal à regarder.

— Que faites-vous à une heure pareille ?

— Ça s'appelle *Un Monde dément*, indique Jenna, lui faisant une place sur le canapé.

Cecily s'installe entre nous deux et récupère la cuillère que j'avais plantée dans la glace.

— Tu vois ce gars, là, il s'appelle Matt, et il est amoureux de l'infirmière. C'est pour ça qu'il s'est cassé un bras exprès. Mais elle s'apprête à lui dire que sur la radio, on a détecté une tumeur.

— C'est quoi, une tumeur ? demande Cecily en léchant la cuillère, puis en se resservant.

— C'est ce qui causait les cancers, explique Jenna. L'histoire se passe au XXe siècle.

— Ils vont faire l'amour sur la table d'opération ? s'écrie Cecily, incrédule.

— C'est dégoûtant, commenté-je.

— Non, s'exclame Jenna, je trouve ça mignon.

— C'est surtout dangereux, observe Cecily en faisant tournoyer la cuillère vers le poste. Il y a un plateau avec plein d'aiguilles juste là.

— On vient de lui dire qu'il est condamné. Quel meilleur moment pour déclarer sa flamme à l'amour de sa vie ? constate Jenna.

Effectivement, le couple se livre à des ébats sexuels sous nos yeux, sur la table d'opération. La censure se traduit par des accessoires placés à des endroits stratégiques et des gros plans sur les visages des acteurs, mais je refuse quand même de regarder. Je plonge la cuillère dans la glace et attends que la musique sirupeuse s'arrête.

Cecily, ayant remarqué mon manège, lance :

— Quelle chochotte tu fais !

— Pas du tout, répliqué-je.

— Tu n'as même pas consommé avec Linden, poursuit-elle. Qu'attends-tu, les noces d'or ?

Cecily est la seule à croire que Vaughn va trouver un antidote miracle, et que nous vivrons tous jusqu'à un âge canonique.

— Ce qui se passe dans ma chambre ne te regarde pas, Cecily.

— Le sexe, c'est rien du tout, fait-elle. Linden et moi, on couche ensemble pratiquement tous les jours. Quand ça n'est pas deux fois par jour.

— Oh que non, intervient Jenna. Enfin ! Linden a peur que tu fasses une fausse couche rien que s'il te regarde d'un peu trop près.

Cecily est piquée au vif.

— Ouais, eh bien, c'est ce qu'on fera quand j'en aurai fini avec cette foutue grossesse. Et si vous croyez que c'est à moi de faire tous les enfants, vous vous fourrez le doigt dans l'œil. (Elle agite sa cuillère entre Jenna et moi.) Le prochain, c'est l'une de vous deux. Tu n'as aucune excuse, Jenna, je vois Linden refermer ta porte assez souvent.

Cecily n'est peut-être pas la plus observatrice des trois, mais elle semble toujours au courant de ce qui se passe dans nos chambres, ou, dans mon cas, de ce qui ne s'y passe pas.

Jenna, qui a l'air soudain mal à l'aise, enfourne une autre cuillerée de glace.

— On a essayé. Mais ça n'a rien donné.

— Eh bien, essayez encore.

— Laisse tomber, d'accord ?

Elles continuent à se disputer, mais je reporte mon attention sur la télévision, où une scène moins équivoque présente deux personnes discutant dans un jardin. Je ne veux pas prendre part à cette conversation. Je me sens davantage sœur épouse de Jenna et Cecily qu'épouse de Linden. Et je n'arrive pas à penser à lui de cette façon. Je n'imagine personne avec moi dans un tel cadre.

Une fois de plus, Gabriel me revient à l'esprit. Notre baiser après l'ouragan, l'onde de chaleur qui avait envahi mon corps, apaisant ma douleur. Si nous parvenons à fuir ce manoir, notre relation atteindra-t-elle un stade supérieur ? Je n'en sais rien, mais ce qu'il y a de beau dans la perspective de fuir avec Gabriel, c'est que je serai alors libre de le décider par moi-même.

Une vague de chaleur envahit mes cuisses. Dans ma bouche, la glace semble deux fois plus sucrée. Et, sans raison particulière, je pousse un soupir.

18

— VOUS VOUS ENTENDEZ bien, Jenna et toi, je crois ? dit Linden.

Main dans la main, nous errons dans le rêve endormi qu'est devenue l'orangeraie. Autour de nous, tout n'est que dégradés de blanc ; nous empruntons un sentier bordé de congères aussi hautes que moi. J'ignorais que le Sud profond pouvait connaître des hivers si rudes.

— Nous sommes sœurs, répliqué-je en formant un nuage de buée.

Linden regarde nos mains jointes, mes gants tricotés par Deirdre. Il porte ma main à ses lèvres et l'embrasse, et comme nous pressons l'allure, je lance :

— Elle n'est pas très bavarde avec toi, n'est-ce pas ?

Cela fait dix mois que nous sommes ici, et Jenna fulmine toujours d'être prisonnière ; surtout, elle n'a pas digéré le meurtre de ses sœurs. Je ne lui en veux pas. Quant à Cecily, si d'aventure elle a remarqué la tension qui règne entre Jenna et notre époux, elle doit simplement se réjouir de ne pas avoir en elle une concurrente. Si Jenna le voulait, elle pourrait aisément prendre ma place de première épouse de Linden. Elle est belle, pleine de grâce, et se montre attentionnée et loyale envers quiconque n'est pas responsable de la mort des siens.

— D'ordinaire, non, dit-il. Hier soir, elle m'a demandé de la rejoindre, et nous avons passé la nuit ensemble, comme tu le sais. (Il rougit un peu.) Et nous avons parlé.

Je hausse les sourcils.

— Parlé ? De quoi ?

— De toi. Elle s'inquiète pour toi. Avec tout le stress induit par l'arrivée du bébé, et tout ça.

— Linden, ce n'est pas moi qui suis enceinte.

— Bien sûr, mais selon Jenna, mon père vous surveille d'un peu trop près, toutes les trois ; du coup, privée de moments de répit, tu as du mal à veiller sur Cecily comme tu l'entends.

— C'est vrai que c'est un peu étouffant, ces journées entières à trois épouses sur le même palier, conviens-je.

Je ne sais que penser. Où Jenna veut-elle en venir ?

Linden me sourit. Il a l'air d'un petit garçon, avec son nez et ses joues rouge vif, ses boucles brunes s'échappant de son bonnet de laine. Il a tout du gamin sur la photo de Rose.

— Eh bien, il est temps que ça change, dit-il. J'en ai parlé à mon père, et… voilà. (Nous nous arrêtons ; il extrait de sa poche de manteau une petite boîte à l'emballage bigarré.) Il reste encore une semaine avant le solstice, mais je pense que le moment est bien choisi, tu l'as mérité.

J'ôte mes gants pour défaire les somptueux rubans, faisant le plus vite possible en dépit du froid qui rend mes doigts gourds. Sous le papier d'emballage, il y a un petit écrin. Je soulève le couvercle, m'attendant à découvrir une babiole inutile comme des diamants ou un bijou en or, mais c'est autre chose. Une carte en plastique suspendue à un collier en argent. J'ai vu la même au cou de tous les serviteurs.

C'est la carte magnétique qui actionne les ascenseurs.

Cette fois, c'est la bonne : je suis sa première épouse ! Et l'on m'accorde la confiance qui va avec. Je ne peux réprimer le cri qui sort de ma gorge. Je mets la main devant ma bouche, et l'émotion fait briller mes yeux. La liberté. Que l'on m'offre dans un écrin.

— Linden !

— Attention, ça ne te permet pas d'aller à *tous* les étages. Mais tu pourras accéder au rez-de-chaussée pour sortir, et…

J'interromps sa tirade en me jetant dans ses bras. Il enfouit le visage dans mes cheveux et inspire profondément.

— Merci, dis-je sans qu'il sache ce que cela recouvre exactement, ce qu'il ne saura d'ailleurs jamais.

— Tu es contente ? murmure-t-il, un peu sonné.

— Bien sûr ! dis-je en brisant l'étreinte.

Il me gratifie d'un autre sourire de petit garçon qui le rend si différent de son père. Le froid colore ses lèvres d'écarlate, et je songe que c'est exactement le genre d'homme dont le père de Deirdre aurait aimé peindre le portrait. Tendre, adorable, doux. Il me prend le visage entre les mains et, pour la deuxième fois depuis que nous nous sommes mariés il y a dix mois, m'embrasse. Et cette fois-ci, je ne le repousse pas.

De retour à l'étage des épouses, je dévale le couloir en appelant Jenna, la carte magnétique au cou. J'ai encore le goût subtil de Linden au bout de la langue ; il se mêle violemment à l'odeur de l'encens qui assaille mes sens, et j'ai l'impression de rentrer chez moi après un séjour dans l'espace.

Jenna est introuvable, et Cecily dort. Je l'entends ronfler à travers la porte de sa chambre. Je fais appeler

Deirdre, qui m'indique que la domestique de Jenna, Ellie, ne l'a pas vue non plus. Mais je ne m'inquiète pas : elle ne peut pas être bien loin. Et c'est vrai, c'est matériellement impossible. Aussi patienté-je dans la bibliothèque, tâchant d'en savoir plus sur le Rhin et les baies du sorbier des oiseleurs, sans succès, évidemment. Je me documente sur le cycle de vie des colibris jusqu'à ce que Linden m'appelle pour le dîner.

Cecily, alourdie par son fardeau du huitième mois, s'appuie sur moi dans l'ascenseur, se plaignant d'un mal de dos. Le domestique propose de lui servir son repas au lit, ce sur quoi elle rétorque :

— Ne soyez pas ridicule, je vais dîner avec mon mari, comme les autres.

Quand nous entrons dans la salle à manger, je constate que Jenna est déjà attablée, avec Vaughn. Elle est pâle et lève à peine les yeux lorsque Cecily et moi regagnons nos places à son côté, par ordre d'âge. Jenna a eu dix-neuf ans le mois dernier, sans effusion. Elle me l'a dit. Plus qu'un an. Je lui ai alors proposé de fuir avec moi dès que j'aurai échafaudé un plan, mais elle a refusé. Même si son corps doit devenir un sujet d'expérience pour Vaughn, elle n'en a cure. Car alors elle sera loin d'ici, très loin, au sein de sa famille perdue.

Assise à côté d'elle, je me demande à qui seront les cendres que l'on confiera à Linden pour qu'il les disperse. Je me suis déjà fait la promesse que je ne serai pas là pour assister à ses obsèques.

Linden se joint à nous, et le dîner est très calme. Cecily ne se sent pas bien, et ce doit être vrai, car elle ne s'est même pas indignée de me voir arborer une carte magnétique autour du cou. Elle se contente de gigoter, mal à l'aise, jusqu'à ce que l'on demande à un serviteur d'apporter un oreiller pour soulager son dos. Elle n'aboie même pas contre lui lorsqu'il le lui installe.

Je garde espoir de revoir Gabriel, mais il ne fait pas partie du personnel qui nous sert ce soir. Le June Bean est toujours dans ma poche, et je conserve son mouchoir dans ma taie d'oreiller, espérant qu'il va bien, que j'aurai bientôt de ses nouvelles. Mon inquiétude doit transparaître, car Vaughn me demande si tout va bien ; je réponds que je suis juste un peu fatiguée, et Cecily en profite pour parier qu'elle l'est plus encore. Jenna, elle, ne dit rien, ce qui accroît encore mon trouble.

Je m'efforce malgré tout d'entretenir une conversation agréable avec Linden ; c'est bien le moins que je puisse faire. Cecily intervient de temps à autre, cependant que Jenna remue les carottes bouillies dans son assiette avec sa fourchette. Vaughn lui dit qu'il faut manger un peu, et malgré le sourire qu'il arbore, sa voix est si effrayante qu'elle s'exécute.

Après le dessert, nous sommes reconduites à notre étage. Cecily va se coucher ; sans un mot, Jenna et moi nous replions dans une allée au fond de la bibliothèque.

— Tu as eu une carte magnétique, fait-elle.

— C'est grâce à toi, dis-je en repensant à ce matin, quand je l'ai trouvée en compagnie de Linden. Comment as-tu réussi à le convaincre ?

— Je n'ai pas fait grand-chose, lâche-t-elle en passant machinalement un doigt le long des livres. Visiblement, il avait déjà cette idée en tête. Je crois qu'il avait juste besoin d'être un peu encouragé. Il est évident que je n'ai pas envie d'être première épouse, et de toute façon, je vais mourir dans un an, poursuit-elle d'un ton tellement neutre que cela me brise le cœur. Quant à Cecily, elle vivra certes plus longtemps que nous, mais elle n'a pas les épaules pour assumer ce genre de responsabilité. Il ne reste que toi ; c'est ce que je lui ai dit. Rhine, c'est logique que ce soit toi. Tu l'as déjà persuadé que tu l'adores. Tu fais ça tellement bien que j'en suis presque convaincue moi-même.

La tendresse que je montre envers Linden n'est pas entièrement factice, mais j'ignore comme expliquer ce que je ressens pour lui alors que je n'y comprends rien moi-même. Aussi me contenté-je de dire :

— Merci.

— Mais fais très attention, glisse-t-elle en se rapprochant sensiblement, comme elle le fait toujours. Cet après-midi, quand tu étais dehors, j'ai persuadé un domestique de me dire où se trouve Gabriel.

— Quoi ? Où est-il ? Il va bien ? Tu lui as parlé ?

— J'ai essayé. Quand le serviteur a apporté le déjeuner, je me suis plainte une nouvelle fois, et pendant que nous étions dans l'ascenseur, j'ai appuyé sur le bouton d'alerte, celui qui fait descendre au sous-sol.

— Le sous-sol ? fais-je en déglutissant. Pourquoi le sous-sol ?

— C'est là que Gabriel a été affecté, répond-elle, les yeux soudain chargés de compassion. Je suis désolée, j'ai essayé de le retrouver. Mais à peine dans le couloir, je suis tombée sur maître Vaughn.

J'ai l'impression d'être frappée de plein fouet. Tâchant de reprendre mon souffle, je finis par m'asseoir à même le sol, sonnée.

— C'est ma faute s'il est là-bas.

Jenna s'agenouille près de moi.

— C'est faux. Et puis c'est immense, le sous-sol. Il y a l'abri anti-ouragan, une infirmerie de secours, des remises remplies de combinaisons anticontamination, de tissu pour les domestiques, de fournitures médicales… Ce n'est peut-être pas si terrible. Vaughn réorganise les services à tout bout de champ.

— Non, répliqué-je. Je sais que c'est à cause de moi.

Je me suis montrée trop imprudente. Quand il m'a embrassée, la porte était grande ouverte. *Grande ouverte !* Comment peut-on être idiote à ce point ! Le bruit que nous avons entendu, c'était probablement Vaughn, qui s'est enfui comme le serpent qu'il est avant de se faire remarquer.

Je frappe le sol du poing, et Jenna m'attrape la main.

— Écoute. J'ai dit au maître domanial que je m'étais perdue, mais je pense qu'il ne m'a pas crue. Je n'aurai sûrement plus le droit de sortir.

— Je suis désolée, Jenna…

— Mais j'essaierai de faire diversion pour toi. Je… je ne sais pas, Cecily ou moi, on piquera une crise, et on en fera tout un cirque. À ce moment-là, tu pourras descendre le chercher. D'accord ? (Elle dégage une mèche rebelle qui me tombe sur le front.) Tu iras le voir, et tu verras qu'il va bien.

— Tu ferais ça ?

Elle sourit, et à cet instant, elle ressemble à s'y méprendre à Rose souriant sur son lit de mort.

— Bien sûr. Qu'est-ce que j'ai à perdre ?

Nous restons assises côte à côte, en silence, un moment, tandis que sa question résonne dans ma tête. *Qu'a-t-elle vraiment à perdre ? Et qu'est-elle devenue, cet après-midi, après être tombée sur Vaughn, dans le couloir du sous-sol ?*

Sur le trampoline, elle m'a un jour avoué avoir peur, mais je n'avais pas eu le courage de lui demander de quoi.

— Jenna, que t'a-t-il fait ?

— Qui ça ?

— Tu le sais très bien. Maître Vaughn.

— Rien, répond-elle un peu trop vite. Je t'ai tout raconté. Il m'a trouvée au sous-sol et m'a renvoyée à l'étage.

— On ne t'a pas vue de tout l'après-midi. (Elle baisse la tête, les yeux rivés au sol, et je relève son menton d'un doigt.) Jenna.

Elle soutient mon regard un instant. Pendant cette horrible seconde, je vois la douleur qui la saisit. Je comprends que quelque chose s'est brisé. Puis elle se détourne et se remet debout.

— Et comment sais-tu ce qu'il y a au sous-sol ? dis-je en la suivant vers la porte. Tu n'as vu que l'abri anti-ouragan. Comment peux-tu savoir, pour les combinaisons et l'infirmerie ?

Avec Jenna, nous avons conclu un accord tacite, qui consiste à laisser Cecily en dehors de tout ça. Nous gardons un œil protecteur sur elle, mais en raison de sa proximité avec Linden et Vaughn, nous ne lui disons pas tout. Je n'aurais jamais pensé que Jenna puisse à son tour me cacher quelque chose. Mais je comprends que ça doit être le cas depuis un bon moment. Elle cesse d'avancer vers la porte, regarde ses pieds et se mordille la lèvre inférieure. La voix de mon frère résonne dans ma tête.

— *Tu es trop sentimentale.*

— *Mais comment ne pas l'être, Rowan ? Comment rester insensible ?*

— Je t'en prie, dis-je.

— Aucune importance, lâche-t-elle doucement.

— Dis-moi ce qu'il t'a fait ! hurlé-je presque, oubliant que nous parlions à voix basse. Qu'est-ce qu'il t'a fait ?

— Rien ! crie-t-elle en retour. Ce qui compte, c'est ce qu'il va *te* faire. Il sait que tu as déjà tenté de fuir, et il compte sur moi pour te persuader de rester, et moi j'essaie simplement de t'aider, alors tais-toi et laisse-moi faire !

Je suis tellement abasourdie que je ne la suis pas lorsqu'elle sort en trombe de la bibliothèque en claquant la porte.

Dans la cheminée, l'hologramme tressaute.

19

JE ME FAIS un sang d'encre toute la soirée. Deirdre entreprend de me masser les épaules et paraît désespérée de constater que ses efforts pour me consoler ne donnent rien.

— Je peux faire quelque chose pour vous ? demande-t-elle.

Je réfléchis un moment puis dis :

— Tu peux m'envoyer quelqu'un pour me faire les ongles ? Et peut-être aussi pour m'épiler les sourcils. Ça me fera sûrement du bien de m'occuper un peu de mon apparence.

Tout en m'assurant que je suis ravissante, Deirdre accède avec plaisir à ma requête. Quelques minutes plus tard, je trempe dans un bain chaud pendant que des domestiques de la première génération jacassent, massent mon cuir chevelu et arrachent peau et poils de mes arcades sourcilières. Ce sont les femmes qui m'ont préparée le jour de mon mariage, et je constate avec soulagement qu'elles sont trop accaparées par leur bavardage pour remarquer ma détresse. Ce que je m'apprête à faire n'en sera que plus facile.

— Le premier jour, vous m'avez demandé si mes yeux étaient naturels, dis-je. On peut donc teinter un iris ?

Cela a l'air pénible et parfaitement absurde, mais j'ai déjà vu des choses plus étranges depuis que je suis ici. Cela les fait rire.

— Bien sûr que non ! répond l'une d'elles. Il n'y a que les cheveux qu'on peut teindre. Pour changer la couleur des yeux, on utilise des lentilles de contact.

— De petites coupelles en plastique que l'on pose directement sur l'œil, précise une autre.

Cela semble aussi absurde que la teinture.

— C'est douloureux ?

— Mais non !

— Pas du tout !

— On en a, ici ? J'aimerais beaucoup voir de quoi j'ai l'air avec les yeux verts. Ou peut-être marron foncé.

Les servantes sont absolument ravies de me faire plaisir. L'une d'elles s'éclipse et revient en brandissant de petites boîtes circulaires, dans lesquelles sont rangées les lentilles. L'aspect est dérangeant, on dirait des iris arrachés, et mon dîner menace de faire le chemin en sens inverse. Mais je surmonte mon appréhension : j'ai survécu à une camionnette pleine de filles, je peux survivre à ça.

Il me faut plusieurs essais avant de parvenir à poser les lentilles sur mes yeux. Soit je cligne sans arrêt, soit je pleure et les larmes chassent la lentille. L'une des femmes finit par renoncer, et commente :

— Vous avez de si jolis yeux, ma chérie, je suis sûre que votre mari ne veut pas que vous en changiez.

Mais l'autre est plus déterminée ; ensemble, nous y parvenons enfin, et le miroir me renvoie mon nouveau regard vert.

Il n'y a pas à dire, c'est impressionnant.

Les domestiques applaudissent ce succès. Avant de partir, elles me laissent une bouteille de solution pour lentilles de contact, ainsi que des modèles bleus et bruns pour que je m'entraîne. Et me disent de prendre garde à ne pas m'endormir en les portant, sinon les lentilles vont coller à l'iris, et j'aurai toutes les peines du monde à les enlever.

Après leur départ, je m'entraîne à mettre et à ôter les lentilles vertes. Je repense à ce que Rose m'a dit, l'après-midi où elle m'avait surprise en train d'essayer de filer par la cage d'ascenseur. À cause de mes yeux, Vaughn avait sûrement payé un petit supplément. Cet après-midi même, Jenna m'a dit s'inquiéter de ce qu'il pourrait me faire. Pas à elle, pas à Cecily. À moi. Peut-il y avoir un lien ? Et si c'est le cas, que dois-je en penser, qu'il va m'arracher les yeux pour mener une expérience sur l'hétérochromie ? Conduisant à la découverte d'un antidote ? Je vois d'ici la fête qu'il donnerait à cette occasion ; Linden pourrait en dessiner le décor.

Je laisse les lentilles de contact tremper dans la solution, et je sombre dans un sommeil profond, sans rêve.

Dans la matinée, Jenna et moi complotons pendant le petit déjeuner. Assises sur mon lit, nous parlons à voix basse et arrivons à la conclusion que nous avons trouvé un plan pour distraire Vaughn et me permettre d'accéder au sous-sol. C'est alors que nous entendons Cecily crier. Nous courons jusqu'à sa chambre et la trouvons à genoux, au milieu d'une mare de sang et de fluides, le visage enfoui dans le matelas. Son dos est secoué de convulsions, elle gémit, peine à respirer.

J'entends mon cœur cogner dans mes oreilles. Avec Jenna, nous parvenons à la relever, mais la recoucher se révèle très difficile : son corps est figé, étrangement lourd, et la douleur la rend hystérique.

— Ça arrive, crie-t-elle. Ça arrive et c'est trop tôt, mais j'ai rien pu faire.

Nous réussissons péniblement à la coucher sur son lit. Elle est livide, pantelante. Entre ses cuisses, les draps se gorgent de son sang rouge.

— Je vais chercher le gouverneur Linden, dit Jenna.

Je fais mine de lui emboîter le pas, mais Cecily s'agrippe à mon bras. Ses ongles s'enfoncent dans ma chair.

— Reste ! Ne me laisse pas.

Son état s'aggrave rapidement. Je lui murmure des paroles rassurantes à l'oreille, mais visiblement, elle ne m'entend plus. Ses yeux se révulsent furieusement, elle émet des gémissements terrifiants.

— Cecily.

Je la secoue par les épaules pour la faire revenir à elle. Je ne sais pas quoi faire d'autre ; c'est elle qui a lu tous ces bouquins sur l'accouchement. C'est elle l'experte, et je suis totalement inutile. Inutile et terrifiée.

Elle a raison, c'est trop tôt. La grossesse est censée durer encore un mois, et il ne devrait pas y avoir tant de sang. La douleur lui fait tordre les jambes, et le sang coule partout. Sur sa chemise de nuit. Sur ses socquettes blanches.

— Cecily.

Je lui prends le visage à deux mains. Ses yeux hagards se posent sur moi. Ses pupilles sont dilatées à l'extrême, irréelles.

— Cecily, reste avec moi.

Elle tend le bras, m'effleure la joue de sa petite main froide et articule :

— Tu ne peux pas me laisser.

Il y a quelque chose d'étrange dans la façon dont elle dit cela, une signification plus profonde, provoquée par le délire… ou un sentiment d'urgence. Ses yeux marron trahissent une peur que je ne lui ai jamais vue.

Vaughn arrive en courant dans la chambre, à la tête d'une escouade de domestiques, suivi par un Linden pantelant. Ils prennent le relais. Je m'écarte pour laisser à Linden la place qui lui revient, au côté de Cecily. Il lui prend la main. Le personnel a apporté des chariots pleins de matériel médical, et Vaughn l'aide à s'asseoir.

— Brave petite, roucoule-t-il en lui plantant une énorme aiguille dans la colonne vertébrale.

Ce spectacle me met mal à l'aise, cependant qu'un calme subit envahit le visage de Cecily au fur et à mesure que le liquide lui est injecté. Je recule peu à peu, jusqu'à me retrouver sur le seuil.

— C'est le moment, murmure Jenna.

Elle a raison. Dans ce tumulte, je pourrais probablement mettre le feu à la maison sans que personne ne s'en rende compte. C'est l'occasion idéale d'aller au sous-sol et de rejoindre Gabriel.

Mais Cecily est si petite, noyée dans cet océan de tubes, de machines et de gants blancs. Elle suffoque, grogne ; j'ai soudain très peur de la voir mourir.

— Je ne peux pas, fais-je.

— Je veillerai sur elle, dit Jenna. Je m'assurerai qu'il ne lui arrive rien.

Je l'en sais capable. J'ai confiance en elle. Mais elle ignore tout de ce qui est arrivé au bébé de Rose ; elle ne sait pas que la défunte épouse lui a donné le jour sans personne pour s'occuper d'elle hormis Vaughn, elle ignore le geste horrible qu'il a commis quand elle était trop assommée par les médicaments pour l'en empêcher. Il m'a fait quelque chose de similaire, après l'ouragan. C'est au moment où les épouses de Linden sont incapables de riposter qu'il est le plus dangereux. Pas question de sortir d'ici alors qu'il soulève la chemise de nuit de Cecily avec ses mains gantées.

Je reste figée pour une autre raison. Cecily est devenue ma sœur, et ma place est auprès d'elle. Je me dois de prendre soin d'elle, tout comme mon frère et moi veillions l'un sur l'autre.

La situation s'éternise pendant ce qui me paraît être des heures. Par moments, elle hurle et agite les jambes ; à d'autres, elle sommeille ou suçote un cube de glace que lui propose Ellie. À un moment, elle me demande de lui parler des jumeaux. N'ayant guère envie de déballer le récit de ma vie dans une pièce grouillante de personnel, et où se trouvent de surcroît Linden et Vaughn, je choisis de lui raconter l'une des histoires que me narrait ma mère, en l'enjolivant pour combler les détails qui me sont inconnus. Je lui parle d'un quartier où tout le monde jouait au cerf-volant. Et où les gens disposaient même de cerfs-volants géants, sur lesquels on pouvait monter. Ils se lançaient d'un endroit surélevé, comme un pont ou le toit d'un gratte-ciel, et sautaient dans le vide pour que leur aile volante se gonfle. Et ils volaient, littéralement. En entendant cette histoire, Cecily soupire, rêveuse, et dit :

— Ç'a l'air magique.

— Et ça l'était, confirmé-je.

En plus de tout le reste, voilà que ma mère me manque, maintenant. Elle saurait quoi faire ; elle a vu naître tant de bébés. Certaines jeunes femmes enceintes faisaient don de leur enfant à naître au laboratoire ; en échange, elles bénéficiaient d'une assistance prénatale, et de quelques mois au chaud, à l'abri. Ma mère faisait toujours très attention aux nouveau-nés. Tout ce qu'elle souhaitait, c'était découvrir un antidote, afin que les nouvelles générations puissent vivre une vie normale. Quand j'étais petite, je pensais sincèrement que mes parents réussiraient, mais quand ils ont été tués par l'explosion, Rowan a affirmé que tout cela ne servait à rien. Qu'il n'y avait aucune raison de vouloir sauver ce monde misérable. Et je l'ai cru. Aujourd'hui, je vais assister à la naissance d'une nouvelle génération, et je ne sais plus quoi penser. Je ne souhaite qu'une chose : que le bébé vive.

Le corps de Cecily est secoué par une nouvelle contraction, son dos se cambre au-dessus du matelas. Linden et moi lui tenons chacun une main ; l'espace d'un instant, j'ai la bizarre impression qu'elle est notre enfant. Pendant que je racontais mon histoire de cerf-volant, il n'a cessé de me regarder avec gratitude. Elle pousse maintenant un cri perçant, déchirant. Ses lèvres frémissent. Linden s'efforce de la calmer, mais elle esquive ses baisers en secouant la tête, glapit et hurle en réponse à nos voix apaisantes. Je sens mes propres larmes affleurer, tandis que j'observe celles qui inondent son visage en torrents, et je crache finalement à Vaughn, le génie, l'expert en anatomie, celui qui aspire à découvrir l'antidote qui sauvera le monde :

— Vous ne pouvez rien faire pour calmer sa douleur ?

Son regard neutre croise le mien, et il répond calmement :

— Pas besoin.

Le personnel place les jambes de Cecily sur deux étranges plates-formes ressemblant à des cale-pieds de bicyclette. Je crois qu'on appelle ça des « étriers ». Vaughn s'approche, dépose un baiser sur son front baigné de sueur.

— C'est presque fini, ma chérie, tu t'en sors très bien.

Elle sourit faiblement.

Jenna s'assoit sur le divan d'angle, pâle comme un linge. Il y a quelques instants, elle a tressé les cheveux humides de sueur de Cecily pour lui dégager le visage, mais elle n'a pipé mot depuis lors ; j'ai envie d'aller m'installer à côté d'elle, que nous nous réconfortions mutuellement, mais Cecily me tient la main comme si sa vie en dépendait. Et déjà, Vaughn lui ordonne de pousser.

Courageux petit bout de femme, elle a cessé de se plaindre. Se redressant en position assise, calée contre l'appuie-tête, elle affiche une détermination nouvelle. Elle est prête. Elle assume.

Quand elle pousse, les veines de son cou semblent sur le point d'exploser. Sa peau prend une teinte violacée. Elle serre les dents, ainsi que la main de Linden et la mienne. Un long gémissement d'agonie reste coincé dans sa gorge, s'échappant en un halètement saccadé. Elle pousse une fois, puis une autre, et une autre, n'ayant qu'une poignée de secondes entre deux efforts pour reprendre son souffle. Elle commence à désespérer ; Vaughn lui annonce que la prochaine poussée sera la bonne.

Et il ne s'est pas trompé. Elle pousse : le bébé sort d'elle dans un horrible gargouillis de sang. Mais le silence qui s'ensuit est plus effrayant encore.

20

NOUS ATTENDONS, encore et encore. J'ai envie de détourner le regard, et Linden aussi, de ce nouveau-né sanglant et inerte que tient l'un des assistants, mais nous sommes pétrifiés. Tout le monde se fige. Jenna, sur le divan. Cecily, qui nous écrase les mains. Le personnel, qui me fait penser à du bétail assoupi.

J'ai à peine le temps de penser que Vaughn va laisser ce bébé mourir, comme il a laissé mourir sa première petite-fille, qu'il entre en action. Il se saisit du nouveau-né et lui colle dans la bouche une sorte de pipette géante. Une seconde plus tard, la chambre retentit d'un cri aigu, et le bébé commence à s'agiter. Cecily expire bruyamment.

— Félicitations ! s'exclame Vaughn en tenant le nouveau-né qui se tortille dans ses mains gantées. Vous avez un fils.

Tout à coup, la chambre reprend vie et mille bruits fusent. Le bébé, qui crie toujours, est emmené pour être lavé et inspecté. Linden tient le visage de Cecily tout près du sien ; ils discutent à voix basse et à toute allure, s'embrassent entre chaque phrase.

Je m'écroule au côté de Jenna sur le divan, et nous nous enlaçons. Je lui murmure :

— Dieu soit loué, c'est fini.

— Peut-être pas, répond Jenna.

Nous regardons le personnel prendre soin de Cecily, qui a expulsé le placenta et saigne toujours, trop pâle pour que je sois pleinement rassurée. On la transfère sur un chariot à roulettes ; je me porte aussitôt près d'elle. Cette fois, c'est moi qui m'agrippe à elle, et non le contraire.

— Je pars avec elle.

— Partir ? fait Vaughn en riant. Mais elle ne va nulle part. Il faut juste qu'on nettoie un peu ce chantier.

Déjà, le personnel s'affaire à changer les draps. Vaughn surveille l'opération et intervient.

— Non, ça ne va pas. Il faut aussi changer le matelas, il est fichu.

— Où est mon bébé ? couine faiblement Cecily.

Elle a les yeux vitreux, distants. Son visage est strié de larmes et de sueur mêlées. Sa respiration est sifflante.

— Nous le reverrons très bientôt, mon amour, lui assure Linden en l'embrassant.

À cet instant, elle n'a plus rien d'une toute jeune fille. Si je ne les connaissais pas, j'aurais tout lieu de croire qu'il s'agit de parents normaux dans une clinique normale, et dans des circonstances normales.

Mais il n'y a plus rien de normal en ce bas monde. Toute normalité a été détruite il y a bien longtemps, à l'image du laboratoire de recherche dans lequel se trouvaient mes parents.

Cecily a l'air si faible, tellement à bout de forces, avec son visage crayeux, que mon inquiétude refait surface. Et si elle perd trop de sang ? Ou si elle contracte une infection ? Accoucher en étant si frêle, si menue, ne risque-t-il pas d'engendrer des complications ? J'aimerais que Vaughn la fasse conduire à l'hôpital, quand bien même ce serait la clinique qu'il dirige en ville. Un lieu brillamment éclairé, avec plein d'autres médecins.

Je n'exprime rien de tout cela à voix haute. Je sais que ce serait inutile : Vaughn ne nous laisse jamais sortir d'ici, et le simple fait de le suggérer pourrait même effrayer Cecily. Je dégage son visage luisant des mèches qui y sont collées et lui dis simplement :

— Il faut te reposer, maintenant ; tu l'as bien mérité.

— Oui, tu l'as bien mérité, mon amour, glisse Linden en écho.

Il lui embrasse la main et la presse contre sa joue.

Un sourire imperceptible s'imprime sur ses lèvres avant qu'elle sombre dans l'inconscience.

Cette nuit-là, Cecily dort profondément, et sans ronfler. Repensant à mon face-à-face avec Vaughn après l'ouragan, quand j'étais trop faible pour me défendre, je me rends fréquemment à son chevet. Elle bouge à peine, et je suis soulagée de trouver Linden à son côté, fidèle au poste.

Jenna va se coucher avant même que le dîner soit servi. Mais Vaughn fait d'incessantes visites à notre étage, sous prétexte de surveiller l'état de la mère. Il est évident que je ne pourrai pas me rendre au sous-sol avant un bon moment. C'est trop risqué, et l'on vient tout juste de me confier ma carte magnétique : pas question qu'on me la confisque. J'essaie de me consoler en me répétant que Gabriel va bien. Après tout, il est parvenu à me faire passer ce June Bean. Vaughn n'est peut-être pas au courant pour notre baiser. On a fort bien pu assigner Gabriel au nettoyage du matériel médical ou au lessivage des sols. Malgré tout, l'idée de le savoir seul dans ce sous-sol aveugle me retourne l'estomac. Par-dessus le marché, je n'ai pas revu le bébé depuis qu'on l'a emmené au loin. Chaque fois que la voix insipide de Vaughn résonne dans le couloir, je crains de l'entendre déclarer que l'enfant n'a pas survécu.

Gabriel, veille sur ce bébé si jamais tu l'aperçois en bas, d'accord ?

Peu après minuit, alors que je regarde la neige tomber en me réchauffant les mains autour d'une tasse d'Earl Grey, Linden entre dans ma chambre. Ses joues sont roses de plaisir, ses yeux rayonnent. Il sourit à pleines dents.

— Je viens d'aller le voir. Mon fils. Il est magnifique. Solide, en pleine santé.

— Je suis tellement contente pour toi, Linden.

Je suis sincère en disant cela.

— Et toi, comment ça va ? demande-t-il en s'asseyant dans l'ottomane qu'il a tirée près de moi. Tu as assez mangé ? Tu as besoin de quelque chose… n'importe quoi ?

Son bonheur semble si complet que cela me remonte un peu le moral. J'ai l'impression furtive que tout pourrait bien se passer, en fin de compte. Tout en souriant, je secoue la tête et regarde par la fenêtre.

— C'est la pleine lune, indiqué-je.

— Ça va sûrement nous porter chance.

Tendant la main, il me caresse les cheveux. Puis il vient à côté de moi sur l'appui de la fenêtre, et je remonte mes genoux contre ma poitrine pour lui faire de la place. Il me sourit ; je le sens avancer vers moi. Il déplie doucement mes jambes, qui nous séparent, mes pieds se posent au sol, il me saisit le menton et m'embrasse.

Je le laisse faire ; après tout, je suis sa première épouse, la carte magnétique a officialisé cet état de fait, et je lui ai promis de faire des efforts. Le repousser ne ferait qu'éveiller ses soupçons. En outre, très franchement, embrasser Linden Ashby n'est pas la chose la plus désagréable qui soit.

Notre baiser se prolonge ; mais lorsque je sens ses doigts commencer à déboutonner ma chemise de nuit, je recule.

— Qu'y a-t-il ?

Sa voix est autant dans le vague que ses yeux.

— Linden, fais-je en rougissant, les yeux rivés sur le bouton qu'il a réussi à défaire.

N'arrivant pas à trouver d'explication satisfaisante, je me contente de regarder fixement la lune.

— C'est la porte ouverte qui te dérange ? Je vais la refermer.

— Non… ce n'est pas la porte.

— Quoi alors ? (Il me relève de nouveau le menton, et je plonge à contrecœur mon regard dans le sien.) Je t'aime. Je veux un enfant de toi.

— Maintenant ?

— Le moment venu. Bientôt. Il nous reste peu de temps à vivre ensemble.

Tu ne crois pas si bien dire, Linden. Mais je me contente de répliquer :

— Il y a tant d'autres choses que j'ai envie de faire avec toi, Linden. Tant d'endroits à visiter. Je veux voir tes maisons sortir de terre. Je veux… je veux aller à une fête du solstice d'hiver. Il y en a sûrement une bientôt.

Sur son visage, l'amour laisse la place à la confusion ou au dépit, je n'arrive pas à trancher.

— Oui, certainement. Le solstice a lieu la semaine prochaine…

— On peut y aller ? Deirdre a reçu des tissus magnifiques, et elle n'a pas souvent l'occasion de me confectionner une nouvelle robe.

— Si ça peut te faire plaisir…

— Oh oui ! répliqué-je en l'embrassant. Tu verras, sortir un peu de cette maison nous fera à tous les deux le plus grand bien.

Mais il paraît si blessé que je lâche un peu de lest en m'asseyant près de lui, et en le laissant m'enlacer. Il dit m'aimer, mais comment est-ce possible, alors que nous en savons si peu l'un sur l'autre ? J'admets qu'il est facile de succomber à l'illusion. Qu'être assise ici, face à cette pleine lune magnifique, dans la chaleur de son étreinte, ressemble à de l'amour. Un peu. Peut-être.

— C'est l'excitation du moment, lui assuré-je. Tu viens d'avoir un fils superbe, et il suffira à te rendre heureux. Tu verras.

Il m'embrasse les cheveux.

— Tu as peut-être raison.

Alors même qu'il s'efforce de tomber d'accord avec moi, je sais que j'ai tort. Qu'avant longtemps, le fait de repousser ses avances me rendra suspecte à ses yeux. Quel que soit mon plan d'évasion, il faut qu'il aboutisse bientôt.

En l'absence de Gabriel, c'est le domestique nerveux de la première génération qui nous apporte à tous nos repas. Jenna et moi mangeons ensemble dans la bibliothèque, mais elle semble pratiquement invisible, par rapport à l'attention dont je fais l'objet.

— J'espère que ça vous plaira, me dit le serviteur en soulevant le couvercle. Salade César avec émincé de poulet. Si vous n'aimez pas, la cuisinière en chef vous préparera autre chose.

— Ç'a l'air délicieux, lui assuré-je. Je ne suis pas si difficile.

— Ce n'est pas ce que j'ai voulu dire, Lady Rhine. Pas du tout. Bon appétit.

Jenna sourit à son assiette.

— Tu as vu ça ? lancé-je après le départ du serviteur. Et ce n'est rien. Ce matin, une domestique m'a demandé si je souhaitais qu'elle me brosse les cheveux. C'est bizarre, quand même.

— Ça n'a rien de bizarre, réplique Jenna en mordant dans une feuille de laitue. Pour une première épouse.

— C'est la carte magnétique qui le leur indique ?

— Ça, et d'autres choses. (Elle lève son verre, trinque avec moi.) Félicitations, sœur épouse.

— Merci, réponds-je avec une pointe d'amertume.

C'est un fait : le personnel est aux petits soins avec moi. J'en viens à m'interroger sur la véritable signification de cette carte magnétique. Au début, j'ai cru qu'elle était synonyme d'émancipation, mais maintenant, je me demande si Vaughn n'a pas concocté un plan diabolique : avec ce surcroît d'attention, je n'ai plus une minute à moi. Certes, je peux sortir quand bon me semble, mais des serviteurs viennent à tout bout de champ m'apporter une tasse de thé ou de chocolat chaud. Tous les soirs, on entre dans ma chambre trois ou quatre fois, pour savoir si j'ai besoin d'un autre oreiller, ou vérifier que ma fenêtre est bien fermée.

Je ne peux m'empêcher de penser que Vaughn m'a fait donner cette carte afin que ses gens puissent m'étouffer de prévenances. Il se peut même qu'il ait escamoté Gabriel par pure malice, pour se moquer de moi.

Car, si je suis libre d'aller où je veux, je n'ai pas retrouvé Gabriel. Je sais que j'aurais dû profiter de l'accouchement de Cecily pour partir à sa recherche. Jenna me l'a redit depuis. Mais je n'ai pas eu la force d'abandonner Cecily.

Je me fais encore du souci pour elle. Elle et son enfant ont survécu à l'accouchement, mais elle est toujours épuisée. Sa chambre est plongée dans une obscurité tiédasse, qui sent le médicament et les relents du sous-sol de Vaughn. Elle marmonne dans son sommeil à propos de musique, de cerfs-volants et d'ouragans. Elle a perdu trop de sang ; c'est le diagnostic de Vaughn, et je suis d'accord avec lui, mais je n'en suis pas moins mal à l'aise chaque fois qu'on lui fait une transfusion. Quand je me tiens à son côté, la regardant reprendre des couleurs, je me demande à qui appartenait le sang qui court dans ses veines. À Rose, peut-être. Ou à un domestique réticent. J'en viens à me demander si Vaughn, que je crois capable du pire, fait appel à toute sa science pour la guérir. Mais les jours passent, et son état s'améliore.

Quand le bébé pleure, Linden le porte au chevet de Cecily. Elle dégrafe alors péniblement sa chemise de nuit pour lui donner la tétée. Depuis le couloir, j'observe Linden qui l'aide à rester éveillée. Il lui parle à voix basse, écarte les mèches rousses qui lui barrent le visage, et ce qu'il dit la fait sourire. *Ils sont faits l'un pour l'autre*, pensé-je ; pleins de sollicitude, bien au chaud, ils sont ravis de cette petite vie recluse qu'ils ont chacun contribué à bâtir. Je devrais peut-être cesser de raconter mon histoire de jumeaux : ils ont tous les deux intérêt à oublier qu'il y a de belles choses à l'extérieur du manoir. Des choses réelles, des choses plus tangibles que les requins et les dauphins de la piscine, ou que les hologrammes tourbillonnants de l'exposition de Linden. Quant à leur fils, mieux vaut qu'il ignore tout du monde extérieur, car il ne le verra jamais de près.

Se retournant, Cecily m'aperçoit sur le pas de sa porte. Elle me fait signe, mais je me retire dans le couloir, prétextant que j'ai à faire ailleurs. Je ne veux pas m'imposer dans leur union. Partager un mari avec deux autres femmes n'a rien de compliqué : être l'épouse de Linden a une signification différente pour chacune d'entre nous. Pour Jenna, le manoir de Linden n'est rien d'autre qu'un endroit somptueux où mourir. Pour Cecily, cette union représente un partenariat fondé sur l'amour réciproque et les enfants. Et pour moi, c'est une imposture. Tant que ces trois mariages resteront distincts et que je m'en tiendrai à mes plans, il me sera plus facile de partir. De me persuader que tout ira bien pour les autres quand j'aurai disparu du tableau.

Je suis heureuse lorsque Cecily est suffisamment rétablie pour se lever. Je la suis jusqu'au salon et l'observe insérer un hologramme dans le synthé avant de se mettre à jouer. Sa musique donne vie aux images de synthèse, qui forment une sorte d'écran de télévision flottant. Une prairie parsemée de coquelicots, sous un ciel bleu azur où courent des nuages laiteux. Je suis sûre qu'il s'agit d'une réplique d'un tableau que j'ai vu dans un livre de la bibliothèque, l'œuvre d'un impressionniste lorsqu'il amorçait sa lente plongée dans la folie.

Le bébé repose à même le sol, regard tourné vers le plafond, le visage baigné par les lumières virevoltantes de l'illusion. Le vent fait danser herbe, coquelicots et buissons situés en arrière-plan, et les couleurs se fondent peu à peu dans un dégradé de gris. Un délire. Des taches de peinture fraîche.

Cecily est perdue dans ses pensées, les yeux clos. La musique coule de ses doigts. Je me concentre sur son visage juvénile, sur sa bouche menue à peine entrouverte, sur ses cils diaphanes. Les couleurs du morceau qu'elle joue ne l'atteignent pas ; elle est assise devant le clavier et doit faire peu de cas de l'illusion environnante. De tout ce qui se trouve dans cette pièce, c'est elle la plus réelle.

Son fils fait des mimiques incertaines en gigotant sur place, béat devant tant de splendeur. En grandissant, il assistera à maintes illusions. Il verra des tableaux prendre vie en musique, il verra pirouetter les maisons conçues par son père, il se baignera dans une piscine où évoluent des bancs de guppys et de requins blancs. Mais je doute qu'il sente un jour l'océan se briser sur ses chevilles, qu'il tienne une canne à pêche, ou qu'il vive dans sa propre maison.

La musique se tait ; le vent s'apaise ; l'illusion se replie sur elle-même et meurt.

— J'aimerais qu'on ait un vrai piano, annonce Cecily. Même dans mon orphelinat minable, il y en avait un vrai.

Jenna, debout dans l'embrasure de la porte, la bouche pleine de pistaches, dont elle tient une poignée en réserve, lui répond :

— « Vrai » est un gros mot, ici.

21

LE MATIN du solstice d'hiver, Jenna réussit à chiper le briquet d'un domestique tandis que celui-ci termine d'allumer les bâtons d'encens dans le couloir. Elle fait mine de flirter avec lui, et quand elle renverse sa pile de romans d'amour polissons, il s'empresse de les ramasser pour elle ; et là, sous son nez, elle lui vole le briquet qu'il tenait encore à la main. Sous le charme de son sourire ravageur, il ne s'en rend même pas compte.

— Bye-bye, fait-elle en partant, tout sourires.

Il manque de coincer sa cravate dans l'ascenseur quand les portes se referment sur lui. Dès qu'il disparaît, toute trace de séduction déserte les yeux gris de Jenna, qui redevient une fille comme les autres. Depuis le pas de ma porte, j'applaudis, et elle me fait une petite révérence en relevant le bas de sa jupe.

Elle transpire un peu, comme si l'effort l'avait épuisée. Mais elle brandit le briquet, tel un trophée.

— Que comptes-tu en faire ? demandé-je.

— Donne-moi une de tes bougies. Je vais foutre le feu au salon, glisse-t-elle le plus naturellement du monde.

— Hein ?

— Quand le gouverneur Linden, maître Vaughn et les domestiques entendront l'alarme, ils accourront tous pour voir ce qui se passe. Et c'est à ce moment-là que tu fileras au sous-sol.

Ce n'est pas le plan le plus délirant qu'on puisse imaginer, comme le souligne Jenna en rappelant que j'ai frôlé la mort sur le minigolf. Mais je l'oblige à patienter jusqu'à ce que j'aie mis mes lentilles de contact vertes.

— Avec ça, on ne me reconnaîtra peut-être pas, expliqué-je.

Même les domestiques qui ne m'ont jamais vue ont entendu parler de moi. Rhine. La fille sympa qui ne se plaint jamais, et qui a des yeux bizarres. Jenna est impressionnée par ma trouvaille.

— Tâche de dégotter une combinaison anticontamination, dit-elle. Là, tu seras sûre de ne pas être reconnue. Elles doivent être rangées dans l'un des labos.

Je ne lui avoue pas que l'idée de m'aventurer dans ces pièces sombres me terrifie. Je me contente de hocher la tête et lui confie l'une des bougies parfumées à la lavande qui sont censées m'aider à trouver le sommeil.

— Toi, reste ici, indique-t-elle. Et quand l'alarme retentit, essaie de devenir invisible.

Elle me gratifie d'un sourire puis sort de ma chambre en pressant un peu le pas. Je crois qu'il y a longtemps qu'elle a envie de mettre le feu à cette maison.

Quelques secondes plus tard, la sirène entre en action. Les lumières du plafond clignotent. J'entends le bébé qui se met à pleurer, et j'aperçois Cecily qui court dans le couloir, les mains plaquées sur les oreilles. L'ascenseur s'ouvre pour laisser déferler une horde de domestiques, mais Linden et Vaughn ne se montrent pas avant la fournée suivante ; déjà, une épaisse fumée sort du salon. Il n'y a pas d'escalier à l'étage des épouses, et je me suis toujours demandé ce qui arriverait en cas d'incendie. Mais connaissant Vaughn, je le sais capable de laisser les femmes de Linden mourir. Rien de plus facile que de leur trouver des remplaçantes.

Je n'ai aucun mal à fuir. Bien entendu, la carte magnétique ne me permet pas d'accéder au sous-sol, aussi me faut-il appuyer sur le bouton d'urgence. Mais dans le chaos ambiant, et comme les alarmes mugissent déjà, cela ne fait aucune différence. Les portes s'ouvrent ; je suis sur le seuil du sous-sol aveugle, où règne un calme irréel. On n'entend pas les sirènes, et les veilleuses s'allument paresseusement.

Anonyme avec mes yeux verts, j'avance de façon hésitante le long du mur, chuchotant le nom de Gabriel, à la recherche d'une combinaison anticontamination. Dans un placard, je trouve mon bonheur et enfile la tenue à la hâte par-dessus mes vêtements. Une forte odeur de plastique m'assaille, me donnant l'impression de suffoquer peu à peu. Je respire à pleins poumons, ce qui embue la visière. C'est un vrai cauchemar ! Je me sens enterrée vivante.

— Gabriel !

Mes chuchotements sont de plus en plus désespérés. J'espère qu'il va venir buter contre moi, ou que je vais tomber sur lui à la prochaine intersection, occupé à passer la serpillière ou à ranger les provisions de survie. Je prie pour ne pas avoir à ouvrir une porte, ne pas ouvrir une porte, ne pas ouvrir une porte… et là, j'entends le son de sa voix. Enfin, je crois que c'est la sienne, mais j'ai du mal à discerner clairement les sons dans ce sarcophage de plastique, où le bruit de ma propre respiration est amplifié.

On touche mon épaule. Je sursaute.

— Rhine ?

Il me fait pivoter, et le voilà, face à moi. Gabriel. En un seul morceau. Et non anesthésié sur une table en acier.

Ni maltraité ni mort. Mort. Le mot résonne dans ma tête comme le crépitement de l'incendie ou le hurlement de la sirène anti-ouragan. Je me rends compte que j'ai redouté sa mort, que j'ai enfoui cette peur au plus profond de moi. Je me jette dans ses bras. L'élan est rendu difficile par le casque de la combinaison, mais peu m'importe. Je sens ses bras robustes m'enlacer, et j'oublie tout le reste.

Il soulève le casque ; brusquement, les sons du monde extérieur, que n'occulte plus ma propre respiration, me parviennent de nouveau. Il lâche un petit rire. Le casque tombe. Il me serre fort et demande :

— Que faites-vous ici ?

— Je t'ai cru mort, dis-je, enfouie dans sa chemise. Je t'ai cru mort, je t'ai cru mort.

Cela me fait du bien de le dire tout haut. D'exorciser cette crainte. De savoir que ce n'est pas vrai. Il sent la peur qui émane de moi. Sa main court le long de mon dos, de mon échine, et vient étreindre mes cheveux, à la base du crâne. Il me tient fermement. Nous restons ainsi quelques instants. Quand nous brisons l'étreinte, il dégage des mèches rebelles de mon visage et me regarde avec intensité.

— Que vous est-il arrivé ?

— Quoi ? Tout va bien.

— Vos yeux.

— Ce sont des lentilles. Je voulais être *incognito*, au cas où j'aurais croisé quelqu'un, et… et toi ! crié-je en me rappelant la situation. Je suis sans nouvelles depuis des jours !

Il pose un doigt sur mes lèvres pour m'apaiser puis me conduit dans l'une des salles obscures et terrifiantes. Un des endroits dont j'ai le plus peur. Mais il est avec moi, et je sais que tout ira bien. Il n'allume pas la lumière ; je sens l'odeur du métal froid, j'entends de l'eau couler contre une surface dure. Dans ces ténèbres totales, je m'accroche à ses mains et tente de deviner sa silhouette.

— Écoutez, chuchote-t-il. Il ne faut pas rester ici. Maître Vaughn sait tout. Il sait qu'on s'est embrassés. Il sait que vous avez essayé de fuir. S'il nous surprend ensemble, je suis jeté dehors.

— Il te virerait ?

— Je n'en sais rien. Mais j'ai le pressentiment que je pourrais sortir… dans un sac mortuaire.

Bien sûr, suis-je bête ! Personne ne sort d'ici vivant. J'ai la conviction que même mort, on ne sort pas d'ici. Cela fait plus de corps à disséquer pour Vaughn. Est-ce cela que Jenna a voulu me dire ? J'imagine mes yeux dans un bocal, dans l'un des laboratoires de Vaughn, et pince les lèvres pour chasser la nausée qui monte. Il est fort possible que tout cela soit un piège tendu par le maître domanial : la carte magnétique, le fait d'assigner Gabriel au sous-sol, où il saura me chercher. Vaughn peut très bien être en train de rôder quelque part, à attendre le moment propice pour m'enfermer dans l'une de ses salles de torture. Cette perspective fait affluer le sang à mes tempes, mais la présence de Gabriel me permet de surmonter la peur. Je n'aurais jamais pu supporter de vivre sans avoir essayé de le retrouver.

— Comment ? demandé-je. Comment sait-il tout ça ?

— Je l'ignore, mais il ne faut pas qu'il nous voie ensemble. Rhine, c'est dangereux.

— Eh bien, pars avec moi.

— Rhine, écoutez, on ne peut pas…

— J'ai trouvé une issue, le coupé-je. (Je lui prends la main, la porte jusqu'à la carte magnétique qui pend à mon cou.) Linden m'a donné la permission d'utiliser l'ascenseur. Et j'ai trouvé une sortie. Il y a quelque chose qui cloche dans les arbres qui entourent la propriété. Certains ne sont pas réels. C'est un hologramme.

Il ne répond pas. Dans ces ténèbres, se taire, c'est comme disparaître, et j'empoigne le devant de sa chemise.

— Tu es toujours là ?

— Je suis là.

Il redevient silencieux, et j'écoute le bruit de sa respiration. J'entends ses lèvres s'entrouvrir ; il commence à formuler une syllabe. Je sais, indéniablement, qu'il va user d'arguments logiques pour me dissuader, et que si je veux un jour sortir d'ici avant de mourir, il ne faut pas que je renonce. Aussi l'embrassé-je.

La porte est fermée, et dans cette obscurité, cet isolement, c'est comme si nous n'étions pas au sous-sol. Nous baignons dans l'océan infini, sans le moindre continent en vue, et sans personne pour nous attraper. Nous sommes libres. Ses mains sont enfouies dans mes cheveux, vagabondent sur mon corps. La combinaison crisse, témoin sonore de ses moindres gestes.

Il tente à plusieurs reprises de briser le charme, laissant échapper un « Mais », un « Écoutez » ou un « Rhine », mais je le coupe chaque fois, et il finit par renoncer. Je voudrais que cet instant dure toujours. J'ai envie de jeter mon alliance aux orties. Je veux qu'on soit libres, tous les deux.

Au bout d'un moment, nous mettons un terme à notre étreinte ; il appuie son front contre le mien et déclare :

— Rhine, c'est trop risqué. Le maître est prêt à tout pour protéger son fils. S'il vous surprend en train de fuir, il vous assassinera et fera croire à un accident.

— Ce serait extrême, même pour lui.

— Je l'en crois capable. Son fils, c'est toute sa vie. Il vous a forcées à venir ici, vous et les autres épouses, uniquement pour le consoler quand Lady Rose était mourante. N'allez pas croire qu'il hésitera à vous détruire s'il pense agir pour vous empêcher de faire du mal à son fils.

« Si tu tiens à la vie, n'essaie plus de t'évader. » C'est ce que m'a dit Vaughn à la suite de mon évasion ratée. Il m'a aussi déclaré que j'étais plus spéciale que je ne le croyais, que cela anéantirait Linden de me perdre ; malgré tout le mal que je pense de Vaughn, je crois en effet qu'il tient à son fils. Quel que soit l'accident qu'il mette en scène, cela ne rendrait pas mon décès plus acceptable aux yeux de Linden. Il ne pardonnerait jamais à son père qu'il me soit arrivé quelque chose tandis que j'étais sous sa responsabilité.

Je sens la culpabilité m'envahir, et je m'efforce de chasser ce sentiment. Je n'appartiens pas à Linden. Je ne lui veux aucun mal, mais je n'ai pas le choix ; il doit en être ainsi.

— Tout va bien se passer. On ne se fera pas prendre, c'est tout.

Il part d'un rire où se devine l'incrédulité.

— Oh ! si c'est tout…

— Je t'ai dit que je te traînerais par la peau du dos s'il le fallait, et je le ferai. Tu ne vois pas ce qui se passe ? Tu es prisonnier depuis si longtemps que tu n'as même pas conscience de ta soif de liberté. Et ne va pas dire que ça n'est pas si terrible, ici. Ne me demande pas ce que le monde extérieur offre et qu'on ne trouve pas ici, car la réponse, je ne peux que te la montrer. Il faut me faire confiance. Je t'en prie. Il le faut.

Je perçois son hésitation. Il enroule une mèche de mes cheveux autour d'un de ses doigts.

— Je ne pensais pas te revoir un jour, fait-il après un long silence, me tutoyant pour la première fois.

— Là tout de suite, tu ne me vois pas, dis-je.

Nous nous autorisons un petit rire.

— Tu es folle.

— On me l'a déjà dit. Ça signifie que tu es prêt à essayer mon plan ?

— Et si ça ne marche pas ?

— Eh bien, nous mourrons tous les deux.

Je n'ai jamais été si sérieuse de ma vie.

Nouvelle pause. Ses mains tâtonnent pour trouver mes joues. Puis sa voix retentit, calme, sereine.

— Entendu.

Nous peaufinons les détails du plan à voix basse, pressés l'un contre l'autre dans les ténèbres. Le dernier vendredi de chaque mois, autour de 22 heures, Gabriel sort les déchets biologiques par l'issue de derrière, et les porte au camion-benne que maître Vaughn fait venir à cette occasion. Il regardera le camion repartir puis suivra la voie ouverte à travers les arbres holographiques et m'attendra. Je vois là un plan solide, mais Gabriel me demande comment nous franchirons la grille, s'inquiète d'une éventuelle alarme... Je balaie ses doutes d'un geste.

— Nous verrons bien, affirmé-je.

Ce soir, Linden m'emmène en ville, à une fête du solstice.

— Quand nous partirons, je tâcherai de mémoriser la route. J'essaierai de nous trouver un point de chute.

— C'est la dernière semaine de décembre, remarque-t-il quand nous nous disons « au revoir ». On se reverra l'an prochain.

Un dernier baiser, et les portes de l'ascenseur se referment entre nous.

À l'étage des épouses, l'incendie a été maîtrisé, mais il nous faut dire adieu aux lambeaux calcinés de ce que je considère comme les rideaux roses les plus moches du monde. Alors que j'entre dans le salon, Jenna est en pleine discussion avec maître Vaughn.

— … et là, j'ai vu la flamme de la bougie lécher le rideau, et j'ai essayé de l'éteindre, mais le feu était déjà incontrôlable.

Linden lui tapote l'épaule pour la rassurer, et je vois qu'elle lutte pour ne pas se dégager.

— Ce n'est pas ta faute, dit-il.

— On va faire changer les rideaux, déclare Vaughn. Mais il vaudrait mieux ne pas laisser de bougies allumées sans surveillance.

Pour une raison que j'ignore, il regarde dans ma direction.

— Qu'as-tu aux yeux ? lance Cecily, qui tient le bébé grognon contre son épaule.

— Aux yeux ? m'étonné-je.

Jenna pose l'index sous son œil, et je saisis le message qu'elle me fait passer. Je porte encore les lentilles vertes.

— Je… j'ai voulu essayer autre chose. C'était censé être une surprise. Pour la fête de ce soir, Linden. J'étais en train de les essayer quand l'alarme a retenti, et ça m'est sorti de la tête.

Je n'arrive pas à savoir si Vaughn est convaincu par mon laïus, mais, fort heureusement, le bébé se met à pleurer, ce qui détourne l'attention générale. Cecily ne parvenant pas à le calmer, Vaughn le lui prend des bras.

— Là, là, Bowen, mon petit bonhomme, fait-il.

Les couinements s'atténuent. Cecily se tient dans l'ombre de Vaughn, comme si elle voulait dire quelque chose, les mains tendues comme pour récupérer son fils, mais sans achever son geste.

— Je crois qu'il a faim, déclare Vaughn.

— Je m'en occupe, réplique Cecily.

— Allons, ma chérie, ne te donne pas cette peine. (Il lui assène une tape sur le nez, comme à une enfant.) Les nourrices sont là pour ça.

Sur ce, il quitte la pièce, bébé Bowen dans les bras, avant que Cecily ait le temps d'ouvrir la bouche. Ses petits seins gonflés perdent du lait à travers sa chemise.

Il faut une heure aux servantes pour me préparer pour la fête du solstice. Je suis si soulagée d'avoir retrouvé Gabriel, et si excitée par notre plan d'évasion, que je les laisse me triturer les cheveux, et les bombarder de laque jusqu'à ce que l'épais nuage parfumé m'étouffe. On me dissuade de recourir aux lentilles colorées, et je prétends être triste de devoir les enlever.

— Vos yeux seront le grand sujet de discussion de la fête, croyez-moi, me confie l'une des domestiques.

— Surtout s'il y a des caméras, fait une autre, rêveuse.

Des caméras ? Parfait. J'ignore quelles sont les chances pour que mon frère regarde la retransmission télévisée d'une fête du solstice. Sans compter qu'il doit y avoir des dizaines de chaînes qui couvrent autant de festivités. Il n'a pas pour habitude de suivre ce genre d'événements, mais si jamais il me cherche encore… Est-ce possible, après tout ce temps ? Encore un mois, et j'aurai trouvé le moyen de rentrer chez moi. Tout au fond de moi, j'ai peur de tomber sur une maison déserte ; il se peut qu'il soit parti à ma recherche, ou encore que le chagrin l'ait poussé à déménager, cette maison ravivant trop de souvenirs. C'est déjà arrivé. On a vu des familles partir au loin, après l'enlèvement d'une sœur ou d'une fille. Et Rowan n'est pas du genre à rester sans réagir.

Attends-moi, fais-je en m'efforçant de projeter mes pensées, de recréer le lien de gémellité. *Je serai bientôt de retour.*

Comme chaque fois, je n'obtiens aucune réponse.

J'étais sceptique quand Deirdre m'a annoncé que ma robe serait rose, mais quand elle me la dévoile, je suis comme toujours époustouflée par son talent. Le tissu est d'un rose passé chatoyant, avec un ourlet représentant une congère miniature. Le châle est brodé de perles scintillantes. Elle assortit mon maquillage à la robe.

— Je parie que toutes les autres épouses porteront du bleu ou du blanc, glisse-t-elle. Pour symboliser l'hiver. J'ai pensé que vous aimeriez vous démarquer un peu.

— C'est incroyable, dis-je.

Elle s'illumine, me tend un mouchoir plié pour fixer le rouge à lèvres.

Linden est ravi de constater que j'ai renoncé aux lentilles vertes.

— Elles fichaient la trouille, lance Cecily, les bras croisés sur le palier.

Ses cheveux sont en bataille, et des valises empourprées soulignent ses yeux. Cela contraste avec sa peau pâle, marbrée de veines violettes.

— J'ai bien cru que tu avais eu une attaque. Ne les porte plus, d'accord ?

Elle frémit à l'évocation de ce souvenir et se réfugie dans sa chambre.

Je fronce les sourcils. Elle n'a plus rien de la frétillante épouse ailée qu'elle était un an auparavant. Son quatorzième anniversaire est tombé peu avant la naissance du bébé, et contrairement à Jenna, qui avait pris la chose avec calme, elle en a fait tout un plat. Nous avons eu droit à un gâteau recouvert de nappage, décoré de licornes bondissantes ; les domestiques ont chanté en son honneur, et Linden lui a offert une somptueuse rivière de diamants qu'elle n'a jamais l'occasion de porter. Elle s'est pavanée avec à l'étage un moment, mais je ne l'ai plus jamais vue la mettre depuis la naissance de Bowen.

— Elle a l'air épuisé. Tu lui donnes un coup de main, pour le bébé ? demandé-je à Linden.

— Chaque fois que j'en ai l'occasion, répond-il en fronçant lui aussi les sourcils. (Nous parlons à voix basse.) Ce n'est pas toujours facile d'arracher Bowen à mon père. Il est tellement excité d'être enfin grand-père.

Il pose son regard sur moi, et un instant, j'ai le sentiment qu'il va enfin m'apprendre ce que je sais déjà : qu'il a eu un premier enfant qui n'a pas survécu. Un peu de Rose, qu'il aurait pu chérir. Mais il se contente d'ajouter, en me prenant par le bras :

— Tu es superbe.

Dehors, il fait un froid glacial, mais le châle de Deirdre me tient chaud. Linden glisse une boutade sur le fait qu'on pourrait ouvrir le toit ouvrant ; je me blottis contre lui, répondant que je préfère le laisser fermé. Avec les vitres teintées, en pleine nuit, j'ai peine à voir où se trouvent les arbres holographiques. Mais dès que nous arrivons en ville, je scrute les rues avec attention. M'appuyant à la vitre, j'essaie de trouver des repères qui nous guideront, Gabriel et moi, une fois libres.

Linden est tout sourires.

— Qu'y a-t-il ? demandé-je.

— Toi. Tu es excitée comme une puce. (Il replace une mèche de cheveux derrière mon oreille.) C'est très mignon.

Son commentaire me prend au dépourvu. Il est en train de m'admirer, alors que je ne pense qu'à fuir sans me retourner. Je me sens si coupable que lorsqu'il m'embrasse la joue, je le gratifie d'un sourire sincère. Tout en continuant à inspecter les rues.

Le cinéma forme un point de repère idéal. Où qu'on se trouve, il sera très facile de le voir, avec son fronton illuminé et l'enseigne au néon près des portes, qui annonce fièrement que l'ensemble est ouvert vingt-quatre heures sur vingt-quatre. Je remarque également la façade de ce qui semble être un restaurant de fruits de mer, avec des tables rouge vif et des lanternes en papier. Puis je me rappelle que nous sommes en bord de mer. À l'occasion d'un virage, je devine au loin la haute silhouette des yachts, dans le port de plaisance illuminé. J'entends de la musique même si les vitres sont fermées.

— Il y a une fête sur l'eau ? demandé-je.

— Les yacht-clubs doivent en organiser, répond Linden, qui regarde par-dessus mon épaule.

— Tu as déjà navigué ?

— Une fois, quand j'étais petit. Mais j'étais trop jeune pour m'en souvenir. D'après mon père, j'ai été malade pendant des jours. Visiblement, je suis sujet au mal de mer. Depuis lors, je reste sur la terre ferme.

— C'est pour ça que tu évites la piscine, alors.

Il hoche la tête. Je m'efforce de dissimuler l'épouvante qui me saisit. Vaughn exerce une emprise si totale sur son fils, qu'il lui interdit même de profiter de l'illusion de l'océan dans la piscine. J'en viens à douter de cette histoire de mal de mer. Et même de celles de maladies infantiles et de santé fragile, que Vaughn a sûrement inventées pour dissuader son fils de s'éloigner. Je pose une main sur son genou et déclare :

— Quand il fera meilleur, je t'apprendrai à nager. C'est facile, et une fois qu'on sait nager, on ne peut pas se noyer, même en le faisant exprès.

— Ça me plairait bien.

Et là, ça me revient. Quand le temps sera redevenu plus clément, je serai loin d'ici. Je jette un dernier regard à l'océan avant de le voir disparaître derrière les bâtiments. Les vagues déferlent, au-delà des yachts et des lumières, dans la nuit noire, dans l'immensité. C'est le seul endroit où Linden ne pourra pas me suivre. Et Gabriel dit adorer les bateaux. Je me demande s'il s'y connaît assez pour nous faire prendre le large.

La fête a lieu au quinzième étage d'un gratte-ciel. La piste de danse est composée de dalles qui s'illuminent quelques secondes quand on appuie dessus. Des stalactites reflètent les lumières chatoyantes. Un hologramme représente un tapis enneigé au sol, et Deirdre a vu juste : toutes les épouses sont en bleu ou en blanc.

Tandis que nous nous attardons près de l'entrée, Linden a l'air un peu tendu.

— Tu connais des gens, ici ? lui demandé-je.

— Quelques collègues de mon père.

Les stroboscopes font danser son ombre dans toutes les couleurs de l'arc-en-ciel. Je me remémore les propos de Rose : il fait tapisserie dans les soirées, alors que c'est un excellent danseur. Pour l'heure, on dirait qu'il a le mal de mer. Je décide d'attendre un slow avant de lui demander de se lancer, histoire de rendre la chose plus facile.

Nous nous postons près du buffet et goûtons le filet mignon, les soupes, sans oublier le plus grand assortiment de petits-fours qu'il m'ait été donné de voir depuis l'époque où je passais devant une pâtisserie de Manhattan en allant travailler. Je dis à Linden qu'il faut absolument que je rapporte des éclairs à Cecily, qui a un faible pour tout ce qui est recouvert de chocolat.

Au premier slow, j'entraîne Linden jusqu'à la piste de danse. Un Linden tout d'abord intimidé, qui ne met cependant pas longtemps à oublier la foule environnante. Je n'ai pratiquement jamais dansé de toute ma vie, il me dirige avec assurance, guidant mes mouvements rendus délicats par des talons ridiculement hauts. Alors que nous virevoltons, et juste après qu'il m'a fait tourner sous son bras, me rattrapant de justesse, une caméra s'oriente vers nous. Je m'efforce de lui présenter mes yeux du mieux possible.

Nous nous mêlons à l'assemblée un moment ; cette fois, on s'empresse moins à me faire le baisemain, car la plupart des hommes sont accompagnés de leur épouse. Ces dernières sont également plus supportables. Des femmes de la première génération parlent avec de plus jeunes épouses, et je participe à une conversation portant sur les oiseaux rares de l'est de la Californie. Je n'ai pas grand-chose à dire là-dessus, mais cela me change agréablement des épouses qui me demandaient quand je comptais laisser mon mari me faire un bébé.

Linden, quant à lui, discute au sein d'un groupe d'hommes, à l'autre bout de la salle ; nos regards se croisent de temps à autre, et il me fait parfois signe. Je suppose qu'il suit mon exemple.

— Vous êtes bien mariée à Linden Ashby ? me demande une jeune épouse en se penchant vers moi.

— En effet.

Bizarrement, c'est un fait que j'admets désormais plus naturellement.

— J'ai été très peinée d'apprendre la mort de Rose. (Elle appuie la main sur son cœur.) C'était une amie très chère.

— Moi aussi, je l'aimais beaucoup, répliqué-je.

À l'autre bout de la salle, il me semble que Linden est en train de rire aux éclats de ce que quelqu'un vient de dire.

— Il paraît s'être bien remis, note la jeune femme, dont le sourire juvénile me rappelle Cecily avant la naissance du bébé. Je suis contente de le voir de nouveau en société. Mon mari travaille avec son père, à la clinique ; nous avons tous appris que Rose était tombée malade, et il ne se montrait plus aux fêtes.

— Ce fut très pénible pour lui, mais il va beaucoup mieux, dis-je.

— Vous devez avoir quelque chose de magique.

Linden revient et me prend le bras, riant toujours de la blague de tout à l'heure. Il commence à me présenter aux amis de son père, à leurs épouses, et même à des personnes qu'il vient de rencontrer. Je ne l'ai jamais vu ainsi. Si heureux. Si… libre.

Nous rentrons au petit matin. Il a bu quelques verres et titube quand nous prenons l'ascenseur jusqu'à l'étage des épouses. Il tient à aller voir Bowen, dont le berceau se trouve dans la chambre de Cecily. Il a été question d'installer une nursery à un autre étage, ce qui a provoqué pas mal de tensions entre Cecily et Vaughn. Elle refuse de se séparer de son fils, tandis que Vaughn juge déplorable de ne pas utiliser les nombreuses pièces disponibles. La chambre de Rose, au bout du couloir, est restée close. Même Cecily n'a pas osé suggérer qu'on la convertisse en nursery.

Je tends à Linden la boîte d'éclairs que j'ai rapportée pour Cecily ; il m'observe un long moment, lâche un :

— C'est très gentil à toi.

Puis il m'embrasse furtivement avant de rentrer dans sa chambre.

Une fois dans ma salle de bains, je me démaquille, rince mes cheveux à même le lavabo et passe une chemise de nuit, mais je comprends rapidement que je ne trouverai pas le sommeil. Mon corps n'a pas assez dansé ; quant à mon esprit, il est accaparé par le souvenir des lumières, de la musique et de l'océan. Si j'étais réellement une orpheline, comme le croit Linden, et si j'avais grandi dans une école pour futures épouses, j'applaudirais certainement à la vie qui s'offre à moi. Je comprends qu'une jeune femme se perde dans ce conte de fées.

Je songe à appeler Deirdre pour qu'elle vienne masser mes chevilles douloureuses ou me fasse couler un bain à la camomille, science exacte dont je suis incapable de recréer l'alchimie précise, mais je me ravise en me rappelant l'heure indue. Je vais plutôt frapper à la porte de Jenna. Elle dort déjà à moitié ; je lui demande si je peux la rejoindre au lit, et dans les ténèbres de sa chambre, je vois à peine son hochement de tête.

— Tu as salué la liberté pour moi ? fait-elle alors que je passe un bras autour d'un oreiller et qu'elle me borde.

Je lui raconte les stalactites, le tapis neigeux holographique, le buffet.

— Les fraises dans une fondue au chocolat étaient à tomber, me pâmé-je. Il y avait une fontaine énorme, dégoulinante de chocolat. J'aurais aimé que tu voies ça.

— Ça devait être chouette.

Sa voix est un peu rauque, et elle tousse. Je l'ai déjà entendue tousser la veille, et elle est un peu pâlichonne depuis quelques jours. M'approchant, je pose une main sur son front. Mais Linden n'est pas le seul à avoir un peu bu, et je n'arrive pas à savoir s'il est chaud.

— Tu te sens bien ?

— Je suis juste un peu fatiguée. Et enrhumée. C'est ce temps.

Elle tousse encore, et je sens quelque chose de chaud atterrir sur ma joue. Mon sang se fige.

— Jenna ?

— Quoi ?

Je voudrais rester ici, dans le noir, et ne pas faire un geste en direction de cette nouvelle peur. Je voudrais m'endormir, pour me réveiller demain matin et découvrir que tout va bien.

Mais je n'en fais rien. Je me penche et allume la lumière. Jenna tousse encore, et je vois le sang qui macule ses lèvres.

22

LE BÉBÉ PLEURE sans arrêt. Son visage est écarlate, et Cecily fait les cent pas en le tenant contre son épaule, lui murmurant des mots tendres en dépit des larmes énormes qui inondent ses joues. Elle n'a pas un geste pour les essuyer.

Pendant ce temps, Vaughn examine Jenna, lui palpe la mâchoire, abaisse sa langue d'un index cruel et parcheminé afin d'inspecter sa gorge. Je devine qu'elle déteste le savoir près d'elle. Et elle paraît toute fanée.

Linden prend le bébé, qui glousse un instant, puis se remet à hurler.

— Tu peux le faire sortir d'ici, s'il te plaît ? dis-je en me plaquant les mains sur les tempes.

Pour la troisième fois, Vaughn demande son âge exact à Jenna. Pour la troisième fois, elle lui répond qu'elle a tout juste dix-neuf ans. Et que oui, elle en est sûre.

Linden fait sortir le bébé hurleur, mais on l'entend encore.

— Qu'y a-t-il ? demande Cecily. Quel est le problème ?

— C'est le virus, lâche Vaughn.

Je suppose qu'il essaie d'apparaître rongé par le remords, mais tout ce que je vois, c'est un serpent de dessin animé remuant la langue. La vie de Jenna ne signifie rien pour lui.

— Non, s'écrie quelqu'un.

Je me rends compte qu'il s'agit de ma voix. Cecily me touche le bras ; je la repousse violemment.

— Ça n'a aucun sens. C'est impossible.

Les yeux de Jenna se ferment. Elle peine à rester consciente le temps d'entendre qu'elle est mourante. Comment se peut-il qu'elle en soit arrivée à ce stade si rapidement ?

— Mais vous pouvez arranger ça, hein ? gémit Cecily, le col de chemise humide de larmes. Vous travaillez sur un antidote.

— Il n'est pas encore au point, j'en ai peur, rétorque Vaughn. Mais on parviendra peut-être à prolonger sa vie jusqu'à ce qu'il le soit.

Il tapote le nez de Cecily, mais elle ne trouve plus aucun charme à ses attentions, et recule d'un pas en secouant la tête.

— Qu'avez-vous fait, alors ? Avec tout ce temps, tout ce temps que vous passez en bas !

Ses lèvres tremblent, et sa respiration s'est faite laborieuse, comme celle de quelqu'un qui se noie. Elle est persuadée que les heures que passe Vaughn au sous-sol sont dédiées à la recherche d'un antidote, et que bientôt notre beau-père pourra tous nous sauver. Je ne partage pas son optimisme.

— Enfin, ma chère…

— Non ! Non, faites quelque chose, et faites-le tout de suite.

Ils commencent à se disputer à voix basse. Leurs voix résonnent, encore et encore, les gémissements de Cecily me heurtent comme des vagues : c'est trop pour moi. Je voudrais qu'ils sortent, tous les deux. Vaughn et sa mascotte. Je grimpe dans le lit au côté de Jenna et essuie le sang qui macule ses lèvres. Elle a déjà commencé à perdre connaissance.

— Je t'en prie, murmuré-je à son oreille.

Je ne sais pas ce que je demande au juste. Je ne sais pas quelle réaction j'attends d'elle.

Fort heureusement, Vaughn se décide à partir, et Cecily nous rejoint dans le lit. Sa crise de larmes remue le matelas.

— Elle dort, ne va pas la réveiller, lancé-je sèchement.

— Désolée, chuchote-t-elle en posant la tête sur mon épaule.

Après ça, elle n'émet plus aucun son.

Jenna sombre dans un sommeil où nous ne pouvons pas l'atteindre, cependant que Cecily et moi plongeons tour à tour dans nos propres cauchemars. J'entends Cecily marmonner lorsqu'elle bouge dans son sommeil, mais je me sens coupée de mes deux sœurs épouses. Je cours encore et encore à travers bois, sans jamais apercevoir de grille. Parfois, je me noie. Les vagues me submergent, au point que je perds la notion du haut et du bas.

Je m'éveille en haletant. La moiteur dans mon cou n'est autre que Cecily, blottie contre moi, en sueur, en pleurs, bavant. Ses lèvres remuent, essaient de former des mots. Ses sourcils froncés se rejoignent.

Dans le couloir, j'entends le bébé qui pleure toujours, et la chemise de nuit de Cecily est maculée de lait maternel ; il lui est systématiquement refusé d'allaiter son fils. Vaughn se charge de lui. Il a engagé une nourrice, prétextant que c'est plus sain pour elle, mais elle semble au désespoir. Mes sœurs épouses se fanent comme les lis de ma mère, et j'ignore comment les raviver. Je me sens impuissante.

Jenna ouvre les yeux, me lance un regard vide.

— Tu as une sale mine, croasse-t-elle. C'est quoi, cette odeur ?

— Le lait de Cecily, dis-je.

Au son de ma voix, Cecily s'agite un peu. S'étouffant à demi dans sa bave, elle marmonne qu'elle n'aime pas cette musique. Puis elle ouvre les yeux, reprend pleinement conscience et s'assoit.

— Comment ça va ? Tu te sens mieux ?

Le bébé pleure toujours ; elle a un regard vers la porte.

— Il faut que j'aille l'allaiter, s'écrie-t-elle en avançant péniblement vers le palier, heurtant le montant de la porte.

— Il y a quelque chose qui cloche chez elle, indique Jenna.

— C'est maintenant que tu t'en rends compte ?

Nous nous mettons toutes deux à glousser.

Jenna parvient à s'asseoir, et je lui fais boire un peu d'eau. Je crois qu'elle s'hydrate uniquement pour me faire plaisir. Elle est d'une pâleur extrême, et ses lèvres sont violettes. J'essaie de juger son état par rapport à Rose, qui était capable de feindre la pleine forme dans ses bons jours. Je revois la coloration artificielle ridicule que donnaient les June Beans à sa bouche, me demandant s'il ne s'agissait pas d'un genre de camouflage. Comme le fard qui ornait son visage. Je l'entends râler contre les médicaments, implorer qu'on la laisse mourir.

— C'est très douloureux ?

— Je ne sens plus trop mes bras et mes jambes, répond Jenna, riant un peu. Je crois bien que je serai la première à partir d'ici, tout compte fait.

— Je t'en prie, ne dis pas ça, fais-je en dégageant son front.

— J'ai rêvé que j'étais dans la camionnette, avec mes sœurs. Mais quand les portes se sont ouvertes, je les ai regardées, et je t'ai vue, toi, et Cecily. Rhine, je crois que je commence à oublier leur visage. Leur voix.

— J'ai oublié la voix de mon frère.

Je ne saisis qu'après coup ce que je viens de dire.

— Mais tu n'as pas oublié son visage. Parce que vous êtes jumeaux.

— Tu as deviné, hein ?

— Tes histoires de jumeaux sont trop criantes de vérité pour être inventées.

— Mais nous ne sommes pas de vrais jumeaux. Les vrais jumeaux sont forcément du même sexe, tu sais. Et j'ai un peu oublié à quoi il ressemble, pour tout dire.

— Tu le reverras, m'assure-t-elle. Tu ne m'as jamais dit si tu avais réussi à atteindre le sous-sol.

Je hoche la tête, renifle un peu, tâche de faire passer ça sur le compte d'une quinte de toux.

— On a un plan. Nous partons le mois prochain. Mais je pourrais rester un peu plus longtemps.

— Je n'ai pas mis le feu à ces rideaux pour rien. Filez d'ici, vous deux, et ça sera formidable.

— Viens avec nous, tenté-je.

— Rhine…

— Tu détestes cet endroit. Tu tiens vraiment à passer ce qui te reste à vivre dans ce lit ?

Je ne sais pas ce que j'attends de la liberté que je lui propose. Elle pourrait voir l'océan. Assister à un lever de soleil en femme libre. Être enterrée près de la mer.

— Rhine, je serai morte avant ton départ.

—Ne dis pas ça!

J'appuie la tête contre son épaule, et elle me passe la main dans les cheveux. Je m'efforce de faire refluer les larmes qui menacent de couler. C'est un tel effort que mes lèvres tremblent. C'est pour elle que j'essaie d'être forte, mais elle remarque aisément ma détresse.

—Tout va bien, fait-elle. Ne t'inquiète pas.

—Tu es folle de dire une chose pareille.

—Non, réplique-t-elle en se redressant pour que je relève la tête et la regarde en face. Pense à ce que tu désires le plus : tu touches au but.

—Et toi ? m'exclamé-je plus fort que je ne l'aurais voulu.

Le tremblement a gagné mes mains ; j'agrippe fermement la couverture.

Elle sourit. Un sourire détendu, admirable.

—Moi aussi, je touche au but.

Les jours suivants, Linden passe beaucoup de temps auprès de Jenna. Mais ce n'est pas comme le temps passé auprès de moi après ma tentative d'évasion, ou auprès de Cecily quand elle était sur le point d'accoucher. Jenna ne s'est jamais faite à l'idée d'être sa femme. Il s'assoit sur une chaise ou sur le divan, jamais dans le lit, près d'elle. Il ne la touche pas. J'ignore de quoi peut parler ce couple d'étrangers, qui n'a jamais fait d'effort pour mieux se connaître, mais je ne peux m'empêcher de penser qu'ils procèdent à la mise au point finale, obligatoire, que l'on s'attend à trouver dans un hôpital. Comme si elle lui faisait part de ses dernières volontés. Comme s'il tentait de clore quelque chose avant qu'elle parte.

— Tu savais que Jenna avait des sœurs ? me demande-t-il à l'occasion d'un dîner.

C'est un tête-à-tête. Cecily rattrape un peu de sommeil en retard, et Vaughn est censé travailler au sous-sol, sur son fameux antidote miracle.

— Oui.

— Elle m'a dit qu'elles étaient mortes. Dans un genre d'accident.

J'essaie de manger, mais j'ai beaucoup de peine à déglutir. Les aliments descendent par ma gorge dans une fosse vide. Ils n'ont aucun goût. Je me demande pourquoi Jenna, avec la rancœur qui est la sienne, n'a pas dit la terrible vérité à Linden au sujet de ses sœurs. Peut-être que ça n'en vaut pas la peine. Que lui cacher cette vérité est pour elle la manifestation ultime du mépris qu'elle éprouve. Elle mourra sans qu'il ait jamais rien su d'elle.

— Je ne l'ai jamais vraiment cernée, conclut Linden en se tamponnant la bouche à l'aide d'une serviette. Mais je sais qu'elle comptait beaucoup pour toi.

— Comptait ? Elle compte toujours. Elle n'est pas encore morte.

— Bien sûr. Je suis désolé.

La suite du repas se passe en silence, mais le cliquetis de ses couverts en argent contre l'assiette suffit à me taper sur les nerfs. Sa naïveté m'est douloureuse. Quand j'aurai pris la fuite, je parie que Vaughn lui dira que je suis morte et lui donnera des cendres bidon à disperser. Il ne restera plus à Linden que Cecily, celle qui rêve de cette vie depuis le début, et qui lui fera sans doute une demi-douzaine de gosses supplémentaires afin de combler la vacuité de leur existence. Puis ils mourront l'un comme l'autre, et Vaughn n'aura aucun mal à les remplacer : comme il est de la première génération, Dieu sait combien de temps il lui reste à vivre. Nos chambres accueilleront de nouvelles filles après notre départ.

Linden et Cecily. Leur vie s'est déroulée dans un tel isolement qu'ils ne savent même pas ce qui leur échappe. Et c'est aussi bien comme ça. Ils feront leurs adieux à Jenna, puis à moi, nous enterreront dans un recoin sombre de leur cœur, et poursuivront leur petit train-train jusqu'au terme de leur courte vie. En trouvant le bonheur dans des hologrammes, des illusions.

En d'autres temps et d'autres lieux, je me demande ce qu'ils auraient pu devenir.

Le personnel vient débarrasser nos assiettes, et Linden fait la tête en constatant que je n'ai presque rien mangé.

— Tu vas te rendre malade.

— C'est juste un peu de fatigue. Je vais me coucher.

À l'étage, la porte de la chambre de Cecily est restée ouverte, et j'entends le doux gazouillis de Bowen, sa respiration régulière, heurtée, de nouveau-né. La lumière est éteinte. Peut-être est-il éveillé dans son berceau, alors que Cecily dort. Je connais ce schéma. Laissé à lui-même au sortir d'une sieste, il va fatalement se mettre à pleurer. Et quand il commence, ça ne s'arrête jamais.

Je comptais essayer de dormir un peu, mais il est préférable de sortir Bowen de son berceau avant qu'il réveille mes sœurs épouses. Mais quand je pénètre dans la chambre, je trouve Jenna assise au bord du lit, baignée par un rai de lumière provenant du couloir. Ses longs cheveux cascadent sur son épaule, son visage est penché vers l'enfant qu'elle tient dans ses bras. Derrière elle, Cecily dort sans bruit, emmitouflée sous les couvertures.

— Jenna ? chuchoté-je.

Elle sourit sans lever la tête.

— Il ressemble à notre époux, dit-elle à voix basse. Mais il aura le caractère de Cecily. Hélas, nous ne serons pas là pour voir ça.

Elle est si belle dans cette posture. La pénombre atténue sa pâleur extrême, la teinte violacée de ses lèvres. Sa chemise de nuit est tout en dentelle, sa chevelure forme un rideau noir parfait. Je suis douloureusement frappée par le fait qu'elle a tout d'une mère aimante. Douce, habile, prévenante, avec ses longs doigts caressant le visage lunaire de Bowen. Je me demande si elle s'occupait pareillement de ses sœurs avant qu'elles soient assassinées, comme elle l'a fait pour Cecily. Ou pour moi.

Je jurerais avoir vu une larme perler au coin de son œil, mais elle l'essuie hâtivement avant qu'elle coule.

— Comment te sens-tu ? demandé-je.

— Ça va.

Je m'oblige à la croire. Elle semble si forte à cet instant, si jeune.

— Tiens, prends-le une minute, d'accord ?

Elle se relève. Lorsqu'elle avance vers moi, je remarque que ses genoux tremblent. À la lumière du couloir, je constate que son visage est sillonné de sueur, que ses yeux sont cernés d'ombres bleutées.

Je la laisse poser le bébé dans mes bras, et elle marche à mon côté, tel un spectre, dépassant l'endroit précis où elle avait flirté avec le domestique ébahi, où elle est passée cent fois en regagnant sa chambre, plongée dans un roman à l'eau de rose.

Sa main court le long du mur sur le chemin de sa chambre, dont elle ferme la porte derrière elle. Quelques instants plus tard, j'entends le bruit étouffé d'une crise de toux.

Bowen, inconscient de son absence, s'est endormi. J'envie son indifférence. J'envie les vingt-cinq ans qui lui restent.

Plus tard, je ferme la porte de ma chambre. J'éteins les lumières. J'enfouis mon visage dans l'oreiller et hurle jusqu'à être engourdie au point de ne plus sentir mes bras et mes jambes, tout comme Jenna. Le silence vrombit.

Rowan, mes parents, Rose, le port de Manhattan. Vous me manquez. Je vous aime. Je vous ai laissé tomber, ou vous m'avez filé entre les doigts.

Je veux que ma mère vienne m'embrasser pour me souhaiter une bonne nuit. Que mon père joue du piano. Que mon frère monte la garde pendant mon sommeil, qu'il me fasse boire une gorgée de vodka quand la douleur est trop forte. Il me manque. Cela fait longtemps que je me cache le fait qu'il me manque, mais à cet instant, c'est plus fort que moi. Le barrage cède. Je me sens épuisée, perdue, j'ignore si je vais vraiment arriver à m'enfuir. À ouvrir le portail en fer forgé orné d'une fleur pointue. J'essuie mes larmes sur le mouchoir de Gabriel, que je dissimule dans ma taie d'oreiller depuis tout ce temps. Dans l'obscurité, je perçois le motif brodé, et je sanglote jusqu'à avoir la gorge à vif, et j'espère, j'espère, j'espère que je parviendrai à rentrer à la maison.

Je rêve qu'on me jette à la mer. Que je me noie. Mais cette fois, je ne lutte pas. Je succombe. Au bout d'un moment, dans la quiétude des fonds marins, j'entends la musique de mon père, et ça n'est pas si terrible.

Le lendemain matin, c'est une Cecily en pleurs qui me réveille.

— Jenna n'ouvre pas les yeux, dit-elle. Elle est brûlante.

Cecily a toujours tendance à dramatiser. Mais quand, mal réveillée, j'entre en titubant dans la chambre de Jenna, je me rends compte que la situation est encore pire que ce qu'elle m'a annoncé. La peau de notre sœur épouse a pâli et pris une vilaine teinte cireuse. Des bleus maculent sa gorge et ses bras. Non, pas de simples bleus : on dirait des plaies infectées. Quand je touche son avant-bras, elle émet un croassement pathétique.

— Jenna ? chuchoté-je.

Cecily fait les cent pas en serrant et en desserrant les poings.

— Je vais chercher maître Vaughn, fait-elle.

— Non. (Montant sur le lit, je pose la tête de Jenna sur mes genoux.) Va plutôt chercher un linge humide à la salle de bains.

— Mais...

— Il n'y a rien qu'il puisse faire pour elle que nous ne puissions faire nous-mêmes, lancé-je en m'efforçant de parler calmement.

Cecily s'exécute. Je l'entends sangloter tout en faisant couler l'eau, mais quand elle revient en portant une serviette humide, elle s'est ressaisie. Repoussant les couvertures, elle dégrafe les premiers boutons de la chemise de nuit de Jenna pour faire chuter la fièvre. Quand je l'observe, je constate qu'elle lutte pour contenir la panique qui se lit dans ses yeux. Les miens expriment-ils la même angoisse ? Assise en tailleur, je passe calmement les doigts dans la chevelure de Jenna, mais mon cœur bat la chamade et j'ai l'estomac noué. Ce qu'elle endure est bien pire que ce que Rose a vécu. Bien, bien pire.

Les heures passent, et je sens que ce sont les dernières de ma sœur épouse. Elle ne rouvrira pas les yeux. Je n'aurais jamais cru que cela puisse aller si vite.

Cecily m'enlace et enfouit son visage dans mon cou. Mais je n'ai aucune parole de réconfort à lui prodiguer. Le simple fait de respirer monopolise toutes mes forces.

— Il faut aller chercher maître Vaughn, répète-t-elle pour la troisième ou quatrième fois.

— Elle le hait, dis-je en secouant la tête.

C'est alors que fuse le rire de Jenna.

— Ouais, fait-elle.

C'est un « ouais » faible et étouffé, mais il attire aussitôt notre attention ; nous voyons un sourire s'ébaucher sur les lèvres empourprées de Jenna. Ses paupières s'agitent, elle ouvre les yeux. Des yeux qui ont perdu tout éclat. Un regard glacé, distant. Mais un regard que toute vie n'a pas déserté. Elle est encore parmi nous.

— Salut, susurre Cecily, qui s'agenouille près du lit et prend la main de Jenna entre les siennes. Comment te sens-tu ?

— Super, répond Jenna en haussant les sourcils.

— Qu'est-ce qui te ferait plaisir ? demandé-je.

— Un tunnel de lumière, ça m'irait.

Je crois la voir esquisser un rictus.

— Je t'interdis de dire des choses pareilles, intervient Cecily. Je t'en prie. Si tu veux, je peux te faire la lecture. J'ai bien progressé.

Jenna rouvre les yeux le temps d'observer Cecily saisir l'un des nombreux livres entassés sur sa table de nuit. Elle part d'un rire plus pénible à entendre que le précédent.

— Celui-ci ne convient pas vraiment à un lit de mort, Cecily.

Cette dernière réplique m'achève. Je regarde Jenna : tout ce que je vois, c'est cette chose qui la tue. Même sa voix ne lui appartient plus.

— Je m'en fiche, je le lirai quand même, insiste Cecily. Il y a un marque-page au milieu, je vais reprendre là. Comme ça, tu sauras au moins comment il finit.

— Va directement à la dernière page, alors, lâche Jenna. Le temps m'est compté.

Elle est prise d'une convulsion qui soulève sa poitrine ; une bile sanglante sourd de sa bouche. Lui penchant la tête sur le côté, je lui frotte le dos pendant qu'elle lutte pour tout expectorer. Cecily se recroqueville, les yeux baignés de larmes. J'ignore où elle trouve l'énergie pour pleurer autant. J'en ai moi-même tout juste assez pour bouger. Le simple fait d'être en vie est si pénible que je ne souhaite qu'une chose : ramper sous les couvertures et dormir. Si je devais marcher, je n'en aurais pas la force.

J'ai dormi des jours durant après la mort de mes parents. Des semaines. Jusqu'à ce que mon frère n'en puisse plus. *« Lève-toi*, avait-il explosé. *Ils sont morts. Nous sommes vivants. On a des choses à faire. »*

Jenna hoquette, s'étouffe. Je vois saillir ses vertèbres à travers sa mince chemise de nuit. Depuis quand est-elle si maigre ? Elle semble plus morte que vive quand elle cesse enfin de tousser et de vomir. Elle roule sur le dos, paupières closes, immobile à l'exception de sa respiration heurtée. Elle n'esquisse pas le moindre mouvement quand Cecily et moi ôtons les draps souillés.

Elle passe le reste de la matinée à dormir, bredouillant à peine lorsque nous lui retirons sa chemise de nuit tachée et l'humectons à l'aide de tissus mouillés et froids. Sa peau est couverte d'hématomes, si translucide et marbrée de veines que j'hésite à la toucher. Certains « bleus » se sont mis à saigner. On dirait que son corps pourrit de l'intérieur. Ses cheveux se sont clairsemés ; elle les perd par poignées. Je ramasse les mèches. Cecily lit le roman à l'eau de rose à haute voix : il n'est question que de jeunes amants pleins de santé et de baisers ensoleillés. Elle s'arrête de temps à autre pour éclaircir sa voix nouée de sanglots.

Constatant que Jenna est trop faible pour avaler la moindre pilule et ne retient rien de ce que nous lui faisons ingurgiter, nous renvoyons les domestiques porteurs de prescriptions médicales. Livide et incapable de parler, Jenna en vient à enfouir son visage dans ma chemise de nuit ou celle de Cecily lorsqu'elle entend quelqu'un approcher. Je sais ce qu'elle essaie de nous dire. Elle implore la même chose que Rose avant elle. Elle ne veut pas qu'on prolonge son tourment.

En revanche, elle semble tolérer Adair, que nous autorisons à entrer. Son serviteur a le pied léger et des gestes doux. Il enduit son torse d'un onguent qui fait cesser les sifflements de sa respiration. Et ne reste que le temps nécessaire. S'étant toujours extasié devant la beauté de Jenna, il doit comprendre qu'elle n'a pas envie qu'on assiste à son effroyable agonie.

En fin d'après-midi, Linden s'inquiète au point de venir s'enquérir de la situation. Son visage se crispe avant même qu'il franchisse le seuil. Il a dû sentir la puanteur lourde faite de décomposition, de sueur et de sang mêlés. Je lis dans ses yeux que tout cela ne lui est pas étranger ; il a passé les derniers jours de Rose à son chevet. Mais il n'approche pas cette épouse-là. Je sais que Jenna a toujours gardé une distance émotionnelle envers Linden, que leur union était purement sexuelle, et je me demande si ce n'était pas en partie du fait de Linden. Après avoir perdu Rose, il n'a pas dû vouloir aimer une autre femme à laquelle il survivrait. Il me reste autant d'années que lui à vivre ; quant à Cecily, elle nous « enterrera » tous les deux. Mais Jenna…

Linden est figé sur le seuil, piteux et contrit. Ses trois épouses sont collées les unes aux autres sur un matelas dénudé, et l'une d'elles se meurt ; ensemble, nous formons une alliance qu'il n'ose approcher. Il a bien trop peur pour s'y risquer.

— J'ai oublié d'allaiter Bowen, je crois ? s'exclame Cecily quand elle voit son fils dans les bras de Linden.

— Pas de problème, mon amour. La nourrice est là pour ça. C'est pour vous trois que je m'inquiète.

Pourquoi Linden a-t-il emmené son fils jusqu'ici ? Se sentant seul, il a dû penser que cela ferait sortir Cecily de la chambre, qu'elle passerait un peu de temps avec lui. Ça n'a pas fonctionné. Cecily colle son visage contre le bras de Jenna et ferme les yeux. Je l'imite. Nous revoici dans la fourgonnette des Ramasseurs, recroquevillées dans les ténèbres, désireuses de nous fondre dans l'illusoire sécurité du troupeau.

— Les domestiques ont dit qu'ils avaient tous été renvoyés, plaide Linden. Laissez-les au moins entrer avec des draps propres.

— Non, murmure Cecily. N'envoie personne. Dis-leur de la laisser tranquille.

— Il n'y a rien que je puisse faire ? demande-t-il.

— Non, rétorqué-je.

— Non, fait Cecily en écho.

Je sens notre mari s'attarder sur le palier. L'intimité entre ses épouses l'effraie, comme si la mort de l'une d'elles menaçait notre vie à toutes les trois.

Il finit par s'éloigner sans ajouter un mot.

Jenna marmonne quelque chose que je ne saisis pas. Un nom, peut-être. Elle doit chercher ses sœurs.

— C'est dangereux, ici, articule-t-elle.

J'ignore si elle s'adresse à ses sœurs… ou à nous.

23

JENNA AVAIT VU juste. Elle est partie avant moi. Nous la perdons le 1er janvier, au petit jour, avant le lever du soleil. Il n'y a que Cecily et moi à son chevet, et pendant toutes ces heures passées avec elle dans son lit, nous nous contentions de lui parler tandis que ses yeux s'ouvraient et se refermaient. Nous voulions lui dire qu'elle n'était pas seule. J'ai vécu des mois au côté de mes sœurs épouses ; j'aurais forcément dû avoir quelque chose de plus significatif à lui dire, mais je ne parvenais qu'à évoquer le temps qu'il faisait alors que je la regardais mourir.

Mais maintenant, elle est partie. Ses yeux sont restés ouverts, mais leur couleur grise s'est assombrie. Creusée. Comme une machine qu'on aurait débranchée. Avec le pouce et l'index, je referme ses paupières puis pose un baiser sur son front encore chaud. Son corps semble prêt à respirer de nouveau.

Cecily se lève et commence à faire les cent pas. Elle touche son front, son torse.

— Je ne comprends pas, fait-elle. C'est arrivé si vite.

Je repense à sa joie quand Rose est morte, à la façon dont elle avait immédiatement affirmé sa volonté d'avoir un enfant de Linden. Ils parlent déjà d'en avoir d'autres.

— Maître Vaughn aurait dû pouvoir prolonger sa…

— Ne prononce pas son nom, sifflé-je, sans savoir pourquoi je m'énerve contre elle.

Sa vue m'est insupportable depuis que Jenna est tombée malade, et j'ignore pourquoi. Mais le moment est mal choisi pour me pencher sur la question.

J'arrange les longues mèches de Jenna derrière ses oreilles, et tente de comprendre son immobilité. On dirait une statue de cire, alors qu'il y a une minute à peine, c'était un être humain. Cecily grimpe sur le lit, enfouit son visage dans le cou de la morte et répète son nom.

— Jenna, Jenna, Jenna.

Encore et encore, comme si ça pouvait changer quoi que ce soit.

Peu de temps après, Vaughn arrive pour s'enquérir de son état. Il n'a même pas besoin de s'approcher du lit. Les larmes de Cecily, mon regard absent tourné vers la fenêtre lui disent que notre sœur épouse n'est plus. Il déclare que c'est bien triste, et que quand il l'a vue hier soir, il se doutait qu'elle n'en avait plus pour longtemps.

Quand les domestiques viennent chercher le corps de Jenna en poussant un chariot, Cecily s'agrippe toujours à la morte. Mais elle est trop abattue pour protester quand on libère la main de Jenna de son étreinte.

— Sois courageuse, glisse-t-elle simplement.

Je l'entends peu de temps après. Elle est dans le salon et martèle furieusement un morceau de Bach en *ré* mineur. Les notes, telles les foulées d'une marche funèbre, résonnent dans le couloir.

Je prête l'oreille, étendue à même le sol de ma chambre, trop effondrée pour gagner mon lit. J'imagine cette grande musique émergeant du petit corps de Cecily, les notes rouges et noires tourbillonnant autour d'elle, tel un génie ténébreux sortant de son sommeil.

J'attends que la musique se taise. Je suppose que Cecily va apparaître sur mon palier, les larmes aux yeux, demandant si elle peut s'allonger près de moi, comme chaque fois qu'elle est bouleversée.

Mais elle ne vient pas. Le pas de ma porte est toujours habité par sa musique furieuse, sans peur.

Sois courageuse, semble-t-elle me dire.

Il faut que je parte d'ici. J'ai envie de filer tout de suite. Je ne supporte plus ce manoir, Vaughn, occupé à faire Dieu sait quoi au corps de ma sœur épouse, tandis que nous autres sommes censés dîner tranquillement et boire notre thé. Cecily trimballe Bowen telle une poupée de chiffon ; mère et fils sont écarlates à force d'avoir pleuré. C'est certainement le bébé le plus insatisfait de la planète. Il doit avoir une bonne intuition.

Quelques heures plus tard, Vaughn nous confie les cendres à disperser. Cecily ne veut pas lâcher l'urne. Elle demande s'il est envisageable de la garder dans sa chambre, sur un rayonnage. Cela lui ferait du bien. Je lui dis que je n'y vois aucun problème et garde pour moi le mépris que m'inspire son ignorance.

Cette nuit-là, du fond de mon lit, j'entends qu'on frappe doucement à ma porte, mais je ne réponds pas. D'abord parce que je ne veux voir personne, ensuite parce que je suis à un million de kilomètres de la Terre. Il me semble que je repose dans le noir depuis une éternité, à écouter les sanglots lointains d'une jeune fille qui a pris possession de mon corps. Je flotte dans l'espace.

Quand je reprends conscience, je me rends compte que je pousse des gémissements terribles, inhumains.

La porte s'ouvre, inondant ma chambre de lumière, et je me recroqueville pour fuir cette clarté, comme je l'avais fait dans la camionnette. Je ressens subitement la pesanteur de mon corps, l'irritation de ma gorge après tous ces pleurs. Ma vue est rendue floue par les larmes.

— Rhine ? lance Linden.

Je reconnais à peine sa voix. Je refuse de le voir, je voudrais lui dire de partir, mais quand j'ouvre la bouche, il n'en sort que des sons inintelligibles. Il s'assoit sur le bord de mon lit, me frotte le dos. J'essaie de le repousser, mais je n'en ai pas la force.

— Mon cœur, tu me terrifies. Je ne t'ai jamais vue dans cet état.

C'est juste. Je suis Rhine, l'orpheline que l'on a formée à devenir son épouse, si heureuse de se trouver ici. Dans son esprit, je devrais peut-être même me réjouir de voir mourir une sœur épouse : cela signifie qu'il passera plus de temps avec moi. Mais dans « sœur épouse », je me suis toujours davantage sentie sœur qu'épouse. Je n'arrive pas à imaginer un mariage à deux.

— Que puis-je faire pour toi ?

Il s'agenouille près du lit, me dégage le front. Je le regarde à travers le chaos brumeux de mes larmes. *Libère-moi*, pensé-je. *Renvoie-moi à l'année dernière. Rends ses sœurs à Jenna.*

Je me contente de secouer la tête. Je me réfugie derrière mes poings, mais il les écarte, et je n'offre aucune résistance.

— C'est la nouvelle année, annonce-t-il à voix basse. Il y a une fête, demain soir. Ça te ferait plaisir d'y aller ?

— Non, craché-je.

— Mais si. Deirdre travaille dur à te faire une robe, et Adair lui donne même un coup de main.

Adair. Que va-t-il devenir, maintenant que Jenna est morte ? Il était son serviteur attitré, exclusif. Certes, il n'avait pas grand-chose à faire : Jenna s'est toujours montrée très autonome et a rarement eu l'occasion d'arborer une nouvelle toilette. Il doit aimer se rendre utile en participant à l'élaboration de ma robe. Je ne peux pas la lui renvoyer au visage. Je ravale la boule qui s'est formée dans ma gorge, hoche la tête en signe d'assentiment.

— Voilà qui est mieux, dit Linden.

Mais je lis dans son regard qu'il connaît ma souffrance. Une souffrance qui équivaut peut-être à celle qu'il a éprouvée en perdant Rose. Quand elle est morte, il avait tout cassé, nous criant de le laisser seul. Il devrait donc comprendre que j'ai à mon tour envie d'être seule.

Mais non.

— Pousse-toi, fait-il doucement en soulevant les couvertures et en me rejoignant au lit.

Quand il m'attire contre sa poitrine, j'ignore qui il s'agit de réconforter de lui ou moi. Quoi qu'il en soit, je m'agrippe à lui et succombe à une nouvelle crise de larmes. J'essaie de flotter de nouveau dans l'espace, de disparaître un instant de ce monde misérable, mais il me tient toute la nuit entre ses bras chétifs. Quand j'émerge de temps à autre d'un sommeil agité, je sens son étreinte, plus puissante que je ne l'aurais cru possible.

Deirdre et Adair ne manquent pas de parader dans ma chambre l'après-midi suivant, porteurs d'une robe sublime. À Manhattan, peu de monde assiste à une fête du nouvel an. Ce genre d'occasion est essentiellement réservé aux gens de la première génération, qui en profitent pour célébrer leur fortune et leur longévité ; les orphelins, quant à eux, en profitent pour visiter les maisons vides de ces mêmes gens riches. Avec Rowan, nous occupions les nuits du nouvel an à renforcer la sécurité de la maison, fusil chargé en main. La soirée est également propice aux Ramasseurs : les jardins publics regorgent de jeunes filles superbes, éméchées, orphelines de mère, qui dansent ou vendent des feux de Bengale. Ce jour-là, périlleux entre tous, Rowan m'interdisait même de sortir travailler.

Rowan. Je m'inquiète de ce qu'il peut faire, seul dans cette maison, avec les rats pour monter la garde.

Les domestiques de la première génération me pomponnent, puis Deirdre se lance dans l'étape maquillage cependant qu'Adair passe mes mèches au fer à friser. C'est un festival de bouclettes.

— Elles mettent vos yeux en valeur, lâche un Adair rêveur.

Deirdre applique le rouge à lèvres et me demande de le fixer.

Cecily entre un moment et contemple le spectacle depuis le divan. Vaughn a emmené Bowen quelque part, pour lui faire une prise de sang, analyser l'ADN du pauvre petit ou Dieu sait quoi en rapport avec le fameux antidote. Cecily semble perdue quand elle n'a pas son fils avec elle. Au cours des mois, je l'ai vue se muer d'adolescente gloussante en femme enceinte au ventre énorme ; je n'arrivais pas à l'imaginer mère. Et pourtant, désormais, elle paraît incapable d'être autre chose qu'une mère.

— Maquille-la donc, demandé-je à Adair, occupé à examiner ma robe en détail alors qu'elle est déjà parfaite. Le pourpre lui irait bien, tu ne crois pas ?

Je raconte n'importe quoi, mais c'est insupportable de la voir si triste.

— Des tons terre, plutôt, s'écrie Deirdre tout en attachant des gypsophiles synthétiques à ma barrette. Avec ses cheveux et ses yeux ? Il faut du brun et du vert, pas de doute là-dessus.

Elle m'adresse un clin d'œil dans le miroir.

Je fais une place à Cecily sur l'ottomane, et nous nous tenons dos à dos pendant que les domestiques nous font une beauté. Elle menace Adair de le frapper s'il lui fait mal à l'œil avec le stick de mascara, avant de se détendre quand elle s'aperçoit qu'il connaît son affaire. Et c'est assez agréable. Comme si nous étions vraiment sœurs, et que la promesse d'une mort prochaine ne flottait pas au-dessus de notre tête.

— Comment sera la fête, d'après toi ? me demande Cecily, en fixant son rouge à lèvres à l'aide d'un mouchoir en papier que lui tend Adair.

— Pas folichonne, fais-je en m'efforçant de lui masquer l'attrait d'un événement auquel elle n'assistera pas.

Quand je ne serai plus là, peut-être Linden l'emmènera-t-il à ma place. Elle devrait adorer les fontaines de chocolat, et mon petit doigt me dit qu'elle appréciera sûrement l'attention des gouverneurs domaniaux et autres architectes, leurs baisemains et leurs compliments sur sa beauté.

— Une bande de richards avinés, sur leur trente et un, qui parlent affaires.

— Tu me rapporteras des éclairs ?

— S'il y en a, avec plaisir.

Elle me prend la main. La sienne est menue et chaude : une main d'enfant. Elle avait tellement hâte d'en finir avec la jeunesse, dans ce monde où le temps est un luxe hors de portée ; que serait-elle devenue s'il lui restait maintes années à vivre ? Quand je serai partie, assumera-t-elle la charge de première épouse ? Deviendra-t-elle une femme à part entière ? J'ai l'impression de ne pas avoir joué mon rôle auprès d'elle. C'est déjà extrêmement pénible d'avoir assisté à l'agonie de Jenna ; me voici désormais sur le point d'abandonner ma dernière sœur épouse. Je m'inquiète de sa réaction quand elle me perdra.

Mais si ça n'est pas maintenant, ce sera plus tard. Dans moins de quatre ans, elle se retrouvera à mon chevet, me regardera mourir.

— Ça va, toi ? demandé-je en lui pressant la main.

— Oui, merci, répond-elle, un sourire dans la voix.

Ma robe est courte et sans manches, coupée dans un tissu aigue-marine scintillant, et brodée de perles noires formant vaguement, sur un côté, un feu d'artifice de fleurs. Un tour de cou en perles noires enserre ma gorge ; collants et gants noirs me préserveront du froid mordant de janvier. Deirdre couronne le tout d'un ruban noir dont elle me ceint les cheveux, pour couvrir les gypsophiles, et d'un châle léger étincelant qui me rappelle la robe de mariée de Cecily. Elle semblait alors si épanouie, en sautillant devant moi à l'assaut du belvédère.

Elle se recule pour mieux apprécier mon ensemble. Le délicat maquillage brun la rend soudain plus adulte. Ses cheveux sont bouclés, comme les miens, et elle est superbe malgré sa chemise de nuit froissée.

— Tu es magnifique, dit-elle. Tu vas tout casser, ce soir.

Je m'abstiens de lui avouer que, robe ou non, je n'ai nulle envie d'aller à cette fête. Je préférerais ramper jusqu'au lit, m'enfouir sous les couvertures et pleurer tout mon soûl. Mais ce n'est pas ainsi que se comporte une première épouse. D'ailleurs Deirdre, Adair et Cecily n'ont d'yeux que pour moi : aussi les gratifié-je du sourire que ma mère réservait à mon père.

C'est effrayant de voir avec quelle facilité je peux faire mine d'aimer cette vie, ainsi que le mari qui va avec.

Linden fait son apparition, vêtu d'un smoking noir tout simple, dont j'ai noté qu'il s'agit de la tenue de rigueur pour tout gouverneur domanial qui se respecte ; les revers de sa veste sont du même aigue-marine que ma robe. J'aperçois notre reflet dans les portes métalliques de l'ascenseur : un couple parfaitement assorti, bras dessus, bras dessous. Les portes s'écartent. Nous entrons dans la cabine.

— Amusez-vous bien ! lance Cecily.

— Elle n'est pas un peu bizarre, ces derniers temps ? me demande Linden une fois les portes refermées.

Je ne sais que répondre : j'ai effectivement remarqué un changement chez Cecily. Même avant la mort de Jenna, elle avait l'air étrangement morose. C'est peut-être dû au fait que Vaughn lui prend Bowen à tout bout de champ. Et qui sait ce qu'il lui fait subir ? Il est de notoriété publique que les nouveau-nés sont des sujets d'expérimentation dans les maisons fortunées en quête de l'antidote miracle, mais Vaughn agit dans le plus grand secret, et Bowen semble indemne. Et je n'arrive pas à trouver une façon aimable d'expliquer à Linden qu'il s'est comporté de façon égoïste en engrossant une fille si jeune. En outre, je crains que cela le pousse à me redemander quand nous allons nous y mettre. À seize ans, je suis presque une vieille fille.

— C'est la fatigue, répliqué-je. Tu devrais l'aider davantage, avec le bébé.

— J'aimerais beaucoup. Entre Cecily et mon père, c'est tout juste si je me rappelle quelle tête a mon propre fils.

— Linden, hasardé-je prudemment, d'après toi, que fait ton père avec le bébé, tout ce temps ?

— Il surveille son rythme cardiaque, il lui fait des prises de sang pour s'assurer qu'il va bien, j'imagine, dit-il en haussant les épaules.

— Et ça te paraît normal ?

— Que reste-t-il de « normal » ? Les gens de la première génération ont mis plus de vingt ans à se rendre compte que leurs enfants mouraient quand ça a commencé. Qui sait ce qui peut arriver à nos propres enfants ?

Il n'a pas tort. Je pose le regard sur mes talons étincelants. Me voici, dans une jolie robe, alors que le monde s'écroule. J'entends la voix de Jenna me susurrer : *« N'oublie pas la façon dont tu es arrivée ici. N'oublie pas. »*

Linden me prend la main. Ces temps-ci, j'ai l'impression qu'il est aussi effrayé que moi. Je lui fais un petit sourire, et il me donne un léger coup d'épaule. Mon sourire s'épanouit.

— C'est mieux, dit-il.

Dans la limousine, il nous verse à chacun une flûte de champagne, mais je ne finis pas la mienne et le convaincs de m'imiter.

— Il y en aura plein d'autres à la fête, lui dis-je.

— La première épouse a parlé, fait-il en riant et en m'embrassant sur la tempe.

Je rougis malgré moi. C'est la première fois qu'il m'appelle ainsi. Première épouse. Même si ce n'est plus que pour quelques jours, je peux, pour son bien, prétendre le contraire.

— Il y aura des caméras, d'après toi ? demandé-je.

— Des tonnes. (Il semble un peu inquiet.) Tu aurais peut-être dû mettre tes lentilles vertes. Je n'ai pas envie que le monde entier sache à quel point tu es extraordinaire.

Je rajuste sa cravate.

— C'est à cause de mes yeux que tu me trouves spéciale ?

— Non, dit-il d'une voix devenue douce, rêveuse, en ôtant une boucle qui me barre le visage. Ils ne sont qu'une vaguelette en surface.

Je souris. Un instant, je songe que c'est ce que mon père devait ressentir pour ma mère, et je jurerais presque que le présent mariage est réel. Un passant aurait tout lieu de croire que nous sommes ensemble depuis des années, que nous comptons le rester jusqu'à la fin de nos jours. J'ai toujours su que j'étais une excellente menteuse ; mais je ne me savais pas capable de me prendre à mon propre jeu.

Nous arrivons à la fête en nous tenant par le bras, et avec la musique tonitruante, nous n'avons aucun mal à passer inaperçus. La fête a lieu dans un bar huppé, réparti sur des plates-formes que relie un escalier en spirale. Les deux plates-formes supérieures sont faites d'un genre de verre sans tain, qui nous permet d'apercevoir les gens du dessous mais pas ceux du dessus. Je me sens soulagée : personne ne peut reluquer sous ma robe. Et mon petit doigt me dit que certains des gouverneurs domaniaux présents ne s'en seraient pas privés.

Deux petites minutes suffisent pour que l'un des collègues de Vaughn vienne à notre rencontre, en compagnie de deux brunettes gloussantes qui portent des verres fluorescents. Elles ont l'air à peine plus âgées que Cecily. Leurs robes fuchsia assorties ressemblent à des sacs plastique qu'on aurait enroulés autour de leurs corps anguleux. Il les présente comme étant ses épouses, des jumelles enceintes l'une comme l'autre, et quand il me fait le baisemain, elles me jettent des regards chargés de mépris.

— Elles sont jalouses de ta beauté, me glisse Linden quand tout ce petit monde s'est éloigné. Tu es ravissante, au fait. Reste près de moi, que personne ne te kidnappe.

Bonne idée. Un seul kidnapping suffira pour toute une vie.

Je me le tiens pour dit et ne le quitte pas d'une semelle, d'une part parce que ces hommes ne m'inspirent aucune confiance, et d'autre part en raison de l'ébriété avancée de leurs épouses. C'est une fête du premier de l'an, pas de la Saint-Sylvestre, et Linden m'explique qu'à minuit, on rejouera le compte à rebours de la nouvelle année. Je lui en demande la raison.

— Va savoir. Mais il nous reste si peu d'années à vivre, quel mal y a-t-il à en ajouter quelques-unes ?

— Très juste, conclus-je avant qu'il me fasse avancer jusqu'à la piste de danse.

Je m'en sors mieux avec les slows, qui ne nécessitent pratiquement aucun mouvement, mais un coup d'œil aux lumières stroboscopiques m'apprend qu'il n'y aura pas de slow ce soir. J'essaie de suivre le rythme que m'indique patiemment Linden, et mes pensées vont toutes à Jenna. Jenna, qui nous avait, à Cecily et à moi, appris quelques pas de danse l'après-midi juste avant l'ouragan. Elle aurait adoré cette fête, en dépit de son peu d'amour pour Linden. Elle aurait brisé des cœurs, les aurait foulés sous ses hauts talons en tournoyant sur la plate-forme. Je suis prise d'une brusque envie de tout lui raconter une fois rentrée, mais je me souviens aussitôt qu'elle n'est plus de ce monde.

Linden me fait tourner à bout de bras. Il est de très joyeuse humeur, si l'on considère qu'il n'a presque rien bu. Quand j'atterris sur mes deux pieds, il me plante un rapide baiser sur la bouche.

— Vous permettez ? demande un homme.

« Homme » n'est peut-être pas le mot qui convient, d'ailleurs : ce garçon ne doit pas être beaucoup plus âgé que moi. Petit et grassouillet, il est doté d'une crinière carotte qui reflète l'arc-en-ciel de lumières. Sa peau blafarde est si récurée que je distingue à peine les traits de son visage. La grande blonde à son bras porte une robe écarlate assortie à son rouge à lèvres. Visiblement, elle n'a pas bu, et détaille Linden de haut en bas.

Linden hésite, m'interroge du regard.

— Allons ! insiste l'individu. Rien qu'une danse, échangeons nos cavalières.

— Entendu, répond Linden en prenant la main de la blonde en rouge et en me proposant à Poil de carotte. Mais je tiens beaucoup à ma Rhine. Ne vous attachez pas trop.

Ce type me donne la nausée. Il dégage des relents malencontreux rappelant tout ce qu'on peut trouver chez un traiteur, il a trop bu, et il marche plus d'une fois sur mes escarpins noirs, les maculant de saleté. Il est si petit que je peux regarder par-dessus son crâne ; cela me permet d'observer Linden qui danse avec son épouse, laquelle semble s'amuser comme une folle. Elle est sûrement soulagée d'avoir affaire à un homme qui sait danser. Mais ce n'est pas le sien ! C'est *mon* mari.

Cette pensée me fige. Le rouquin replet s'écrase contre ma poitrine et part d'un gros rire.

— Quelle maladresse, ma biche, remarque-t-il, mais je l'entends à peine.

Mon mari ? Non. Linden n'est pas mon mari : c'est une mise en scène. Les fêtes, la carte magnétique, le rôle de première épouse, tout ça n'a aucune réalité, et d'ici à quelques jours, en compagnie de Gabriel, je fuirai cette existence qui, très vite, ne sera plus qu'un lointain souvenir. Qu'est-ce qui m'a pris ?

Je m'oblige à détourner le regard de Linden et de la blonde, qui apprécie visiblement de danser avec un homme de sa taille. Quand le morceau s'arrête, je m'éclipse et gagne la table des desserts, où je prélève un assortiment d'éclairs et de petits gâteaux au chocolat pour Cecily, avant que tout soit parti. Un serviteur me propose aimablement de les mettre au frais d'ici à mon départ.

Prenant du recul, j'observe les corps se mouvoir dans le chaos de lumières. Rouge, vert, bleu, blanc, orange. Des étoiles chatoyantes dansent sur les murs. Je flotte sur ce plateau de verre. Sous moi, d'autres corps, d'autres lumières, la musique qui continue à faire vibrer le sol. En les regardant, j'en viens à apprécier à sa juste valeur le goût très sûr de Deirdre. La plupart des épouses présentes semblent vêtues de papier alu. C'est une avalanche d'argent, de métal vert, rose ou bleu layette. De chaussures à talons compensés de quinze centimètres, de colliers de perles ostentatoires qui semblent peser une tonne. Les filles sont tellement fardées qu'à la lumière artificielle, elles ont l'air radioactives. Leurs dents étincellent.

Quelques épouses m'attirent dans leur cercle dansant, et je me laisse faire. C'est l'occasion rêvée pour être dans le champ des caméras. À tout prendre, je préfère ça à devoir danser avec leur mari, et c'est finalement assez amusant. Comme moi, ce sont pour la plupart de piètres danseuses. Leurs bijoux s'entrechoquent gaiement ; nous nous convulsons comme sous l'effet de l'agonie, nous tenant les mains, laissant échapper des rires qui se perdent dans le brouhaha. J'ai toujours redouté les fêtes du nouvel an en raison des Ramasseurs, craignant qu'on pénètre par effraction chez moi. Ici, je n'ai rien à craindre, je peux profiter du buffet, de ma robe et de la musique, en gloussant au fil de mes évolutions maladroites. Des serviteurs passent, porteurs de plateaux chargés de verres aux néons palpitants : sans cesser de danser, je me saisis de l'un d'eux et le siffle en quelques secondes. L'alcool diffuse sa chaleur jusqu'à mes pieds et mes mains. Je l'avoue, cette fête me remonte le moral.

L'aspect prévisible, répétitif de ces événements a quelque chose de rassurant. Qu'il s'agisse de célébrer la nouvelle année ou d'inaugurer un bâtiment, le thème est identique : la vie. Il faut en profiter tant qu'elle dure.

Les lumières cessent de clignoter, la musique baisse d'un cran, et une voix relayée par un haut-parleur annonce qu'il ne reste qu'une minute avant minuit. Les épouses se dispersent pour trouver leur mari, et je me retrouve seule quelques instants. Mais déjà Linden m'attrape le poignet, et je sens la pression familière de son torse dans mon dos.

— Te voilà enfin. Je t'ai cherchée toute la soirée.

— Où est ta petite amie ? lâché-je malgré moi.

— Quoi ? Qu'est-ce que tu racontes ?

— Rien du tout, dis-je alors qu'il se retourne pour me faire face. J'avais simplement oublié que tu avais un faible pour les blondes.

— Oh ! celle-là ? Le père de son mari est un client pour lequel j'ai travaillé. Je me suis dit qu'il valait mieux continuer à être dans ses petits papiers.

— D'accord, fais-je en scrutant l'écran géant sur lequel défilent les secondes qui restent avant minuit.

« Vingt… dix-neuf… »

— Ne m'en veux pas, glisse Linden en me tenant les mains, inondées de sueur dans mes gants noirs. Moi non plus, je n'ai pas aimé te voir danser avec cet homme. D'ailleurs, je voulais te faire mes excuses quand la musique s'est arrêtée, mais tu avais disparu.

« Dix… neuf… »

Il me tient le menton, m'obligeant à le regarder dans les yeux. De tous les gouverneurs et maîtres domaniaux présents, il est le seul que j'autorise à me toucher ainsi. Nous sommes proches, que ça me plaise ou non. Il représente ce qui s'apparente le plus à un foyer dans cette lointaine Floride.

— Tu es la seule blonde pour laquelle j'aie un faible, promet-il.

C'est tellement pitoyable que je ne peux m'empêcher de m'esclaffer. Il rit aussi et me prend le visage entre les mains.

— Je t'aime, dit-il.

« Trois… deux… un. »

Il m'embrasse, au milieu d'un océan d'étoiles et de feux d'artifice virtuels. Nous ne faisons qu'un à l'occasion de cette fausse nouvelle année. En cet instant illusoire, les mots s'échappent de façon opportune de ma bouche.

— Moi aussi, je t'aime.

24

NOUS RENTRONS de cette fête du nouvel an aux petites heures, et la fenêtre de ma chambre laisse filtrer une lumière bleutée cotonneuse. En face, dans le couloir, la porte de Cecily est ouverte. J'entends sa respiration, le mouvement de son corps dans les draps de satin. La chambre voisine de la sienne est inoccupée, silencieuse. Bizarrement, c'est ce silence qui m'empêche de trouver le sommeil. Je me retourne en tous sens un moment puis traverse le couloir en direction de la chambre de Jenna.

Sa porte est entrouverte. Dans la lumière matinale, je constate que son lit a été fait. Il ne reste plus qu'un de ses romans à l'eau de rose sur sa table de nuit. C'est l'unique trace d'elle qui s'attarde encore ici. D'où je me trouve, j'aperçois le papier de bonbon qu'elle utilisait comme marque-page indiquant l'endroit où elle a cessé de lire.

Même son odeur s'est évaporée. Ce mélange léger, aérien, de parfums et lotions qui faisait rougir les domestiques. À la fin, il était masqué par la senteur puissante du baume qu'Adair appliquait sur son torse pour l'aider à respirer, mais cette fragrance médicinale a elle aussi disparu. L'aspirateur a été passé sur ses traces de pas, sur les sillons laissés par le chariot qui a emporté son corps.

J'attends. D'être hantée par son spectre, d'entendre le son de sa voix. Quand Rose est morte, pendant des mois, j'ai ressenti sa présence dans l'orangeraie. Même si ce n'était que le fruit de mon imagination, cela avait l'air bien réel. Mais si l'esprit de Jenna habite encore ce monde, il n'est pas ici. Pas même à l'état d'ombre dans son miroir.

Je monte sur son lit, tire les couvertures. Les draps ont l'odeur du neuf, et ils sont peut-être nouveaux, car je ne reconnais pas ce motif de petites fleurs pourpres. Même son couvre-lit, qui s'ornait d'une tache de jus de cerise dans un coin, a disparu. Elle est partie. Nulle trace d'elle hormis le livre de poche. Je ne sais même pas ce qui lui est arrivé, l'après-midi où elle avait disparu dans le sous-sol de Vaughn. Elle ne fuira pas avec moi, elle ne verra jamais l'océan. Elle ne dansera ni ne respirera plus jamais. J'enfouis mon visage dans le matelas, là où elle est morte, et j'imagine ses doigts caressant mes cheveux. Il me faut un effort considérable pour me souvenir précisément du son de sa voix.

« Filez d'ici, vous deux, et ça sera formidable. »

— D'accord, lui dis-je.

Au bout d'un moment, je sombre dans un sommeil salvateur, sans rêve.

C'est ma dernière nuit sans rêve. Après cela, Gabriel ne quitte pas mes pensées, lui qui se trouve quelque part sous mes pieds, dans ce sous-sol d'épouvante. J'imagine sa peau rendue grisâtre par les lumières tremblantes, son souffle formant de la buée. La nuit, les yeux fermés, je commence à rêver de lui, dormant sur un lit de camp, non loin d'un réfrigérateur où l'on conserve mes sœurs épouses disparues.

Je redoute que Vaughn apprenne notre plan et qu'il lui fasse du mal. Qu'il le tue. Vaughn prétend qu'il a commencé à travailler sur l'antidote le jour où Linden est né ; je ne le crois guère capable d'œuvrer pour le bien commun, mais ça, j'y crois. Je crois aussi que la seule vie qu'il ait envie de sauver est celle de Linden. Quant à Bowen, c'est tout au plus un remplaçant, si d'aventure il ne parvient pas à guérir son fils à temps.

Une nuit, je fais un cauchemar épouvantable. Bowen, grand et frêle comme son père, pose ses lèvres sur la bouche d'une épouse hésitante qui loge dans ce qui fut autrefois la chambre de sa mère. Il lui dit qu'il l'aime, et elle serre un couteau caché dans son dos, belle et pleine de rancœur, attendant le moment propice pour en finir avec lui. Il n'y a personne pour le prévenir. Plus de mère pour l'aimer. Il n'a jamais connu que Vaughn, qui conserve le cadavre de Linden à part, au sous-sol, désespérant de trouver un remède. Et moi ? Je suis morte depuis longtemps, congelée, parfaitement conservée près de mes sœurs épouses, nos yeux ouverts affichant une expression abasourdie, nos mains se touchant presque. Une rangée de quatre cadavres, des cristaux de glace entre les cils.

Je sens qu'on me touche et je hurle instinctivement. Mon cœur tambourine dans ma poitrine ; je commence immédiatement à me débattre pour me dégager des corps de mes sœurs, n'ayant qu'une envie : sortir du sous-sol de Vaughn.

— Hé ! murmure une voix. Chuut, là, là, tout va bien. Tu as fait un cauchemar.

Je me retourne. C'est Linden, à mon côté, dans mon lit. Je le distingue à peine à la clarté de la lune. Il dégage mes mèches rebelles.

— Viens ici, dit-il en m'attirant à lui.

Je ne résiste pas. Mes mains tremblent quand elles agrippent sa chemise. Sa joue chaude, pressée contre la mienne, dégèle la gangue de mon mauvais rêve.

Dans le couloir, j'entends le bébé hoqueter, puis se mettre à geindre. Je fais mine de me lever, mais Linden m'oblige à rester couchée.

— Je vais y aller. C'est ma faute. Je l'ai réveillé.

— Tu trembles, dit-il en posant sa main contre mon front. Et on dirait que tu as un peu de fièvre. Tu ne te sens pas bien ?

— Je ne suis pas malade, lui assuré-je.

— Reste au lit, déclare Linden. J'y vais.

Je veux y aller. Je veux avoir la certitude que Bowen est encore un bébé, que le garçon frêle de mon cauchemar n'est pas réel. Du moins pas encore. Je me lève, et Linden me suit dans le couloir, jusqu'à la chambre de Cecily. Cette dernière s'efforce de se redresser, cheveux en bataille, yeux mi-clos.

— Je m'en occupe, lui murmuré-je. Retourne te coucher.

— Non, répond-elle en me repoussant alors que j'allais atteindre le berceau. Tu n'es pas sa mère. C'est moi sa mère.

Bowen couine et hoquette lorsqu'elle le prend dans ses bras. Elle lui susurre des mots tendres, fredonne une chanson et s'installe dans le fauteuil à bascule. Mais quand elle déboutonne le haut de sa chemise de nuit, il repousse violemment son sein et se met à pleurer. Linden arrive derrière moi et passe son bras autour de mes épaules.

— On devrait laisser faire la nourrice, dit-il à Cecily.

Elle le regarde, au bord des larmes.

— N'y pense même pas, siffle-t-elle d'une voix qui se brise peu à peu. Je suis sa mère. Il a besoin de *moi*.

Puis elle reporte son attention sur son fils.

— Bowen, je t'en prie…

— D'après mon père, c'est normal les premières semaines, tente Linden. Les nouveau-nés n'acceptent pas facilement le sein.

— Mais ça se passait bien, avant, déclare Cecily. Il est arrivé quelque chose.

Elle reboutonne sa chemise de nuit, se lève et fait les cent pas, son fils contre sa poitrine. La manœuvre le calme ; il s'endort presque aussitôt.

— Il n'avait pas faim, c'est tout, dis-je.

Cecily n'ajoute rien, remet Bowen dans son berceau et pose un baiser sur son front. Elle n'a pas pu voir mon rêve, un monde dans lequel son fils a grandi sans mère, pour devenir un jeune homme qui, à son tour, dispose d'épouses non consentantes ; mais est-elle en proie aux cauchemars, elle aussi ? A-t-elle réfléchi, ne serait-ce qu'une fois, au fait qu'elle ne jouera qu'un petit rôle dans sa vie, et qu'un jour, il ne restera plus en lui que le lointain souvenir d'une mère rousse qui jouait des airs tristes et élégants sur un synthétiseur ? Enfin, s'il ne l'a pas totalement oubliée alors.

— Mes parents travaillaient dans un labo qui disposait d'une nursery, lui dis-je, faisant fi de la règle que je me suis fixée, et qui consiste à ne rien dévoiler de ma vie à Linden. (De toute façon, ces paroles ne lui sont pas adressées.) Tous les bébés étaient des orphelins, et ils étaient si nombreux qu'il était parfois impossible de s'occuper de chacun d'eux. Les techniciens lançaient alors l'enregistrement d'une berceuse pour apaiser leurs pleurs. Mais ceux qui bénéficiaient d'un contact physique semblaient toujours plus vifs. Ils riaient davantage et apprenaient plus vite à se saisir des objets.

Cecily, qui regardait le berceau quand j'ai commencé à parler, lève la tête dans ma direction.

— Qu'est-ce que ça veut dire ?

— Eh bien, je suppose que les bébés comprennent la notion de contact humain. Ils savent quand on s'occupe bien d'eux.

— Je ne me souviens de personne, murmure Cecily. J'ai grandi dans un orphelinat, et je ne me rappelle pas qu'on se soit jamais occupé de moi. Je veux juste qu'il sache que je suis sa mère. Que je suis là, et que je veille sur lui.

— Il le sait, lui réponds-je à voix basse, en passant un bras autour d'elle.

Elle s'essuie les yeux d'un revers de main.

— Il n'a pas besoin d'écouter un enregistrement. Il a une mère. Il m'a, moi.

— Absolument, conviens-je.

Elle se couvre la bouche pour contenir un autre sanglot. Cecily a toujours été sensible, et la naissance de Bowen, ajoutée à la perte de Jenna, l'a beaucoup marquée. Chaque jour, elle se flétrit davantage. Je pensais que Linden saurait la consoler, lui rendre la vie plus facile après mon départ, mais, à certains moments, elle lui échappe totalement : son chagrin est trop irrationnel, trop lourd à porter pour qu'il puisse la comprendre. Dans un cas comme celui-ci, alors qu'elle glisse une main dans la mienne et la serre fort, notre époux n'est qu'une ombre sur le pas de la porte.

— Allons, tu devrais te recoucher, lui dis-je.

Elle se laisse reconduire jusqu'à son lit. Je la borde. Ses yeux sont déjà fermés. Elle est perpétuellement fatiguée.

— Rhine ? Je suis désolée.

— À quel sujet ? demandé-je, mais elle a déjà sombré dans le sommeil.

Me tournant vers la porte, je constate que Linden est parti. Il a dû s'éclipser pendant que je m'efforçais de réconforter Cecily, de crainte de faire empirer les choses. Cecily est d'humeur fragile, surtout depuis la mort de Jenna. L'intensité dont elle fait preuve le terrifie ; le chagrin qu'elle éprouve doit lui rappeler celui qu'il a ressenti en perdant Rose.

Je reste un instant sur le palier, à écouter la respiration régulière de ma sœur épouse et de son fils, leurs formes à peine visibles sous la faible clarté de la lune. Je suis subitement frappée par la conscience de notre mortalité. Très bientôt, Cecily va perdre la dernière sœur épouse qui lui reste, et dans moins de quatre ans, elle perdra aussi son mari. Puis, un jour, cet étage ne sera plus constitué que de chambres inoccupées, sans même un fantôme pour tenir compagnie à Bowen.

Puis ce sera à son tour de mourir.

Qu'importe l'amour que lui porte sa mère ; l'amour ne suffit pas à nous maintenir en vie.

25

LE MOIS PRÉCÉDANT mon évasion, je passe tout mon temps dehors. Il reste encore quelques plaques de neige, et je déambule dans l'orangeraie. Je joue seule au minigolf. Peu à peu, le mois s'écoule.

Au matin du jour J, je me couche sur le trampoline, attentive aux couinements des ressorts à chacun de mes mouvements. C'était l'endroit préféré de Jenna, son îlot personnel.

C'est là que Cecily me retrouve. Des flocons de neige se posent sur sa tignasse rousse.

— Salut, lance-t-elle.

— Salut.

— Je peux monter ?

Je tapote doucement la bâche à côté de moi, et elle grimpe.

— Où est ton bout de chou ? demandé-je.

— Maître Vaughn, réplique-t-elle d'un ton morose.

Ce nom ne nécessite aucun détail supplémentaire. S'installant près de moi, elle passe ses bras autour de mon coude et soupire.

— Que va-t-on devenir ? fait-elle.

— Je n'en sais rien.

— Je ne m'attendais vraiment pas qu'elle meure, lâche-t-elle. Je pensais qu'il lui restait encore un an, et que d'ici là, l'antidote serait prêt, et…

Elle ne finit pas sa phrase. Couchée sur le dos, j'observe nos souffles se disperser dans l'air glacial.

— Cecily, il n'y aura pas d'antidote. Mets-toi ça dans le crâne.

— Ne fais pas ta pronature. Maître Vaughn est un médecin de premier plan. Il travaille d'arrache-pied. Selon sa théorie, le problème viendrait de ce que la première génération a été *conçue* artificiellement. Et donc, un bébé qui naît par les voies naturelles peut être soigné *via*… (Elle semble chercher ses mots, puis les prononce prudemment, comme si elle craignait de les briser)… une intervention extérieure.

— Ben voyons, dis-je en éclatant d'un rire sardonique.

Je passe sous silence le fait que mes parents ont voué leur existence entière à la recherche d'un antidote, et que je doute fort que Vaughn agisse pour les mêmes raisons qu'eux. Je ne lui parle pas du corps de Rose au sous-sol, de celui de Jenna qui l'y a certainement rejoint, enfermé dans un congélateur, ou disséqué en fragments méconnaissables.

— Il va trouver un antidote, martèle Cecily. Il le faut.

Je comprends son aveuglement. La vie de son propre fils repose sur l'existence du prétendu antidote de Vaughn. Mais je ne suis pas d'humeur à faire semblant. Je secoue la tête, tout en regardant les flocons de neige tourbillonner dans le ciel blanc. Il suffit de lever la tête pour que le monde ait l'air propre.

— Il le faut, répète Cecily qui s'assoit devant moi. (Son visage m'empêche de voir les nuages.) Il faut que tu restes ici, que tu le laisses te soigner. Je sais que tu comptes t'enfuir. Ne va pas croire que je ne suis pas au courant.

— Quoi ? éructé-je en m'asseyant.

Elle prend ma main entre les siennes et se penche vers moi, le visage grave.

— Je suis au courant, pour toi et ce domestique. Je l'ai vu t'embrasser.

Le bruit dans le couloir.

— C'était toi ? dis-je.

Ma voix résonne étrangement, de façon distante, comme si j'entendais une conversation entre deux inconnues.

— Il t'a distraite de tes devoirs d'épouse. Je me suis dit que si on l'éloignait, tu comprendrais à quel point Linden est un bon mari. Que tu verrais les choses plus clairement. Et c'est le cas, n'est-ce pas ? Tu t'es bien amusée à ces fêtes, non ?

Soudain, respirer est devenu douloureux.

— C'est toi qui as tout raconté à maître Vaughn.

— Je l'ai fait pour t'aider, plaide-t-elle en me serrant la main. Lui et moi, on n'a fait que veiller à tes intérêts. C'est pour ça que maître Vaughn a assigné ce domestique à une autre partie du manoir.

Je tire sur ma main pour échapper à son étreinte. J'ai envie de reculer, de m'éloigner d'elle autant que possible, mais pour une raison qui m'échappe, je n'arrive pas à bouger.

— Que lui as-tu dit d'autre ?

— J'en sais plus long que tu ne le crois. Avec Jenna, vous formiez un petit club dont je n'ai jamais fait partie. Vous ne me disiez jamais rien, mais je ne suis pas idiote, figure-toi. Je sais qu'elle t'a aidée à voir ce domestique.

Et ce n'est pas bien, tu ne t'en rends pas compte ? Linden t'aime, et toi aussi, tu l'aimes ! Il est *bon* envers nous, et maître Vaughn va trouver l'antidote, et nous resterons ici très, très longtemps.

Ses paroles virevoltent autour de moi comme les flocons de neige, qui tombent avec une intensité redoublée. Ma respiration frénétique forme de petits nuages. La voix de Vaughn résonne dans ma tête : *« Elle est un peu froide, tu ne trouves pas ? Comme un poisson. Si ça ne tenait qu'à moi, elle serait bien vite rejetée à l'eau. »*

— As-tu la moindre idée de ce que tu as fait ? lancé-je.

— Je t'ai aidée ! s'écrie-t-elle.

— Tu l'as tuée !

J'appuie mes paumes contre mes yeux ; j'ai envie de hurler. Il me vient en tête une foule de gestes que je risque fort de regretter, aussi resté-je assise sans bouger un long moment, afin de reprendre haleine. Mais Cecily ne me laisse pas en paix. Elle lance une série de « Quoi ? », de « Que veux-tu dire ? » et de « De quoi tu parles ? » qui ont raison de mon mutisme.

— Tu as tué Jenna ! Tu as raconté à maître Vaughn qu'elle fouinait partout, et il l'a assassinée ! J'ignore comment, mais c'est un fait ! Il cherchait un prétexte pour se débarrasser d'elle, et tu le lui as fourni. Et Gabriel est coincé dans… dans ce sous-sol d'épouvante, et tout est ta faute.

L'incrédulité cède le pas à la peur dans les yeux marron de Cecily. Je la vois lutter pour réfuter ce que je viens de lui assener.

— Non, fait-elle en détournant le regard, en hochant la tête pour mieux se persuader. C'est le virus qui a tué Jenna, et…

— Jenna n'avait que dix-neuf ans, répliqué-je. Elle est morte en une semaine. Pourtant Rose a survécu des mois. Si ton maître Vaughn est un docteur si compétent, explique-moi pourquoi elle est morte si rapidement sous sa garde.

— Cha-chaque cas est différent, bégaie-t-elle. Eh ! où tu vas comme ça ?

Je ne l'écoute plus, je n'en peux plus de l'avoir en face de moi ; j'ai sauté à terre et me suis mise à courir. J'ignore quelle direction j'ai prise, mais elle me suit. J'entends ses chaussures faire crisser la neige. Elle parvient à me rattraper et me saisit le bras. Je la repousse si violemment qu'elle s'effondre dans une congère.

— Tu es comme lui ! hurlé-je. Tu es un monstre, tout comme lui, et en grandissant, ton fils lui aussi deviendra un monstre ! Mais tu ne le verras pas grandir, parce que dans six ans, tu seras morte. Tu seras morte, et Linden aussi sera mort, et ton petit Bowen sera le nouveau joujou de maître Vaughn.

Les yeux rouges de larmes, elle secoue la tête, marmonne « Non, non, non » et « C'est pas vrai. » Je reprends ma fuite éperdue, craignant de perdre pied et d'en venir à lui faire du mal. Dans mon dos, je l'entends hurler mon nom sur un ton féroce, bestial, comme si on l'assassinait. C'est peut-être le cas, d'ailleurs. Mais à petit feu. Il lui faudra six ans pour mourir.

Ma dernière journée dans le manoir de Linden. Ou plutôt dans le manoir de Vaughn. C'est lui qui a tout manigancé, et Linden est sa chose, à l'instar de ses épouses. Ce serait plus simple d'éprouver la haine que m'inspirait Linden à mon arrivée, d'échapper à son joug cruel sans un regard en arrière. Mais au fond de mon cœur, je sais qu'il n'a rien d'un monstre, et je me dois au moins de lui faire mes adieux. Demain matin, à son réveil, j'aurai disparu. Il me croira morte, dispersera mes cendres. Ou peut-être Cecily les conservera-t-elle dans une urne, à côté de celles de Jenna.

Cecily. La sœur épouse qui me reste. Je fais mon possible pour l'éviter tout l'après-midi, mais ça ne se révèle pas bien difficile. Elle se fait rare. Elle n'assiste même pas au dîner, et Linden, évidemment, s'inquiète de la voir sauter repas après repas. Il me demande si j'ai remarqué quelque chose de bizarre dans son comportement, ces derniers temps. Je lui réponds qu'elle va aussi bien que possible étant donné les circonstances. Linden n'a pas réussi à comprendre le chagrin de ses épouses après la mort de Jenna. Pas complètement. Il se satisfait donc de cette explication sur les bizarreries de Cecily et n'insiste pas.

Jenna est restée une étrangère aux yeux de Linden, et selon moi, Vaughn n'a pas fait enlever trois épouses uniquement pour consoler son fils. Il désirait simplement disposer d'un cadavre supplémentaire pour son antidote. Jenna était l'épouse jetable, Cecily la génitrice ; quant à moi, je devais être « la prunelle de ses yeux ».

À la fin du dîner, sur le coup des 20 heures, j'appelle Deirdre pour qu'elle me fasse couler un bain à la camomille. Ma petite servante est d'humeur lugubre. Après la mort de Jenna, Adair a été revendu aux enchères : je ne suis pas la seule à avoir perdu un être cher. Elle s'occupe les mains pendant que je prends mon bain, rangeant et réorganisant le maquillage disposé sur la table. Je me demande ce qu'il adviendra d'elle après mon départ. Sera-t-elle vendue à un autre manoir ? Il se peut qu'on l'affecte au service de Bowen. Étant un peu plus jeune que Cecily, elle vivra jusqu'à ce que le petit atteigne l'adolescence. Elle parviendra peut-être à apaiser ses pleurs et lui dressera certainement un portrait agréable du monde, lui parlant par exemple de la plage que peignait son père.

— Viens par ici, qu'on discute un peu, dis-je.

Elle s'assoit sur le rebord de la baignoire et esquisse un mince sourire. Mais le sentiment de tristesse qui s'est emparé de l'étage des épouses a déteint sur elle.

J'essaie de trouver quelque chose à lui dire. Un moyen de lui faire mes adieux sans l'exprimer de vive voix, mais à ma grande surprise, c'est elle qui lance :

— Vous n'êtes pas comme les autres, n'est-ce pas ?

— Hmm ?

Ma tête repose contre une serviette roulée, au bord de la baignoire, et Deirdre commence à tresser mes cheveux mouillés.

— Cela tient à votre comportement, poursuit-elle. Vous êtes… comme un pinceau.

— Que veux-tu dire ? demandé-je en ouvrant les yeux.

— C'est une bonne chose. Plein de bonnes choses sont arrivées depuis que vous êtes ici. (Elle bouge la main comme si elle apposait de la couleur sur une toile.) Tout s'est éclairé.

C'est une blague ? Gabriel est confiné au sous-sol, et Jenna est morte.

— Je ne te suis pas, dis-je.

— Le gouverneur domanial est bien plus fort. Plus heureux. Avant, il était si fragile. Et les choses se sont vraiment… arrangées.

Je ne la suis toujours pas, mais le ton qu'elle emploie me dit qu'elle est sincère, aussi lui souris-je.

Est-ce la vérité ? Je l'ignore. Je repense à ce que j'ai dit à Linden, en allant à la fête, au fait que j'allais lui apprendre à nager dans la piscine, aux beaux jours. Peut-être que ce genre de choses l'aurait rendu heureux, comme le dit Deirdre. Encore un élément à ajouter à ma liste de promesses non tenues, juste après celle qui consiste à veiller sur lui. Mais quand Rose m'a demandé de faire cela, elle n'avait pas prévu le phénomène Cecily. D'ailleurs, avec Linden, ils forment un couple bien mieux assorti. Elle lui est dévouée corps et âme, au point d'aller nous dénoncer, Jenna et moi, auprès de Vaughn ; c'est elle qui a tout mis en œuvre pour qu'il lui fasse un enfant, et l'un comme l'autre sont si douloureusement oublieux du monde extérieur qu'ils sont faits pour s'entendre. Comme deux tourtereaux en cage. Je ne conviens nullement à Linden. J'aime trop les atlas et les cartes. Je ressemble à Rose, certes, mais je ne suis *pas* Rose, et même elle a dû se résoudre à le quitter.

— Prête à sortir du bain ? dit Deirdre.

— Oui.

Alors que je passe une chemise de nuit, elle entreprend de préparer mon lit, mais je m'assois sur l'ottomane et lui demande :

— Tu veux bien me maquiller ?

— Maintenant ?

Je hoche la tête.

Et, une dernière fois, sa magie opère sur moi.

J'appelle un domestique pour qu'il aille chercher Linden. Quelques minutes plus tard, il se présente sur le pas de ma porte.

— Tu me cherchais ? lance-t-il.

Il allait ajouter quelque chose mais se fige en me voyant maquillée, les cheveux cascadant sur mes épaules, sans apprêt, naturels. Je porte l'un des chandails vaporeux tricotés par Deirdre, ainsi qu'une jupe noire soyeuse rebrodée de diamants noirs étincelants.

— Tu es superbe, observe-t-il.

— J'étais en train de me dire que je n'ai jamais vu la véranda.

Il me tend le bras.

— Eh bien, allons-y.

La véranda est située au rez-de-chaussée et donne sur une salle de danse en demi-sommeil. Tables et chaises, recouvertes d'une housse, font penser à des fantômes qui se seraient assoupis à l'issue d'une fête spectaculaire. Nous déambulons dans la pénombre, bras dessus, bras dessous, nous arrêtant devant les portes vitrées coulissantes. Dans le ciel d'un noir d'encre, on voit se détacher les milliers de flocons tourbillonnants, qui évoquent les fragments d'une étoile déchue.

— Il fait peut-être trop froid pour sortir, note-t-il.

— Que racontes-tu ? La nuit est magnifique.

La véranda se résume à un porche meublé d'une causeuse et de chaises en osier face à l'orangeraie. Linden ôte la neige accumulée, et nous prenons place sur la causeuse. La neige tombe autour de nous, et nous demeurons un long moment sans parler.

— C'est normal qu'elle te manque, dis-je enfin. Elle était l'amour de ta vie.

— Pas l'unique amour, réplique-t-il en passant un bras autour de moi.

L'odeur de laine froide de son manteau me parvient ; nous restons à regarder tomber la neige. Puis il poursuit :

— Je me sens coupable de penser à elle si souvent.

— Tu devrais penser à elle. Tous les jours. En revanche, ne la cherche pas où que tu sois, car tu ne la trouveras pas. Tu croiras l'apercevoir dans une rue bondée, tu courras après elle, et quand elle se retournera, ce sera quelqu'un d'autre.

Je me suis livrée à cet exercice pendant des mois, après la mort de mes parents. Linden me regarde avec intensité, et j'appuie un doigt contre son cœur.

— Sa place est ici, d'accord ? C'est le seul endroit où tu la retrouveras toujours.

Il me sourit, et j'aperçois furtivement l'or qui brille dans sa bouche. Quand je l'ai rencontré, j'ai pensé qu'il s'agissait d'un signe extérieur de richesse, de pouvoir. Mais en réalité, ce sont des cicatrices, résultant d'une infection contractée par un petit garçon fragile. Il n'a absolument rien de menaçant.

— Tu sembles en savoir long sur le deuil, dit-il.

— Je sais une chose ou deux, fais-je en posant ma tête contre son épaule.

Je sens la chaleur émaner de son cou, ainsi qu'une vague fragrance de savon.

— Je ne sais toujours pas d'où tu viens. Parfois, j'ai l'impression que tu es tombée du ciel.

— Certains jours, j'ai cette même impression.

Il passe ses doigts dans les miens. À travers nos gants blancs assortis, je crois sentir son pouls. Nos mains sont à la fois trompeuses et révélatrices. Elles ressemblent à celles d'un couple marié normal : on distingue l'épaisseur de mon alliance. Et, à la façon dont elles sont imbriquées, on dirait qu'il s'efforce d'être le plus près possible de moi.

Dans nos mains jointes, rien n'indique le caractère définitif de cet instant. Bientôt, nous ne serons plus jamais en contact. Nous n'assisterons plus à la moindre fête ensemble, nous n'aurons pas d'enfants, nous ne mourrons pas unis dans la même angoisse.

Mourrons-nous effectivement à la même époque, chacun à un point distinct de la côte ? J'espère que Cecily sera présente pour tenir sa tête sur son giron. J'espère qu'elle lui fera la lecture, qu'elle lui dira des paroles gentilles. J'espère qu'à ce moment j'aurai quitté son esprit et qu'il parviendra à connaître la paix de l'âme.

J'espère également que Vaughn n'est pas l'homme sans cœur que je me plais à dépeindre, et qu'il laissera le corps de son fils intact, afin que ses cendres puissent être dispersées dans l'orangeraie.

En ce qui me concerne, je m'efforce de ne pas trop penser à la mort. Tout ce que je sais, c'est que je souhaite passer les années qui me restent à la maison, à Manhattan, en compagnie de mon frère, dans la demeure que nos parents nous ont laissée. Et peut-être en compagnie de Gabriel. J'essaierai de lui apprendre un maximum de choses sur le vaste monde, afin qu'il décroche un travail, si possible au port ; afin qu'il fasse quelque chose de sa vie quand je serai morte.

— Qu'y a-t-il, mon cœur ? s'enquiert Linden.

Je me rends compte que j'ai les larmes aux yeux. Il fait si froid que je me demande comment elles n'ont pas gelé sur place.

— Ce n'est rien ; je pensais juste au peu de temps qui nous reste.

Il pose sur moi le regard qui est le sien lorsqu'il sollicite mon avis sur un de ses croquis. J'ai le sentiment qu'il essaie d'entrer dans mes pensées. Il veut comprendre, et être compris.

En d'autres temps, en d'autres lieux, je me demande ce que nous aurions pu être l'un pour l'autre.

Je saisis aussitôt le ridicule de cette pensée. Dans d'autres circonstances, je n'aurais pas été kidnappée et mariée de force. Il n'aurait pas été piégé dans ce manoir. Il se serait fait un nom en tant qu'architecte, vivant peut-être dans une maison de sa conception, se mariant « pour de vrai », ayant des enfants voués à vivre une vie longue et heureuse.

Je pars d'un rire qui se veut rassurant, étreins sa main gantée.

— Je pensais au peu de temps que les gens passeront dans tes magnifiques maisons.

Il presse son front contre ma tempe, ferme les yeux.

— Quand il fera meilleur, je t'emmènerai en voir quelques-unes. C'est agréable de constater les changements apportés par les occupants, les animaux de compagnie, les balançoires, tous ces signes de vie. Parfois, cela suffit pour oublier.

— J'aimerais beaucoup, Linden.

Après ça, nous restons sans parler. Je le laisse me serrer dans ses bras. Au bout d'un moment, le froid se fait trop mordant pour lui, et il me raccompagne jusqu'à ma chambre. Nous nous embrassons. Je sens son nez gelé contre le mien, une dernière fois.

— Bonne nuit, mon cœur, dit-il.

— Au revoir, mon cœur.

Je dis cela d'une façon si détachée, si innocente, qu'il ne se doute de rien. Les portes de l'ascenseur se referment entre nous, et le voilà parti à jamais de mon monde.

Par l'embrasure de sa porte, j'entrevois Cecily dans sa chaise à bascule. Sa chemise de nuit est ouverte, et elle offre son sein nu à Bowen, qui gigote en gémissant.

— Allez, prends-le, murmure-t-elle d'une voix chevrotante.

Mais il s'y refuse. Vaughn a menti à propos de la nourrice. Je l'ai vu donner le biberon à Bowen, et dès lors qu'un bébé a goûté au lait en poudre, il ne revient jamais au lait maternel. Je me rappelle l'avoir entendu dire par mes parents, quand ils travaillaient au laboratoire. Mais Cecily l'ignore. Vaughn lui enlève peu à peu son enfant, il commence à exercer sur lui le pouvoir qu'il exerce déjà sur son propre fils. Vaughn s'efforce de faire croire à Cecily que son enfant ne l'aime pas.

Je reste un long moment à la regarder depuis le pas de la porte. La petite épouse surexcitée, qui s'est muée en jeune fille hagarde et pâle comme un linge. Je me souviens de ce jour où elle a sauté du plongeoir, où nous avons nagé sous des tropiques artificiels, essayant d'attraper des étoiles de mer virtuelles. C'est le meilleur souvenir que je conserve d'elle, et c'est une illusion.

Non, ce n'est peut-être pas le meilleur souvenir. Quand j'étais clouée au lit, elle m'a apporté des lis.

Je n'arrive pas à trouver un moyen de lui faire mes adieux. Je finis par m'en aller, aussi furtivement que je suis venue, la laissant à la vie qu'elle s'est choisie. Je sais qu'un jour je cesserai de la détester. Je sais qu'elle est encore une enfant, une petite fille un peu idiote, naïve, victime des mensonges de Vaughn. Mais quand je la regarde en ce moment, tout ce que je vois, c'est le corps glacé de Jenna dans le sous-sol, sous un drap, attendant le scalpel. Et c'est la faute de Cecily. Pas question de le lui pardonner.

Mon dernier arrêt est pour la chambre de Jenna. Je reste sur le seuil pendant un long, très long moment. Je regarde où sont placés les objets. La brosse, sur la coiffeuse, pourrait appartenir à n'importe qui ; son roman d'amour a disparu. Il ne reste plus, bien visible, que le briquet qu'elle a subtilisé au domestique : apparemment, personne ne s'est demandé ce qu'il pouvait faire là. Je m'en saisis, le fourre dans ma poche. Je conserverai ce petit souvenir d'elle. Il n'y a rien d'autre ayant une quelconque valeur sentimentale. Le lit a été mis à nu, nettoyé puis refait : il semble attendre qu'elle vienne poser sa tête sur l'oreiller. Évidemment, il n'en est pas question, mais peut-être qu'une autre fille le fera d'ici peu.

Je n'ai plus d'adieux à faire ici. Il n'y a plus de danseuse, de sourire narquois. Elle est partie rejoindre ses sœurs, elle s'est enfuie, elle est libre. Si elle était encore dans cette chambre, elle me dirait simplement : « Pars. »

La pendule de sa table de nuit m'indique l'heure. 21 h 50. J'ai l'impression qu'elle me met dehors.

Je ne dis pas « au revoir ». Je m'en vais.

26

JE PRENDS L'ASCENSEUR jusqu'au rez-de-chaussée et vais aux cuisines, pensant les trouver inoccupées. Mais alors que j'appuie sur la poignée de la porte, une voix me coupe dans mon élan :

— Un peu frisquet pour une promenade, non ?

Je fais volte-face ; la cuisinière en chef émerge du couloir en dégageant les mèches grasses qui lui barrent le visage.

— Je ne compte pas marcher longtemps. Je n'arrivais pas à dormir.

— Fais gaffe, blondinette. Avec cette neige, on croit faire une petite balade, et on se perd pour ne plus jamais revenir. (Un sourire malicieux s'allume sur ses traits.) Ça serait dommage, pas vrai ?

— Bien sûr, avancé-je prudemment.

Que sait-elle exactement ?

— Enfin, juste au cas où, voilà de quoi te réchauffer.

Comme elle s'approche, je remarque qu'elle brandit une bouteille isotherme. Sa chaleur intense me parvient à travers les gants quand elle me la tend.

— Merci.

M'ouvrant la porte, elle me gratifie d'une bourrade amicale.

— Fais gaffe, répète-t-elle. Ça caille, dehors.

Je fais deux pas pour sortir. Le temps de me retourner pour lui redire « merci », elle a déjà fermé la porte.

La neige tombe plus fort. Il me faut un long moment pour cheminer à travers les congères, car je m'efforce d'effacer mes traces. Une fois arrivée assez loin de la maison, je commence à chuchoter le nom de Gabriel, mais le vent emporte le son de ma voix. On croirait un nouvel ouragan, hivernal cette fois. Je bute contre un arbre, continue ma route en suivant la rangée d'arbres, l'appelle de plus en plus fort. Je trouve enfin l'hologramme. Tendant la main vers un arbre, je passe au travers. Je suis désormais assez loin du manoir pour crier son nom.

— Gabriel ! Gabriel !

Mais il n'arrive pas, il n'arrive pas. Je sais qu'il me faudra bientôt prendre une décision. J'ai le choix entre rallier l'océan sans lui, ou partir à sa recherche dans le maelström de neige. Quoi qu'il en soit, je pars ce soir. Même si Gabriel n'a jamais navigué, il en sait plus que tous ceux que je connais sur les bateaux, à commencer par moi, qui suis nulle en la matière. Par-dessus tout, je redoute le sort que lui réserve Vaughn si je pars sans lui. Il devinera fatalement qu'il m'a aidée à fuir. Hors de question. Au moment même où je comprends qu'il m'est impossible de l'abandonner, qu'il me faut le trouver, on m'agrippe le poignet.

— Rhine.

Je me tourne, me réfugie dans ses bras. C'est la deuxième fois qu'il vient me soutenir, la deuxième tempête qu'il m'aide à affronter. J'ai mille choses à lui dire, tout un mois passé sans lui, un mois sillonné d'horreurs, mais le temps presse. Le vent a forci, et nous n'entendons pas ce que crie l'autre. Nous commençons donc à courir, main dans la main, à nous enfoncer dans les ténèbres.

Je crois entendre des voix dans la tourmente. Les rires de mon père et de ma mère, Rowan qui me réveille pour que je prenne mon tour de garde, les pleurs du bébé de Cecily, Linden qui dit : « Je t'aime. » Je ne m'arrête pas pour les écouter. Je ne réponds pas. Parfois, l'un de nous trébuche sur une racine ou une congère, et l'autre l'aide à recouvrer l'équilibre. Rien ne peut nous arrêter. Nous atteignons enfin la grille, et bien évidemment, celle-ci est fermée.

Il y a bien un panneau, mais ma carte magnétique est sans effet. Y ai-je vraiment cru ?

— Et maintenant ? me crie Gabriel entre deux bourrasques.

Je commence à marcher le long de la grille, cherchant l'endroit où elle s'arrête, mais il est rapidement évident qu'elle n'a pas de fin, qu'elle doit faire le tour de la propriété sur plusieurs kilomètres.

Et maintenant ?

Je n'en sais rien. Je n'en sais rien.

L'issue est si proche. Je peux passer la main entre les barreaux et entrer en contact avec l'air libre. J'arrive presque à m'agripper à une branche qui pend de l'autre côté. J'observe frénétiquement les alentours. Impossible de grimper aux arbres, les premières branches sont trop hautes ; quant à la grille, elle est gelée. Je tente à plusieurs reprises une escalade, mais j'échoue chaque fois. Je m'obstine jusqu'à ce que Gabriel m'en empêche. Il déboutonne son manteau en laine, m'attire tout contre lui et referme les pans sur nous. Nous nous agenouillons contre une congère, et je crois deviner ce qu'il essaie de me dire. Il n'y a pas d'issue. Nous allons geler sur place et en mourir.

Mais je ne ressens pas la même résignation que pendant l'ouragan. Cette nuit-là, j'étais sûre de mourir, et pourtant une petite voix m'a soufflé de tenir bon, encore et encore, et quand j'ai grimpé tout en haut du phare, j'ai vu la sortie. Je n'arrive pas à croire que nous ayons fait tout cela pour rien.

Je sens Gabriel m'embrasser le front. Mais même ses lèvres habituellement chaudes sont glacées à présent. Je me détache un peu de son étreinte, relève son col sur ses oreilles. Il passe les mains sous mes cheveux, de chaque côté de mon cou, et nous nous réchauffons mutuellement.

Je sors le briquet de Jenna de ma poche, mais avec ce vent, il est pratiquement impossible de l'allumer. Je dois me dépêtrer du manteau de Gabriel, et il lui faut mettre ses mains autour de la flamme pour qu'elle ne soit pas soufflée. Cela me rappelle une histoire glanée dans un livre de la bibliothèque de Linden, à propos d'une jeune mourante qui craque des allumettes pour se tenir chaud. Chaque minuscule flamme ravive un souvenir de sa vie. Mais pour l'heure, cela ne ravive en moi que le souvenir de Jenna, comme si la flamme était sa petite vie étincelante, dansant dans nos mains. C'est l'unique source de lumière dans les ténèbres environnantes, et il me vient à l'esprit que j'adorerais mettre le feu à cet endroit. Regarder le manoir brûler, comme ces affreux rideaux. Incendier un arbre, et assister à la propagation des flammes à toute la forêt. Mais le vent est trop puissant. J'ai l'impression que Vaughn a conjuré ce blizzard, et qu'au petit matin, il nous trouvera morts de froid, Gabriel et moi, à deux pas seulement d'une impossible échappée belle.

C'est hors de question. Je ne lui donnerai pas cette satisfaction.

Au moment où j'envisage de mettre le feu à un arbre, j'entends une voix émerger du vent. Je crois être victime d'une autre hallucination, mais Gabriel tourne lui aussi la tête. Nous discernons à peine la silhouette fantomatique qui accourt vers notre lumignon.

Je me remets debout en hâte, redressant Gabriel dans le même mouvement. C'est Vaughn. Vaughn qui est venu pour en finir avec nous, ou pis encore, pour nous entraîner dans son sous-sol où il nous torturera à loisir, nous mutilera, nous attachera sur des tables d'opération dans la pièce où reposent les corps de Rose et de Jenna. Je commence à courir, mais Gabriel m'arrête. L'homme se rapproche, et ce n'est pas du tout Vaughn.

C'est le domestique timoré qui a pris la place de Gabriel. Celui qui m'avait dit que j'étais la gentille fille du lot, qui m'avait dit de regarder dans la serviette où j'ai trouvé un June Bean.

Il brandit quelque chose au-dessus de sa tête. Une carte magnétique. Ses lèvres bougent, mais avec le vent et la neige, je n'entends rien. Nous nous contentons donc de le regarder passer la carte devant le panneau. Le portail peine un peu à cause de la neige accumulée, mais il finit par s'ouvrir.

Pendant un temps indéfini, je reste sans bouger, ne sachant que penser de tout cela. J'hésite à lui faire confiance. Je m'attends toujours à voir Vaughn surgir de derrière un arbre, et nous tirer dessus, ou Dieu sait quoi encore.

Mais le serviteur nous adresse un signe d'adieu, et je crois l'entendre crier : « Allez-y, allez-y ! »

— Pourquoi ? lancé-je. (Je me suis approchée de lui afin d'être à portée de voix ; je dois hurler pour me faire entendre.) Pourquoi nous aidez-vous ? Comment avez-vous su qu'on était ici ?

— C'est votre sœur épouse qui m'a dit de vous venir en aide, déclare-t-il. La petite. La rouquine.

27

NOUS COURONS pendant ce qui semble être toute la nuit. J'ai l'impression que c'est la fin du monde, qu'il ne reste plus que ce chemin, les arbres alentour, et les ténèbres enneigées. Nous faisons halte pour reprendre haleine, mais l'air glacial offre peu de répit à nos poumons en feu. Nous avons froid, nous sommes épuisés, et le vent fait rage.

Dans la bibliothèque, j'ai lu un livre intitulé *L'Enfer de Dante*, où il est question des nombreux cercles d'un lieu appelé « enfer », dans l'après-vie. Dans l'un de ces cercles, deux amants sont punis à jamais pour avoir commis l'adultère ; pris au piège d'une tempête, ils sont dans l'impossibilité de parler, d'entendre l'autre ou de connaître ne serait-ce qu'un instant de répit.

Cela pourrait être nous, pensé-je. Et le plus triste, c'est que nous n'avons même pas eu l'occasion de devenir amants. Nous sommes juste un domestique et une épouse rebelle, qui n'ont pas connu le moindre instant de liberté leur permettant d'explorer ce qu'ils ressentent l'un pour l'autre. Je porte d'ailleurs encore mon alliance sous le gant tricoté par Deirdre.

Quand nous estimons être assez loin du portail en fer forgé, nous ralentissons un peu. Je ne comprends pas pourquoi ce chemin est si long. Dans la limousine, il ne fallait que quelques minutes. Aurions-nous bifurqué ? La neige est si épaisse que j'ai du mal à savoir si nous sommes toujours sur ce maudit chemin. Au moment précis où je décide que c'est bel et bien la fin du monde, que nous sommes pris au piège d'un cercle de l'enfer, nous apercevons des lumières. Puis des sons étouffés nous parviennent, et un gros camion jaune nous dépasse, chassant la neige sur le bas-côté.

Nous avons réussi. Nous y sommes. Lumières et bâtiments nous apparaissent brusquement, comme si un rideau s'était levé sous nos yeux. Çà et là, d'autres chasse-neige, et même quelques passants qu'on devine à la lueur des lampadaires. La façade illuminée du cinéma indique qu'une « Nuit des zombies » attend les spectateurs.

Alors que nous errions dans ce désert gelé, allant au-devant d'une mort certaine, la vie suivait son cours paisible à quelques kilomètres de distance. Je pars d'un rire hystérique, je secoue l'épaule de Gabriel et lui crie :

— Tu vois ? Tu vois tout ce à côté de quoi tu passais ?

— C'est quoi, un zombie ? demande-t-il.

— Aucune idée. Mais il ne tient qu'à nous de le découvrir. On est libres de faire tout ce qu'on veut.

Nous pénétrons dans le cinéma, où nous sommes assaillis par la chaleur et une odeur de beurre chaud et de nettoyant pour moquette. Aucun de nous n'a d'argent. Même s'il m'était venu à l'idée d'essayer d'en voler, je n'aurais pas su où chercher. L'argent n'avait pas cours au manoir ; Linden n'en avait jamais sur lui.

Mais l'endroit est bondé, et nous parvenons à nous faufiler dans l'une des salles. Nous blottissant l'un contre l'autre dans le noir, au milieu d'inconnus, nous sommes anonymes, et cet anonymat est rassurant. Les films projetés sont censés être terrifiants, les effets spéciaux sont pitoyables et ridicules, et je sens l'excitation monter en moi.

— C'est à ça que ressemble Manhattan, lui glissé-je.

— Les gens sortent des tombes, à Manhattan ?

— Mais non ! Mais ils paient pour voir ce genre de films.

Le marathon dure toute la nuit, un film grotesque après l'autre. J'oscille entre sommeil et phases de réveil. Le temps semble s'être arrêté, il n'y a plus ni jour ni nuit. Cris et hurlements entrent dans mon subconscient, mais mon esprit a pris note que cette horreur est feinte. Je n'ai rien à craindre. Gabriel me tient par la main. Quand j'ouvre les yeux, je découvre qu'il suit le contour de mon alliance du bout du doigt. Cette babiole n'a plus aucun sens ; je ne suis plus l'épouse de Linden Ashby, si je l'ai jamais été. J'ai toujours pensé que pour que deux personnes soient vraiment déclarées mari et femme, l'épouse doit dire quelque chose à un moment donné.

— Mon nom de famille est Ellery, fais-je d'une voix pâteuse.

— Je n'ai pas de nom de famille, lâche Gabriel.

— Il faut t'en inventer un, alors.

Il rit, et revoilà poindre son sourire, timide, tout en dents et en étincelles. Son visage est baigné par une lueur blanche intermittente, et quand je me retourne, je me rends compte qu'il n'y a plus de projection, et que tous les sièges alentour sont vides.

— Pourquoi tu m'as laissée dormir ?

— Tu étais si mignonne, comme ça.

Il me dévisage un moment, pensif, puis se penche pour m'embrasser.

Ce baiser-là est fantastique. Ni lui ni moi ne nous soucions d'une éventuelle porte ouverte. Mon menton repose dans le creux de sa main ; je passe les bras autour de son cou, et nous nous perdons dans ce monde de ténèbres vacillantes, dans cet océan de sièges vides. Nous sommes libres, absolument, sans équivoque possible.

C'est le craquement des portes à tambour qui nous sépare. Un employé du cinéma, un homme de la première génération muni d'un balai, nous lance :

— Eh ! la projection est finie. Rentrez donc chez vous.

Je jette un regard à Gabriel.

— Bon, on y va ? dis-je.

— Où donc ?

— Chez nous, évidemment.

C'est un très long voyage pour rentrer « chez nous », et j'ignore comment nous y prendre. Il n'y a pas de téléphone chez moi, aucun moyen d'entrer en contact avec Rowan et de lui dire que je vais bien. Mais dès que nous aurons quitté la Floride, je me mettrai en quête d'une cabine pour appeler l'usine où il travaillait quand j'ai été enlevée. Il y a de bonnes chances qu'il y travaille encore. Il faut que je m'accroche à cette idée, bien qu'au fond de mes tripes, un poids me pousse à penser qu'il a déjà déménagé, qu'il a perdu tout espoir de me retrouver.

Dehors, la ville flotte dans une brume cotonneuse, entre sommeil et éveil. Le calme règne, mais le silence n'est pas total. Quelques voitures passent, ainsi que des chasse-neige qui forment des congères boueuses et sales. On aperçoit une poignée de passants, qui semblent moins pressés par une quelconque urgence. Le ciel commence à se parer de traînées roses et jaunes, et je sais que le temps nous est compté. Le jour va se lever, et Vaughn constatera alors que Gabriel et moi sommes partis. Enfin, s'il ne le sait pas d'ores et déjà, si Cecily a couvert notre absence.

Cecily. C'est elle qui a envoyé le domestique à notre rescousse, la nuit dernière. Je n'ai pas eu confiance ; comment l'aurais-je pu ? Mais je ne vois nulle voiture de police, toutes sirènes dehors, lancée à notre poursuite. La traque n'a pas commencé. Avec Gabriel, main dans la main, nous admirons la ville assoupie.

Pourquoi m'a-t-elle aidée ?

Hier après-midi, sur le trampoline, elle a dit vouloir m'aider. *« Je t'ai aidée »*, criait-elle. Et une telle horreur s'est lue sur son jeune visage, quand elle a compris qu'elle avait fait tout le contraire...

— Que fait-on ? demande Gabriel, m'arrachant à ma rêverie.

— Viens, dis-je en m'élançant sur le trottoir.

Le gros sel crisse sous nos semelles. Nous croisons une bonne dizaine de personnes ; une ou deux d'entre elles nous font un signe de tête, la plupart nous ignorent totalement. Nous sommes un couple ordinaire en manteaux de laine, en route pour la maison.

Nous arrivons au port, qui est très différent, vu de près, de ce que j'en avais aperçu depuis la limousine. Plus vivant. On sent vraiment l'odeur du sel, on entend le ressac, les menus chocs des bateaux contre les quais. J'ai hâte de partir, de trouver un navire qui vaille la peine d'être volé et de larguer les amarres avant qu'on nous découvre. Mais je vois le visage éberlué de Gabriel et lui laisse savourer cet instant. Cette joie teintée d'admiration.

— C'est conforme à tes souvenirs ? demandé-je.

— Je… (Sa voix dérape.) Je pensais me souvenir de l'océan, mais je n'avais rien gardé en mémoire, en fait.

Je me cale contre lui. Il passe son bras autour de mon épaule et m'étreint, tout excité.

— Tu penses être capable de nous sortir de là dans un de ces rafiots ?

— Oh ! absolument.

— Sûr de sûr ?

— Ma foi, si je me trompe, on le saura vite, parce qu'on mourra.

J'émets un petit rire.

— Ça me va.

Nous n'avons guère le temps de faire les difficiles. Je laisse Gabriel choisir le bateau : c'est lui l'expert. Il ne les connaît que par photos interposées, et la plupart de ceux qui sont à quai sont d'un modèle plus récent que ce dont on parle dans les livres de Linden, mais il s'y connaît tout de même plus que moi. Nous nous décidons pour un petit bateau de pêche muni d'une cabine de pilotage ; je ne suis pas sûre de connaître le terme technique adéquat, mais Gabriel n'a pas le temps de me donner un cours. Celle-ci nous abritera du vent froid. Contre toute attente, larguer les amarres et se lancer ne nous posent pas de problème. Gabriel n'est peut-être pas très à l'aise avec la technologie nautique dernier cri, mais il se montre d'une habileté impressionnante. Je fais mon possible pour l'aider, mais je ne parviens qu'à lui mettre des bâtons dans les roues. Il finit par me dire de me contenter de faire le guet. Ça, j'en suis capable.

Et nous voilà partis.

Gabriel est au gouvernail, l'air sérieux et important. Le contraste est saisissant par rapport à ce petit domestique hésitant, qui poussait un chariot de plateaux-repas à l'étage des épouses. Il scrute la ligne d'horizon, ses yeux sont du bleu de la mer, et je sais qu'il est à sa vraie place. Ses parents étaient peut-être marins. Ou alors, il y a un siècle, quand les gens étaient « naturels » et libres, ses ancêtres avaient-ils la même allure.

Nous sommes enfin libres, et j'ai tant de choses à lui raconter. Jenna. Cecily. Je devine qu'il en a lui aussi beaucoup à me dire. Mais pour l'heure, tout cela attendra. Je me tiens à quelque distance de lui, admirative, je le laisse à son affaire. Je laisse ses mains expertes nous guider jusqu'à l'infini, par-delà les continents engloutis, jusqu'à ce que la Floride disparaisse. Disparaisse purement et simplement, comme avalée par les flots.

Il se peut que nous finissions sur la plage peinte par le père de Deirdre. Que nous touchions une vraie étoile de mer, que l'on peut attraper, qui n'échappe pas à notre emprise. Quoi qu'il en soit, il nous faudra bien trouver un rivage où accoster. Il faudra nous arrêter, demander le chemin de Manhattan ; mais nous ne ferons halte qu'en un lieu où personne ne nous connaît, où je ne serai pas l'épouse de Linden Ashby, et où Gabriel ne sera pas un domestique. Où personne n'aura entendu parler de Vaughn Ashby et de son manoir immense. Nous cabotons le long de la côte. Le vent a forci.

Gabriel passe un bras autour de ma taille, et je pose une main sur la sienne. Je sens la résistance du gouvernail.

— Regarde, chuchote-t-il à mon oreille.

Dans le lointain, j'aperçois la lueur d'un phare. Le pinceau de lumière glisse sur nous puis continue sa rotation. Cette fois, j'ignore où la lumière nous conduira.

CASTELMORE C'EST AUSSI...

... LES RÉSEAUX SOCIAUX

Toute notre actualité en temps réel :
annonces exclusives, dédicaces des auteurs, bons plans...

facebook.com/CastelmoreFR

Pour suivre le quotidien de la maison d'édition et
trouver des réponses à vos questions !

twitter.com/CastelmoreFR

Les bandes-annonces et interviews vidéo sont ici !

youtube.com/CastelmoreFR

... LA NEWSLETTER

Pour être averti tous les mois par e-mail de la sortie de nos romans.

www.bragelonne.fr/abonnements

... ET LE MAGAZINE NEVERLAND

Chaque trimestre, une revue de 48 pages sur nos livres
et nos auteurs vous est envoyée gratuitement !

Pour vous abonner au magazine, rendez-vous sur :

www.neverland.fr

Castelmore est un label des éditions Bragelonne.

Achevé d'imprimer en octobre 2016
Par CPI France
N° d'impression : 3019102
Dépôt légal : novembre 2016
Imprimé en France
36231181-1